Das Haus der sieben Elstern

Victoria Holt

Das Haus der sieben Elstern

Weltbild

Originaltitel: *Seven for a Secret*
Originalverlag: Harper Collins Publishers, London

Die Autorin

Victoria Holt gehört mit einunddreißig internationalen Bestsellern zu den populärsten und beliebtesten Romanautorinnen der Gegenwart. Ihre spannenden, geheimnisumwitterten Geschichten entstanden entweder in ihrem Londoner Domizil oder auf ausgedehnten Schiffsreisen. Auf einer solchen verstarb Victoria Holt 1993 zwischen Athen und Kairo.

Weltbild Taschenbuch

Inhalt

Bald nachdem Frederica Hammond zu ihrer Tante Sophie nach Harper's Green gezogen ist, macht sie die Bekanntschaft der sonderbaren Schwestern Flora und Lucy Lane, deren Behausung sie fortan das Haus der sieben Elstern nennt.

Zwei weitere Häuser in der Nachbarschaft wecken ihr Interesse:

Das eine ist das Gutshaus St. Aubyn's Park, wo Crispin St. Aubyn und seine jüngere Schwester Tamarisk wohnen.

Das andere ist das sogenannte Bell House, das Heim von Mr. Dorian, einem frommen Fanatiker, seiner unterwürfigen Ehefrau und ihrer verwaisten Nichte Rachel.

Rachel ist etwa im selben Alter wie Frederica und Tamarisk, und die drei Mädchen werden Freundinnen, die miteinander durch dick und dünn gehen.

Frederica ist fasziniert von dem prähistorischen Wiltshire, insbesondere von Barrow Wood, einer Grabstätte der Druiden.

Sie nimmt in Bell House eine unheimliche Atmosphäre wahr, die sich auf Rachel auswirkt, und Frederica selbst hat in Barrow Wood ein entsetzliches Erlebnis mit einem beängstigenden Höhepunkt.

Sie absolviert die Schulzeit in einem Pensionat.

Als sie Jahre später zurückkommt, hat ihre Beziehung zu den St. Aubyns eine Veränderung erfahren, und von nun an spielt Crispin eine zunehmend wichtige Rolle in ihrem Leben.

Als der welterfahrene, faszinierende Gaston March-

mont nach Harper's Green kommt, entwickelt sich ein Drama, das in einem Mord gipfelt...
Frederica sieht ihre Hoffnung auf Glück bedroht, und sie faßt den Entschluß, fortzugehen. Mit Tamarisk, die eigene Probleme zu lösen hat, schifft sie sich nach der fernen Insel Casker's Island ein. Frederica ist aber entschlossen, die Lösung des Rätsels zu finden, das ihr Leben verfinstert hat. Crispin allein kann es ihr sagen, und von ihm erfährt sie schließlich, welches Geheimnis sich im Haus der sieben Elstern verbarg.

Der Osterschmuck

Als ich zu meiner Tante Sophie gezogen war, machte ich schon bald die Bekanntschaft der sonderbaren Schwestern Lucy und Flora Lane. Aufgrund meiner Entdeckung nannte ich ihr Häuschen fortan das Haus der sieben Elstern.

Oft denke ich verwundert, daß ich das Haus nie kennengelernt hätte, wenn der Ärger über den Kirchenschmuck für jenes weit zurückliegende Osterfest nicht gewesen wäre. Aber das mag vielleicht nicht ganz zutreffen: Es lag wohl nicht allein an den Blumen – durch sie ist es nur zum Ausbruch gekommen.

Tante Sophie war bei uns zu Hause ein seltener Gast gewesen; der Zwiespalt zwischen ihr und meiner Mutter wurde allerdings nie erwähnt. Sie wohnte in Wiltshire, eine lange Eisenbahnreise von London entfernt; von der Hauptstadt mußte sie nach Middlemore in Surrey fahren. Ich stellte mir vor, daß Tante Sophie es nicht der Mühe wert fand, uns zu besuchen, und meiner Mutter war die Fahrt nach Wiltshire zu anstrengend, zumal am Ende lediglich eine keineswegs erbauliche Begegnung mit Tante Sophie zu erwarten war.

Tante Sophie war in jenen frühen Tagen fast eine Fremde für mich.

Meine Mutter und Tante Sophie waren Schwestern, aber zwei unähnlichere Menschen konnte man sich kaum vorstellen. Mutter war groß und schlank, und schön war sie obendrein; ihre Gesichtszüge waren wie aus Marmor gemeißelt. Ihre hellblauen Augen konnten manchmal sehr eisig sein; sie hatte lange Wimpern, vollendet geformte

Brauen, und das feine Haar trug sie stets adrett um den Kopf geschlungen. Ständig ließ sie jedermann wissen – selbst jene im Haus, denen es durchaus bewußt war –, sie sei für das Leben, das sie jetzt führte, nicht erzogen, sondern es sei ihr durch gewisse »Umstände« aufgezwungen worden.

Tante Sophie war die ältere Schwester meiner Mutter. Ich glaube, der Altersunterschied betrug zwei Jahre. Sie war mittelgroß, dabei korpulent, was sie kleiner wirken ließ; sie hatte ein rundliches, rosiges Gesicht und kleine, durchdringende Augen, die an Korinthen denken ließen. Sie wurden fast unsichtbar, wenn sie ihr lautes Lachen lachte, das meiner Mutter auf die Nerven ging, wie diese stets betonte.

Es war kaum verwunderlich, daß sie einander mieden. Die wenigen Male, wenn meine Mutter von Sophie sprach, fügte sie unweigerlich hinzu, es sei erstaunlich, daß sie zusammen aufgewachsen waren.

Wir lebten gewissermaßen in »vornehmer Bescheidenheit«, meine Mutter, ich und zwei Hausangestellte: Meg, ein Relikt aus »besseren Tagen«, und Amy, ein junges Mädchen, das hier in Middlemore beheimatet und in einem Cottage auf der anderen Seite des Angers aufgewachsen war.

Meine Mutter legte großen Wert darauf, den Schein zu wahren. Sie war in Cedar Hall aufgewachsen, und ich bedauerte, daß dieses Gutshaus so nahe gelegen und somit ständig im Blickfeld war.

Da stand es in seiner ganzen Pracht, die um so grandioser wirkte, wenn man es mit Lavender House, unserem bescheidenen Heim, verglich. Cedar Hall war *das* Haus in Middlemore. Kirchliche Wohltätigkeitsveranstaltungen fanden auf seinem Rasen statt, und im Bedarfsfall stand immer ein Raum für kirchliche Versammlungen zur Verfügung; die Weihnachtssänger versammelten sich jedes Jahr am Heiligen Abend im Hof und wurden nach ihrer Darbietung mit Glühwein und Hackfleischpasteten bewirtet. Personal war reichlich vorhanden; kurzum, das Gutshaus beherrschte das Dorf.

Meine Mutter hatte zwei tragische Erlebnisse zu verkraften. Sie hatte nicht nur ihr früheres Heim verloren, das verkauft werden mußte, als ihr Vater starb und das Ausmaß seiner Schulden offenbar wurde; es war zudem von den Carters erworben worden, die mit dem Verkauf von Süß- und Tabakwaren in allen Städten Englands ein Vermögen verdient hatten. Sie waren ihr in zweifacher Hinsicht suspekt: Sie waren vulgär, und sie waren reich.

Jedesmal, wenn meine Mutter nach Cedar Hall hinübersah, verhärteten sich ihre Gesichtszüge; sie preßte die Lippen zusammen, und ihr tiefwurzelnder Zorn trat offen zutage. Dieser Anblick bot sich ihr ausgerechnet, wenn sie aus ihrem Schlafzimmerfenster sah. Wir waren alle an ihre tägliche Klagelitanei gewohnt, die unser Leben ebenso beherrschte wie ihr eigenes.

Meg pflegte zu sagen: »Es wär' besser gewesen, wenn wir gleich weggezogen wären. Den ganzen Tag das frühere Heim im Blick, das tut nicht gut.«

Eines Tages sagte ich zu meiner Mutter: »Warum ziehen wir nicht fort? Irgendwohin, wo du es nicht die ganze Zeit sehen mußt?«

Ich sah ihr entsetztes Gesicht, und so jung ich auch war, erkannte ich doch: Sie will hierbleiben. Sie könnte es nicht ertragen, woanders zu sein. Damals verstand ich es noch nicht – ich begriff es erst später –, daß sie sich an ihrem Jammer und Groll weidete.

Sie wollte so weiterleben, wie sie einst in Cedar Hall gelebt hatte. Sie befaßte sich liebend gern mit kirchlichen Angelegenheiten, sie spielte eine führende Rolle, wenn es galt, Basare und dergleichen zu organisieren. Es ärgerte sie, daß das Sommerfest nicht auf *unserem* Rasen veranstaltet werden konnte.

Meg lachte darüber und sagte zu Amy: »Was! Auf diesem winzigen Stückchen Gras! Daß ich nicht lache!«

Ich hatte eine Gouvernante. Das sei in unserer gesellschaftlichen Stellung unumgänglich, sagte meine Mutter. Sie konnte es sich nicht leisten, mich auf eine Internatsschule zu schicken, und die Dorfschule kam für mich nicht in Frage. Es gab nur die eine Alternative, und so kamen die Gouvernanten ins Haus. Keine blieb lange. Hinweise auf vergangenen Glanz konnten sein Fehlen in Lavender House nicht ersetzen. Das Haus habe Cottage geheißen, als wir einzogen, erzählte mir Meg. »Ja, jahrelang hieß es Lavender Cottage, und davon, daß ›Cottage‹ mit ›House‹ übertüncht wurde, ist es auch nicht anders geworden.«

Meine Mutter war kein sehr mitteilsamer Mensch; wohl bekam ich eine Menge über vergangene Pracht und Herrlichkeit zu hören, doch über das Thema, das mich am meisten interessierte, sprach sie sehr wenig: meinen Vater.

Wenn ich sie nach ihm fragte, kniff sie die Lippen zusammen, und dann wirkte sie statuenhafter denn je – es war dieselbe Miene, die sie aufsetzte, wenn sie von den Carters in Cedar Hall sprach.

Sie sagte: »Du hast keinen Vater … mehr.«

Die kleine Pause vor dem »mehr« klang bedeutsam, drum wandte ich ein: »Aber ich hatte einmal einen.«

»Sei nicht albern, Frederica. Jeder Mensch hatte selbstverständlich einmal einen Vater.«

Ich war Frederica getauft worden, weil es in der Familie von Cedar Hall viele Fredericks gegeben hatte. Von meiner Mutter wußte ich, daß in der Bildergalerie dort ihrer sechs vertreten waren. Ich hatte von Sir Frederick gehört, der auf Bonworth Field zum Ritter geschlagen worden war, von einem anderen, der sich bei Waterloo ausgezeichnet, und von einem, der sich im Bürgerkrieg als Königstreuer hervorgetan hatte. Wäre ich ein Junge geworden, so hätte ich Frederick geheißen. So aber hieß ich Frederica, was sich als umständlich erwies und zu Abkürzungen wie Freddie oder Fred führte, die mehr als einmal erhebliche Verwirrung stifteten.

»Ist er tot?« fragte ich.

»Ich sagte dir doch, du hast keinen Vater mehr. Damit ist der Fall erledigt.«

Da wußte ich, daß ein Geheimnis um ihn war.

Ich konnte mich nicht erinnern, ihn jemals gesehen zu haben. Tatsächlich konnte ich mich nicht erinnern, woanders als in diesem Haus gelebt zu haben. Der Anger, die kleinen Häuser und Cottages, die Kirche, alles im Schatten von Cedar Hall, waren stets Teil meines Lebens gewesen.

Ich hielt mich oft bei Meg und Amy in der Küche auf. Sie waren netter zu mir als die andern Leute.

Ich durfte mich nicht mit den Dorfbewohnern anfreunden, und den Carters im Gutshaus begegnete meine Mutter mit distanzierter Höflichkeit.

Mir wurde bald klar, daß meine Mutter eine unglückliche Frau war. Nun, da ich älter wurde, erzählte Meg mir eine ganze Menge.

»Das ist doch kein Leben«, sagte sie. »Lavender House, du meine Güte. Alle wissen, daß es früher Lavender Cottage hieß. Man kann ein Haus nicht herrschaftlich machen, indem man seinen Namen ändert. Ich will dir was sagen, Miß Fred...« In Hörweite meiner Mutter wurde ich Miß Frederica gerufen, aber wenn Meg und ich allein waren, hieß ich schlicht Miß Fred, manchmal auch Miß Freddie. Frederica war einer von diesen »ausländischen« Namen, von denen Meg nicht viel hielt, und darum konnte man ihr nicht zumuten, ihn öfter als nötig zu gebrauchen.

»Ich will dir was sagen, Miß Fred. Ein Spaten ist ein Spaten, egal, was für einen Phantasienamen du ihm gibst, und ich schätze, wir wären besser dran in einem hübschen Häuschen in Clapham, wo wir sein könnten, was wir sind, und nicht, was wir scheinen wollen. Dort wär' auch ein bißchen mehr los.«

Megs Augen trübten sich vor Sehnsucht. Sie war stolz darauf, im Londoner East End aufgewachsen zu sein. »Da war was los, samstagabends auf dem Markt mit den erleuchteten Buden. Da gab's Herzmuscheln und Miesmuscheln, Strandschnecken und Wellhornschnecken und Aal in Aspik. Köstlich, was? Und hier? Was gibt's hier, frag' ich dich?«

»Wir haben die Sommerfeste und den Gesangverein.«

»Daß ich nicht lache! Dieses hochnäsige Volk, lauter Leute, die mehr scheinen wollen, als sie sind. Da lob' ich mir mein London!«

Meg erzählte gern von der großen Stadt. Von den Pferdebahnen, die die Leute bis zum West End beförderten. Sie war dabeigewesen, als das Jubiläum der Königin begangen wurde. Ein einmaliges Ereignis. Meg war damals noch ein Dreikäsehoch, und später war sie dann dummerweise auf dem Land in Stellung gegangen… schon bevor sie den Dienst in Cedar Hall antrat. Sie hatte die Königin in ihrer Karosse gesehen, o ja. Nicht gerade eine Schönheit, aber sie war eine Königin… und sie sorgte dafür, daß es niemand vergaß. »Ja, dort könnten wir leben statt hier. Ein Häuschen in einer hübschen Gegend, Bromley bei Bow vielleicht. Oder Stepney. Dort hätte man spottbillig etwas haben können. Aber wir mußten ja hierherkommen. Lavender House. Nicht mal der Lavendel ist besser als der, der in unserem Garten in Stepney wuchs.«

Wenn Meg Sehnsucht nach London hatte, wurde sie sehr gesprächig.

»Du bist schon lange bei meiner Mutter, Meg«, meinte ich.

»Ganze fünfzehn Jahre.«

»Dann hast du doch sicher meinen Vater gekannt.«

Ihre Gedanken weilten noch bei den Londoner Märkten am Samstagabend, bei Aal in Aspik. Nur widerwillig riß sie sich von der ergötzlichen Szenerie los.

»Das war mir aber einer«, sagte sie und fing furchtbar an zu lachen.

»Was für einer, Meg?«

»Ach, laß gut sein!« Die Erinnerungen an meinen Vater erheiterten sie offensichtlich.

»Ich hätte es ihr gleich sagen können.«

»Was?«

»Daß es nicht lange gutgehen würde. Ich hab' zu der Köchin gesagt – damals hatten wir noch eine Köchin, die war ein rechter Dragoner, und ich war bloß eine kleine Küchenmagd. Ich hab' zu ihr gesagt: ›Das geht nicht lange gut. Der ist keiner von der häuslichen Sorte, und sie ist keine, die sich viel gefallen läßt.‹«

»Was mußte sie sich gefallen lassen?«

»Seine Marotten natürlich. Und er mußte sich ihre gefallen lassen. Ich hab' zur Köchin gesagt: ›Das kann nicht gutgehen‹, und ich hab' recht behalten!«

»Ich kann mich nicht an ihn erinnern.«

»Du warst kaum älter als ein Jahr, als er wegging.«

»Wohin ist er gegangen?«

»Zu ihr, denk' ich ... der andern.«

»Findest du es nicht an der Zeit, mich aufzuklären?«

»Je nun, du wirst's schon erfahren, wenn es soweit ist.«

An jenem Morgen war mir eine gewisse Kühle zwischen Meg und meiner Mutter aufgefallen. Mutter meinte, das Fleisch sei zäh, und Meg entgegnete, da wir uns nicht das beste Fleisch leisten könnten, sei zu erwarten, daß es zäh sei, worauf Mutter erwiderte, es hätte eben etwas länger gekocht werden müssen. Meg war drauf und dran zu kündigen; dies war ihre stärkste Waffe bei derartigen Auseinandersetzungen. Woher hätten wir eine andere Meg nehmen sollen? Es war gut, einen Menschen zu haben, der schon seit Jahren in unserer Familie war. Allerdings vermutete ich, daß Meg die Mühe eines Stellungswechsels scheute. Es war lediglich eine Drohung, der sie sich in kritischen Augenblicken bediente, und keine von beiden konnte gewiß sein, daß die andere, bis zum Äußersten gereizt, nicht zur Tat schreiten und somit beide in eine Situation bringen würde, aus der es keinen würdevollen Rückzug geben konnte.

Die Wogen waren geglättet worden, Meg aber grollte noch, und in solchen Augenblicken war es leichter, ihr etwas zu entlocken.

»Weißt du eigentlich, daß ich schon fast dreizehn bin, Meg?« fragte ich.

»Natürlich weiß ich das.«

»Ich denke, ich bin alt genug.«

»Du bist nicht auf'n Kopf gefallen, Miß Fred. Das muß ich dir lassen. Und du bist nicht nach ihr geraten.«

Ich wußte, daß Meg mir zärtlich gewogen war. Ich hatte sie zu Amy über mich sagen hören: »Das arme Dingelchen.«

»Ich finde, ich sollte über meinen Vater Bescheid wissen«, fuhr ich fort.

»Väter«, sagte sie, und dann kam sie, wie so oft, auf ihre eigene Vergangenheit zu sprechen. »Da gibt's komische Gesellen. Liebevolle und solche, die schon beim geringsten Aufbegehren zum Riemen greifen. So einer war mein Vater. Ein Wort, das ihm nicht paßte, und schon löste er seinen Gürtel, und dann ging's dir schlecht. Samstagabends ... er hat gern einen gehoben, und wenn er sternhagelvoll war, ging man ihm besser aus dem Weg. Jetzt weißt du, wie Väter sind.«

»Es muß schrecklich für dich gewesen sein, Meg. Jetzt erzähl mir von meinem Vater.«

»Er sah sehr gut aus. Das muß ich ihm lassen. Sie waren ein stattliches Paar. Sie haben immer die Regimentsbälle besucht. Bildschön sahen sie zusammen aus, die zwei. Deine Mutter hatte damals noch nicht diesen griesgrämigen Zug um den Mund – jedenfalls nicht ständig. Wir haben vom Fenster aus beobachtet, wie sie in die Kutsche stiegen, er in seiner Uniform ... « Ihre Augen leuchteten, und sie schüttelte den Kopf.

»Regimentsbälle?« fragte ich.

»Er war schließlich Soldat, oder? Die Köchin sagte immer, er wär' ein hohes Tier beim Militär ... Offizier oder Major oder so was. Oh, und er war ein stattliches Mannsbild. Ein Kerl, der gern ein Auge riskierte.«

»Was bedeutet das?«

»Oh, er hat sich halt gern umgeschaut.«

»Wonach?«

Sie versetzte mir einen kleinen Stups, und da ich merkte, daß sie nicht gewillt war, das Gespräch auf dieser Ebene fortzuführen, sagte ich rasch: »Was ist aus ihm geworden? Ist er in den Krieg gezogen?«

»Nicht daß ich wüßte. Es gab doch keinen Krieg, nicht? In den Krieg konnte er also nicht ziehen. Aber wir sind ziemlich oft umgezogen. Das ist nun mal so beim Militär. Kaum hat man sich eingewöhnt, schon geht's wieder woanders hin. Es wird marschiert, Kapellen spielen und dergleichen mehr. Das war vielleicht ein Leben!«

»Und du bist mitgezogen?«

»O ja. Ich war schon bei ihr, bevor sie geheiratet hat. Eine Prachthochzeit war das ... in Cedar Hall. Ich sehe sie noch aus der Kirche kommen. Damals hatten wir noch nicht Hochwürden Mathers. Wie hieß der Pastor bloß?«

»Ist doch egal. Was geschah dann?«

»Sie gingen auf Hochzeitsreise ... und danach nahmen wir immer Quartier, wo das Regiment gerade war. Sie waren kaum drei Monate verheiratet, als dein Großvater starb. Und dann das ganze Trara mit dem Verkauf von Cedar Hall und dem Einzug der Carters. Tja, ich hab' gleich gesehen, daß es nicht lange dauern konnte. Er war nicht für das Eheleben geschaffen. Da gab es eine Frau ...«

»Du meinst, als er schon mit meiner Mutter verheiratet war?«

»Das spielt bei manchen Männern keine Rolle. Sie können einfach nicht aus ihrer Haut.«

Das war ja wirklich ungemein interessant. Ich fürchtete schon, es könnte etwas eintreten, das den Redestrom versiegen ließe, sie könnte sich plötzlich auf mein Alter besinnen und einsehen, daß sie zuviel redete.

»Dann warst du unterwegs, und da wurde so manches anders. Sie konnte nicht mehr tanzen gehen, oder?«

»Und dann?« wollte ich wissen.

»Es nahm seinen Lauf. Du kamst auf die Welt, aber irgendwas stimmte nicht. Es gab Gerüchte. Sie wollte nichts dagegen unternehmen. Ihr war immer daran gelegen, den Schein zu wahren.«

»Was bedeutet das, Meg?«

»Sie wußte von der andern. Die war fidel, eine von der koketten Sorte. Genau die Richtige für ihn. Aber sie hatte einen Mann. Der hat die zwei erwischt... auf frischer Tat ertappt sozusagen. Es gab einen regelrechten Skandal. Sie wurden geschieden, und ich glaube, er hat später die andere geheiratet. Und sie lebten glücklich und zufrieden... vielleicht. Deine Mutter hat es nie verwunden. Wäre Cedar Hall nicht verkauft worden, hätte sie dorthin zurückkehren können, und dann wäre es vielleicht nicht so schlimm gewesen. Aber es blieb nicht viel übrig von dem Erlös, nachdem die Schulden bezahlt waren. Das Wenige wurde zwischen ihr und Miß Sophie aufgeteilt. Miß Sophie hat sich davon ihr Haus gekauft, und deine Mutter bekam dieses hier. Sie kriegt zwar etwas Geld von deinem Vater... aber du siehst ja, wie die Dinge liegen.«

»Er lebt?«

»Springlebendig ist er, schätze ich. Deine Mutter spricht nicht darüber. Daß du mir kein Sterbenswörtchen davon verlauten läßt. Aber du hast nach deinem Vater gefragt, und ein Mensch hat das Recht zu wissen, wer sein Vater ist.«

»Ob ich ihn jemals sehen werde?«

Meg schüttelte den Kopf. »Er wird nicht hierherkommen, Liebes. Aber eins kann ich dir sagen, einen netteren Herrn könntest du dir nicht zum Vater wünschen. Es hat bloß nicht... du weißt ja, wie das bei manchen Menschen so ist. Sie passen einfach nicht zusammen. Dann trennten sich ihre Wege, und wir saßen hier in Lavender Cottage... o Verzeihung, in Lavender House.«

Nachdem Meg mir schon so viel erzählt hatte, hielt sie sich kaum mehr zurück, und wann immer ich meiner Gouvernante entkommen konnte, ging ich zu Meg. Sie hatte nichts dagegen. Sie liebte den Klatsch. Ich erfuhr, daß sie am liebsten in einem Haus mit viel Personal gedient hätte. Ihre Schwester war in einem solchen Haus in Somerset in Stellung.

»Sie haben einen Butler, eine Haushälterin, mehrere Küchenmädchen, Stubenmädchen, alles.

Und sie halten sich eine Kutsche, also haben sie auch Stallungen mit allem Drum und Dran. In so einem Haus ist viel los. Aber hier... hier sagen sich Fuchs und Hase gute Nacht.«

»Ich verstehe nicht, warum du dann hierbleibst, Meg.«

»Tja, man könnte auch vom Regen in die Traufe kommen.«

»Dann stehst du also hier im Regen!«

»Sozusagen, ja.«

»Erzähl mir von meinem Vater.«

»Ich hab' dir doch alles erzählt, oder? Und sag deiner Mutter bloß nichts davon. Aber ich find's trotzdem richtig, daß du Bescheid weißt... ein bißchen. Eines Tages wird sie's dir erzählen... aus ihrer Sicht natürlich. Aber ich schätze, er hatte einiges auszuhalten, und eine Medaille hat immer zwei Seiten. Er liebte das Vergnügen. Die Dienstboten hatten ihn alle gern. Er hat immer mit ihnen gescherzt.«

»Mir scheint, du stehst auf seiner Seite.«

»Es ergab sich eigentlich von selbst. Die andere Frau und

alles. Ich schätze, er fühlte sich irgendwie herausgefordert, so, wie deine Mutter nun mal ist… und wie er selbst nun mal ist…«

Einmal kam meine Mutter in die Küche, als ich mich mit Meg unterhielt. Sie machte ein erschrockenes Gesicht, als sie mich dort sah.

»Meg«, sagte sie, »ich möchte die Speisenfolge für heute abend mit dir besprechen.«

Meg verdrehte die Augen zur Decke, und ich entfloh. Gestern hatte es Rinderlende gegeben, also mußte heute kaltes Rindfleisch auf den Tisch, aber meine Mutter kam jedesmal in die Küche, um die Speisenfolge mit Meg zu besprechen. Sie hätte Meg ja am liebsten zu sich bestellt, aber außer Amy gab es niemanden, den sie hätte schicken können, und dann hätte sie Amy von ihrer eigentlichen Arbeit abhalten müssen, wo Amy doch ohnehin schon ziemlich langsam war. Klingeln gab es keine in Lavender House, und sie zu installieren wäre kostspielig gewesen. Und die Besprechungen auf einen festen Termin zu legen hatte keinen Zweck, denn Meg hatte oft alle Hände voll zu tun und war zeitweise schlichtweg unabkömmlich. So blieb meiner Mutter nichts anderes übrig, als sich in die Küche zu bequemen.

Ich überlegte mir immer wieder, ob es nicht möglich sein würde, meiner Mutter zu erklären, wie lächerlich es sei, sich wie die Herrin eines großen Anwesens aufzuführen, obwohl unser Haus alles andere war als grandios. Die Worte von Robert Burns fielen mir ein, der einmal gesagt hatte, es wäre eine große Gabe, wenn wir uns sehen könnten, wie andere uns sehen.

Eine große Gabe, fürwahr – insbesondere für meine Mutter. Wenn sie sie besessen hätte, würde ihr Ehemann sie vielleicht nicht verlassen haben, und ich würde meinen Vater kennen. Ich stellte ihn mir als fröhlichen Mann mit blitzenden Augen vor, der auf Menschen wie Meg eine anziehende Wirkung ausübte.

Einmal hatte ich Meg bei anderer Gelegenheit dieselbe begehrliche Miene aufsetzen sehen, die sie stets dann zur Schau trug, wenn sie von meinem Vater sprach. Es war im Schlachterladen, als Mr. Burr »Kauft, Leute, kauft« rief, während er auf seinem Hackklotz Fleisch zerkleinerte. Mr. Burr war ein leichtfertiger Mensch; er trug eine blau-weiß gestreifte Schürze und einen Strohhut, der verwegen schräg auf seinem Kopf saß. Seine Augen schossen hin und her, wenn er mit der Kundschaft scherzte, die überwiegend aus Frauen bestand. Meg sagte, seine Bemerkungen seien »gewagt«, aber er bringe sie trotzdem zum Lachen.

Einmal hatte sie zu ihm gesagt: »Was Sie nicht sagen. Sehen Sie sich nur vor, junger Mann.«

Er hatte augenzwinkernd entgegnet: »Heut auf dem hohen Roß, Fräuleinchen? Kommen Sie mit mir ins Hinterstübchen, dann hol' ich Sie im Nu da runter.«

»Unverschämter Teufel«, hatte Meg blinzelnd erwidert.

Und mein Vater gehörte zu jener Sorte von Männern, bei denen sie so ein Gesicht machte wie das, das sie in Gesellschaft des Schlachters Mr. Burr aufsetzte.

Das gab mir zu denken.

Ich war auf dem Weg zum Pfarrhaus, um Hochwürden John Mathers einen Brief zu überbringen. Meine Mutter pflegte es ihm auf diesem Wege mitzuteilen, wenn sie etwas zu bemängeln hatte.

Diesmal ging es um den Blumenschmuck für die Kirche. Der sei, beklagte sie sich, im vergangenen Jahr recht kümmerlich ausgefallen. Mrs. Carter und Miß Allder hätten wirklich keine Ahnung. Was könne man auch schon von einer parvenühaften Kaufmannsfrau erwarten, die durch den Verkauf von Süß- und Tabakwaren ein Vermögen verdient hatte? Ihr Blumenschmuck sei ausgesprochen vulgär gewesen, und Miß Allder sei ein armes, affektiertes Wesen, das auf den Hilfspfarrer versessen sei und ganz eindeutig nach Mrs. Carters Pfeife tanze. Das sei absurd, wo doch meine Mutter große Erfahrung mit dem Schmücken der Kirche habe aus der Zeit, als sie in Cedar Hall gelebt und der Adel in Kirchenangelegenheiten ein Wort mitzureden hatte.

Ich wußte, daß meine Mutter wegen dieser Lappalie regelrecht litt; sie verstand es als Beleidigung ihrer Würde, und die war für sie von höchster Wichtigkeit. Sie hatte mehrere Entwürfe des Briefes an Hochwürden Mathers geschrieben, hatte sie zerrissen und sich immer mehr in Wut gesteigert. Diese Situation erzeugte in ihr eine Spannung, die in keinem Verhältnis zu dem Vorkommnis stand.

Seit meinem ersten Gespräch mit Meg über meinen Vater hatte ich sie immer wieder zu verleiten versucht, mir von ihm zu erzählen, doch konnte ich nicht viel mehr aus ihr herausbekommen. Ich gewann aber den Eindruck, daß sie eher auf seiner als auf meiner Mutter Seite stand.

Es war ein lieblicher Frühlingstag. Ich überquerte den Anger und kam an der Bank am Weiher vorbei, auf der zwei alte Männer saßen. Ich kannte sie vom Sehen, weil sie fast jeden Tag da waren. Es waren zwei ehemalige Bauernknechte. Jetzt waren sie zu alt zum Arbeiten und verbrachten ihre Tage mit Sitzen und Reden. Ich rief ihnen im Vorbeigehen »Guten Morgen« zu.

Ich bog in den Weg ein, der zum Pfarrhaus führte. Die Landschaft war sehr schön zu dieser Jahreszeit, wenn die Kastanien blühten und unter den Hecken wilde Veilchen und Sauerklee wuchsen. Welch ein Gegensatz zu dem Aal in Aspik auf dem Markt, von dem Meg so schwärmte!

Ich lachte vor mich hin. Ich fand es recht amüsant – meine Mutter, die so auf Vornehmheit bedacht war, und Meg, die sich nach den Straßen Londons sehnte. Vielleicht neigten die Menschen dazu, sich zu wünschen, was sie nicht hatten.

Das Pfarrhaus war ein langgestreckter Steinbau mit einem hübschen Vorgarten. Hinter dem Haus erstreckte sich der Friedhof.

Hochwürden empfing mich in einem unaufgeräumten Wohnzimmer mit Sprossenfenstern, die auf den Friedhof hinaussahen. Er saß an einem mit Papieren übersäten Schreibtisch. »Ah, Miß Hammond«, sagte er, indem er seine Brille auf die Stirn schob. Sogleich gewahrte ich einen gespannten Ausdruck in den wäßriggrauen Augen dieses gütigen Mannes. Er war ein friedliebender Mensch, und er wähnte die glückliche Harmonie bedroht, was nach einer Mitteilung meiner Mutter häufig der Fall war. Als ich ihm sagte, daß ich einen Brief für ihn hätte, sah er seine Befürchtungen bestätigt.

Ich übergab ihm das Schreiben. »Ich glaube, sie erwartet Ihre Antwort«, sagte ich leise.

»O ja... ja.« Er schob sich die Brille wieder auf die Nase und drehte sich ein wenig, damit ich seine Reaktion auf die Worte meiner Mutter nicht sähe.

»Ach du liebe Güte«, sagte er, und Besorgnis sprach aus seinen Augen. »Es betrifft den Osterschmuck. Mrs. Carter hat die Blumen zur Verfügung gestellt, und natürlich hat sie... hm, sie hat Miß Allder gebeten, ihr zu helfen, den Schmuck zu arrangieren, und ich glaube, Miß Allder hat zugesagt. Du siehst...«

»Ja, ich verstehe vollkommen.«

»Wenn du also deiner Frau Mutter meine Entschuldigung überbringen möchtest und ihr... hm... ausrichten, daß die Sache nicht in meiner Hand liegt, besteht, glaube ich, keine Notwendigkeit, ihr zu schreiben.«

Da ich meine Mutter kannte, hatte ich Mitleid mit ihm.

»Ich werde es ihr ausrichten«, sagte ich.

»Danke, Miß Hammond. Bitte teile ihr mein Bedauern mit.«

»Gewiß«, versprach ich.

Ich verließ das Pfarrhaus, hatte aber keine Eile, nach Hause zu gehen. Ich wußte, es würde ein Donnerwetter geben, und Zorn überkam mich. War es nicht einerlei, wer den Blumenschmuck besorgte? Warum lag ihr soviel daran? Es ging gar nicht um die Blumen. Es ging um den ewigen Hader. In den Tagen, als sie noch mitzureden hatte, würde *sie* die Blumen zur Verfügung gestellt haben. Sie hätte entschieden, ob sie die Kanzel oder den Altar schmückten. Ich fand das alles schrecklich unwichtig. Ich ärgerte mich über sie, und zugleich tat sie mir leid.

So trödelte ich auf dem Heimweg und überlegte hin und her, wie ich ihr die Nachricht überbringen sollte.

Sie wartete auf mich. »Du bist lange fortgeblieben. Nun, hast du seine Antwort mitgebracht?«

»Es bestand keine Notwendigkeit, zu schreiben«, sagte ich. Und ich richtete ihr aus, was mir der Pastor aufgetragen hatte. »Mrs. Carter hatte die Blumen schon besorgt, und Miß Allder hilft ihr, sie zu arrangieren, weil sie es bereits verabredet hatten.«

Sie starrte mich an, als hätte ich von einer großen Katastrophe berichtet. »Nein!« rief sie.

»Das hat er gesagt. Er bedauert es sehr, und es scheint ihm aufrichtig leid zu tun, daß du dich so aufregst.«

»Oh, wie kann er es wagen!«

»Er hat gesagt, er konnte nichts machen, weil Mrs. Carter die Blumen zur Verfügung gestellt hat.«

»Diese vulgäre Person!«

»Der Pastor kann doch nichts dafür.«

»Ach, er kann nichts dafür?«

Ihr gewöhnlich blasses Gesicht war purpurrot angelaufen. Sie zitterte, und ihre Lippen zuckten.

»Wirklich, Mama«, sagte ich. »Es handelt sich doch nur um den Osterschmuck. Ist denn das so wichtig?«

Sie hatte die Augen geschlossen. Ich bemerkte ein schnelles Pulsieren hinter ihrer Stirn. Sie stöhnte auf und schwankte. Ich lief zu ihr und fing sie auf, bevor sie umfiel. Sie hatte Schaum vor dem Mund.

Ich hätte am liebsten geschrien: Das ist absurd. Es ist lächerlich. Aber plötzlich bekam ich Angst. Dies hier war mehr als Wut.

Zum Glück stand nahebei ein großer Sessel. Ich half ihr hinein und rief nach Meg.

Mit Amys Hilfe brachten Meg und ich meine Mutter zu Bett. Der Arzt kam, Meg führte ihn zu ihr. Ich stand lauschend auf der Treppe.

Miß Glover, meine Gouvernante, kam aus ihrem Zimmer und sah mich. »Was gibt's?«

»Mutter ist krank.«

Miß Glover bemühte sich, ein mitfühlendes Gesicht zu machen, doch es wollte ihr nicht recht gelingen. Auch sie war eine von denen, die nur so lange blieben, bis sie etwas Besseres fanden.

Sie ging mit mir ins Wohnzimmer, wo wir auf den Arzt warteten.

Ich hörte ihn mit Meg die Treppe herunterkommen und sagen: »Ich schaue heute nachmittag wieder vorbei. Dann sehen wir weiter.«

Meg dankte ihm, dann kam sie ins Wohnzimmer. Sie sah mich an, ihre Augen waren von Sorge erfüllt. Ich wußte, daß sie mehr um mich bangte als um meine Mutter.

»Was ist geschehen?« fragte Miß Glover.

»Er sagt, es ist ein Schlaganfall.«

»Was ist das?« fragte ich.

»Es ist schlimm. Aber wir wissen noch nichts Genaues. Wir müssen abwarten.«

»Das ist ja furchtbar«, sagte Miß Glover. »Ist sie... hm...

»Er weiß es noch nicht genau. Er kommt später noch mal vorbei. Es steht ziemlich schlimm um sie.«

»Ist sie bei Bewußtsein?« fragte ich.

»Er hat ihr etwas gegeben. Er sagt, sie weiß nicht, was mit ihr geschehen ist … noch nicht. Er will wiederkommen und den jungen Dr. Egham mitbringen.«

»Das hört sich schlimm an«, sagte ich. »Sie muß wirklich krank sein.«

Meg sah mich betrübt an. »Sieht ganz so aus«, meinte sie.

Miß Glover sagte: »Nun, wenn ich nichts tun kann …« Sie ließ uns allein. Es interessierte sie nicht weiter. Mit der Morgenpost war ein Brief für sie gekommen. Ich vermutete, daß er ein Angebot für eine neue Stellung enthielt, die ihren Erwartungen mehr entsprach, als ein Mädchen in einem Cottage – auch wenn es sich House nannte – zu unterrichten und bei einer Frau in Diensten zu stehen, die sich wie eine große Dame gebärdete, ohne über die nötigen Mittel zu verfügen, um ihre Ansprüche zu verwirklichen.

Ich lernte allmählich, die Gedanken der Menschen genau zu lesen.

Ich war froh, als Miß Glover hinausging. Meg war sehr ernst.

»Was hat das alles zu bedeuten?« fragte ich.

»Da bin ich auch nicht klüger als du, Liebes. Sie ist schwer krank, nehm' ich an. Meine Tante Jane hatte mal einen Schlaganfall. Sie war auf einer Seite gelähmt. Sprechen konnte sie auch nicht, bloß murmeln. Ein Jahr ging das so mit ihr. Sie war wie ein Baby.«

»O nein, nein.«

»Es kommt halt manchmal vor, daß man sich nicht wieder erholt. Das kann jedem von uns passieren, jederzeit. Man geht seiner Arbeit nach, und der Herr hält es für richtig, daß einen der Schlag trifft.«

Ich mußte an meine Mutter denken, die so würdevoll war, so stolz auf ihre Herkunft, so zornig und verbittert wegen der Wende des Schicksals, und ich war von Mitleid mit ihr erfüllt. Jetzt verstand ich sie besser denn je, und ich wünschte, es ihr sagen zu können. Mich überkam eine schreckliche Furcht, daß ich nie Gelegenheit dazu haben würde. Zorn wallte in mir auf. Der dämliche Osterschmuck war an allem schuld. Die Wut hatte Mutter dies angetan. O nein! Es waren nicht allein die Blumen. Es hatte sich in ihr aufgestaut – all die Wut, die Bitterkeit, der Groll. Die Blumen waren nur der Höhepunkt gewesen von jahrelangem Neid und unterdrücktem Zorn auf das Schicksal.

Der Arzt kam wieder und brachte Dr. Egham mit. Sie blieben sehr lange bei meiner Mutter. Meg begleitete sie, und hinterher gingen alle ins Wohnzimmer und schickten nach mir.

Dr. Canton sah mich dermaßen gütig an, daß ich das Schlimmste befürchtete.

»Deine Mutter ist sehr krank«, sagte er. »Es besteht die Möglichkeit, daß sie sich ein wenig erholt. Aber auch dann wird sie leider schwer behindert sein. Sie wird Pflege benötigen.« Er sah mich zweifelnd an, dann wandte er sich etwas zuversichtlicher an Meg. »Wir wollen ein paar Tage abwarten. Dann können wir klarer sehen. Gibt es irgendwelche Verwandte?«

»Ich habe eine Tante«, erklärte ich ihm. »Die Schwester meiner Mutter.«

Seine Miene hellte sich auf. »Wohnt sie weit entfernt?«

»In Wiltshire.«

»Du solltest sie umgehend verständigen.«

Ich nickte.

»Nun denn«, fuhr er fort, » wir werden abwarten... sagen wir, bis Ende der Woche. Bis dahin dürften wir mehr wissen.«

Dr. Egham lächelte mir aufmunternd zu, Dr. Canton legte mir die Hand auf die Schulter und tätschelte mich begütigend. Ich war zu verwirrt für Tränen, obwohl mir zum Weinen zumute war.

»Wir wollen das Beste hoffen«, sagte Dr. Canton. »Unterdessen verständige deine Tante.«

Er wandte sich an Meg. »Viel mehr kann ich nicht tun. Sollte eine Veränderung eintreten, geben Sie mir Bescheid. Ich schaue morgen wieder vorbei.«

Als er fort war, sahen Meg und ich uns stumm an. Wir fragten uns, was aus uns werden würde.

Ende der Woche kam Tante Sophie. So groß war meine Freude, sie zu sehen, daß ich mich in ihre Arme warf. Sie erwiderte meine Umarmung; ihre vor Rührung zusammengekniffenen Korinthenaugen waren ein wenig feucht. »Mein liebes Kind«, sagte sie. »So eine Bescherung. Deine arme Mutter. Wir werden abwarten müssen, was aus alledem wird.« Damit wandte sie sich an Meg. »Guten Tag, Meg. Ich weiß, es war für euch alle ein schwerer Schlag. Kopf hoch. Wir werden es schon schaffen.«

»Möchten Sie zuerst in Ihr Zimmer gehen, Miß Cardingham?« fragte Meg.

»Vielleicht. Nur schnell die Reisetasche abstellen. War das eine Fahrt!«

»Danach werden Sie wohl Mrs. Hammond sehen wollen.«

»Gute Idee. Wie geht es ihr jetzt?«

»Sie bekommt scheint's nicht viel mit. Kann sein, daß sie Sie nicht erkennt, Miß Cardingham.«

»Jetzt gehe ich mir zuerst einmal die Hände waschen. In den Zügen ist es immer so schmutzig. Dann machen wir uns ans Werk. Du kommst mit mir, Frederica.«

Wir gingen in das Zimmer, das für sie hergerichtet worden war, und Meg ließ uns allein.

»Eine gute Seele«, sagte Tante Sophie, indem sie zu der Tür hin nickte, durch die Meg soeben verschwunden war.

»O ja.«

»Sie hat's jetzt nicht leicht. Wir werden sehen, was zu tun ist. Was sagt der Arzt?«

»Er sagt, es besteht keine große Hoffnung, daß Mutter wieder ganz gesund wird. Sie wird wohl Pflege brauchen.«

Tante Sophie nickte. »Schön, jetzt bin ich ja da.« Sie lächelte mich wehmütig an. »Armes Schätzchen. So jung, und schon so eine Last auf den Schultern. Du mußt jetzt... wie alt bist du?«

»Dreizehn.«

»Hm«, murmelte sie.

Amy brachte warmes Wasser, und Tante Sophie wusch sich. Ich setzte mich solange aufs Bett und sah ihr zu. Während sie sich die Hände abtrocknete, schaute sie aus dem Fenster und verzog das Gesicht. »Das alte Heim«, sagte sie. »Und sie hatte es die ganze Zeit im Blick!«

Ich nickte. »Es hat sie aufgeregt.«

»Ich weiß. Schade, daß sie nicht fortkonnte.«

»Sie wollte nicht.«

»Ich kenne meine Schwester. Nun ja, jetzt ist es zu spät.« Sie drehte sich mit einem zärtlichen Lächeln zu mir um. »Dreizehn. Zu jung für eine solche Bürde. Du solltest dich vergnügen. Man ist nur einmal jung.« Ich entdeckte bald, daß es eine Gewohnheit von ihr war, sprunghaft das Thema zu wechseln und die Gedanken schweifen zu lassen.

»Na ja«, fuhr sie fort, »geschehen ist geschehen. Das Leben geht weiter. Keine Sorge. Die alte Tante Sophie findet eine Lösung. Meg ist schon lange bei euch.«

»Eine Ewigkeit«, erklärte ich ihr.

Sie nickte zum Fenster hin. »Sie war schon da drüben bei uns. Gute Seele. Solche gibt's nicht viele.«

Ich brachte sie zu meiner Mutter. Ich wußte, daß sie sie nicht erkennen würde. Es war mir beinahe unerträglich, meine Mutter anzusehen. Ihre Augen starrten ausdruckslos vor sich hin; ihre Lippen bewegten sich. Ich dachte mir, sie versuche vielleicht, etwas zu sagen, aber niemand von uns konnte verstehen, was ihre Lippen murmelten.

Wir blieben nicht lange bei ihr. Es hatte keinen Sinn.

»Arme Caroline«, sagte Tante Sophie. »Daß es so weit mit ihr kommen mußte. Hoffentlich spürt sie es nicht. Es würde sie sehr betrüben.« Dann drehte sie sich zu mir und legte ihren Arm um mich. »Laß dich nicht unterkriegen, liebes Kind. Es wird schon werden.«

Seit Tante Sophies Ankunft fühlte ich mich erheblich besser. Dr. Canton war sichtlich erfreut, sie hier zu sehen, und nachdem er meine Mutter untersucht hatte, führte er eine lange Unterredung mit Tante Sophie. Als er fort war, nahm sie mich mit auf ihr Zimmer, und dort erläuterte sie mir die Lage. »Du bist noch sehr jung«, sagte sie, »aber manchmal werden uns solche Dinge eben aufgebürdet, einerlei, wie alt wir sind. Ich will offen zu dir sein. Deine Mutter ist in der Tat schwer krank. Sie braucht sachkundige Pflege. Meg ist eine gute Seele, und kräftig ist sie auch, aber allein könnte sie es nicht bewältigen. Ich habe gründlich darüber nachgedacht. Wir könnten eine Krankenschwester ins Haus nehmen. Das wäre nicht einfach. Sie müßte verköstigt werden. Es gäbe aber noch eine andere Möglichkeit. Deine Mutter könnte in ein Pflegeheim, wo sie aufs beste umsorgt würde. Ich kenne eins nicht weit von mir zu Hause entfernt. Wir könnten sie dort unterbringen.«

»Würde das sehr viel kosten?«

»Ah, du denkst an alles, wie ich sehe.« Tante Sophie lachte – das Lachen, das meiner Mutter auf die Nerven ging, mir aber wie tröstliche Musik erschien. Es war das erste Mal, daß ich es hörte, seit sie angekommen war.

»Ja, mein Liebes, es würde allerdings einiges kosten. Ich lebe nicht in so beschränkten Verhältnissen wie deine Mutter. Ich habe ein kleines Haus und ein Hausmädchen, meine gute, treue Lily. Ich muß keinen Schein wahren. Ich bin in meinem Häuschen zufrieden. Wir haben einen großen Garten und bauen unser Gemüse selbst an. Im Vergleich mit deiner Mutter – obwohl wir ein fast gleich hohes Einkommen haben, wir haben uns ja geteilt, was vom Vermögen unseres armen Vaters übriggeblieben ist – lebe ich in verhältnismäßigem Komfort. Nur bin ich leider nicht wohlhabend genug, um für deine Mutter im Pflegeheim aufzukommen, aber ich habe einen Plan.« Sie sah mich voller Zärtlichkeit an. »Ich hatte immer eine Schwäche für dich, Frederica. So ein würdevoller Name. Bezeichnend für deine Mutter, dich so zu nennen. Bei mir habe ich dich immer Freddie genannt.«

Ich sagte: »Das klingt freundlich.« Und ich dachte: Hoffentlich geht sie nicht fort. Ich hätte mich am liebsten an sie geklammert, sie gebeten zu bleiben. Sie hatte die Hoffnung mit sich gebracht, daß alles nicht so schlimm wäre, wie es schien.

»Schön«, fuhr sie fort, »dann bleibt es bei Freddie. Jetzt hör zu. Du kannst hier nicht allein wohnen bleiben, das steht fest. Ich schlage vor – wenn dir die Idee zusagt –, daß du mit zu mir kommst. Ich bin der einzige Mensch, den du hast. Dir bleibt keine große Wahl, leider.«

Ich lächelte sie verzagt an.

»Hm, ich bin gar nicht so übel, und ich habe das Gefühl, daß wir uns verstehen werden.«

»Und was wird aus…«

»Dazu komme ich jetzt. Meg und die Kleine werden sich nach einer neuen Stellung umsehen müssen. Das Haus könnte verkauft werden. Von dem Ertrag ließe sich die Pflege für deine Mutter bestreiten, und obendrein hat sie noch ihr kleines Einkommen. Das könnte genügen. Du kommst mit mir. Offen gestanden, Freddie, sehe ich keine andere Möglichkeit. Ich habe mit dem Arzt gesprochen. Er hält es für eine gute Idee. Zudem ist es das einzig Vernünftige.«

Ich konnte nicht sprechen. Mir war, als würde meine Welt rings um mich zusammenbrechen.

Tante Sophie sah mich eindringlich an. »Ich könnte mir vorstellen, daß du dich gar nicht unwohl fühlen wirst. Lily kann zuweilen aufbrausend sein, aber sie meint es gut. Sie ist eine brave Person, und ich bin auch nicht so übel. Ich hatte immer gern junge Menschen um mich.«

Ich klammerte mich an sie.

»Ist ja gut, ist ja gut«, murmelte sie beschwichtigend.

Meg sagte: »Es wird mir schwerfallen, nach all den Jahren, aber sie hat recht. Es ist das einzig Richtige. Ich könnte deine Mutter nicht ordentlich pflegen, und ich würde es nicht aushalten, Krankenschwestern im Haus zu haben. Die können so mäkelig sein – sie wollen mal dies, mal jenes, nicht nur für die Patientin, auch für sich selbst. Am schlimmsten wird die Trennung von dir, Miß Fred.«

»Aber du mußt dir eine neue Stellung suchen, Meg.«

»Ich hab' schon meiner Schwester in Somerset geschrieben. Sie meint, in dem großen Haus wird immer Personal gebraucht. Keine Ahnung, welcher Posten gerade frei ist, aber für den Anfang ist mir jeder recht. Ich hab' immer schon in so ein Haus wollen, seit ich nicht mehr in Cedar Hall bin. Und wer weiß, vielleicht kann Amy auch dort unterkommen.«

»O Meg, ich werde dich sehr vermissen!«

»Ich dich auch, Liebes. Aber so ist das Leben. Es ändert sich immerzu. Und ich denke, bei Miß Sophie wirst du's gut haben. Sie hat das Herz auf dem rechten Fleck. Bei ihr wird's lebhafter zugehen als bei deiner Mama.«

»Hoffentlich wird alles gut.«

»Bestimmt. Kaum war sie hier, sah man schon Licht am Ende des Tunnels, wie es so schön heißt. Wir müssen der Wahrheit ins Auge sehen. Deine Mama wird nicht wieder gesund werden. Sie braucht anständige Pflege, und die bekommt sie im Heim. Du kannst sie oft besuchen. Das ist die beste Lösung. Auf Miß Sophie ist Verlaß. Sie war schon immer sehr praktisch veranlagt.«

Das Haus wurde zum Verkauf ausgeschrieben. Es war ein hübsches Anwesen, und es meldeten sich mehrere Interessenten. Tante Sophie war in der Tat ungemein praktisch. Sie verlangte, daß die Mädchen im Haus bleiben müßten, bis sie eine neue Stellung gefunden hätten. Man dürfe sie nicht hinauswerfen.

Was dies betraf, hatten sie Glück. Megs Schwester schrieb, für Meg sei ein Posten frei. Zwar nur als Hausmädchen, aber besser als nichts, und es bestünde die Chance, sich »hochzuarbeiten«. Für Amy habe sich noch nichts gefunden, aber es gebe viele vornehme Häuser in der Gegend. Die Dienstboten seien untereinander befreundet, und sie habe gehört, daß in einem Haus ein Stubenmädchen gesucht werde. Sie wolle sich für Amy verwenden.

Wir waren zuversichtlich, und unsere Hoffnungen wurden nicht enttäuscht. Es war, als sei Tante Sophie als Märchenfee gekommen und habe mit ihrem Zauberstab gewinkt.

Eines Tages sagte ich zu ihr: »Was ist mit meinem Vater?«

Ihr Gesichtsausdruck veränderte sich ein wenig, und sie setzte eine Miene auf, die ich nur als wachsam bezeichnen konnte.

»Was soll mit ihm sein?« fragte sie in ungewohnt scharfem Ton.

»Muß man ihn nicht verständigen?«

Sie überlegte eine Weile, dann schüttelte sie den Kopf.

»Immerhin ist er ihr Ehemann«, beharrte ich, »und... mein Vater.«

»Das ist lange vorbei. Sie sind geschieden.«

»Schon, aber... er ist und bleibt mein Vater.«

»Das ist alles so lange her.«

»Zwölf Jahre sind es wohl.«

»Er führt ein völlig neues und ganz anderes Leben als früher. Es hat sich viel verändert.«

»Mit einer neuen Familie.«

»Vielleicht.«

»Meinst du, daß ich ihn nicht interessiere?«

Sie lächelte, und ihr Gesichtsausdruck wurde zärtlich.

Ich sagte: »Du hattest ihn gern, nicht wahr?«

»Alle hatten ihn gern. Allerdings war er nie richtig ernst.«

Ich wartete, daß sie fortführe, und da sie schwieg, sagte ich: »Findest du nicht, er müßte es erfahren? Oder meinst du, er mag nicht an uns erinnert werden?«

»Es könnte ihm unangenehm sein. Leute, die sich scheiden lassen, werden manchmal zu Feinden. Er ist Unannehmlichkeiten immer aus dem Weg gegangen. Nein, Liebes, wir wollen das Ganze vergessen. Du kommst mit zu mir.«

Ich war nachdenklich; er ging mir nicht aus dem Sinn. Tante Sophie nahm meine Hand. »Es heißt, schlafende Hunde soll man nicht wecken«, sagte sie.

»Das habe ich schon mal gehört.«

»Ja, wenn man sie weckt, gibt es lautes Gebell und vielleicht Mißhelligkeiten. Laß uns nach Wiltshire fahren. Mal sehen, wie es dir dort gefällt. Du mußt zur Schule gehen. Deine Erziehung ist wichtig. Du und ich, wir werden eine Menge Entscheidungen treffen müssen. Wir wollen uns nicht belasten mit dem, was vorher war. Wir müssen vorwärts schreiten. Das war das Problem deiner Mutter. Sie hat ständig zurückgeblickt. Das tut nicht gut, Freddie. Ich habe das Gefühl, wir zwei werden uns sehr gut verstehen.«

»O ja, Tante Sophie. Ich weiß nicht, was ich sagen soll. Nach so vielen Jahren bist du hierhergekommen, und durch dich sieht auf einmal alles leichter aus.«

»So ist's recht. Ich muß sagen, es freut mich, daß ich meine Nichte nun bei mir haben werde.«

»Liebste Tante Sophie, und ich bin sehr froh, daß ich meine Tante habe.«

Wir küßten und umarmten uns, und ein köstliches Gefühl der Geborgenheit hüllte mich ein.

Während der folgenden Wochen ereignete sich eine Menge. Die Versteigerung der Möbel erbrachte mehr, als wir erhofft hatten, denn es befanden sich darunter einige kostbare Stücke, die meine Mutter aus Cedar Hall mitgenommen hatte.

Meg und Amy reisten ab nach Somerset, und das Haus stand zum Verkauf. Meine Mutter wurde nach Devizes ins Pflegeheim gebracht, das nicht weit von Tante Sophies Wohnort entfernt lag, so daß wir sie wenigstens einmal in der Woche besuchen konnten. Tante Sophie erklärte mir, ihr stünde praktisch eine eigene Kutsche zur Verfügung. »Ist zwar nur ein Dogcart. Er gehört dem alten Joe Jobbings, der einmal in der Woche in unserem Garten nach dem Rechten sieht. Er kutschiert uns, wohin wir wollen.«

Lavender House stand zum Verkauf. Ich warf einen letzten Blick auf Cedar Hall; ich tat es ohne Bedauern, denn seiner Nachbarschaft, der ständigen Erinnerung an verlorenen Glanz und an »bessere Tage«, gab ich die Schuld am Zustand meiner Mutter. Dann brach ich mit Tante Sophie zu meinem neuen Heim in Wiltshire auf.

St. Aubyn's Park

Nach dem tragischen Ereignis war es ein großes Glück für mich, in Tante Sophies Obhut und damit in eine der faszinierendsten Gegenden Englands zu kommen.
Die Atmosphäre jener Landschaft nahm mich auf Anhieb gefangen. Tante Sophie meinte dazu: »Das kommt von den antiken Überresten. Man muß unwillkürlich an die Menschen denken, die vor unendlich vielen Jahren, als es noch keine Geschichtsschreibung gab, hier gelebt und ihre Spuren hinterlassen haben.«

Auf einem Hügel stand das sogenannte Weiße Pferd. Nur aus der Ferne konnte man es deutlich erkennen; es hatte etwas Mystisches. In der Hauptsache aber waren dort Steine zu sehen, deren Herkunft niemand zu erklären vermochte; es wurde jedoch vermutet, daß man sie lange vor Christi Geburt dorthingebracht hatte, um eine Kultstätte zu schaffen.

Das Dorf Harper's Green glich zahlreichen anderen englischen Dörfern: Es gab eine alte normannische Kirche, die ständiger Renovierungsarbeiten bedurfte, einen Anger, einen Weiher, der von einer Reihe kleiner Tudorhäuser gesäumt war, und ein Gutshaus – in diesem Fall St. Aubyn's Park, das Ende des sechzehnten Jahrhunderts errichtet worden war.

Tante Sophies Haus war keineswegs groß, aber ungemein behaglich. In der kalten Jahreszeit waren die Kamine in den Zimmern ständig geheizt. Lily, die aus Cornwall stammte, erklärte mir, sie »halte die Kälte nicht aus«. Sie und Tante Sophie sammelten im Lauf des Jahres so viel Holz, wie sie konnten, so daß immer genügend Vorrat im Schuppen war.

Lily hatte schon in Cedar Hall gedient. Sie hatte ihre Heimat Cornwall verlassen, um sich dort zu verdingen, so wie Meg London verlassen hatte; sie kannte Meg natürlich gut. Mir tat es wohl, mit jemandem zu reden, der meine alte Freundin kannte.

»Sie ist mit Miß Caroline gegangen«, sagte Lily. »Ich hatte mehr Glück. Ich bin bei Miß Sophie geblieben.«

Ich hatte Meg geschrieben, aber sie tat sich etwas schwer mit der Feder, und bislang hatte ich kaum mehr von ihr gehört, als daß sie hoffe, ich sei wohlauf; sie habe es ganz gut getroffen mit dem Haus in Somerset. Das war tröstlich, und es freute mich, ihr mein Befinden in glühenden Farben schildern zu können. Sollte sie Schwierigkeiten haben, es selbst zu entziffern, hatte sie dort gewiß jemanden, um es sich vorlesen zu lassen.

In unserer Nachbarschaft gab es zwei vornehme Häuser. Das eine war St. Aubyn's Park, das andere das anmutige Bell House, ein roter Ziegelbau.

»Es heißt Glockenhaus«, erklärte Tante Sophie, »weil über der Veranda eine Glocke ist, hoch oben, gleich unterm Dach. Das Haus muß irgendwann ein Versammlungsort gewesen sein. Die Dorians wohnen dort. Sie haben ein Mädchen bei sich aufgenommen, eine Waise, ungefähr in deinem Alter, die beide Eltern verloren hat. Sie ist die Tochter von Mrs. Dorians Schwester. Und dann haben wir natürlich die Familie in St. Aubyn's Park.«

»Was sind das für Leute?«

»Oh, das sind die St. Aubyns ..., sie heißen genauso wie das Haus. Die Familie lebt dort, seit es gebaut wurde. Du kannst es dir ausrechnen. Das Haus stammt vom Ende des sechzehnten Jahrhunderts, und Bell House entstand mehr als hundert Jahre später.«

»Wie groß ist die Familie St. Aubyn?«

»Sie haben zwei Kinder ... ach was, Kinder! Master Crispin würde es sich verbitten, als Kind bezeichnet zu werden. Er ist schon über Zwanzig. Ein sehr arroganter junger

Mann. Dann haben sie noch eine Tochter, Tamarisk. Ein ungewöhnlicher Name. Eine Tamariske ist ein Baum mit fedrigen Blättern. Das Mädchen ist etwa so alt wie du. Es kann durchaus sein, daß du zum Tee eingeladen wirst.«

»Wir waren nie zum Tee bei den Leuten, die Cedar Hall gekauft haben.«

»Das dürfte an deiner Mutter gelegen haben, Liebes.«

»Sie hat sie verachtet, weil sie Kaufleute waren.«

»Arme Caroline. Immer hat sie sich das Leben unnötig schwer gemacht. Niemandem außer ihr selbst machte es etwas aus, daß sie nicht das hatte, was sie einst besaß. Die St. Aubyns sind die bedeutendste Familie im Dorf. Ich schätze, die Leute von Bell House kommen als nächste. Mich hat es nie bekümmert, daß ich in Cedar Hall aufgewachsen bin und jetzt in The Rowans wohne.«

Unser Haus hieß The Rowans, Die Eschen, weil zwei Ebereschen davorstanden, auf jeder Seite der Veranda eine.

Ich liebte es, wenn Tante Sophie vom Dorf erzählte, von Hochwürden Hetherington, der »mit einem Bein im Jenseits« stand und dessen Predigten sich endlos hinzogen, und Miß Hetherington, die nicht nur seinen Haushalt dirigierte, sondern auch alle übrigen Dorfbewohner.

»Eine sehr resolute Dame«, bemerkte Tante Sophie, »und unentbehrlich für den armen Pastor.«

Ich war fasziniert von den Steinen, die nicht weit von The Rowans gruppiert waren. Ich sah sie zum erstenmal, als ich mit Tante Sophie in Joe Jobbings' Dogcart von Salisbury kam, wo wir Dinge eingekauft hatten, die in Harper's Green nicht zu haben waren.

»Können wir hier einen Augenblick anhalten, Joe?« bat Tante Sophie, und Joe tat ihr den Gefallen.

Als ich zwischen den uralten Gesteinsbrocken stand, fühlte ich mich von der Vergangenheit umschlossen. Ich war aufgeregt und ergriffen, und doch konnte ich mich eines bangen Gefühls nicht erwehren.

Tante Sophie erzählte mir ein wenig über die Steine. »Niemand weiß es ganz genau«, sagte sie. »Manche meinen, die Druiden hätten sie ungefähr siebzehnhundert Jahre vor Christus hierhergeschafft. Viel mehr weiß ich nicht, nur, daß es so etwas wie ein Tempel war. Damals haben die Menschen den Himmel angebetet. Die Steine sind nach dem Aufgang und dem Untergang der Sonne angeordnet.«

Ich umklammerte Tante Sophies Arm. Wie gut, daß sie bei mir war. Ich war sehr nachdenklich, als wir wieder in den Einspänner stiegen und Joe uns nach Hause kutschierte.

Ich war dankbar, daß ich in Harper's Green sein durfte, zumal, wenn ich an die Tage in Middlemore im Schatten von Cedar Hall zurückdachte.

Wir besuchten meine Mutter regelmäßig. Sie schien sich wohl zu fühlen, zumal ihr nicht recht bewußt war, was mit ihr geschehen war und wo sie sich befand. Ich war jedesmal traurig, wenn ich sie verließ; und wenn ich Tante Sophie ansah, konnte ich nicht umhin zu denken, wenn meine Mutter wie sie gewesen wäre, dann hätten wir um vieles glücklicher sein können.

Und ich gewann Tante Sophie mit jedem Tag lieber.

Es galt zahlreiche praktische Dinge zu regeln – vor allem meine Schulbildung.

Tante Sophie spielte in Harper's Green eine herausragende Rolle. Sie verfügte über unerschöpfliche Energien und liebte es, Anordnungen zu treffen. Sie hielt den Kirchenchor zusammen, organisierte das alljährliche Sommerfest mitsamt Basar, und wenngleich sie und Miß Hetherington nicht immer übereinstimmten, so waren sie doch beide zu klug, um nicht gegenseitig ihre Fähigkeiten anzuerkennen.

Gewiß, Tante Sophies kleines Haus war mit St. Aubyn's

Park oder Bell House nicht zu vergleichen, aber sie war in einem Herrschaftshaus aufgewachsen und mit den Verpflichtungen eines solchen vertraut, und sie besaß große Erfahrung in Dorfangelegenheiten. Ich erkannte bald, daß wir, obwohl weniger wohlhabend, denselben Rang in der Gesellschaft einnahmen wie der Dorfadel.

Ehe ich den Menschen begegnete, die künftig eine Rolle in meinem Leben spielen sollten, erfuhr ich durch Tante Sophie ein wenig über sie. Ich wußte, daß der alte Thomas, der seine Tage auf der Bank am Weiher verbrachte, Gärtner in St. Aubyn's Park gewesen war, bevor ihm der Rheumatismus »in die Beine fuhr« und seiner Arbeit ein Ende machte. Er bewohnte nach wie vor sein Cottage auf dem Anwesen der St. Aubyns, und jedem, der sich zu ihm setzte, erzählte er, es stehe ihm »lebenslänglich« zur Verfügung, was sich mehr nach einer Gefängnisstrafe anhörte als nach der Wohltat, auf die er so stolz war. Ich wurde gewarnt, ich müsse Thomas rasch im Vorbeigehen guten Tag zurufen, wollte ich nicht in Erinnerungen an alte Zeiten hineingezogen werden.

Ich hörte von dem armen alten Charlie, der vor langer Zeit den Verstand verloren hatte, und von Major Cummings, der in Indien zur Zeit des großen Aufstandes gedient hatte und seine Tage in Erinnerungen an dieses bedeutende Ereignis verbrachte.

Tante Sophie nannte die drei »die alten Männer vom Anger«. Wenn die Witterung es zuließ, fanden sie sich jeden Tag dort ein, und ihre Unterhaltung war, wie Tante Sophie sagte, ein »Potpourri« aus Thomas' Cottage und Rheumatismus sowie dem indischen Aufstand, während der arme Charlie nickend und mit verzückter Aufmerksamkeit lauschend dabeisaß, als sei das alles ganz neu für ihn.

Dann gab es die Gestalten im Hintergrund – den Chor sozusagen. Mich interessierten diejenigen, die in meinem Alter waren, insbesondere die beiden Mädchen, das von St. Aubyn's Park und das von Bell House.

Tante Sophie erklärte: »Tamarisk St. Aubyn ist ein rechter Wildfang. Kein Wunder. Mama und Papa St. Aubyn hatten genug mit sich selbst zu tun. Für den Nachwuchs blieb nicht viel Zeit. Freilich, sie hatten Kindermädchen, aber ein Kind braucht Zuwendung von der richtigen Seite.«

Sie sah mich beinahe wehmütig an. Sie wußte, daß meine Mutter so sehr von den verlorenen »besseren Tagen« besessen gewesen war, daß sie keine Zeit fand, mir angenehme Tage zu bereiten.

»Die beiden waren ein vergnügungssüchtiges Paar«, fuhr Tante Sophie fort. »Feste, Bälle, immer ausgelassen. Mal in London, mal im Ausland. Man mag sich vielleicht sagen, na und? Sie hatten doch immer Kindermädchen und Gouvernanten. Lily meint, so etwas sei unnatürlich.«

»Erzähl mir von den Kindern.«

»Crispin und Tamarisk. Tamarisk ist etwa so alt wie du, Crispin dürfte wohl zehn Jahre älter sein. Ich denke, als ihr Sohn geboren war, wollten sie keine weiteren Kinder mehr, obwohl die Kleinen, kaum daß sie auf der Welt waren, anderen überlassen werden konnten, die sich ihrer annahmen. Aber die Zeit vor ihrer Ankunft war sehr beschwerlich und ausgesprochen lästig für den Lebensstil, den Mrs. St. Aubyn liebte. Lange Zeit sah es so aus, als bliebe Crispin das einzige Kind. Er störte das muntere Leben der St. Aubyns nicht. Ich glaube, sie kannten ihn kaum. Man kann sich vorstellen, wie das so ablief – ab und an wurde er ihnen zur Besichtigung vorgeführt. Er hatte zwei Kindermädchen, deren ein und alles er war. Er hat sie nicht vergessen, das muß ich ihm zugute halten. Er hat immer für die beiden gesorgt. Es sind nämlich zwei Schwestern. Die eine ist ein bißchen wunderlich geworden. Arme Flora. Sie sind immer zusammengewesen. Keine hat geheiratet. Sie haben ein Häuschen auf dem Anwesen der St. Aubyns. Crispin sorgt für ihr Wohl. Er hat seine Nannys nicht vergessen.

Sein Vater ist gestorben. An seinem ausschweifenden Leben, sagen die Leute. Aber die reden ja immer, nicht wahr? Lange Nächte, zuviel unterwegs in London und im Ausland, zuviel Alkohol. Es war von allem zuviel für Jonathan St. Aubyn. *Sie* ist danach zusammengebrochen. Man erzählt sich, sie hänge seitdem zu sehr an der Flasche, aber die Leute reden ja alles mögliche. Ein Segen, daß Crispin in einem vernünftigen Alter war, als sein Vater starb. Er hat die Leitung des Gutes übernommen. Ich glaube, er ist in diesen Dingen sehr tüchtig, ein rechter Landjunker, der es einem verübelt, wenn man vergißt, wer der Herr ist. Die meisten Leute finden, er sei genau der Richtige für das Gut, aber es gibt auch welche, die kein gutes Haar an ihm lassen. Das ficht ihn aber nicht an, denn er hat eine sehr hohe Meinung von sich. Soweit der Sohn des Hauses, der jetzige Gutsherr.

»Gibt es auch eine Gutsherrin?«

»Das sollte eigentlich Mrs. St. Aubyn sein, die Mutter. Aber sie verläßt das Haus kaum noch. Sie hat sich gehenlassen, als ihr Mann starb, und seither kränkelt sie. Sie waren einander sehr zugetan. Und ihr war an nichts anderem gelegen als an dem ausschweifenden Leben mit ihm. Crispin war verheiratet.«

»War?« fragte ich.

»Sie hat ihn verlassen. Die Leute sagen, das sei nicht verwunderlich.«

»Dann hat er also noch eine Frau?«

»Nein. Sie ging nach London, und bald darauf kam sie bei einem Eisenbahnunglück ums Leben.«

»Wie furchtbar!«

»Manche Leute sagen, das sei die gerechte Strafe für ihre Sünden gewesen. Der fromme alte Josiah Dorian in Bell House war davon überzeugt. Die Nachsichtigeren sagten, sie könnten verstehen, daß die Ärmste fortwollte von ihrem Ehemann.«

»Das hört sich sehr dramatisch an.«

»Je nachdem, wie man es betrachtet, Liebes. Bei uns gärt es wie in jedem Dorf. Alles sieht so ruhig und friedlich aus, aber wenn man unter der Oberfläche bohrt, stößt man auf etwas, was man nicht erwartet hat. Es ist, wie wenn man einen Stein umdreht, um nachzuschauen, was darunter ist. Hast du das schon mal gemacht? Versuche es eines Tages, dann wirst du sehen, was ich meine.«

»Dieser Crispin war also verheiratet.«

»Er ist recht jung für einen Witwer, aber ich vermute, das arme Ding hat das Leben mit ihm nicht ertragen. Vielleicht ist es eine Warnung für andere, es nicht zu versuchen. Obwohl ich sagen muß, ein herrschaftliches Anwesen wie St. Aubyn's Park, und er der Herr über das Ganze, das könnte für manche eine Verlockung sein.«

»Erzähl mir von Tamarisk.«

»Darauf wollte ich gerade kommen. Sie muß etwa einen Monat älter sein als du... vielleicht auch jünger, ich weiß es nicht genau. Sie war ein Nachzügler. Ich glaube nicht eine Minute, daß das muntere Paar noch ein Kind wollte. Man denke, Madam hätte für ein paar Monate auf ihr ausgelassenes Leben verzichten müssen. Wie dem auch sei, Tamarisk wurde geboren. Es muß mindestens zehn Jahre nach Crispins Geburt gewesen sein.«

»Sie waren sicher sehr verstimmt, daß sie auf die Welt kam.«

»Ach, als sie erst einmal da war, war es kein Problem mehr. Sie wurde einem Kindermädchen übergeben, dem niemand dreinredete. Kein Wunder, daß Tamarisk als eigensinnig und widerspenstig gilt. Genau wie ihr Bruder. Ich nehme an, die Kindermädchen haben ihnen immer alles durchgehen lassen. Es war gewiß eine bequeme Aufgabe, ohne jede Einmischung von oben. Die armen Kleinen. Ihre Eltern müssen fast Fremde für sie gewesen sein. Aber vielleicht sollte ich sagen, arme Mrs. St. Aubyn. Sie hat ihren Mann verloren, der ihr alles im Leben bedeutete. Maud

Hetherington und ich besuchen sie abwechselnd. Sie empfängt uns nicht gern, und wir mögen sie eigentlich auch nicht besuchen. Aber Maud sagt, es muß sein, und Maud duldet keinen Widerspruch.«

»Werde ich die St. Aubyns kennenlernen?«

»Darauf komme ich noch. Doch zuerst zu den Dorians in Bell House. Ein hübsches Anwesen. Steht etwas abseits der Straße. Roter Ziegelbau. Sprossenfenster. Ein Jammer.«

»Wieso Jammer?«

»Ein Jammer, daß die Dorians dort wohnen. Es könnte ein fröhliches Haus sein. Ich würde gern dort leben. Ziemlich groß für mich, aber wir könnten es gebrauchen. Ich glaube, der alte Josiah Dorian kann nicht vergessen, daß es einmal ein Versammlungsort war. Höchstwahrscheinlich von den Quäkern. Es ist zwar keine richtige Kirche, aber so groß ist der Unterschied nicht. Ein Treffpunkt für Menschen, stelle ich mir vor, für die ein Lachen eine Fahrkarte zur Hölle bedeutet. Das merkt man dem Haus noch heute an. So etwas bleibt haften, und Josiah Dorian ist nicht der Mann, das zu ändern.«

»Sagtest du nicht etwas von einem Mädchen in meinem Alter?«

»Ja, Rachel. Sie ist gleich alt wie Tamarisk St. Aubyn und du. Das arme Kind! Sie hat vor einer Weile ihre Eltern verloren. Ein Jammer, daß sie zu Onkel und Tante gekommen ist.

»Ich bin auch zu meiner Tante gekommen.«

Sie lachte. »Ja, Liebes, aber ich bin nicht Josiah Dorian.«

»Ich glaube, ich habe großes Glück gehabt.«

»Du bist ein Schatz. Wir bringen uns gegenseitig Glück. Mir tut die arme Rachel leid, weil sie bei denen leben muß. Da geht's sehr knickerig zu, wenn du verstehst, was ich meine. Kein Dienstbote hält es lange bei ihnen aus. Hilda Dorian wiegt den Zucker ab und schließt den Tee ein, auf

Anweisung ihres Mannes, heißt es. Josiah Dorian ist ein knauseriger Mensch. Rachel ist Hilda Dorians Nichte. So, nun weißt du Bescheid über die Leute, die du demnächst kennenlernen wirst. Und nun zu deiner Erziehung. Ich möchte, daß du eine Schule besuchst… eine gute Schule.«

»Ist das nicht sehr teuer?«

»Wir kommen zurecht, wenn es sein muß. Aber das hat noch etwas Zeit. Sagen wir, in einem Jahr. Bis dahin… Tamarisk hat eine Gouvernante, Miß Lloyd. Rachel wird von derselben Gouvernante unterrichtet. Sie geht jeden Tag nach St. Aubyn's Park und nimmt an Tamarisks Schulstunden teil. Siehst du, worauf ich hinauswill?«

»Du meinst, daß ich…?«

Tante Sophie nickte eifrig. »Ich habe noch nichts unternommen, aber ich sehe nicht, warum du nicht an ihrem Unterricht teilnehmen sollst. Ich glaube nicht, daß es Schwierigkeiten gibt. Ich muß die Zustimmung von Mrs. St. Aubyn einholen, aber sie kümmert sich kaum um solche Dinge, und ich rechne nicht mit Einwänden ihrerseits. Ich denke, ich brauche auch Josiah Dorians Zustimmung. Nun, wir werden sehen. Es würde auf alle Fälle unsere Probleme fürs erste lösen.«

Ich war ganz aufgeregt.

»Du müßtest jeden Morgen nach St. Aubyn's Park gehen. Es wird bestimmt nett für dich, mit Gleichaltrigen zusammenzusein.«

Während wir so sprachen, steckte Lily den Kopf zur Tür herein. »Miß Hetherington ist da«, sagte sie.

»Führ sie herein«, rief Tante Sophie, dann wandte sie sich mir zu. »Jetzt wirst du die Tochter unseres Pastors kennenlernen – seine rechte Hand und gute Ratgeberin, in deren tüchtigen Händen das Geschick von Harper's Green liegt.«

Sie trat ins Zimmer, und sie war genau so, wie Tante Sophie gesagt hatte. Ich spürte sogleich, daß eine gewisse

Macht von ihr ausging. Sie war hochgewachsen, die Haare waren streng aus dem Gesicht gekämmt und von einem kleinen Hut gekrönt, der mit Vergißmeinnicht verziert war. Sie trug eine Bluse, deren mit Stäbchen gestützter Kragen ihr fast bis ans Kinn reichte und ihr ein strenges Aussehen verlieh; die braunen Augen hinter der Brille waren lebhaft. Sie hatte etwas vorstehende Zähne und strahlte eine unübersehbare Autorität aus.

Ihr Blick fiel sogleich auf mich. Ich trat vor sie hin.

»Das ist also die Nichte«, sagte sie.

»Ja«, bestätigte Tante Sophie mit einem Lächeln.

»Willkommen, Kind«, sagte Miß Hetherington. »Du gehörst nun zu uns. Du wirst hier glücklich sein.« Es klang eher nach einem Befehl als nach einer Prophezeiung.

»Ja, ich weiß«, erwiderte ich.

Sie machte ein zufriedenes Gesicht und betrachtete mich ein paar Sekunden eindringlich. Sie versuchte wohl einzuschätzen, welche nützlichen Aufgaben man mir übertragen könnte.

Tante Sophie erklärte ihr, sie hoffe, ich könne an den Unterrichtsstunden der Mädchen in St. Aubyn's Park teilnehmen.

»Selbstverständlich«, sagte Miß Hetherington. »Das ist sehr vernünftig. Miß Lloyd kann ebensogut drei Schülerinnen unterrichten wie zwei.«

»Ich muß noch die Zustimmung von Mrs. St. Aubyn und den Dorians einholen.«

»Natürlich müssen sie zustimmen.«

Ich fragte mich, welche Schritte sie unternehmen würde, wenn sie nicht zustimmten, aber ich hielt es für kaum wahrscheinlich, daß sie es wagen würden, ihr die Einwilligung zu verweigern. »So, Sophie, es gibt da einige Angelegenheiten zu regeln ...«

Ich verließ das Zimmer.

Ein paar Tage später eröffnete mir Tante Sophie, daß das

Thema Gouvernante geregelt sei. Ich würde Tamarisk und Rachel im Schulzimmer von St. Aubyn's Park Gesellschaft leisten.

Praktisch, wie sie war, und da sie es für gut befand, daß ich meine Gefährtinnen ein wenig kennenlernte, bevor ich gemeinsam mit ihnen unterrichtet wurde, lud Tante Sophie die zwei Mädchen nach The Rowans zum Tee ein.

Ich war deswegen ganz aufgeregt, und voller Neugierde und Spannung ging ich ins Wohnzimmer hinunter.

Rachel Grey kam als erste. Sie war ein schmächtiges, dunkelhaariges Mädchen mit großen braunen Augen. Wir musterten einander eingehend und gaben uns feierlich die Hand. Tante Sophie sah lächelnd zu.

»Ihr werdet euch gut verstehen«, sagte sie. »Meine Nichte ist neu in Harper's Green, Rachel. Du wirst ihr helfen, sich einzugewöhnen, Liebes, nicht wahr?«

Rachel lächelte zaghaft und erwiderte: »Gern, soweit ich es vermag.«

»So, nachdem ihr euch nun bekannt gemacht habt, wollen wir uns setzen und ein bißchen plaudern.«

»Du wohnst in Bell House«, begann ich. »Ich finde, es sieht bezaubernd aus.«

»Das Haus ist hübsch«, sagte Rachel, dann verstummte sie.

»Ein echter historischer Bau«, sagte Tante Sophie. »Fast so alt wie St. Aubyn's Park.«

»Oh, aber nicht so vornehm«, sagte Rachel.

»Es hat Charme. Tamarisk verspätet sich wohl.«

»Tamarisk kommt immer zu spät«, sagte Rachel.

»Hm«, brummte Tante Sophie.

»Sie ist sehr gespannt auf dich«, sagte Rachel zu mir. »Sie wird bald hier sein.«

Und da kam sie auch schon. »Ah, da bist du ja, meine Liebe«, sagte Tante Sophie. »Wurdest du aufgehalten?«

»Ja«, sagte die soeben Angekommene. Sie war recht hübsch, mit sehr blonden Kraushaaren, blitzenden blauen Augen und einer kleinen Stupsnase, die ihr ein keckes Aussehen verlieh. Sie musterte mich mit unverhohlener Neugierde.

»So, du bist also die Nichte.«

»Und du bist Tamarisk St. Aubyn.«

»Von St. Aubyn's Park«, ergänzte sie, während sie den Blick durch Tante Sophies geschmackvoll eingerichteten, aber nicht sehr großen Salon schweifen ließ, wodurch dieser irgendwie noch kleiner wirkte.

»Du wirst also mit Rachel und mir unterrichtet«, sagte sie.

»Ja, und ich freue mich darauf.«

Sie verzog das Gesicht zu einem Flunsch – eine Gebärde, die mir später noch sehr vertraut werden sollte –, um anzudeuten, ich würde meine Meinung vielleicht ändern, wenn ich erst die Gouvernante kennenlernte. »Lallie ist eine Sklaventreiberin, stimmt's, Rachel?« sagte sie.

Rachel antwortete nicht. Sie wirkte scheu und ein wenig von Tamarisk eingeschüchtert.

»Lallie?« fragte ich.

»Lallie Lloyd. Ihr Name ist Alice. Ich nenne sie Lallie.«

»Aber nicht, wenn sie es hören kann«, warf Rachel leise ein.

»Das würde ich mich durchaus trauen«, gab Tamarisk zurück.

»Ich fange Montag an«, eröffnete ich ihnen.

»Ihr drei könnt euch jetzt ein bißchen miteinander vertraut machen«, sagte Tante Sophie. »Ich sehe nach dem Tee.«

Dann war ich mit den beiden allein.

»Du wohnst jetzt wohl für immer hier, nehme ich an«, sagte Tamarisk.

»Meine Mutter ist krank. Sie ist in einem Pflegeheim in der Nähe. Deshalb bin ich hier.«

»Rachels Eltern sind tot. Deshalb ist sie hier bei ihrem Onkel und ihrer Tante.«

»Ja, ich weiß. In Bell House.«

»Das ist nicht so fein wie unser Haus«, erklärte mir Tamarisk. »Aber auch nicht übel.« Wieder musterte sie Tante Sophies Salon mit ihrem abschätzenden Blick.

»Später werden wir eine Internatsschule besuchen«, sagte Rachel zu mir. »Tamarisk und ich gehen zusammen.«

»Ich denke, ich werde auch ins Internat kommen.«

»Dann sind wir zu dritt.« Tamarisk kicherte. »Ich freu' mich auf die Schule. Schade, daß wir noch zu jung sind.«

»Das wird sich natürlich ändern«, sagte ich, vielleicht etwas geziert, und Tamarisk brach in Lachen aus.

»Du hörst dich jetzt schon an wie Lallie«, sagte sie. »Erzähl uns von deinem früheren Zuhause.«

Ich erzählte, und sie hörten aufmerksam zu. Unterdessen kam Lily mit dem Tee herein, gefolgt von Tante Sophie. »Du wirst dich um unsere Gäste kümmern, Freddie«, sagte sie. »Ich überlasse das dir. Dann könnt ihr euch ohne die Hilfe Erwachsener näher kennenlernen.«

Ich kam mir sehr wichtig vor, als ich den Tee einschenkte und den Kuchen herumreichte.

»Das ist aber ein komischer Name«, sagte Tamarisk, »nicht wahr, Rachel? Freddie! Hört sich an wie ein Junge.«

»Eigentlich heiße ich ja Frederica.«

»Frederica!« Ihre Miene drückte Geringschätzung aus. »Mein Name ist ausgefallener. Arme Rachel, deiner ist gewöhnlich. Kommt eine Rachel nicht in der Bibel vor?«

»Ja«, erwiderte Rachel.

»Tamarisk gefällt mir am besten. Ich möchte nicht mit einem Jungennamen gerufen werden.«

»Niemand würde dich mit einem Jungen verwechseln«, versetzte ich, was bei Tamarisk einen Lachanfall hervorrief.

Danach unterhielten wir uns zwanglos, und ich hatte das

Gefühl, daß sie mich akzeptierten. Sie berichteten mir von Lallies Marotten, und wie leicht sie hinters Licht zu führen sei. Allerdings müsse man dabei vorsichtig zu Werke gehen. Sie erzählten mir, daß sie einen Liebsten gehabt habe, der in jungen Jahren an einer mysteriösen Krankheit gestorben sei, daß sie deswegen unverheiratet geblieben sei und Menschen wie Tamarisk, Rachel und mich unterrichten müsse, statt ein Heim mit einem liebenden Gatten und einer Familie zu haben.

Nach dieser Tee-Einladung verlor ich meine Beklemmungen. Ich hatte das Gefühl, mit Tamarisk von gleich zu gleich umgehen zu können, und vor Rachel hatte ich keine Scheu.

Am Montag darauf machte ich mich, voll verhaltener Zuversicht und gespannt auf Miß Alice Lloyd, auf den Weg nach St. Aubyn's Park.

St. Aubyn's Park war eine große Tudorvilla mit einer geschwungenen Zufahrt, die auf beiden Seiten von blühenden Sträuchern gesäumt war. Tante Sophie und ich gingen unter einem imposanten Pförtnerhaus hindurch und gelangten in einen mit Kopfsteinen gepflasterten Innenhof. Tante Sophie war mitgekommen, um mich »mit dem Anwesen bekannt zu machen.«

»Laß dich nicht von Tamarisk einschüchtern«, riet sie mir. »Sie wird es tun, wenn du ihr nur die geringste Chance gibst. Denke daran, du bist ebenso gut wie sie.«

Ich versprach ihr, mich nicht einschüchtern zu lassen.

Wir wurden von einem Stubenmädchen hereingeführt. »Miß Lloyd erwartet die junge Dame, Miß Cardingham«, sagte sie.

»Danke. Dann wollen wir hinaufgehen, hm?«

»Wenn Sie so gut sein möchten«, lautete die Antwort.

Die Eingangshalle war ein sehr hoher Raum. Sie enthielt einen langen Refektoriumstisch mit Stühlen, und an der

Wand hing ein lebensgroßes Porträt von Königin Elisabeth, die in einer mit Edelsteinen besetzten Robe mit Halskrause sehr streng dreinblickte.

»Sie ist einmal hier gewesen«, flüsterte Tante Sophie. »Die St. Aubyns sind sehr stolz darauf.«

Sie ging voraus die Treppe hinauf; wir kamen an ein Podest und gelangten nach weiteren Treppen in eine Galerie, wo sich etliche Sofas, Sessel, ein Spinett und eine Harfe befanden. Ob Tamarisk diese Instrumente spielen konnte? fragte ich mich. Dann ging es weitere Treppen hinauf.

»Schulzimmer sind scheint's immer ganz oben im Haus«, bemerkte Tante Sophie. »In Cedar Hall war es genauso.«

Endlich waren wir da. Tante Sophie klopfte an die Tür und ging hinein.

Dies war also das Schulzimmer, das mir noch sehr vertraut werden sollte. In der Mitte des großen, hohen Raumes stand ein langgestreckter Tisch, an dem Tamarisk und Rachel saßen. Hinter der halboffenen Tür eines großen Schrankes waren Bücher und Schiefertafeln zu sehen. An einer Wand war eine große Tafel. Es war eine typische Schulstube.

Eine Frau trat zu uns. Das mußte Miß Alice Lloyd sein. Sie war groß und hager, ich schätzte sie auf Anfang Vierzig. Ich bemerkte ihre Geduldsmiene, die wohl von den Bemühungen herrührte, junge Menschen wie Tamarisk St. Aubyn zu unterrichten. In diesen Ausdruck mischte sich Wehmut, und ich erinnerte mich, daß Tamarisk gesagt hatte, sie blicke auf eine Vergangenheit zurück, in der es einen Liebsten und Zukunftsträume gegeben hatte.

»Miß Lloyd, dies ist meine Nichte Freddie, vielmehr Frederica.«

Miß Lloyd lächelte mir zu, und das Lächeln verwandelte sie. Von diesem Augenblick an war sie mir sympathisch.

»Willkommen, Frederica«, sagte sie. »Du mußt mir alles

über dich erzählen, damit ich sehe, wo du im Vergleich zu meinen anderen Schülerinnen stehst.

»Du wirst bestimmt gut mitkommen«, sagte Tante Sophie. »Dann bis später, Liebes.« Sie verabschiedete sich.

Ich wurde aufgefordert, mich zu setzen, und Miß Lloyd stellte mir ein paar Fragen. Sie schien nicht unzufrieden mit meinen Kenntnissen. Dann begann der Unterricht.

Ich war von jeher lernbegierig gewesen; ich hatte viel gelesen, und ich merkte bald, daß ich gegenüber meinen Mitschülerinnen keineswegs im Rückstand war.

Um elf Uhr brachte ein Hausmädchen ein Tablett mit drei Gläsern Milch und drei Keksen. »Ich habe Ihnen Ihrs in Ihr Zimmer gestellt, Miß Lloyd«, sagte sie.

»Danke«, sagte Miß Lloyd. »So, ihr Mädchen, fünfzehn Minuten Pause.«

Tamarisk grinste ihr nach, als sie hinausging.

Die warme Milch schmeckte vorzüglich. Jede von uns nahm sich einen Keks.

»Für eine Weile erlöst«, bemerkte Tamarisk.

»Ist es jeden Tag so?« fragte ich.

Tamarisk nickte. »Um elf gibt's Milch. Elf Uhr fünfzehn ist wieder Unterricht bis zwölf. Dann geht ihr zwei nach Hause, du und Rachel.«

Rachel nickte bestätigend.

»Ich nehme an, du findest unser Haus hochherrschaftlich«, sagte Tamarisk zu mir.

»Nicht so herrschaftlich wie das, in dem meine Mutter aufgewachsen ist«, versetzte ich. Eine kleine Übertreibung schien mir durchaus angebracht. »Cedar Hall. Vielleicht hast du davon gehört.«

Tamarisk gab mir mit einem Kopfschütteln zu verstehen, daß das Thema für sie erledigt sei. Aber davon wollte ich nichts wissen. Ich setzte zu einer Beschreibung an, wobei ich freilich phantasierte, denn ich hatte Cedar Hall nie von innen gesehen. Aber ich konnte das elegante Interieur beschreiben anhand dessen, was ich in St. Aubyn's Park gesehen hatte, wobei ich darauf achtete, alles noch großartiger, noch eindrucksvoller erscheinen zu lassen.

Rachel lehnte sich aufmerksam lauschend zurück, und sie schien immer mehr auf ihrem Stuhl zusammenzusinken.

Mit einem Blick auf Rachel sagte Tamarisk: »Rachel weiß natürlich nicht, wovon wir reden.«

»Weiß ich doch«, sagte Rachel.

»Weißt du nicht. Du wohnst ja bloß in Bell House, und davor... wo bist du eigentlich hergekommen? Du kannst doch gar nichts wissen von Häusern wie unserem, was meinst du, Fred?«

Ich sagte: »Man kann auch etwas davon verstehen, ohne unbedingt darin zu wohnen. Außerdem ist Rachel ja hier, oder?«

Rachel blickte dankbar drein, und in diesem Augenblick beschloß ich, sie zu beschützen. Sie war klein und hübsch, so zierlich, daß sie zerbrechlich wirkte. Ich mochte Rachel. Bei Tamarisk war ich mir nicht so sicher.

Wir prahlten weiter mit unseren Häusern, bis Miß Lloyd mit dem Hausmädchen hereinkam. Das Mädchen nahm das Tablett fort, und der Unterricht wurde fortgesetzt.

An diesem ersten Morgen hatten wir Erdkunde und englische Grammatik. Ich arbeitete gut mit, zur sichtlichen Freude von Miß Lloyd.

Es war ein recht befriedigender Vormittag, bis wir uns auf den Heimweg machten. Ich sollte in Rachels Begleitung nach The Rowans zurückkehren; Bell House und The Rowans lagen nicht weit voneinander entfernt.

Miß Lloyd lächelte mir wohlwollend zu und sagte, es freue sie, daß ich mich zu ihnen gesellt habe, und sie sei überzeugt, daß ich eine gute Schülerin sein würde. Dann verließ sie uns und ging nach nebenan in das kleine Zimmer, das sie als ihr »Studierzimmer« bezeichnete.

Tamarisk kam mit uns die Treppe hinunter. »Huh!«

sagte sie und versetzte mir einen kleinen Schubs. »Ich sehe schon, du wirst Lallies Liebling. Einschmeicheln nenne ich das, Fred Hammond. ›Ich bin überzeugt, daß du eine gute Schülerin sein wirst‹«, äffte sie Miß Lloyd nach. »Ich kann Schmeichler nicht leiden«, setzte sie drohend hinzu.

»Ich war doch ganz normal«, sagte ich. »Ich kann Miß Lloyd gut leiden, und ich *werde* eine gute Schülerin sein, wenn ich will. Mindestens eine braucht sie doch.« Dann sah ich Rachel an, die zu beschützen ich mir vorgenommen hatte, und ich fügte hinzu: »Oder zwei.«

»Streberin!« sagte Tamarisk. »Ich kann Streber nicht ausstehen.«

»Ich bin zum Lernen hergekommen. Das wird von uns allen erwartet. Was hätte es sonst für einen Sinn, hierherzukommen?«

»Hör sie dir an!« sagte Tamarisk zu Rachel.

Rachel schlug die Augen nieder. Sie war zweifelsohne an Tamarisks Schikanen gewöhnt und meinte wohl, sie müsse sie hinnehmen als Preis dafür, daß sie an den Unterrichtsstunden teilnehmen durfte. Diese Teilnahme aber war nicht von Tamarisk ausgegangen. Sie war von den Erwachsenen verabredet worden, und ich war nicht gewillt, mich deswegen unterdrücken zu lassen.

Tamarisk beschloß, das Thema nicht weiter zu verfolgen. Ich sollte bald erfahren, daß ihre Anwandlungen von kurzer Dauer waren. Sie konnte in einem Augenblick beleidigend sein und einen im nächsten ihrer Freundschaft versichern. Ich spürte im tiefsten Innern, daß meine Teilnahme am Unterricht sie freute; und daß ich ihr die Stirn bot, amüsierte sie. Es war eine Abwechslung gegenüber Rachels duldsamer Unterwürfigkeit.

Als wir das breite Treppenhaus hinunterkamen, stand unten ein Mann, der gerade hinaufgehen wollte.

»Tag, Crispin«, sagte Tamarisk.

Crispin! Der Bruder! Der Gutsherr, der es nicht duldete, wenn die Menschen vergaßen, wer er war.

Er war genau so, wie ich ihn mir nach Tante Sophies Beschreibung vorgestellt hatte. Groß, schlank, mit dunklen Haaren und hellgrauen, kühlen Augen, die recht verachtungsvoll dreinblickten. Er war im Reitdreß; offenbar war er soeben hereingekommen.

Er erwiderte den Gruß seiner Schwester mit einem Nikken und ließ den Blick kurz über Rachel und mich schweifen. Dann lief er an uns vorbei die Treppe hinauf.

Tamarisk sagte: »Das ist mein Bruder Crispin.«

»Ich weiß. Du hast seinen Namen gesagt.«

»Das hier gehört alles ihm«, sagte sie stolz mit einer weitschweifenden Gebärde.

»Er hat dich kaum beachtet.«

»Weil ihr hier seid.«

Dann hörte ich seine Stimme. Sie hatte einen klaren, vollen Klang. »Wer ist das häßliche Kind bei den andern?« sagte er oben zu jemandem. »Eine Neue, nehme ich an«, fügte er hinzu.

Tamarisk unterdrückte ein Lachen. Mir schoß das Blut ins Gesicht. Ich wußte, ich war nicht reizvoll wie Tamarisk oder die hübsche kleine Rachel, aber »das häßliche Kind«! Ich war bitterlich verletzt und gedemütigt.

»Also«, sagte Tamarisk, die wenig Achtung vor den Gefühlen anderer hatte, »er hat sich erkundigt, wer du bist. Dies ist schließlich sein Haus, nicht wahr, und du bist häßlich.«

Ich sagte: »Das ist mir egal. Miß Lloyd hat mich gern. Meine Tante hat mich lieb. Ist mir egal, was dein ungehobelter Bruder denkt.«

»Das war nicht ungehobelt. Es war die reine Wahrheit. ›Die Wahrheit währet ewiglich...‹ oder so ähnlich. Du wirst es kennen, du bist ja Lallies Liebling.« Wir gingen zur Tür, und Tamarisk sagte ganz freundlich: »Auf Wiedersehen, bis morgen.«

Während ich mit Rachel die Zufahrt entlanggging, dachte ich: Ich bin häßlich.

Das war mir nie zuvor in den Sinn gekommen, und nun mußte ich der nackten Wahrheit ins Auge sehen.

Rachel hängte sich bei mir ein. Sie hatte selbst Demütigungen erlitten und wußte, wie mir zumute war. Sie sagte nichts, und dafür war ich dankbar. Stumm ging ich neben ihr her und dachte dabei: Ich bin häßlich.

Wir gelangten bei Bell House an. Im Sonnenschein sah es einladend aus. Ein Mann trat aus dem Tor. Er war im mittleren Alter, mit drahtigen, rotblonden, an den Schläfen ergrauenden Haaren und einem kurzen, stachligen Bart. Seine Hand lag auf dem Tor, und ich sah, daß sie rotblond behaart war. Er hatte einen schmalen, verkniffenen Mund und kleine, helle Augen.

»Guten Tag, ihr zwei«, sagte er und sah mich dabei an. »Du mußt die Neue von The Rowans sein. Ihr wart zum Unterricht in St. Aubyn's Park.«

»Das ist mein Onkel«, sagte Rachel leise.

»Guten Tag, Mr. Dorian«, sagte ich.

Er nickte, wobei er die Lippen mit der Zunge befeuchtete.

Ich fühlte mich plötzlich so abgestoßen, daß ich mich selbst nicht verstand.

Auch mit Rachel war eine Veränderung vorgegangen. Sie wirkte ein wenig furchtsam. Aber das war sie ja eigentlich immer.

»Gott segne dich«, sagte Mr. Dorian und sah mich unverwandt an.

Ich verabschiedete mich und ging nach The Rowans. Tante Sophie und Lily warteten auf mich. Das Mittagessen stand schon auf dem Tisch.

»Nun«, sagte Tante Sophie, »wie ist es dir ergangen?«

»Ganz gut.«

»Schön. Ich hab's ja gesagt, daß es gutgehen wird, nicht

wahr, Lily? Schätze, du hast die beiden andern in den Schatten gestellt.

»Miß Lloyd findet, ich komme gut mit. Sie hat gesagt, sie freut sich, daß ich an ihrem Unterricht teilnehme.«

Die beiden wechselten Blicke. Dann sagte Lily: »Ich hab' nicht den ganzen Vormittag am Herd geschwitzt und gekocht, damit das Essen kalt wird.«

Wir setzten uns an den Tisch, und sie trug das Mahl auf. Ich konnte nicht viel essen.

»So«, sagte Tante Sophie, »dann war es also ein aufregender Morgen.«

Ich war froh, als ich in mein Zimmer entfliehen konnte. Ich sah in den Spiegel. Häßlich! dachte ich. Jawohl, das war ich. Mein dichtes Haar war dunkel und glatt. Tamarisk hatte Locken und eine herrliche Haarfarbe, Rachels Haar war hübsch gewellt. Meine Wangen waren weich gerundet, aber blaß, meine Augen hellbraun mit langen, mattbraunen Wimpern. Ich hatte eine ziemlich große Nase und einen breiten Mund.

Während ich mein Gesicht betrachtete, kam Tante Sophie herein. Sie setzte sich aufs Bett. »Nun heraus mit der Sprache«, sagte sie. »Was ist geschehen? Ist es nicht gutgegangen?«

»Meinst du die Schulstunden?«

»Ich meine alles. Hat Tamarisk dich in irgendeiner Weise beleidigt? Das würde mich nicht wundern.«

»Ich werde schon mit ihr fertig.«

»Das kann ich mir denken. Sie ist ein aufgeblasener Luftballon. Wenn man die Luft herausläßt, schrumpft sie zusammen. Arme Tamarisk. Sie hat bestimmt keine schöne Kindheit gehabt. Nun, was war los?«

»Es war ... der Bruder.«

»Tamarisks Bruder Crispin! Was hat der damit zu tun?«

»Er war in der Halle, als wir herunterkamen.«

»Was hat er zu dir gesagt?«

»Zu mir hat er nichts gesagt … aber über mich.« Sie sah mich ungläubig an. Ich schilderte die flüchtige Begegnung und wie ich ihn hatte sagen hören: »Wer ist das häßliche Kind?«

»So ein Schuft!« sagte Tante Sophie. »Du darfst ihn überhaupt nicht beachten.«

»Aber es ist wahr. Er hat gesagt, ich bin häßlich.«

»Das bist du nicht. Du wirst doch nicht auf so einen Unsinn hören.«

»Es ist aber wahr. Ich bin nicht hübsch wie Tamarisk oder Rachel.«

»Du bist mehr als bloß hübsch, mein Kind. Du hast etwas Besonderes an dir. Du bist interessant. Das zählt. Ich bin froh, daß *du* meine Nichte bist. Die andern würde ich nicht wollen.«

»Wirklich?«

»Wirklich und wahrhaftig.«

»Meine Nase ist zu groß.«

»Mir gefällt eine Nase, die eine richtige Nase ist … nicht bloß so ein Stöpsel, der wie aufgesteckt aussieht.«

Ich mußte unwillkürlich lachen, und sie fuhr fort: »Große Nasen haben Charakter.«

»Deine ist aber nicht sehr groß, Tante Sophie.«

»Du bist nach deinem Vater geraten. Er hatte eine ansehnliche Nase. Er war einer der stattlichsten Männer, die ich je gesehen habe. Du hast schöne Augen. Ausdrucksvoll. Strahlend. Sie zeigen deine Gefühle. Dafür sind Augen da – und zum Durchschauen natürlich. Nun gräme dich nicht mehr. Die Menschen sagen solche Sachen, ohne viel nachzudenken. Er war in Eile und hat nicht richtig hingesehen. Er würde dasselbe über jeden gesagt haben. Wenn du häßlich bist, dann bin ich Napoleon Bonaparte!«

Da mußte ich lachen. Die gute Tante Sophie! Sie hatte mich wieder einmal gerettet.

Von Montag bis Freitag ging ich nun regelmäßig nach St.

Aubyn's Park. Ich holte Rachel am Tor von Bell House ab, und wir legten die restliche Wegstrecke zusammen zurück. Wir schlossen ein Bündnis gegen Tamarisk, und ich wurde gewissermaßen Rachels Beschützerin.

Aber ich konnte Crispin St. Aubyns Bemerkung nicht vergessen. Sie hatte eine Veränderung in mir bewirkt. Ich war nicht häßlich. Das hatte Tante Sophie mir deutlich gemacht. Ich hätte schönes, volles Haar, versicherte sie mir. Ich bürstete meine Haare, bis sie glänzten. Oft trug ich sie offen statt zu strengen Zöpfen geflochten. Ich achtete darauf, daß meine Kleider nie zerknittert waren. Tamarisk fiel das auf. Sie sagte nichts, aber sie lächelte in sich hinein.

Sie war freundlich zu mir. Ich denke, manchmal versuchte sie, mich aus meinem Bündnis mit Rachel herauszulokken. Ich war darüber erfreut und geschmeichelt.

Crispin St. Aubyn sah ich nur selten, und dann auch nur von weitem. Er hatte offensichtlich nichts übrig für seine kleine Schwester und ihre Gefährtinnen.

Tante Sophie hatte gesagt, er sei ein »Schuft«, und ich fand, sie hatte recht. Er suchte jedermann mit seiner Bedeutsamkeit zu imponieren. Das sollte ihm bei Tante Sophie und mir nicht gelingen.

Als ich Rachel eines Tages abholen wollte, war sie nicht da. Ich war ein wenig zu früh gekommen. Das Tor von Bell House stand offen, und ich trat in den Vorgarten. Dort setzte ich mich auf eine Bank, um auf Rachel zu warten.

Ich betrachtete das Haus. Es war wirklich anmutig, reizvoller als St. Aubyn's Park, fand ich. Es hätte ein fröhliches Haus sein sollen, ein behagliches Heim, aber das war es gewiß nicht. Tamarisk mochte von ihrer Familie vernachlässigt und von Kindermädchen großgezogen worden sein, aber vielleicht hatte selbst das etwas für sich. Rachel war nicht so unbefangen wie Tamarisk. Rachel war schüchtern... sie fürchtete sich vor etwas. Ich hatte das Gefühl, daß sie vor etwas in diesem Haus Angst hatte.

Vielleicht ging meine Phantasie mit mir durch. Meg hatte gemeint, ich sei eine Träumerin, ich dächte mir Geschichten über Menschen aus, und die Hälfte davon enthalte kein Körnchen Wahrheit.

Ich hörte eine Stimme hinter mir. »Guten Morgen, liebes Kind.« Es war Mr. Dorian, Rachels Onkel. Ich verspürte sogleich den Drang, aufzuspringen und vor ihm davonzulaufen, so schnell ich konnte. Warum nur? Seine Stimme war sehr gütig.

»Wartest du auf Rachel?«

»Ja.« Ich stand auf, denn er machte Anstalten, sich zu mir zu setzen. Er legte seine Hand auf meinen Arm und zog mich auf die Bank zurück.

Er sah mich eindringlich an. »Gehst du gern zu Miß Lloyd in den Unterricht?«

»Ja.«

»Das ist gut... das ist sehr gut.« Er saß ganz dicht neben mir.

»Wir müssen gehen«, sagte ich, »sonst kommen wir zu spät.« Und da sah ich zu meiner Erleichterung Rachel aus dem Haus kommen.

»Entschuldige, daß ich zu spät bin«, begann Rachel. Dann sah sie ihren Onkel.

»Du hast Frederica warten lassen«, sagte ihr Onkel mit mildem Vorwurf.

»Ja, es tut mir leid.«

»Komm jetzt«, drängte ich, denn ich wollte schleunigst fort von da.

»Seid schön brav, ihr zwei«, ermahnte Mr. Dorian uns. »Gott segne euch.«

Als wir gingen, sah er uns nach. Ich wußte nicht, warum, aber er machte mich schaudern.

Rachel sagte nichts, aber sie war ja oft schweigsam. Irgendwie glaubte ich jedoch, daß sie wußte, wie mir zumute war.

Die Erinnerung an Mr. Dorian hielt eine Weile an. Es war mir unangenehm, deshalb suchte ich, es zu vergessen, doch als ich Rachel das nächstemal abholte, ging ich nicht in den Garten, sondern wartete draußen.

Miß Lloyd und ich kamen sehr gut miteinander aus, und es war eine Genugtuung, daß ich ihre Lieblingsschülerin war. Sie sagte, ich sei aufgeschlossen. Wir liebten beide die Poesie, und oft interpretierten wir zusammen Gedichte, während Rachel verwundert zuhörte und Tamarisk gelangweilt dreinsah, als ginge es sie nichts an.

Miß Lloyd meinte, es wäre nett, wenn Rachel und ich zu Tamarisk zum Tee eingeladen würden. »Findest du nicht auch, Tamarisk?« fragte sie.

»Ich hab' nichts dagegen«, sagte Tamarisk unfreundlich.

»Schön. Wir geben eine kleine Teegesellschaft.«

Tante Sophie war erfreut, als ich es ihr erzählte. »Du solltest wirklich etwas mehr von dem Haus kennenlernen als nur das Schulzimmer«, bemerkte sie. »Es ist durchaus sehenswert. Ich bin froh, daß du dich so gut mit Miß Lloyd verstehst. Eine vernünftige Person. Es entgeht ihr nicht, wieviel klüger du bist als die andern.«

»Vielleicht bin ich nicht so hübsch wie sie, aber ich begreife schneller.«

»Unsinn. Ich meine, das erste ist Unsinn, und das zweite ist wahr. Kopf hoch, mein Liebes. Denkst du gut von dir selbst, dann tun es auch die andern.«

Ich ging zu der Teegesellschaft. Es gab leckere Sandwiches und köstlichen Kirschkuchen. Miß Lloyd sagte, als Gastgeberin müsse Tamarisk uns unterhalten.

Tamarisk machte die vertraute abschätzige Gebärde und benahm sich wie immer.

Ich erfuhr, daß Mrs. St. Aubyn an den Tagen, da sie sich wohl genug fühlte, Tamarisk um halb fünf zu sich kommen ließ. Miß Lloyd hatte Mrs. Aubyn gefragt, ob sie die Mädchen kennenlernen wolle, die am Unterricht ihrer Tochter teilnahmen. Zu Miß Lloyds Überraschung hatte sie zugestimmt, vorausgesetzt, daß sie sich zu der betreffenden Zeit wohl genug fühle und sie nicht zu lange blieben.

So lernte ich die Dame des Hauses kennen, die Mutter von Tamarisk und Crispin. Miß Lloyd führte uns hinein. Mrs. St. Aubyn trug ein Negligé aus mauvefarbenem Chiffon, das mit Spitzen und Bändern verziert war. Sie ruhte auf einem Sofa, neben dem ein Tischchen mit einer Schachtel Konfekt stand. Mrs. St. Aubyn war ziemlich füllig, aber sie sah sehr schön aus mit ihrem goldblonden Haar – dieselbe Farbe wie das von Tamarisk –, das sie hochgesteckt trug. Sie hatte einen Diamantanhänger um den Hals, und an ihren Fingern glitzerten ebenfalls Diamanten. Sie sah uns lustlos an, und ihr Blick fiel auf mich.

»Das ist Frederica, Mrs. St. Aubyn«, sagte Miß Lloyd, »Miß Cardinghams Nichte.«

Sie winkte mich näher zu sich heran. »Deine Mutter ist krank, wie ich höre«, sagte sie.

»Ja.«

Sie nickte. »Ich verstehe, ich verstehe nur zu gut. Sie ist in einem Pflegeheim, soviel ich weiß.«

Ich bestätigte es.

»Das ist traurig. Armes Kind. Du mußt mir davon erzählen.«

Ich wollte zu sprechen anheben, da fügte sie hinzu: »Eines Tages, wenn ich mich kräftiger fühle.«

Miß Lloyd legte mir die Hand auf die Schulter und zog mich fort, und mir wurde klar, daß Mrs. St. Aubyns Interesse mehr der Krankheit meiner Mutter gegolten hatte als mir.

Ich wollte fort aus dem Zimmer, und Miß Lloyd schien es ebenso zu ergehen, denn sie sagte: »Sie dürfen sich nicht überanstrengen, Mrs. St. Aubyn.« Und Mrs. St. Aubyn nickte ergeben.

»Und dies ist Rachel«, sagte Miß Lloyd. »Sie und Frederica sind gute Freundinnen.«

»Wie nett.«

»Es sind brave Mädchen. Tamarisk, verabschiede dich von deiner Mutter... und ihr auch, Mädchen.«

Wir gehorchten erleichtert.

War das eine seltsame Familie! Mrs. St. Aubyn hatte nicht die geringste Ähnlichkeit mit ihrem Sohn oder ihrer Tochter. Tante Sophie hatte gesagt, daß sie einst ein sehr ausschweifendes Leben geführt habe und ihr an nichts anderem gelegen gewesen sei, als dieses Leben zu genießen. Jetzt sah alles ganz anders aus. Aber ich stellte mir vor, daß sie es genoß, zu kränkeln und in Chiffon und Spitze gehüllt auf dem Sofa zu liegen.

Was gab es doch für merkwürdige Menschen.

Tamarisk und ich verstanden uns eigentlich ganz gut, wenngleich auf streitlustige Weise. Sie versuchte stets, sich mir überlegen zu zeigen, und wenn ich ehrlich sein soll, es machte mir Spaß. Sie hatte mehr Achtung vor mir als vor Rachel, und wenn ich ihr widersprach, was ich häufig tat, genoß sie unsere Wortgefechte. Sie empfand für Rachel eine leichte Verachtung und gab vor, auch mich zu verachten, doch ich glaube, daß sie mich in gewisser Weise bewunderte.

Manchmal gingen wir nachmittags auf dem ausgedehnten Gelände von St. Aubyn's Park spazieren. Tamarisk liebte es, ihr Wissen vorzuführen und uns auf Sehenswürdigkeiten hinzuweisen. So kam es, daß ich Flora und Lucy Lane besuchte. Sie wohnten in einem Cottage nicht weit vom Gutshaus entfernt. Beide seien früher Crispins Kindermädchen gewesen, erklärte Tamarisk.

»Die Leute hängen immer an ihren alten Nannys«, fuhr sie fort, »vor allem wenn ihre Eltern sich nicht viel um sie kümmern. Ich hab' die alte Nanny Compton ziemlich gern, obwohl sie andauernd so ein Getue macht und sagt:

›Tu dies nicht, tu das nicht‹. Crispin hält große Stücke auf Lucy Lane. Zuerst war Flora sein Kindermädchen, und dann ist sie so komisch geworden. Dann hat Lucy sie abgelöst. Er sorgt nun für beide und sieht zu, daß es ihnen an nichts fehlt. Das hättest du von Crispin nicht erwartet, oder?«

»Ich weiß nicht«, sagte ich. »Ich kenne ihn ja kaum.«

Meine Stimme klang kalt wie jedesmal, wenn ich seinen Namen aussprach, was freilich nicht oft der Fall war. Seine Stimme aber, die gefragt hatte, wer das häßliche Kind sei, war mir unvergeßlich.

»Die zwei wohnen in einem Häuschen auf unserem Grund. Lucy wäre vielleicht mein Kindermädchen geworden, aber sie hat uns verlassen, bevor ich auf die Welt kam, um sich um ihre Schwester zu kümmern, weil ihre Mutter gestorben war. Flora braucht Pflege. Sie macht seltsame Sachen.«

»Was für Sachen?«

»Sie trägt eine Puppe mit sich herum und denkt, sie sei ein Baby. Sie singt ihr vor. Ich habe sie gehört. Sie sitzt im Garten hinter dem Häuschen bei dem alten Maulbeerstrauch und spricht mit der Puppe. Lucy hat es nicht gern, wenn die Leute mit Flora reden. Sie meint, es rege sie auf. Wir könnten bei ihnen vorbeischauen, dann kannst du sie sehen.«

»Wäre ihnen das recht?«

»Was spielt das für eine Rolle? Sie sind auf unserem Grund und Boden, oder?«

»Es ist ihr Heim, das dein Bruder ihnen großzügig zur Verfügung gestellt hat, und vielleicht sollte man ihr Privatleben respektieren.«

»Ho, ho, ho«, höhnte Tamarisk. »Ich gehe trotzdem hin.«

Und ich konnte nicht widerstehen, mitzugehen.

Das Häuschen stand für sich allein. Es hatte einen kleinen Vorgarten. Tamarisk öffnete das Törchen und ging den Pfad entlang. Ich folgte ihr.

»Ist jemand zu Hause?« rief sie.

Eine Frau kam an die Tür. Ich wußte sogleich, daß sie Miß Lucy Lane war. Sie hatte graumeliertes Haar und einen bekümmerten Gesichtsausdruck. Sie war adrett gekleidet, graue Bluse und grauer Rock.

»Ich habe Frederica Hammond mitgebracht«, sagte Tamarisk. »Wir wollen euch besuchen.«

»Wie nett«, sagte Lucy Lane. »Kommen Sie herein.«

Wir traten durch eine kleine Diele in ein kleines, reinliches, auf Hochglanz poliertes Wohnzimmer.

»Sie sind also die neue Schülerin im Gutshaus«, sagte Miß Lucy Lane zu mir. »Miß Cardinghams Nichte.«

»Ja«, erwiderte ich.

»Und Sie nehmen an Miß Tamarisks Unterricht teil. Wie nett.«

Wir setzten uns.

»Und wie geht es Flora heute?« fragte Tamarisk. Man merkte ihr ihre Enttäuschung an, weil Flora nicht zugegen war und ich sie nicht sehen konnte.

»Sie ist in ihrem Zimmer. Ich möchte sie nicht stören. Und wie gefällt Ihnen Harper's Green, Miß?«

»Es ist sehr hübsch«, gab ich zur Antwort.

»Und Ihre arme Mama, sie ist krank, soviel ich weiß.«

Ich bestätigte es und rechnete halbwegs damit, daß sie »wie nett« sagen würde. Aber sie sagte erstaunlicherweise: »Oh ... das Leben kann hart sein.«

Tamarisk begann sich zu langweilen. »Ob wir Flora wohl guten Tag sagen können?« meinte sie.

Lucy Lane machte ein bestürztes Gesicht. Ich war sicher, sie wollte gerade sagen, das sei nicht möglich, als zu ihrem Entsetzen und zu Tamarisks Freude die Tür aufging und eine Frau auf der Schwelle stand.

Sie hatte eine entfernte Ähnlichkeit mit Lucy, und ich

wußte, es mußte Flora sein; aber während Lucys Miene äußerste Wachsamkeit zeigte, machten Floras große, wirre Augen den Eindruck, daß sie etwas zu sehen suchte, das außerhalb ihres Gesichtsfeldes lag. Sie trug eine Puppe auf dem Arm. Es hatte etwas ungemein Verstörendes, diese Frau mittleren Alters mit einer Puppe zu sehen.

»Guten Tag, Flora«, sagte Tamarisk. »Ich bin gekommen, um Sie zu besuchen, und dies ist Fred Hammond. Sie ist ein Mädchen, aber bei dem Namen kommt man nicht gleich darauf.« Sie kicherte.

Ich sagte: »Mein Name ist Frederica. Frederica Hammond.« Flora nickte und sah von Tamarisk zu mir.

»Fred wird bei uns zu Hause unterrichtet«, fuhr Tamarisk fort.

»Möchtest du gern in dein Zimmer gehen, Flora?« fragte Lucy fürsorglich.

Flora schüttelte den Kopf. Sie sah auf die Puppe. »Er ist heute quengelig«, sagte sie. »Er zahnt.«

»Es ist ein kleiner Junge, ja?« fragte Tamarisk.

Flora setzte sich und legte die Puppe auf ihren Schoß. Sie blickte zärtlich zu ihr herunter.

»Wird es nicht Zeit für sein Schläfchen?« fragte Lucy. »Komm, laß uns nach oben gehen. Entschuldigen Sie mich«, sagte sie zu uns.

Und damit nahm sie Floras Arm und führte sie hinaus.

Tamarisk sah mich an und tippte sich an die Stirn. »Ich hab's dir gesagt«, flüsterte sie. »Sie ist plemplem. Lucy versucht sich einzureden, daß es nicht so schlimm ist, aber sie hat wirklich den Verstand verloren.«

»Die Ärmste!« sagte ich. »Es muß für sie beide traurig sein.

Ich finde, wir sollten gehen. Sie wollen uns nicht hierhaben. Wir hätten nicht herkommen sollen.«

»Na gut«, sagte Tamarisk. »Ich wollte ja bloß, daß du Flora siehst.«

»Wir werden warten müssen, bis Lucy zurückkommt, dann gehen wir.«

Gesagt, getan. Als wir fortgingen, fragte Tamarisk: »Nun, was meinst du?«

»Es ist sehr traurig. Die ältere Schwester – Lucy ist doch die Ältere?« Tamarisk nickte. »Sie ist wirklich um die Verrückte besorgt. Wie furchtbar, zu glauben, daß die Puppe ein Baby sei.«

»Sie glaubt, es sei Crispin. Crispin als Baby!«

»Wieso ist sie so geworden?«

»Darüber habe ich nie nachgedacht. Es ist eine Ewigkeit her, seit Crispin ein Baby war, und als Flora so komisch wurde, hat Lucy ihn übernommen – und da war er immer noch ein Baby. Als er neun war, kam er ins Internat. Er hatte die alte Lucy immer gern. Ihr Vater war Gärtner bei uns, deswegen hatten sie das Cottage. Er starb, bevor Lucy hierher zurückkam. Vorher hatte sie irgendwo im Norden gearbeitet. Die Mutter blieb nach dem Tod des Vaters in dem Häuschen, und Lucy kam zurück. So habe ich es gehört. Und kurz darauf ist Flora plemplem geworden, und Lucy wurde Crispins Kindermädchen.«

»Es ist lieb von Crispin, daß er sie in dem Cottage wohnen läßt, obwohl keine von ihnen mehr bei euch arbeitet.«

»Er hat Lucy gern. Die meisten Menschen hängen an ihren ehemaligen Kindermädchen.«

Auf dem Rückweg mußte ich immerzu an die seltsame Frau und ihre Puppe denken, die sie für das Baby Crispin hielt. Ich konnte mir diesen arroganten jungen Mann schwerlich als Baby vorstellen.

Barrow Wood

Ich hatte meine Mitschülerinnen nach The Rowans zum Tee gebeten, und wir waren in St. Aubyn's Park gewesen. Nun wurden wir nach Bell House eingeladen. Tamarisk erfand eine Ausrede, weshalb sie unmöglich kommen könne; somit war ich der einzige Gast.

Als ich in den Vorgarten trat, überkam mich eine leichte Beklommenheit. Ich ging an der Bank vorüber, wo ich an jenem Tag auf Rachel gewartet hatte und von ihrem Onkel angesprochen worden war. Ich hoffte, daß er heute nicht dasein würde.

Ich läutete. Ein Hausmädchen öffnete mir. »Sie sind sicher die junge Dame, die zu Miß Rachel möchte«, sagte sie. »Treten Sie ein.«

Sie führte mich durch die Diele in ein Zimmer mit Sprossenfenstern, die auf den Rasen hinausgingen. Die dichten, dunklen Gardinen ließen nicht viel Licht herein. Mein Blick fiel sogleich auf das Kreuzigungsgemälde an der Wand. Es erschreckte mich, weil es so wirklichkeitsgetreu war; ich konnte die Nägel in Händen und Füßen und das daraus hervortropfende rote Blut deutlich erkennen. Ich war so erschüttert, daß ich es kaum ertragen konnte, das Bild anzusehen. Ein weiteres Gemälde stellte vermutlich einen Heiligen dar: Das Haupt war von einem Heiligenschein umgeben, der Leib von Pfeilen durchbohrt. Ein drittes Bild zeigte einen an einen Pfahl Gefesselten. Er stand im Wasser: Es war ihm bestimmt, bei steigender Flut langsam zu ertrinken. Menschliche Grausamkeit schien das gemeinsame Leitmotiv all dieser Bilder zu sein. Sie machten mich schaudern. Ich nahm an, daß es Mr. Dorian war, der diesen Raum so düster gestaltet hatte.

Rachel kam herein. Ihre Miene hellte sich auf, als sie mich sah.

»Ich bin froh, daß Tamarisk nicht gekommen ist«, sagte sie. »Sie macht sich immer über alles lustig.«

»Du solltest sie einfach nicht beachten«, riet ich ihr.

»Das möchte ich ja, aber es will mir nicht gelingen«, entgegnete Rachel. »Wir trinken den Tee hier drinnen. Meine Tante kommt dich gleich begrüßen.«

Hoffentlich nicht der Onkel, dachte ich.

Rachels Tante Hilda kam herein. Sie war groß und wirkte irgendwie ungelenk. Die Haare hatte sie straff aus dem Gesicht gekämmt, was ihr aber beileibe kein strenges Aussehen verlieh. Sie erschien mir vielmehr fahrig, verletzlich, ganz anders als der Onkel, der offenbar davon überzeugt war, stets gut und rechtschaffen zu sein.

»Tante Hilda«, stellte Rachel vor, »das ist Frederica.«

»Guten Tag.« Tante Hilda nahm meine Hand. Ihre fühlte sich kalt an. »Rachel sagt, ihr seid gute Freundinnen geworden. Es ist lieb von dir, daß du uns besuchen kommst. Jetzt laßt uns Tee trinken.«

Der Tee wurde von dem Hausmädchen hereingebracht, das mich eingelassen hatte. Es gab Butterbrote, Hörnchen und Mohnkuchen.

»Wir sprechen vor jeder Mahlzeit ein Dankgebet«, erklärte mir Tante Hilda. Sie sagte das so, als wiederhole sie eine Lektion.

Es war ein langes Gebet, worin armselige Sünder Dank sagten für empfangene Wohltaten.

Als der Tee eingeschenkt war, erkundigte sich Tante Hilda nach meiner Mutter und fragte mich, wie ich mich in Harper's Green eingelebt hätte. Es ging recht fade zu im Vergleich zu der Teegesellschaft in St. Aubyn's Park. Ich wünschte, Tamarisk wäre bei uns gewesen; denn wenn sie auch zuweilen recht ungehobelt sein konnte, so war sie doch wenigstens lebhaft.

Kaum waren wir mit dem Tee fertig, als zu meiner Bestürzung Mr. Dorian hereinkam. Er musterte uns aufmerksam und ließ seinen Blick auf mir verweilen.

»Ah«, sagte er, »eine Teegesellschaft.«

Tante Hilda blickte ein wenig schuldbewußt drein, als habe man sie bei einem ausschweifenden Gelage ertappt, aber er war nicht erzürnt. Er stand da und rieb sich die Hände. Die mußten sehr trocken gewesen sein, denn beim Reiben entstand ein leises Raspelgeräusch, das ich abstoßend fand. Er sah mich unverwandt an. »Ich nehme an, du bist im gleichen Alter wie meine Nichte«, meinte er.

»Ich bin dreizehn.«

»Noch ein Kind. Auf der Schwelle des Lebens. Du wirst feststellen, daß das Leben voller Fallstricke ist, mein liebes Kind. Hüte dich vor dem Teufel und seinen Listen.«

Wir waren vom Tisch aufgestanden, und ich nahm auf dem Sofa Platz. Er setzte sich zu mir und rückte dicht neben mich.

»Verrichtest du auch jeden Abend deine Gebete, liebes Kind?« fragte er.

»Äh … hm …«

Er drohte mir mit dem Finger, wobei er meine Wange streifte. Ich fuhr zusammen, doch er schien es nicht zu bemerken. Seine Augen leuchteten.

Er fuhr fort: »Du kniest neben deinem Bett nieder … im Nachthemd.« Er fuhr sich mit der Zungenspitze über die Oberlippe. »Und bittest Gott um Vergebung für die Sünden, die du bei Tag begangen hast. Du bist jung, doch auch junge Menschen können sündigen. Denke daran, daß du jeden Augenblick vor das Angesicht deines Schöpfers befohlen werden kannst. ›Mitten im Leben sind wir vom Tod umfangen.‹ Du – jawohl, auch du, mein Kind – könntest mit all deinen Sünden vor das Angesicht deines Schöpfers gerufen werden.«

»Daran habe ich nie gedacht«, sagte ich, wobei ich versuchte, von ihm abzurücken, ohne daß er es gewahr würde.

»Nein, wahrlich nicht? Soso. Du mußt dich jeden Abend im Nachthemd neben dein Bett knien und um Vergebung bitten für alle Unbotmäßigkeiten – auch die in Gedanken begangenen.«

Ich schauderte. Tamarisk hätte über all dies lachen können. Sie hätte mir zugezwinkert, eine Grimasse geschnitten und gesagt, der Mann sei »plemplem« – wie die bedauernswerte Flora Lane, aber auf andere Art. Er faselte unentwegt von Sünden, Flora hingegen hielt eine Puppe für ein Baby.

Ich verspürte ein heftiges Verlangen, dieses Haus zu verlassen, und ich hoffte, nie wieder hierherkommen zu müssen. Ich wußte selbst nicht, warum mir dieser Mann solche Furcht einflößte.

Zu Tante Hilda sagte ich: »Haben Sie vielen Dank für die Einladung. Ich muß jetzt gehen, meine Tante erwartet mich.«

Es hörte sich kläglich an. Tante Sophie wußte, wo ich war, und erwartete mich noch nicht zurück. Aber ich mußte unbedingt fort aus diesem Haus.

Tante Hilda, die während der Tiraden ihres Mannes unbehaglich dreingeblickt hatte, wirkte geradezu erleichtert.

»Dann dürfen wir dich nicht aufhalten, Liebes«, sagte sie. »Es war sehr lieb von dir, daß du gekommen bist. Rachel, bringst du unseren Gast zur Tür?«

Rachel stand bereitwillig auf. »Auf Wiedersehen«, sagte ich und vermied es, Mr. Dorian dabei anzusehen.

Ich war froh, entronnen zu sein. Am liebsten wäre ich gerannt; denn plötzlich überkam mich die Furcht, Mr. Dorian könne mir folgen und unentwegt von meinen Sünden faseln, während er mich auf diese seltsame Art ansähe.

Rachel begleitete mich zum Gartentor. »Hoffentlich hat es dir gefallen«, sagte sie.

»O ja, sehr«, log ich.

»Nur schade…« Sie brach ab, aber ich wußte, was sie meinte. Wäre Mr. Dorian nicht hereingekommen, hätte es eine ganz normale Teegesellschaft sein können.

»Spricht er immer so?« wollte ich wissen. »Über Sünden und all das?«

»Ja, weißt du, er ist ein sehr frommer Mann. Er geht sonntags dreimal in die Kirche, obwohl er Hochwürden Hetherington nicht besonders leiden kann. Er sagt, der Pastor habe einen Hang zum Papismus.«

»Er glaubt wohl, daß alle Menschen sündig sind.«

»So denken die Frommen eben.«

»Mir wäre jemand lieber, der nicht ganz so fromm wäre. Es muß doch ein unbehagliches Leben sein.« Ich brach ab; ich redete zuviel. Immerhin mußte Rachel mit ihm unter einem Dach leben.

Am Gartentor blickte ich zum Haus zurück. Ich hatte das unheimliche Gefühl, daß er mich aus einem Fenster beobachtete, und ich war nur von dem einen Wunsch beseelt, zu laufen, so schnell ich konnte, um einen gehörigen Abstand zu dem Haus zu gewinnen.

»Auf Wiedersehen, Rachel«, sagte ich und machte mich auf den Weg.

Es tat gut, den Wind im Gesicht zu fühlen. Ich dachte: Der Mann kann nicht so schnell laufen wie ich. Er würde mich nicht einholen können.

Ich nahm nicht den direkten Weg nach Hause. Ich wollte den Eindruck, den dieser Mensch auf mich gemacht hatte, vollständig aus meinem Gedächtnis tilgen, aber es gelang mir nicht. Das Raspeln, wenn er sich die trockenen Hände rieb, seine durchdringenden Augen, mit Wimpern, so hell, daß sie fast unsichtbar waren, die Art, wie er sich die Lippen leckte, wenn er mich ansah, all das machte mir angst.

Wie konnte Rachel mit diesem Menschen unter einem Dach leben? Er war ihr Onkel, und sie mußte bei ihm wohnen. Ich dachte zum wohl hundertstenmal, wie gut ich es getroffen hatte, bei Tante Sophie zu sein.

Das Laufen gegen den Wind erwies sich als das richtige Mittel, das Unbehagen zu überwinden. Diese Gegend war eigenartig, faszinierend. Man hatte das Gefühl, hier könnten sich schicksalhafte Dinge ereignen. Flora Lane mit ihrer Puppe, Mr. Dorian mit … mit was? Ich vermochte es nicht zu sagen. Ich verspürte nur ein merkwürdiges Angstgefühl, wenn er in meine Nähe kam, und dann erfaßte mich ein heftiges Verlangen nach Tante Sophies nüchterner Redeweise und ihrer fürsorglichen Liebe.

Ich hatte es gut, weil ich bei Tante Sophie lebte. Arme, arme Rachel! Ich nahm mir vor, in Zukunft besonders nett zu ihr zu sein, um sie für diesen Onkel zu entschädigen.

Ich hatte ein gutes Stück Weges zurückgelegt, und nun sah ich das Häuschen der Lanes, nicht von vorn, wie wir uns ihm neulich genähert hatten, sondern von der Rückseite.

Ich trat näher. Der Garten war von einer niedrigen Mauer umgeben. Dahinter konnte ich den Maulbeerstrauch sehen, den Tamarisk erwähnt hatte, und dicht bei dem Strauch sah ich Flora sitzen. Sie hatte einen Puppenwagen neben sich, und ich nahm an, daß die Puppe darin läge.

Ich beugte mich über die Mauer. Flora sah mich und sagte: »Guten Tag.«

»Guten Tag«, erwiderte ich.

»Möchten Sie Lucy besuchen?« fragte sie.

»O nein. Ich bin nur zufällig vorbeigekommen.«

»Das Tor ist da drüben, das Hintertörchen.«

Es hörte sich nach einer Einladung an, und angestachelt von meiner nie versiegenden Neugierde, trat ich durch das Tor und ging zu Flora.

»Psst«, sagte sie, »er schläft. Er wird quengelig, wenn man ihn aufweckt.«

Sie saß auf einer Bank und rückte zur Seite, um mir Platz zu machen.

»Er ist eigensinnig«, sagte sie.

»Das glaube ich gern.«

»Er läßt sich von niemandem anfassen, nur von mir.«

»Seine Mutter...«, begann ich.

»Sie hätte keine Kinder haben dürfen. Leute wie sie... dauernd in London... ich meine, sie hätten keine haben sollen.«

»Nein«, sagte ich.

Sie nickte und starrte auf den Maulbeerstrauch. »Da ist nichts«, sagte sie.

»Wo?« fragte ich.

Sie nickte zu dem Strauch hinüber. »Egal, was sie sagen... aber nicht stören.«

»Warum nicht?« Ich wollte unbedingt wissen, wovon sie sprach.

Das hätte ich nicht fragen sollen. Sie drehte sich zu mir. Die Ruhe, die in ihren Augen gewesen war, als ich kam, war aus ihnen gewichen. »Nein«, sagte sie. »Da ist nichts. Sie dürfen nicht... es wäre unrecht. Sie sollten nicht...«

»Gut«, sagte ich. »Ich tu's nicht. Sitzen Sie oft hier?«

Sie sah mich mit ihren verstörten Augen argwöhnisch an. »Ihm geht's gut, meinem Kleinen. Er schläft wie ein Engel. Man sollte meinen, er könnte kein Wässerchen trüben.« Sie lachte leise. »Sie sollten ihn mal hören, wenn er seinen Koller kriegt. Der wird ein rechter Tyrann, wenn er groß ist. Er bekommt alles im Leben, was er will.«

Lucy mußte mich von einem Fenster aus erspäht haben. Sie kam heraus, und ich merkte sogleich, daß sie nicht erfreut war, als sie mich dort sitzen und mit ihrer Schwester sprechen sah. Sie sagte: »Ah, Miß Cardinghams Nichte.«

Ich erklärte ihr, daß ich zufällig vorbeigekommen sei. Ich

hätte Flora im Garten gesehen und sei hereingebeten worden.

»Ah, wie nett. Haben Sie einen kleinen Spaziergang gemacht?«

»Ich bin in Bell House gewesen und war auf dem Heimweg.«

»Wie nett.«

Sie schien alles nett zu finden, aber ich spürte, daß diese Äußerung einer gewissen Nervosität entsprang und es ihr am liebsten wäre, wenn ich ginge. Darum sagte ich: »Meine Tante erwartet mich.«

»Dann dürfen Sie sie nicht warten lassen, liebes Kind«, meinte sie erleichtert.

»Nein. Auf Wiedersehen«, sagte ich und sah Flora an, die mir zulächelte.

Dann sagte sie: »Da ist nichts... nicht wahr, da ist doch nichts, Lucy?«

Lucy zog die Augenbrauen zusammen, als wisse sie nicht recht, wovon Flora sprach. Ich nahm an, Flora sagte oft Dinge, die keinen Sinn ergaben.

Lucy ging mit mir zum Gartentor. »Es ist nicht weit bis zu The Rowans. Wissen Sie den Weg?«

»O ja. Ich kenne mich hier schon ganz gut aus.«

»Bestellen Sie Miß Cardingham einen schönen Gruß von mir.«

»Gern.«

Wieder rannte ich schneller und fühlte den starken Wind im Haar.

War das ein merkwürdiger Nachmittag, dachte ich bei mir. Es gab hier sehr eigenartige Leute. Heute nachmittag war ich zwei von den seltsamsten begegnet, und nun sehnte ich mich danach, schleunigst zu der lieben, *normalen* Tante Sophie zurückzukehren.

Sie erwartete mich. »Ich hatte viel früher mit dir gerechnet«, sagte sie.

»Ich habe Flora Lane im Garten gesehen und mich ein bißchen mit ihr unterhalten.«

»Die arme Flora! Und wie war's beim Tee?«

Ich zögerte.

»Ich kann's mir schon denken«, fuhr sie fort. »Ich weiß, wie's zugeht in Bell House. Die arme Hilda tut mir leid. Die frommen Menschen, die sich ihren Platz im Himmel reserviert haben, können auf Erden eine rechte Plage sein.«

»Er hat mich gefragt, ob ich jeden Abend bete. Ich soll um Vergebung bitten für den Fall, daß ich in der Nacht sterbe.

Tante Sophie brach in Gelächter aus. »Hast du ihn gefragt, ob er es selbst auch so hält?«

»Das tut er vermutlich. Sie beten immerzu. Ach, Tante Sophie, ich bin so froh, daß ich bei dir gelandet bin!«

Ich sah ihr an, wie sehr sie das freute. »Ich tue mein Bestes, damit du es gut hast, und wenn's uns an Gebeten mangelt, gibt es dafür hoffentlich ein bißchen Spaß. Was macht Flora? Verrückt wie immer?«

»Sie hatte einen Puppenwagen mit einer Puppe darin. Sie glaubt, es sei Crispin St. Aubyn.«

»Ja, weil sie ganz in der Zeit lebt, als sie sein Kindermädchen war. Die arme Lucy macht viel durch. Aber Crispin St. Aubyn ist sehr gut zu ihr. Er besucht sie. Er hängt an ihr. Von seinen Eltern hat er ja nicht viel Liebe erfahren.«

»Sie sprach von dem Maulbeerstrauch. Da wäre nichts, hat sie gesagt.«

»Sie phantasiert. So, wenn ich jetzt nicht flugs einkaufen gehe, gibt es nichts zum Abendbrot. Kommst du mit?«

»O ja, gern.«

Arm in Arm spazierten wir zum Dorfkrämer.

Ich war meinem Schicksal dankbar, hatte ich doch gesehen, was Kindern, die ihre Eltern verlieren, Trauriges zustoßen kann. Rachel mußte in Bell House bei ihrem Onkel Dorian leben. Crispin und Tamarisk hatten zwar Eltern, aber die kümmerten sich so wenig um sie, daß sie ebensogut Waisenkinder hätten sein können. Ich hatte einen Vater, der fortgegangen war, und eine Mutter, die sich mehr mit ihren Entbehrungen befaßte als mit ihrem Kind. Aber das Schicksal hatte es gut mit mir gemeint. Es hatte mir Tante Sophie beschert.

Mit Miß Lloyd verstand ich mich weiterhin sehr gut. Ich war im Unterricht aufmerksamer als meine Mitschülerinnen. Miß Lloyd pflegte zu sagen: »Die Geschichte steht vor unserer Tür, Mädels, und es wäre töricht von uns, wenn wir sie nicht in uns aufnehmen würden. Denkt nur, vor über zweitausend Jahren haben hier Menschen gelebt… hier, just an diesem Ort, wo wir jetzt wohnen.«

Sie war hocherfreut über meine gute Mitarbeit, und vielleicht beschloß sie deshalb eines Tages, daß wir, statt uns allmorgendlich zum Unterricht zu setzen, gelegentlich eine sogenannte Bildungsexkursion unternehmen sollten.

Eines Morgens kutschierte sie uns im Gig über die Salisbury-Ebene nach Stonehenge. Ich war ganz aufgeregt, als ich zwischen den uralten Steinen stand. Miß Lloyd lächelte mir wohlwollend zu. »Nun, Mädels«, meinte sie, »könnt ihr es fühlen, das Mysterium, diese wunderbare Verbindung mit der Vergangenheit?«

»O ja«, sagte ich.

Rachel sah leicht verwirrt drein, Tamarisk blickte verächtlich. Ich konnte ihre Gedanken lesen: Was sollte das Getue um einen Haufen Steine, bloß weil sie seit langer Zeit dort herumlagen?

»Man schätzt ihr Alter auf achtzehnhundert bis vierzehnhundert vor Christi Geburt. Stellt euch das einmal vor, Mädels! Die Steine waren schon hier, bevor Christus geboren wurde! Die Ausrichtung der Steine nach dem Aufgang und Untergang der Sonne läßt vermuten, daß dies eine Stätte der Himmelsanbetung war. Steht nun einmal still, und laßt es auf euch wirken.«

Miß Lloyd lächelte mich an. Sie wußte, daß ich ebenso ergriffen war wie sie.

Von da an interessierte ich mich sehr für die historischen Überreste, von denen wir umringt waren. Miß Lloyd gab mir einige Bücher zu lesen. Tante Sophie hörte aufmerksam zu, als ich ihr erzählte, welche Faszination Stonehenge auf mich ausgeübt hatte und daß es eine Kultstätte der Druiden gewesen sein sollte. »Sie waren sehr gelehrt, Tante Sophie«, erklärte ich ihr. »Trotzdem brachten sie Menschenopfer. Sie glaubten, die Seele würde niemals sterben, sondern von einem Menschen zum andern wandern.«

»Der Gedanke behagt mir nicht besonders«, sagte Tante Sophie. »Und Menschenopfer mag ich noch weniger.«

»Das waren Wilde, schätze ich«, meinte Lily, die zugehört hatte.

»Sie haben Menschen in Käfige gesteckt, die wie Ebenbilder ihrer Götter aussahen, und sie bei lebendigem Leibe verbrannt«, erklärte ich ihnen.

»Grundgütiger Himmel!« rief Lily. »Ich dachte, du gehst zur Schule, um lesen, schreiben und rechnen zu lernen, und nicht, um zu hören, was eine Horde Wilder getan hat.«

Ich lachte. »Das ist Geschichte, Lily.«

»Es ist doch gut zu wissen, wie diese Menschen waren«, meinte Tante Sophie. »Da kann man nur froh sein, daß man nicht damals gelebt hat.«

Nach dem Besuch in Stonehenge begann ich mich nach Beweisen für die Existenz der Menschen umzusehen, die vor abertausend Jahren hier gelebt hatten. Miß Lloyd unterstützte mich darin. Eines Tages ging sie mit uns nach Barrow Wood. Es war zu meiner Freude nicht weit von The Rowans entfernt.

»Es heißt Barrow Wood«, erklärte Miß Lloyd, »wegen der Hügelgräber. Sie stammen vermutlich aus der Bronzezeit. Findet ihr das nicht aufregend?«

»Ja«, sagte ich, aber Tamarisks Augen verschleierten

sich, und Rachel runzelte die Stirn vor lauter Anstrengung, sich zu konzentrieren.

»Seht ihr«, fuhr Miß Lloyd fort, »Erde und Steine wurden zu einem Hügel aufgeschichtet. Unter den Hügeln befinden sich Grabkammern. An der Anordnung der Gräber läßt sich erkennen, daß es sich um hochstehende Persönlichkeiten handelte. Und dann ließ man ringsherum die Bäume wachsen. Ja, es muß eine besondere Stätte gewesen sein, ein Heiligtum. Die hier Bestatteten waren vermutlich Hohepriester, Druidenführer und dergleichen.«

Ich war fasziniert, zumal ich Barrow Wood von meinem Schlafzimmerfenster aus sehen konnte.

»Barrow, Hügelgrab, ist die Bezeichnung für diese Grabmäler. Tumulus ist ein anderes Wort für Hügelgrab. Darum heißt diese Stätte Barrow Wood.«

Von da an ging ich oft dorthin. Es war ja so nah. Ich setzte mich, betrachtete die Grabmäler und staunte, daß die Menschen, die dort begraben lagen, schon vor Christi Geburt hier gewesen waren. Im Sommer umschlossen die Bäume die Grabstätte. Im Winter konnte man sehen, wie nahe sie bei der Straße lag.

Eines Tages, als ich dort war, vernahm ich Pferdegetrappel auf der Straße. Ich ging zum Rand des Wäldchens und blickte hinaus. Crispin St. Aubyn ritt vorüber.

Ein andermal begegnete ich dort Mr. Dorian. Er kam mir entgegen, und bei seinem Anblick wurde ich starr vor Entsetzen. Als er mich sah, nahm sein Gesicht einen merkwürdigen Ausdruck an, und er ging schneller. Sogleich überkam mich der Drang, schleunigst fortzulaufen. An dieser eigenartigen Stätte wirkte er noch bedrohlicher als in Bell House.

»Guten Tag«, sagte er lächelnd.

»Guten Tag, Mr. Dorian.«

»Du bewunderst das Hügelgrab?« Er war nun ganz nahe.

»Ja.«

»Heidnische Relikte.«

»Ja. Ich muß mich sputen. Meine Tante erwartet mich.« Und damit rannte ich fort. Mein Herz klopfte wie wild in unerklärlicher Furcht. Ich erreichte die Straße und schaute zurück. Er stand am Rand des Wäldchens und sah mir nach. Ich lief nach The Rowans, heilfroh, entkommen zu sein.

Ich dachte sehr viel über Flora Lane nach, unter anderm wohl deswegen, weil sie ihre gehätschelte Puppe für Crispin St. Aubyn hielt.

Crispin kam mir oft in den Sinn. Er war arrogant und rüde, und ich konnte ihn nicht leiden, dennoch fand ich Rechtfertigungen für ihn. Seine Eltern hatten ihn nicht geliebt. Und Tamarisk hatten sie ebensowenig geliebt. Ich entdeckte eine starke Ähnlichkeit zwischen Bruder und Schwester. Beide meinten, alle Welt müsse ihnen zu Willen sein.

Auch Mr. Dorian drängte sich in meine Gedanken. Ich hatte gelegentlich von ihm geträumt, diffuse Träume ohne rechten Sinn, aber wenn ich aufwachte, war ich jedesmal froh, dem Traum entronnen zu sein, denn die Träume waren mit einem undefinierbaren Angstgefühl verknüpft.

Da ich von Natur aus neugierig war, nahm ich regen Anteil am Leben in Harper's Green. Oft lenkte ich meine Schritte in Richtung des Häuschens der Lanes. Ich hatte den Eindruck, daß Flora mich gern sah. Ihr Gesicht leuchtete jedesmal freudig auf, wenn ich ihr »guten Tag« zurief. Ich ging zu dem Häuschen, wann immer ich konnte, allerdings nicht nach dem Unterricht, denn dann mußte ich nach Hause zum Mittagessen, das Lily zubereitet hatte; wenn ich aber nachmittags spazierenging, führte mich mein Weg oft dorthin.

Ich näherte mich dem Häuschen von der Rückseite und spähte über die Mauer. Wenn Flora an ihrem Stammplatz saß, wünschte ich ihr einen guten Tag. Stets erwiderte sie meinen Gruß; nur einmal hatte sie weggeschaut, als wolle sie mich nicht sehen. Darauf war ich weitergegangen; doch meist ließ sie den Wunsch erkennen, ich möge hereinkommen.

Bald entdeckte ich, daß ich nicht willkommen war, wenn Lucy zu Hause war. Es paßte Lucy offensichtlich nicht, daß ich mit ihrer Schwester sprach. Flora wußte das auch. Sie verfügte über eine gewisse Schläue. Sie wollte sich mit mir unterhalten, aber sie wollte Lucy nicht kränken; deshalb mußte ich sie besuchen kommen, wenn Lucy nicht zu Hause war.

Als ich an jenem bestimmten Nachmittag vorbeikam, bat Flora mich herein. Ich setzte mich zu ihr auf die Bank, und Flora lächelte mich beinahe verschwörerisch an. Sie redete eine Weile. Ich verstand nicht alles, was sie sagte, aber sie schien sehr froh, mich bei sich zu haben. Es ging hauptsächlich um die Puppe, doch mehr als einmal erwähnte sie den Maulbeerstrauch und behauptete, dort sei nichts. Dann sagte sie plötzlich, das Baby sei heute nachmittag quengelig. Es sei wohl der Wind. Der Kleine sei weinerlich, und es werde langsam kühl. »Ich bringe ihn wohl besser ins Haus«, sagte sie. Sie stand auf. Ich erhob mich ebenfalls und wollte mich verabschieden. Sie aber schüttelte den Kopf. »Nein, Sie… Sie kommen mit.« Sie wies zu dem Häuschen.

Ich zögerte. Sollte ich wirklich mit hineingehen? Lucy war gewiß nicht zu Hause, sonst wäre sie längst draußen erschienen.

Ich konnte nicht widerstehen. Schließlich war ich aufgefordert worden, hereinzukommen.

Ich ging neben Flora, während sie den Puppenwagen zur Hintertür schob. Wir traten in die Küche. Flora nahm die Puppe sacht aus dem Wagen und murmelte: »Ist ja gut, ist ja gut. Er bekommt einen Schnupfen, oje. Er will in seine Wiege. Ja, da hat er es gemütlicher. Nanny Flora bringt dich ins Bettchen.

Es war ein bißchen unheimlich in dem Häuschen, und aufgeregt folgte ich Flora die Treppe hinauf. Oben befanden sich eine Kinderstube und zwei Schlafkammern. Die eine war vermutlich Lucys, die andere Floras, und die Kinderstube war natürlich für die Puppe.

Wir traten in das Kinderzimmer, und Flora legte die Puppe zärtlich in die Wiege. Dann wandte sie sich mir zu. »Nun ist ihm wohler, dem Engelchen. Kleine Kinder werden quengelig, wenn ein Schnupfen im Anzug ist.«

Es machte mich jedesmal verlegen, wenn sie von der Puppe sprach wie von einem Lebewesen. Ich sagte: »Ein hübsches Kinderzimmer haben Sie hier.«

Ihr Gesicht leuchtete freudig auf, dann nahm es flüchtig einen verwirrten Ausdruck an. »Nichts gegen das, was wir früher hatten.« Jetzt sah sie ein wenig bekümmert drein. Ich hatte sie wohl an das Kinderzimmer in St. Aubyn's Park erinnert, als sie den echten Crispin gehütet hatte.

Ich überlegte, was ich sagen könnte. Da bemerkte ich das Bild: sieben Vögel, die auf einer Mauer saßen. Es sah aus, als sei es aus einem Buch ausgeschnitten und eingerahmt worden. Ich trat näher und las die Bildunterschrift. »Sieben fürs Geheimnis«, stand da zu lesen. Darauf rief ich: »Das sind ja die sieben Elstern!«

Flora nickte eifrig. »Gefällt es Ihnen?«

»Das müssen die sieben Elstern aus dem Kinderreim sein. Ich habe ihn einmal gelernt. Wie ging er noch? Ich glaube, ich erinnere mich:

Eine für Kummer,
Zweie für Freud',
Dreie für Mädchen,
Viere für Bub,
Fünfe für Silber,
Sechse für Gold,
Sieben fürs Geheimnis…

Flora sah mir auf den Mund, als ich die Verse aufsagte, und die letzte Zeile sprach sie mit mir zusammen: »*... das ihr nie verraten sollt.*«

»Ja«, sagte ich, »er ist mir wieder eingefallen.«

»Das hat Lucy gemacht«, sagte Flora und strich liebevoll über den Rahmen.

»Sie hat es eingerahmt, ja?«

Flora nickte. »Sieben fürs Geheimnis, das ihr nie verraten sollt«, sagte sie. »Man darf es nicht verraten.« Sie schüttelte den Kopf. »Nie... niemals. Das sagen die Vögel.«

Ich sah mir das Bild genauer an. »Die Vögel sehen recht boshaft aus«, sagte ich.

»Ja, wegen des Geheimnisses. Oje, er wacht auf.« Sie trat an die Wiege und nahm die Puppe hoch.

Das Zimmer dünkte mich etwas unheimlich. Ich war von dem Drang beseelt, mehr über Flora zu erfahren und zu erforschen, was hinter diesem seltsamen Wahn steckte. Wenn man sie zu der Erkenntnis bringen könnte, daß die Puppe nur eine Puppe und das Baby, für das sie sie hielt, unterdessen ein erwachsener Mann war, ob sie dann wieder normal werden könnte?

Dann aber überkam mich der Wunsch, fortzugehen, und ich sagte: »Ich muß nach Hause. Ich finde allein hinaus.«

Als ich die Treppe hinuntergehen wollte, hörte ich unten Stimmen. Ich war bestürzt. Ich hatte niemanden hereinkommen hören.

»Flora!« Es war Lucy. Sie kam in die Diele und war sichtlich verwundert, als sie mich die Treppe herunterkommen sah.

»Ich... ich bin oben bei Miß Flora gewesen«, stammelte ich.

»Oh... hat sie Sie hinaufgebeten?

Ich zögerte. »Sie hat... äh... mir die Kinderstube gezeigt.«

Lucy wirkte sehr verärgert. Dann trat ein Mann in die Diele. Es war Crispin St. Aubyn.

»Flora hat Miß Cardinghams Nichte hereingebeten«, sagte Lucy.

Er nickte mir zu.

»Ich wollte gerade gehen«, sagte ich.

Lucy begleitete mich zur Haustür. Ich trat hinaus und rannte in Windeseile davon.

Das war ein seltsamer Nachmittag gewesen! Ich mußte immerzu an die sieben Elstern denken. Es waren sehr finster aussehende Vögel. Lucy hatte das Bild offensichtlich aus einem Buch ausgeschnitten und es für Flora eingerahmt. Hatte sie es getan, um Flora zu ermahnen, daß es ein Geheimnis zu hüten galt? Flora hatte den Verstand eines Kindes. Es konnte gut sein, daß man sie an bestimmte Dinge erinnern mußte. Vielleicht stammte das Bild aber auch nur aus einem Buch, das sie als Kind geliebt hatte.

Auf alle Fälle war das alles sehr interessant, dachte ich, während ich zu Tante Sophie eilte.

Wenige Tage später entdeckte ich in Tante Sophies Natur eine Seite, die ich nicht vermutet hatte. In The Rowans gab es ein kleines Zimmer, das von ihrem Schlafzimmer abging. Es mußte einst ein Ankleidezimmer gewesen sein, aber sie benutzte es als eine Art Schreibzimmer.

Ich wollte sie wegen einer Kleinigkeit sprechen. Lily sagte mir, sie sei in ihrem Schreibzimmer, um eine Schublade aufzuräumen, und ich ging hinauf. Ich klopfte an die Schlafzimmertür, und als keine Antwort kam, öffnete ich sie und spähte hinein.

Die Tür zum Schreibzimmer stand offen. »Tante Sophie«, rief ich.

Sie erschien auf der Türschwelle. Sie sah traurig aus. So hatte ich sie noch nie gesehen. Eine Träne glitzerte auf ihren Wimpern. »Was hast du?« fragte ich.

Sie zögerte einen Augenblick. »Nichts, gar nichts. Ich bin nur eine dumme alte Närrin. Ich schreibe gerade an jemanden, den ich früher gekannt habe.«

»Es tut mir leid, daß ich dich gestört habe. Lily hat gesagt, du wolltest eine Schublade aufräumen.«

»Ja, das hatte ich ihr gesagt. Komm nur herein, Liebes. Es ist an der Zeit, daß du es erfährst.«

Ich trat in das Schreibzimmer.

»Setz dich. Ich habe an deinen Vater geschrieben«, sagte sie.

»An *meinen* Vater?«

»Ich schreibe ihm hin und wieder. Du mußt wissen, ich habe ihn sehr gut gekannt – als ich jünger war.«

»Wo ist er?«

»In Ägypten. Er ist beim Militär gewesen, aber er hat den Dienst längst quittiert. Ich habe ihm im Lauf der Jahre regelmäßig geschrieben. Das reicht weit zurück.« Sie sah mich an, als sei sie sich über etwas nicht ganz im klaren. Dann schien sie einen Entschluß zu fassen, und sie fuhr fort: »Ich habe deinen Vater zuerst kennengelernt, bevor er deiner Mutter begegnete. Es war auf einem Hausball. Wir haben uns von Anfang an gut verstanden. Er wurde nach Cedar Hall eingeladen. Das war zu der Zeit, als deine Mutter aus dem Pensionat nach Hause kam. Sie war damals achtzehn und eine richtige Schönheit. Und er hat sich in sie verliebt.«

»Aber er hat sie verlassen!«

»Das war eine ganze Weile später. Sie paßten nicht zusammen. Er war nicht für ein häusliches Leben geschaffen. Ein fröhlicher Mensch war er, der die Geselligkeit liebte. Getrunken hat er auch ... nicht maßlos, aber zu einem Trinker hat vielleicht nicht viel gefehlt. Er liebte das Glücksspiel und die Frauen. Kurz und gut, er nahm das Leben von der leichten Seite. Ungefähr ein Jahr nach deiner Geburt haben sie sich getrennt. Sie wurden geschieden, wie du weißt. Eine andere Frau war im Spiel. Die hat er geheiratet, aber das ist auch nicht gutgegangen.«

»Er scheint nicht sehr beständig zu sein.«

»Sein ungeheurer Charme macht das wieder wett.«

»Ich verstehe. Und ihr schreibt euch.«

»Ja. Wir sind immer gute Freunde gewesen.«

»Meinst du, er hätte vielleicht dich statt meiner Mutter geheiratet?

Sie lächelte wehmütig. »Er hat deine Mutter eindeutig vorgezogen.«

»Dann wärst du meine Mutter geworden«, sagte ich.

»Ich nehme an, dann wärst du nicht die, die du bist. Wir würden es nicht anders haben wollen, oder?« Sie lachte mich an, wieder ganz die alte.

»Ich weiß nicht. Vielleicht wäre ich dann nicht so häßlich geworden.«

»Unsinn! Deine Mutter war eine sehr schöne Frau. Ich war die unscheinbare Schwester.«

»Das glaube ich nicht.«

»Reden wir nicht mehr von Häßlichkeit. Ich wollte dich nur wissen lassen, daß ich deinem Vater schreibe und er sich immer nach dir erkundigt. Er weiß, daß du hier bei mir bist, und ist sehr froh darüber. Er will etwas zu deiner Erziehung beisteuern, die kostspielig werden kann, wenn du mit Tamarisk und Rachel ins Internat kommst. Ich hoffe, daß es in wenigen Monaten soweit sein wird.«

»Es freut mich, daß er das tut«, sagte ich.

»Ich wäre schon irgendwie zurechtgekommen, aber es ist lieb von ihm, seine Hilfe anzubieten. Ich kann sie gut gebrauchen.«

»Er ist ja schließlich mein Vater.«

»Er hat dich nicht mehr gesehen, seit er fortgegangen ist, aber, Freddie, er wäre gekommen, wenn deine Mutter es zugelassen hätte. Vielleicht, jetzt ...«

»Du meinst, er käme nach Hause?«

»Noch gibt es keinerlei Anzeichen dafür. Aber es wäre möglich.«

»Macht es dich traurig, ihm zu schreiben?«

»Man wird halt manchmal sentimental. Ich erinnere mich an meine Jugendzeit.«

»Du mußt sehr unglücklich gewesen sein, als er Mutter geheiratet hat.«

Sie sagte nichts darauf, und ich nahm sie in die Arme. »Es ist so traurig«, rief ich. »Ich wünschte, er hätte dich geheiratet! Dann wären wir jetzt alle zusammen. Er wäre hier bei uns.«

Sie schüttelte den Kopf. »Er ist nicht für Heim und Familie geschaffen. Er wäre fortgegangen.« Ihre Lippen kräuselten sich zu einem zärtlichen Lächeln, während sie fortfuhr: »Und du gehörst jetzt zu mir, ganz so, als ob ich deine Mutter wäre. Meine Nichte – seine Tochter. Dieser Gedanke tröstet mich.«

»Fühlst du dich jetzt besser, nachdem ich Bescheid weiß?« fragte ich.

»Viel besser«, versicherte sie. »Ich bin froh, daß du es weißt. Wir wollen dankbar sein für alles, was uns gegeben wurde.

Ich hatte allen Grund, dankbar zu sein, besonders, wenn ich mein Schicksal mit dem Rachels verglich. Dies tat ich häufig, weil uns beiden Ähnliches widerfahren war. Ich wohnte bei meiner Tante, sie wohnte bei Tante und Onkel. Ich war mir stets bewußt gewesen, daß ich es gut hatte, aber in seinem ganzen Ausmaß wurde es mir erst klar, als ich mehr von Rachel erfuhr.

Ich hatte immer gewußt, daß sie ängstlich war. Sie gab es nie offen zu, denn sie sprach kaum über ihr Leben in Bell House, aber ich spürte, daß es viel zu erzählen gäbe.

Rachel kam oft nach The Rowans, und dann setzten wir uns in den Garten und unterhielten uns. Eine Zeitlang hatte ich das Gefühl gehabt, daß sie mir etwas sagen wollte, es ihr jedoch schwerfiel, sich mitzuteilen. Wenn wir miteinander lachten und die Rede auf Bell House kam, ging eine Veränderung mit ihr vor. Mir fiel auf, daß sie mich nur ungern verließ, wenn es Zeit für sie war, nach Hause zu gehen.

Als wir eines Tages im Garten waren, fragte ich sie: »Wie ist es in Bell House? Ich meine, was geht dort *wirklich* vor?«

Sie erstarrte, es entstand eine lange Pause. Dann platzte sie heraus: »O Freddie, es macht mir angst.«

»Was?« fragte ich.

»Ich weiß es nicht so recht. Mir ist einfach bange.«

»Ist es dein Onkel?«

»Weißt du, er ist so ein frommer Mensch. Immer spricht er von Gott... und mit ihm, wie Abraham oder eine von den Gestalten in der Bibel. Er spricht davon, wie sündig viele Dinge sind, Dinge, die man sich kaum vorstellen kann. Ich vermute, deshalb ist er so ein guter Mensch.«

»Gute Menschen sollen für andere sorgen und ihnen keine Angst machen.«

»Als Tante Hilda sich einmal einen Kamm für ihr Haar gekauft hat, fand er es sündig. Es war ein hübscher Kamm, und sie sah gleich ganz anders aus, als sie ihn sich ins Haar steckte. Es war am Abend, als wir uns zu Tisch gesetzt hatten. Ich fand, sie sah reizend aus mit dem Kamm. Mein Onkel wurde zornig. Er sagte: ›Eitelkeit, Eitelkeit, alles Eitelkeit. Du siehst aus wie die Hure von Babylon!‹ Die arme Tante Hilda ist ganz bleich geworden. Sie war völlig durcheinander. Er nahm ihr den Kamm aus dem Haar, und es fiel ihr auf die Schultern. Er war wie ein zorniger Prophet in der Bibel, wie Moses, als das Volk das Goldene Kalb machte. Er ist kein Mensch wie wir.«

»Meine Tante Sophie ist gütig und liebevoll. Ich finde, das ist besser, als die Bibel zitieren und sich gebärden wie

Abraham. Der war doch wahrhaftig bereit, seinen Sohn zu opfern, als Gott es ihm befahl. Tante Sophie würde so etwas nie tun, nur um Gnade vor Gott zu finden.«

»Du hast Glück gehabt. Deine Tante Sophie ist ein Schatz. Ich wünschte, sie wäre meine Tante. Aber mein Onkel ist freilich sehr fromm. Bei uns werden jeden Tag Gebete gesprochen, und zwar sehr lange. Meine Knie sind schon ganz wund. Wir müssen um Vergebung beten, und weil er so ein guter Mensch ist, denkt er, wir sind alle schlecht und kommen sowieso in die Hölle. Deshalb finde ich das viele Beten so sinnlos.«

»Und er kommt natürlich in den Himmel.«

»Er spricht ja immerzu von Gott. Aber das ist es nicht, weswegen …«

»Was ist es denn?«

»Die Art, wie er mich ansieht. Wie er mich berührt. Er hat einmal gesagt, ich sei eine Versucherin. Ich weiß nicht, was er damit gemeint hat. Weißt du es?«

Ich schüttelte den Kopf.

»Ich sehe möglichst zu, daß ich nicht mit ihm allein bin.«

»Das kann ich verstehen.«

»Manchmal … also, einmal ist er nachts in mein Zimmer gekommen, als ich im Bett lag. Ich wachte auf, und da stand er und sah mich an.«

Mir war plötzlich kalt, und ich schauderte. Ich wußte genau, wie ihr zumute gewesen war.

»Er sagte zu mir: ›Hast du deine Gebete verrichtet?‹ Ich sagte: ›Ja, Onkel.‹ ›Sagst du auch die Wahrheit?‹ fuhr er fort. ›Steh auf und sprich sie noch einmal.‹ Ich mußte niederknien, und er hat mir die ganze Zeit zugesehen. Dann fing er an, sehr eigenartig zu beten. Er flehte zu Gott, er möge ihn vor der Versuchung durch den Teufel bewahren. ›Ich ringe, o Herr‹, sagte er. ›Du weißt, wie ich ringe, um die Sünde zu überwinden, welche Satan in mich säet‹, oder so ähnlich. Dann berührte er mich mit seiner Hand. Ich dachte schon, er wollte mir mein Nachthemd ausziehen. In meiner Not riß ich mich los und lief hinaus. Tante Hilda war gleich vor der Tür. Ich klammerte mich an sie, und sie sagte, es sei alles gut.«

»Und er? Was hat er gemacht?«

»Das habe ich nicht gesehen, ich hielt mein Gesicht versteckt. Er muß wohl aus dem Zimmer gekommen und weggegangen sein. Als ich aufsah, war er fort.«

»Was geschah dann?«

»Tante Hilda sagte fortwährend, alles sei gut. Sie brachte mich in mein Zimmer zurück, aber ich wollte nicht allein bleiben. Sie legte sich zu mir ins Bett und sagte, sie würde mich nicht verlassen. Sie ist die ganze Nacht bei mir geblieben. Am nächsten Morgen sagte sie, es sei nur ein Alptraum gewesen. Mein Onkel habe schlafgewandelt. ›Du sprichst am besten nicht darüber‹, sagte sie. ›Es würde ihm nicht behagen.‹ So habe ich geschwiegen ... bis jetzt. Dann sagte sie: ›Du kannst jederzeit deine Tür abschließen, für den Fall, daß er wieder einmal schlafwandeln sollte. Du würdest besser schlafen‹, meinte sie. ›Dann kann niemand hereinkommen.‹ Sie nahm einen Schlüssel aus ihrer Tasche und gab ihn mir. Ich habe ihn jetzt immer bei mir. Ich schließe meine Tür jeden Abend ab.«

»Ich wollte, du könntest bei uns wohnen.«

»Oh, das würde ich gerne. Einmal war er da ... vor meiner Tür. Er drehte am Knauf. Ich sprang aus dem Bett und lauschte. Er fing an zu beten und verfluchte die Teufel, die ihn marterten, wie die Heiligen gemartert worden seien. Er wisse, daß Gott ihn prüfen wolle. Die bösen Geister kämen in Gestalt junger Mädchen. Er weinte fast. Er werde sich geißeln, sagte er, um sich von dem Übel zu reinigen. Dann ging er fort, aber ich konnte nicht schlafen, obwohl ich meine Tür abgeschlossen hatte.«

»O Rachel«, sagte ich. »Ich bin froh, daß du es mir erzählt hast. Ich wußte, daß dich etwas bedrückt.«

»Ich fühle mich leichter, weil ich es dir gesagt habe.« Sie sah den Schlüssel an und steckte ihn in die Tasche. »Gut, daß ich den habe.«

Wir saßen eine Weile schweigend da, und ich wußte genau, wie ihr zumute gewesen war, als er in ihr Zimmer kam.

Es war viel von dem Internat die Rede, in das wir demnächst gehen sollten. Gemeinsam suchten Rachels Tante Hilda und Tante Sophie Mrs. St. Aubyn in dieser Angelegenheit auf.

Wie verschieden die drei Frauen waren! Tante Hilda war unterwürfig, stets darauf bedacht, anderen gefällig zu sein. Mrs. St. Aubyn bemühte sich angelegentlich, ein Interesse an den Tag zu legen, das sie nicht aufbrachte. Tante Sophie dagegen ging tatkräftig zu Werke; sie hatte bereits Erkundigungen über etliche Schulen eingezogen, und ihre Wahl war auf St. Stephen's gefallen. Das Internat war nicht weit entfernt, und sie hatte die Direktorin aufgesucht, die sie als vernünftige Frau einschätzte. Die Atmosphäre der Schule hatte ihr zugesagt, und ihrem Gefühl nach war es die richtige. Es erhob sich kein Widerspruch.

Es war Mai, das Schuljahr begann im September. Tante Sophie fuhr mit uns nach Salisbury, um unsere Schuluniformen zu kaufen, und Ende Juni waren alle Vorbereitungen getroffen.

Wir waren sehr aufgeregt, sogar Tamarisk, und verbrachten viele Stunden damit, uns auszumalen, wie es dort sein würde. Zugleich waren wir aber auch ein wenig ängstlich, und es tröstete uns, daß wir drei zusammen hingehen würden.

Dann kam der Tag, den ich mein Leben lang nicht vergessen werde.

Es war Juli, die Witterung war warm und schwül. Rachel und ich waren nachmittags zum Tee in St. Aubyn's Park gewesen. Wir hatten unablässig über die Schule gesprochen, und es war eine höchst angenehme Teestunde gewesen. Rachel war aufgrund der Aussicht, Bell House zu verlassen, merklich fröhlicher geworden, und Tamarisk war ohnehin stets zu jedem neuen Abenteuer bereit.

Nachdem ich mich an Bell House von Rachel verabschiedet hatte, mochte ich noch nicht gleich nach Hause gehen. Ich vermutete Tante Sophie beim Einkaufen und beschloß, den Umweg über Barrow Wood zu machen.

Ich verweilte eine Zeitlang bei den Hügelgräbern und betrachtete sie. Ich liebte den Geruch der Erde und der Bäume. Es war sehr still, nur der Wind rauschte sanft in den Bäumen.

Ich würde Barrow Wood vermissen, wenn ich ins Internat ging. Doch durfte ich mich jetzt nicht allzu lange aufhalten. Tante Sophie würde unterdessen wohl schon zu Hause sein. Als ich mich zum Gehen wandte, stolperte ich über einen Stein, der wenige Zentimeter aus dem Erdboden ragte. Ich versuchte den Sturz abzufangen, aber es war zu spät, und ich landete auf der Erde. Mein rechter Fuß war unter mir verdreht, und ein Schmerz durchfuhr mich. Ich rappelte mich hoch, aber ich konnte nicht stehen und sank wieder zu Boden. Ich war verzweifelt. Ich hätte besser achtgeben sollen. Ich wußte, daß in Barrow Wood hier und da ein Stein aus dem Erdboden ragte. Aber was half es, mir jetzt Vorwürfe zu machen? Die Frage war, wie sollte ich nach Hause gelangen?

Ich befühlte meinen Knöchel und zuckte zusammen. Er schwoll rasch an und tat sehr weh. So saß ich da und überlegte, was ich tun sollte.

Und da geschah es. Er kam auf mich zu und starrte mich an. Der Ausdruck in seinen Augen machte mir angst.

»Armes kleines Blümchen«, murmelte er. »Du bist verletzt, Kleine.«

»Ich bin gestürzt, Mr. Dorian. Ich habe mir den Knöchel verstaucht. Vielleicht könnten Sie meiner Tante Bescheid sagen.«

Er stand nur da und starrte auf mich herunter. Dann sagte er: »Ich bin hierher geleitet worden. Es war mir bestimmt.« Er stand ganz dicht bei mir, und ich fürchtete mich wie noch nie in meinem Leben. Instinktiv ahnte ich, daß er mir weh tun wollte auf eine Weise, die ich mir nicht recht vorzustellen vermochte.

»Gehen Sie weg! Gehen Sie!« schrie ich. »Holen Sie meine Tante. Kommen Sie nicht näher!«

Er lachte leise. »Armes, geknicktes Blümchen. Diesmal kann sie nicht fortlaufen. Oh, es hat sein sollen. Es ist mir bestimmt.«

Ich schrie lauter. »Rühren Sie mich nicht an! Ich will Sie nicht in meiner Nähe haben. Gehen Sie, sagen Sie meiner Tante Bescheid. Bitte, bitte … gehen Sie.«

Aber er ging nicht. Seine Lippen bewegten sich immerzu. Ich wußte, er sprach zu Gott, auch wenn ich nicht hören konnte, was er sagte. Ich war wie betäubt vor Entsetzen.

»Hilfe, Hilfe«, schluchzte ich und stieß einen durchdringenden Schrei aus.

Aber er kam näher. Er war jetzt neben mir auf der Erde, und er hatte einen furchtbaren Ausdruck im Gesicht.

Er packte mich.

»Nein, nein … nein!« schrie ich. »Gehen Sie weg! Hilfe! Hilfe!«

Dann durchfuhr es mich wie ein erlösender Blitz. Ich hörte Pferdegetrappel auf der Straße. Ich rief mit aller Kraft. »Hilfe! Hilfe! Ich bin hier, im Wald. Bitte, bitte … Hilfe!«

Ich hatte entsetzliche Angst, daß, wer immer vorüberritt, mich nicht hören oder vielleicht nicht beachten würde. Von der Straße kam jetzt kein Laut mehr. Ich war in Barrow Wood allein mit diesem bösen Mann.

Dann hörte ich Schritte. »Mein Gott!« Es war Crispin St. Aubyn. Er kam näher. Er rief: »Sie Schwein!« Er hob Mr. Dorian hoch wie eine Marionette und versetzte ihm einen Faustschlag ins Gesicht. Ich hörte Knochen knacken, dann schleuderte er Mr. Dorian zu Boden.

Da lag Mr. Dorian und war ganz still.

Crispins Augen glühten vor Zorn. Er beachtete Mr. Dorian nicht weiter und wandte sich mir zu. »Hast du dich verletzt?«

Ich schluchzte so sehr, daß ich nur nicken konnte.

»Nicht weinen«, sagte er. »Jetzt ist alles gut.« Er hob mich auf.

»Er...«, begann ich mit einem Blick zu Mr. Dorian, der sich nicht rührte.

»Er hat bekommen, was er verdient hat.«

»Sie... Sie haben ihn getötet.«

»Um den ist es nicht schade. Du bist am Fuß verletzt, ja?«

»Am Knöchel.«

Er sagte nichts mehr. Ich blickte über die Schulter auf Mr. Dorian, der reglos am Boden lag. Ich schauderte, als ich das Blut in seinem Gesicht sah. Crispin trug mich fort. Er setzte mich auf sein Pferd und saß hinter mir auf.

Er brachte mich nach The Rowans. Tante Sophie war soeben vom Einkaufen zurückgekehrt. »Sie hat sich am Knöchel verletzt«, erklärte Crispin.

Tante Sophie stieß einen Schreckensschrei aus. Crispin trug mich nach oben und legte mich auf mein Bett. »Wir müssen den Arzt holen«, sagte Tante Sophie.

Sie ließen mich allein, und ich hörte Crispin unten mit ihr sprechen. Auf der Treppe hatte er gesagt: »Ich muß Ihnen etwas mitteilen...«, und dann verstand ich nichts mehr.

Tante Sophie kam bald zurück. Sie sah blaß und beunruhigt aus, und da wußte ich, daß Crispin ihr erzählt hatte, wie er mich gefunden hatte. Sie setzte sich auf mein Bett. »Wie fühlst du dich?« fragte sie. »Tut der Knöchel weh?«

»Ja.«

»Wir müssen ihn hochlagern. Ich vermute, es ist eine Zerrung. Hoffentlich ist nichts gebrochen. Wer hätte gedacht, daß ...«

»Ach, Tante Sophie«, sagte ich, »es war furchtbar.«

»Ich würde ihn töten, wenn er mir in die Hände fiele«, sagte sie. »Er verdient es nicht, zu leben.«

In jenem Augenblick bin ich erwachsen geworden. Ich begriff, was mir ohne Crispin St. Aubyn widerfahren wäre. Seltsam, daß ich nun ihm zu Dank verpflichtet war. Immer wieder mußte ich daran denken, wie er Mr. Dorian hochgehoben und geschüttelt hatte. Nie würde ich Mr. Dorians Blick vergessen, seine Miene, die tiefes Entsetzen und Verzweiflung ausdrückte. Ein dermaßen gequältes Gesicht hatte ich noch nie gesehen. Crispin war maßlos wütend gewesen; er hatte Mr. Dorian auf eine Weise von sich geschleudert, als habe er sich anrüchigen Unrats entledigt. Es war ihm egal gewesen, falls er ihn getötet hatte. Ich fragte mich erschrocken, ob Mr. Dorian wirklich tot war.

Das wäre Mord, dachte ich. Und Rachel müßte sich nicht mehr fürchten.

Der Arzt kam. »Nun, junge Dame«, sagte er, »was haben Sie mit sich angestellt?«

Er tastete meinen Knöchel ab und hieß mich versuchen, ob ich stehen könne. Er stellte fest, daß ich mir den Knöchel arg verstaucht hatte ... eine schlimme Zerrung.

»Es wird eine Weile dauern, bis Sie wieder richtig auftreten können. Wie ist das passiert?«

»Es war in Barrow Wood.«

Er schüttelte den Kopf. »Sehen Sie sich das nächste Mal vor, wo Sie hintreten.«

Er sagte zu Tante Sophie etwas von heißen und kalten Umschlägen, und sobald er fort war, machte sie sich ans

Werk. Sie sah mich besorgt an. Ich wußte, sie dachte, daß mir mehr zugestoßen war als eine Knöchelzerrung, und daß ich gottlob vor größerem Schaden bewahrt worden war.

Mit Tante Sophie konnte man über alles sprechen, und sie befand es für besser, zu reden, statt aus meinem Ungemach ein Geheimnis zu machen. So erzählte ich ihr alles: meinen Sturz, Mr. Dorians plötzliches Auftauchen. Ich erklärte, daß er mir nie ganz geheuer gewesen war, und schilderte, wie er mir gesagt hatte, ich müsse meine Gebete im Nachthemd verrichten.

»Du hättest es mir gleich erzählen sollen«, sagte sie.

»Ich wußte nicht, daß es wichtig war«, erwiderte ich. Dann erzählte ich ihr von Rachel.

»Der Mann ist wahnsinnig«, sagte sie. »Er verdrängt seine Triebe. Wo er geht und steht, sieht er Sünde. So etwas nennt man religiösen Wahn. Seine arme Frau tut mir leid.«

»Ich glaube, Crispin St. Aubyn hat ihn getötet. Ich glaube, er hat ihn ermordet.«

»Das glaube ich nicht. Er hat ihm nur ordentlich eins verpaßt. Schätze, das war mal nötig. Es dürfte ihm eine Lehre gewesen sein.« Sie nahm mich in die Arme. »Ich bin froh, daß du in Sicherheit bist und er dir nichts angetan hat. Ich hätte es mir nie verziehen, wenn dir etwas zugestoßen wäre.«

»Es wäre nicht deine Schuld gewesen.«

»Ich hätte mir Vorwürfe gemacht, nicht genug auf dich aufgepaßt zu haben. Ich hätte wissen müssen, was das für ein Mensch war.«

»Woher denn?«

»Das weiß ich nicht, trotzdem hätte ich es wissen müssen.«

Sie hatte mein Bett in ihr Zimmer gestellt. »Nur, bis du dich wieder gefangen hast«, sagte sie. »Du könntest nachts aufwachen, und dann möchte ich bei dir sein.«

Und ich wachte wirklich auf in der Nacht. Ich hatte einen Alptraum gehabt und war schweißnaß. Im Traum lag ich in Barrow Wood, und Mr. Dorian kam auf mich zu. Er lag neben mir auf der Erde. Ich rief nach Crispin. Ich fühlte mich von Armen umfangen … es waren Tante Sophies Arme.

»Ist ja gut. Du liegst in deinem Bett. Tante Sophie ist bei dir.« Darauf begann ich leise zu weinen. Ich konnte mir nicht erklären, warum. Ich war froh, daß ich geborgen und meine liebste Tante Sophie bei mir war.

Nach anfänglichem bestürzten Schweigen sprach ganz Harper's Green über das entsetzliche Geschehen in Bell House. In unserer Gemeinde hielten alle eng zusammen, und daß jemandem von uns etwas Derartiges zustoßen konnte, erfüllte den ganzen Ort mit einem Schauder des Grauens. So etwas widerfuhr immer nur anderen Menschen; man las darüber in der Zeitung, aber daß es sich hier in Harper's Green ereignet hatte, war schwer zu glauben.

In The Rowans erfuhren wir es von Tom Wilson, dem Briefträger, als er die Mittagspost brachte. Ich lag im Bett, das ich die nächsten Tage hüten mußte, aber Tante Sophie war zufällig im Garten.

Als sie zu mir heraufkam, war ihr Gesicht sehr ernst, und ein paar Sekunden stand sie da und sah mich stumm an. Dann sagte sie: »Es ist etwas Schreckliches geschehen.«

Ich war mit den Gedanken noch im Wald und durchlebte meinen Alptraum aufs neue. »Ist es Mr. Dorian?« fragte ich. »Ist er … tot?«

Tante Sophie nickte langsam, und ich dachte sogleich: Crispin hat ihn getötet. Es ist Mord. Mörder werden gehängt. Er hat es für mich getan.

Ich glaube, Tante Sophie ahnte, was mir durch den Kopf ging. Sie sagte rasch: »Die arme Mrs. Dorian hat ihn heute früh im Stall gefunden. Er hat sich umgebracht.«

»Im Stall?« murmelte ich.

»Er hing an einem Dachsparren, sagt Tom Wilson. Mr. Dorian ist mit blutendem Gesicht nach Bell House gekommen. Er ist im Wald gestürzt. Er war ganz durcheinander. Er ging in sein Zimmer und kam nicht wieder heraus. Mrs. Dorian ging zu ihm hinauf, aber er war im Gebet und wollte nicht gestört werden. Sie sagt, er habe stundenlang in seinem Zimmer gebetet. Sie hat ihn am Abend nicht mehr gesehen, und am Morgen stellte sie fest, daß er nicht im Haus war. Zufällig merkte sie, daß die Stalltür nicht verschlossen war. Sie ging hinein... und fand ihn.«

Tante Sophie nahm mich in die Arme. »Ich wußte nicht, ob ich es dir sagen sollte. Aber du hättest es ohnehin bald erfahren. Du bist so jung, mein Liebling, und mußtest so etwas Schreckliches erleben. Ich wollte dich vor allem Übel bewahren, aber da du in diese Sache mit hineingezogen bist, ist es das beste, daß du alles erfährst. Weißt du, dieser Mann... er wollte ein guter Mensch sein, ein Heiliger, aber er hatte gewisse instinktive Bedürfnisse. Er suchte sie zu unterdrücken, und dann brachen sie sich auf diese Weise Bahn. Oh, ich verzettele mich mit Erklärungen.«

»Ist schon gut, Tante Sophie. Ich glaube, ich verstehe.«

»Er hat gefehlt und wurde ertappt, bloßgestellt. Gottlob ist Crispin St. Aubyn im richtigen Augenblick gekommen. Aber der elende Mensch konnte es nicht ertragen, daß er entdeckt worden war. Und deswegen hat er sich umgebracht.«

Sie schwieg eine Weile. Ich erlebte alles aufs neue. Es würde mir auf immer im Gedächtnis bleiben. Diese Augenblicke der Furcht und des Entsetzens würde ich nie vergessen.

»Die arme Mrs. Dorian... und die arme Rachel. Es ist schrecklich für sie. Und du warst dort... oh, ich darf gar nicht daran denken! So jung...«

»Ich fühle mich nicht mehr jung, Tante Sophie.«

»Nein. Durch solche Erlebnisse wird man erwachsen.

Ich weiß nicht, wie es nun weitergeht, aber ich möchte nicht, daß du da hineinverwickelt wirst. Ich werde mit Crispin St. Aubyn reden. Ich denke, ich sollte ihn aufsuchen.«

Das war nicht nötig, denn er kam selbst nach The Rowans. Tante Sophie war bei mir, als Lily ihr meldete, daß er unten sei. Tante Sophie ging eilends zu ihm. Sie hatte die Tür offen gelassen, und ich vernahm deutlich seine klare, volltönende Stimme. »Ich bin gekommen, um mich nach dem Kind zu erkundigen«, sagte er. »Wie geht es ihr? Hoffentlich nicht schlechter?«

Das Kind! dachte ich entrüstet. Ich war kein Kind mehr ... jetzt schon gar nicht.

Er unterhielt sich lange mit Tante Sophie, und schließlich führte sie ihn zu mir herauf.

»Na, geht's schon besser?« fragte er.

»Ja, danke.«

»Nur eine Zerrung, nicht wahr? Du wirst im Nu wieder auf den Beinen sein.«

Tante Sophie sagte: »Mr. St. Aubyn und ich haben uns über das Geschehene unterhalten, und wir sind zu dem Schluß gekommen, daß es für alle das beste ist, wenn nichts darüber bekannt wird, was dieser Mensch dir anzutun versucht hat. Man ist allgemein der Ansicht, daß er einen bösen Sturz erlitt und in bedrückter Verfassung nach Hause kam. Er schloß sich in seinem Zimmer ein. Mrs. Dorian war beunruhigt, weil er sie nicht sehen wollte. Am nächsten Morgen muß sie festgestellt haben, daß er das Haus verlassen hatte. Sie bemerkte die unverschlossene Stalltür und ging hinein. Dort fand sie ihn. Es ist eindeutig ...«

Crispin unterbrach: »Er konnte sich nicht damit abfinden, daß die Leute wußten, wie er wirklich war. Es hat seine Stellung als Heiliger erschüttert. Damit wurde er einfach nicht fertig, und deshalb hat er sich das Leben genommen.«

»Ja«, sagte Tante Sophie. »Es wird eine gerichtliche Untersuchung geben, und man wird auf Selbstmord erkennen.

Aber Mr. St. Aubyn und ich halten es zum Wohle aller Beteiligten für das Klügste, nichts von dem Geschehen im Wald verlauten zu lassen. Du bist über einen Stein gestolpert und hast dich am Knöchel verletzt. Auch Mr. Dorian hat einen Sturz erlitten. Sag nichts davon, daß du ihm begegnet bist. Unwahrheiten sind mir zuwider, aber zuweilen sind sie unumgänglich.«

»Dann sind wir uns ja einig«, erklärte Crispin knapp. Er schien es kaum erwarten zu können, fortzugehen. Zu mir sagte er: »Du brauchst nun keine Angst mehr zu haben. Er kann dir nichts mehr tun.« Er nickte mir zum Abschied zu, dann führte Tante Sophie ihn hinunter. Ich lag da und lauschte auf das Klappern der Pferdehufe, als er davonritt.

Die gerichtliche Untersuchung war kurz, der Spruch lautete: »Selbstmord in geistiger Umnachtung«. Ich sah ein, daß das, was Tante Sophie und Crispin St. Aubyn beschlossen hatten, das beste war. Die Wahrheit wäre unerträglich bedrückend für Mrs. Dorian und Rachel gewesen, und es war auch besser für mich, wie Tante Sophie gesagt hatte.

Ich hätte gern gewußt, wie es jetzt in Bell House zuging. Ich konnte es mir ohne Mr. Dorians übermächtige Gegenwart nicht vorstellen. Es war bestimmt vollkommen verändert.

Eine Kusine von Mrs. Dorian kam, um ihr zur Hand zu gehen, und Tante Sophie schlug vor, daß Rachel so lange bei uns wohnen sollte, bis »sich alles gelegt« habe, wie sie sich ausdrückte. »Wir stellen ein Bett zu dir hinein«, sagte sie zu mir, »und ihr müßt euch dein Zimmer teilen. Das ist eine gute Vorbereitung für das Internat, wo ihr zu mehreren im Schlafsaal schlaft.«

Rachel kam gern zu uns. Sie hatte sich verändert und fürchtete sich nicht mehr. Wir unterhielten uns spätabends oft lange, bis wir einschliefen. Zuerst konnten wir es nicht ertragen, über unsere jeweiligen beklemmenden Erlebnisse mit ihrem Onkel zu sprechen. Ich beherzigte zudem die Ermahnung, das Geschehen nicht zu erwähnen; aber vergessen konnte ich es nicht.

Eines Abends sagte Rachel zu mir: »Freddie, ich glaube, ich bin ein schlechter Mensch.

»Wieso?«

»Ich bin froh, daß er tot ist. Dabei dachte ich, er sei sich in allem so sicher.«

»Ich nehme an, so sicher war er gar nicht. Er muß erkannt haben, daß er kein so guter Mensch war, wie er dachte.«

»Meinst du, er hat sich deshalb umgebracht?«

»Ja. Aber es ist nicht schlecht von dir, froh darüber zu sein. Ich bin auch froh.«

Uns verband das Wissen, einer Gefahr entronnen zu sein, die uns beide bedroht hatte.

Im September gingen Rachel, Tamarisk und ich wie geplant ins Internat.

Es war das Beste, was uns widerfahren konnte. Für Rachel und mich war es eine Brücke zwischen einem vollkommen neuen Leben und einer von Ängsten und Schatten geprägten Vergangenheit.

Wir sprachen uns in unserer neuen Umgebung gegenseitig Mut zu. Tamarisk war stets kühl und arrogant; darin glich sie ihrem Bruder. Rachel war wie umgewandelt, sie hatte nicht mehr diesen gehetzten Blick. Ich wußte genau, wie ihr zumute war. Wir drei Freundinnen waren im selben Schlafsaal untergebracht und besuchten dieselbe Klasse. Allmählich verblaßte für Rachel und mich jener Alptraum, der für uns beide leicht hätte Wirklichkeit werden können.

Während meines ersten Jahrs im Internat starb meine Mutter. Ich kehrte mitten im Schuljahr für kurze Zeit nach Hause zurück, um dem Begräbnis beizuwohnen.

Tante Sophie sagte: »Es war zu ihrem Besten. Sie wäre nie wieder genesen. Das war kein Leben für sie.«

Ich fragte sie, ob mein Vater zur Beerdigung kommen würde. Sie schüttelte den Kopf. »O nein. Er ist weit fort, und die Scheidung war das Ende. Wenn Menschen wie sie sich trennen, dann ist es für immer.«

»Hast du ihn verständigt?«

»Ja.« Ihr Gesicht nahm diesen wehmütigen Ausdruck an, den ich damals wahrgenommen hatte, als sie an meinen Vater schrieb.

Ich vergoß ein paar Tränen, als die Erdklumpen auf den Sarg fielen. Ich dachte, wie traurig, daß sie so unglücklich gewesen war und ihr Leben vergeudet hatte mit der Sehnsucht nach etwas, das sie nicht haben konnte.

Einige Leute kamen mit zu uns nach Hause, und wir bewirteten sie mit Wein und belegten Broten. Ich war froh, als wir allein waren.

»So«, sagte Tante Sophie, »jetzt gehörst du ganz mir.« Und ich war zufrieden.

Danach kehrte ich ins Internat zurück, und das Leben nahm seinen gewohnten Gang.

Als wir in den Ferien nach Hause kamen, ging ich die Lanes besuchen. Ich saß bei Flora im Garten, und sie hatte die Puppe im Puppenwagen neben sich. Sie war wie immer; das Häuschen mit dem Maulbeerstrauch und dem Bild mit den sieben Elstern waren unverändert. Ob Flora je der Gedanke kam, daß das Baby größer werden könnte? Aber ich vermutete, daß sie seit Jahren dieselbe Puppe hatte, die für sie immer das Baby Crispin bleiben würde.

In Bell House jedoch herrschte eine andere Atmosphäre. Ich besuchte Rachel dort. Anfangs dachte ich, das Haus habe sich deswegen verändert, weil man nicht gewahr sein mußte, daß Mr. Dorian jeden Moment angeschlichen kommen konnte. Doch das war es nicht allein. Die Fenster hatten neue, helle geblümte Gardinen. In der Diele standen Blumen.

Am allermeisten hatte sich Mrs. Dorian verändert. Sie trug das Haar hochgesteckt und einen spanischen Kamm darin, ein buntes, ziemlich tief ausgeschnittenes Kleid und eine Perlenkette. Auch sie betrauerte Mr. Dorians Tod in keiner Weise. Für einen dermaßen guten Menschen hatte er eine Menge Leute unglücklich gemacht.

Das Haus flößte mir keine Furcht mehr ein, aber ich vermied es, zum Stall hinüberzusehen.

In Harper's Green ging alles wieder seinen gewohnten Gang. Ich war jetzt eine Waise – vielmehr eine Halbwaise. Meine Mutter war tot, doch in den letzten Jahren war sie nur noch ein Schemen gewesen, und indem ich sie verlor, hatte ich Tante Sophie gewonnen.

Ich kehrte ins Internat zurück. Hier kam es darauf an, wer in der Hockeymannschaft war, was es zum Essen gab und wer mit wem befreundet war – Schulmädchenfreuden und -kümmernisse.

Der Ball in St. Aubyn's Park

So wurden wir allmählich erwachsen. Zwei Jahre waren vergangen. Im Mai würde ich sechzehn werden.

Tante Sophie sagte: »In einem Jahr wirst du der Schule entwachsen sein. Was soll dann aus dir werden? Du mußt dich ein wenig umsehen. Als ich in dem Alter war, wurde ich in die Gesellschaft eingeführt. Ich nehme an, daß für Tamarisk Hausbälle und dergleichen veranstaltet werden. Ob Rachel in die Gesellschaft eingeführt werden soll, weiß ich nicht. Vielleicht hat ihre Tante etwas mit ihr vor. Ich werde demnächst mal mit ihr reden.«

Ich freute mich jedesmal, wenn ich in den Ferien nach Hause kam. Tante Sophie holte mich immer am Bahnhof ab. Tamarisk und Rachel wurden nie abgeholt, und Tante Sophie mußte allen dreien als Begleiterin dienen. Tamarisk und Rachel ließen es sich mit Vergnügen gefallen, und ich war stolz und dankbar, weil sie meine Tante war. Zuerst wurden Tamarisk und Rachel zu Hause abgeliefert, und dann ging es nach The Rowans, zum Tee oder zum Mittagessen, je nach der Tageszeit. Ich erzählte von der Schule und dem Internatsleben, und Tante Sophie hörte aufmerksam zu; Lily kam herein, um zu lauschen. Es war erstaunlich, wie lustig manche Ereignisse beim Erzählen wurden, viel lustiger, als sie in Wirklichkeit gewesen waren. Lily meinte: »In eurer Schule scheint's ja heiter zuzugehen.«

Eines Tages vernahm ich eine große Neuigkeit. Tante Sophie sagte: »Übrigens, es wird gemunkelt – es ist nur ein Gerücht, wohlgemerkt –, daß in St. Aubyn's Park bald die Hochzeitsglocken läuten werden.«

»So? Tamarisk hat mir nichts davon gesagt.«

»Ihr seid ja auch gerade erst nach Hause gekommen, nicht? Das Gerücht ist noch keinen Monat alt. Die Auserwählte ist eine Lady Fiona Charrington, nichts Geringeres als eine Grafentochter. Wie passend für St. Aubyn's Park. Sogar Mrs. St. Aubyn lebt wieder auf. Es wird aber auch Zeit, daß Crispin nach dem letzten Debakel in feste Hände kommt.«

»Du meinst, er wird diese Lady Fiona Charrington heiraten?«

»Es ist nicht offiziell. Sie ist einmal mit ihrer Mama in St. Aubyn's Park zu Gast gewesen, und ich glaube, er hat dem Heim ihrer Vorfahren einen Besuch abgestattet. Es könnte also durchaus etwas daraus werden. Aber noch ist nichts entschieden, soviel ich weiß. Vielleicht ist er etwas zurückhaltend nach dem letzten ...«

»Du meinst, weil er schon einmal verheiratet war?«

»Das muß die reinste Katastrophe gewesen sein. Nach so etwas wird ein Mann vorsichtig, nehme ich an. Allerdings glaube ich nicht, daß es einfach ist, mit ihm zu leben. Sie hat ihn verlassen, und ehe sie das Leben, für das sie sich entschied, genießen konnte, kam sie bei einem Zugunglück um.«

»Hast du diese Lady Fiona schon gesehen?«

»Ja, einmal. Sie war mit ihm ausgeritten. Ich bin ihr nicht richtig vorgestellt worden, man wechselte nur im Vorübergehen ein ›Schöner Tag heute‹ und ›Guten Morgen‹. Zu Pferde machte sie eine gute Figur. Eine Schönheit ist sie nicht, aber das wird durch das alte Adelsgeschlecht ausgeglichen.«

»Tamarisk dürfte wohl Näheres wissen«, meinte ich grübelnd.

»Die ganze Nachbarschaft ist aus dem Häuschen.«

»Wie sich die Leute doch stets für die Angelegenheiten der anderen interessieren.«

»Na wenn schon. Hier geschieht ja so wenig. Drum müssen sie sich durch andere ein bißchen Aufregung verschaffen.«

Ich dachte an Crispin und wie er mich von jener Stätte des Grauens fortgetragen hatte. Von da an hatte ich ihm ein gewisses Interesse entgegengebracht... nein, früher schon, als er die unselige Bemerkung machte, die mein kindliches Ich so bitterlich verletzt hatte. Ich hätte Tamarisk gern über ihn ausgefragt, aber ich tat es nie. Bei Tamarisk mußte man sich sehr vorsehen.

Wenn ich nach Hause kam, galt einer meiner ersten Besuche stets Flora Lane im Haus der sieben Elstern, wie ich das Häuschen insgeheim nannte. Ich wählte möglichst eine Zeit, in der ich Lucy beim Einkaufen wähnte, so daß ich Flora besuchen und wieder hinausschlüpfen konnte, ohne von Lucy bemerkt zu werden.

Flora saß auch diesmal im Garten beim Maulbeerstrauch, den Puppenwagen mit der Puppe neben sich. Als sie mich sah, leuchtete ihr Gesicht freudig auf. Sie verhielt sich immer so, als sei ich nie fortgewesen.

»Ich hab' auf Sie gewartet«, sagte sie.

»Tatsächlich? Ich bin erst gestern aus dem Internat gekommen.« Sie machte ein verständnisloses Gesicht, und ich fuhr fort: »Erzählen Sie mir, was sich zugetragen hat, als ich fort war.«

»Er hatte Krupp. Es war sehr schlimm. Einmal dachte ich, ich würde ihn verlieren. Man steht Todesängste aus, wenn dieser Husten losgeht.

»Ist er wieder gesund?«

»Wie ein Fisch im Wasser. Ich hab' ihn gesund gepflegt. Glauben Sie mir, es stand auf Messers Schneide. Aber er ist ein kleiner Kämpfer. Er gibt nicht so leicht auf!«

»Es freut mich, daß er wieder wohlauf ist.«

Sie nickte. Dann plapperte sie weiter und schilderte mir sämtliche Krupp-Symptome. Plötzlich sagte sie: »Ich bringe ihn jetzt hinauf. Die Luft wird etwas feucht.

Sie schob den Puppenwagen zur Hintertür des Häuschens. Ich konnte der Versuchung nicht widerstehen, ihr zu folgen. Ich wollte die Elstern noch einmal sehen. Hatte ich es mir eingebildet, daß etwas Boshaftes von ihnen ausging? Vermutlich.

Liebevoll trug Flora die Puppe nach oben, ich folgte ihr auf dem Fuß. Sie setzte sich auf einen Stuhl und nahm die Puppe auf den Schoß. Eine große Zärtlichkeit sprach aus ihren Zügen.

Ich trat vor das Bild mit den Elstern. »Eine für Kummer …«, begann ich.

»Zweie für Freud«, sagte sie. »Weiter, sagen Sie es.«

Ich sprach das Verslein. Flora kam mir mit der letzten Zeile zuvor. »Sieben fürs Geheimnis …« Sie schüttelte den Kopf. »Das ihr nie verraten sollt.« Sie blickte sehr ernst und drückte die Puppe enger an sich.

Die Szene hatte etwas Unheimliches. Die Worte hatten eine besondere Bedeutung für Flora. Was für ein Geheimnis? fragte ich mich. Sicher, ihre Gedanken waren wirr. Wer eine Puppe für ein Baby hielt, von dem konnte man kein logisches Denken erwarten.

Plötzlich war ich alarmiert. Unten war jemand. Ich sagte: »Ihre Schwester ist wohl zurückgekommen.«

Flora antwortete nicht, sondern betrachtete unverwandt die Puppe.

Auf der Treppe waren Schritte zu hören, schwere Schritte, ganz gewiß nicht Lucys.

Eine Stimme rief: »Lucy! Wo bist du?«

Es war Crispin. Die Tür ging auf, und da stand er. Er sah von mir zu Flora, dann wanderte sein Blick zu dem Bild mit den Elstern.

Da geschah es. Flora stand abrupt auf. Die Puppe fiel ihr aus den Armen und krachte auf den Fußboden. Ein paar Sekunden lang starrten wir alle auf das zerbrochene Porzellangesicht. Dann stieß Flora einen Klagelaut aus. Sie kniete neben der Puppe nieder und kreuzte die Arme über der Brust.

»Nein, nein!« schrie sie. »Es ist nicht… es ist nicht… es hat nicht… Es ist ein Geheimnis… das ihr nie verraten sollt.«

Crispin trat zu ihr und zog sie auf die Füße. Sie schluchzte unaufhörlich: »Ich wollte nicht… ich hab's nicht… ich hab's nicht getan.«

Er hob sie mühelos auf, wie er einst mich aufgehoben hatte, trug sie in ihr Schlafzimmer und legte sie aufs Bett. Mit einem brüsken Kopfnicken bedeutete er mir, ich solle die zerbrochene Puppe aufheben und fortbringen.

Ich gehorchte und lief mit der Puppe nach unten, legte sie auf den Küchentisch und ging wieder in Floras Zimmer.

Flora lag schluchzend auf dem Bett. Crispin war nicht da, kam aber gleich darauf wieder herein, mit einem Glas, worin er etwas verrührte. Er reichte es Flora, die es folgsam trank. »Davon wird es gleich besser.« Er sagte es mehr zu mir als zu ihr.

Ich fand es seltsam, daß er sofort zu finden wußte, was sie beruhigte, wenn sie erregt war. Er sagte in gefaßtem Ton zu mir: »Sie wird sich jetzt beruhigen und bald einschlafen«, und wieder setzte er mich in Erstaunen mit seiner Kenntnis, wie sie behandelt werden mußte.

Wir standen am Bett und beobachteten sie. Es vergingen keine fünf Minuten, bis sie zu stöhnen aufhörte. »Sie bekommt jetzt nicht mehr viel mit. Wir wollen noch ein Weilchen warten.«

Es war eigenartig, in diesem Häuschen zu sein, während Flora im Bett lag und Crispin an meiner Seite war. Er mußte Haus und Bewohnerinnen wahrlich gut kennen. Er benahm sich, als sei er der Herr im Haus. Aber er war ja auch der Herr, hier wie anderswo.

Nicht lange, und Flora war eingeschlafen. Crispin sah mich an und bedeutete mir, ich solle ihm nach unten folgen.

In der Küche fragte er: »Was haben Sie denn bitte hier gemacht?« – »Ich habe Flora besucht. Ich komme oft zu ihr. Als sie nach oben ging, bin ich mitgegangen.«

»Lucy ist nicht da.«

»Nein. Sie wird wohl einkaufen sein.«

Er nickte.

»Die müssen wir beseitigen.« Er deutete auf die zerbrochene Puppe auf dem Tisch. »Sie muß sofort ersetzt werden. Ich fahre in die Stadt und versuche eine zu finden, die ihr möglichst ähnlich sieht. Flora wird vor heute abend nicht aufwachen. Bis dahin muß eine neue Puppe in der Wiege liegen.«

»Aber sie wird doch merken, daß...«

»Man wird ihr sagen, sie habe schlecht geträumt. Lucy weiß mit ihr umzugehen. Aber die neue Puppe muß die alten Kleider anhaben. In Harper's Green gibt es kein Spielwarengeschäft, wir müssen in die Stadt. Ich schreibe Lucy einen Zettel, erkläre ihr, was passiert ist und daß wir in einer guten Stunde zurück sind.«

»Wir?«

»Ich möchte, daß Sie mitkommen und mir helfen, die Puppe auszusuchen. Die kaputte nehmen wir mit. Sie verstehen davon mehr als ich.«

»Ich muß meiner Tante Bescheid sagen, sie macht sich sonst Sorgen.«

Er sah mich nachdenklich an. »Ich gehe den Wagen holen. Sie gehen sogleich zu Ihrer Tante und sagen ihr, was passiert ist und daß Sie mit mir kommen. Sie haben die Puppe schon so oft gesehen. Ich habe nie genau darauf geachtet, deshalb brauche ich Ihre Hilfe.«

Ich war ganz aufgeregt. So ein Erlebnis! Ich sagte nur: »Ja, ja.«

»Nehmen Sie die Puppe mit. Ich komme Sie gleich holen.«

Ich lief nach Hause. Zum Glück war Tante Sophie da. Atemlos berichtete ich ihr, was geschehen war.

Sie blickte verwundert drein. »Das ist ja unerhört! Was ist bloß in ihn gefahren? Und ihre Puppe ist zerbrochen? Grundgütiger Himmel, das wird sie umbringen!«

»Er hat Angst um sie.«

»Meine Güte, so ein Theater.«

»Ich möchte mit ihm fahren. Wenn Flora etwas zustieße, das könnte ich nicht ertragen.«

»Ja, die Puppe muß schleunigst ersetzt werden. Sein Vorschlag ist sehr vernünftig.«

Noch bevor ich Tante Sophie alles erzählt hatte, fuhr er mit einem Dogcart vor. Ich lief mit der Puppe hinaus und kletterte zu ihm auf den Bock.

Zwei Pferde zogen den Dogcart, und sie liefen schnell. Es war eine abenteuerliche Fahrt in halsbrecherischem Tempo. Das tut er, dachte ich, um jemandem das Leben zu retten. Dies war nun schon die zweite Rettung, an der wir gemeinsam beteiligt waren, und wie er das Kommando übernahm, das machte einen tiefen Eindruck auf mich.

Er sprach nicht viel während der Fahrt. Nach ungefähr einer halben Stunde waren wir in der Stadt. Er fuhr zu einem Gasthof, wo man ihn zu kennen schien und sehr respektvoll behandelte.

Er half mir hinunter, und wir gingen in das Geschäft. Er legte die Bruchstücke von Floras Puppe auf die Theke und sagte: »Wir möchten eine Puppe. Sie muß dieser ähnlich sein.«

»Diese Art wird seit Jahren nicht mehr hergestellt, mein Herr.«

»Sie werden doch wohl eine haben, die so ähnlich aussieht.«

Wir sahen uns die Puppen an. Er verließ sich auf mich, was mich mit Stolz erfüllte.

»Sie darf nicht wie ein Mädchen aussehen. Die zerbrochene hatte kurze Haare. Und diese Sachen müssen ihr passen.«

Es dauerte eine Weile, bis wir etwas fanden, das der zerbrochenen Puppe ähnlich genug war, um als dieselbe durchzugehen; doch auch dann war ich noch unsicher.

Wir zogen der neuen Puppe die Kleider an und verließen das Geschäft. »Wir müssen sofort zurück«, sagte Crispin, und wir traten die Heimfahrt an.

»Die Haarfarbe stimmt«, sagte ich, »aber wir müssen die Haare abschneiden. Die Puppe sieht zu sehr nach Mädchen aus.

»Das können Sie machen. Oder Lucy.«

Ich wollte es tun. Ich wollte dieses Erlebnis möglichst lange auskosten.

Als wir vor dem Häuschen vorfuhren, kam Lucy heraus. Sie wirkte sehr beunruhigt.

»Es ist alles in Ordnung«, sagte Crispin. »Wir haben Ersatz gefunden.« Er tätschelte ihren Arm. »Es wird schon klappen«, fuhr er fort, »wenn nur die Puppe da ist, wenn Flora aufwacht. Sie wird den Unterschied nicht bemerken.«

»Ich lege sie in die Wiege«, sagte Lucy.

Ich schnitt der Puppe die Haare ab, und danach sah sie der alten gar nicht so unähnlich. Lucy nahm sie und ging nach oben.

Crispin und ich waren allein in der Küche. Er musterte mich eindringlich, und ich fragte mich, ob er mich immer noch häßlich fände.

Er sagte: »Sie waren mir eine große Hilfe.« Ich glühte vor Stolz. »Flora hat ein sehr krankes Gemüt«, fuhr er fort. »Wir müssen sehr lieb zu ihr sein. Sie muß jetzt besonders sorgsam behandelt werden. Hoffentlich erinnert sie sich nicht an das, was passiert ist. Das würde sie sehr aufregen.«

Lucy kam herunter. »Sie schläft friedlich«, sagte sie. »Ich werde sie im Auge behalten. Ich muß bei ihr sein, wenn sie aufwacht.«

»Ja«, sagte er und lächelte sie liebevoll an. Ich wunderte

mich darüber, denn einen solchen Blick hatte ich bei ihm noch nie gesehen. Er überraschte mich immer aufs neue.

Er hat sie sehr gern, dachte ich. Aber sie war ja auch sein Kindermädchen gewesen, nachdem Flora krank wurde.

Jetzt sah er mich an. »Ihre Tante erwartet Sie bestimmt zu Hause«, meinte er.

»Ja«, erwiderte ich zögernd.

»Dann leben Sie wohl, und vielen Dank für Ihre Hilfe.«

Damit war ich entlassen, aber ich strahlte vor Freude, als ich nach Hause lief.

Das Haus der sieben Elstern zog mich unwiderstehlich an. Es war zwei Tage später. Flora saß auf ihrem gewohnten Platz im Garten, den Puppenwagen neben sich. Ich rief über die Mauer, und Flora begrüßte mich mit einem Lächeln.

»Wie geht es ihm heute?« erkundigte ich mich vorsichtig.

»Er schläft sanft. Der kleine Affe hat mich heute früh um fünf aufgeweckt. Als er mich wach hatte, hat er gegluckst und vergnügt vor sich hingekichert.«

Ich trat zum Wägelchen und besah die Puppe. Die Kleidungsstücke und das Stutzen der Haare hatten viel bewirkt, dennoch wunderte es mich, daß Flora den Unterschied nicht bemerkt zu haben schien.

»Er sieht aus wie eh und je«, meinte ich zaghaft.

Ein Schatten ging über ihr Gesicht. »Es war ein Alptraum«, sagte sie, und ihre Lippen zitterten.

»Ein Alptraum?« sagte ich. »Dann sprechen Sie nicht darüber. Alpträume vergißt man am besten.«

»Ist schon gut.« Sie sah mich flehend an. »Ich hab' nichts getan, oder? Ich hab' ihn festgehalten, nicht? Nie und nimmer hätte ich zugelassen, daß meinem Baby etwas zustößt, nicht um alles in der Welt.«

»Nein, gewiß nicht, und es fehlt ihm nichts. Man

braucht ihn nur anzusehen...« Ich brach ab. Das hätte ich lieber nicht sagen sollen.

Flora starrte auf den Maulbeerstrauch. »Es war ein Alptraum, nicht wahr?« sagte sie flehend. »Weiter nichts.«

»Aber natürlich«, versicherte ich ihr. »Jeder von uns hat von Zeit zu Zeit Alpträume.

Ich dachte an die entsetzlichen Augenblicke im Wald, bevor Crispin kam... und an die danach.

»Sie auch? Aber Sie sind nicht dabeigewesen.«

Ich rätselte, was sie meinte. Ich war dabeigewesen, als sie die Puppe fallen ließ, aber ich hielt es für das Beste, ihr beizupflichten.

Ich sagte: »Es ist alles gut. Sehen Sie ihn nur an. Ihm fehlt nichts.«

»Nein«, murmelte sie. »Ihm fehlt nichts. Er ist hier, er ist die ganze Zeit hiergewesen.«

Sie schloß die Augen. Dann öffnete sie sie ganz weit und sagte: »Wenn ich ihn so ansehe... seinen kleinen Körper...«

Ihre Gedanken waren wirr. Der Fall der Puppe hatte sie sichtlich verstört.

Ich sagte nur: »Aber jetzt ist alles gut.«

Sie lächelte und nickte.

Ich unterhielt mich noch ein Weilchen mit ihr, bis ich meinte, es müsse Zeit sein für Lucys Rückkehr. Ich verabschiedete mich und versprach, bald wiederzukommen.

Als ich das Cottage verließ, sah ich Crispin St. Aubyn. Ich hatte kaum ein paar Schritte gemacht, da war er schon an meiner Seite. »Ah, Sie waren bei Flora«, meinte er. »Ich denke, unsere kleine Täuschung ist gelungen.«

»Ich glaube nicht, daß sie den Vorfall ganz vergessen hat.«

»Wie kommen Sie darauf?«

»Sie wirkt verstört.«

»Inwiefern?« fragte er scharf.

»Ich weiß wirklich nicht recht. Sie hat so merkwürdig geredet.« – »Was hat sie gesagt?«

»Er sei nicht dort gewesen, sondern hier. Etwas in der Art.«

»Ihr Geist ist aus den Fugen. Man darf sie nicht ernst nehmen.«

»Nein, aber ich kann in ihrem Denken ein Muster erkennen.«

»Ein Muster? Was meinen Sie damit?«

»Ich meine, was sie an einem Tag sagt, kann mit dem verknüpft sein, was sie am folgenden sagt.«

»Sie scheinen eine sehr scharfsichtige junge Dame zu sein.«

Junge Dame! Das gefiel mir. Nicht mehr bloß das Kind. Einer jungen Dame brachte er gewiß mehr Achtung entgegen als einem Kind.

»Ich gehe ja auch oft ins Haus der sieben Elstern.«

»Wohin?«

»Ich meine das Haus der Lanes.«

»Warum nennen Sie es so?«

»In der Kinderstube hängt ein Bild…«

»Sie haben das Haus nach einem Bild getauft?«

»Ich glaube, es hat für Flora eine besondere Bedeutung.«

»Was ist das für ein Bild?«

»Es sind sieben Elstern. Sie waren doch oben in dem Zimmer. Sie müssen es gesehen haben. Sieben Elstern, die auf einer Mauer sitzen.«

»Was ist so besonders daran?«

»Der Reim. Flora sagt, daß Lucy das Bild aus einem Buch ausgeschnitten und für sie gerahmt hat. Vielleicht kennen Sie den Kinderreim von den sieben Elstern. ›Eine für Kummer, zweie für Freud‹ und so weiter. Und ›sieben für das Geheimnis, das ihr nicht verraten sollt‹. Flora kennt ihn. Sie hat ihn mir mehr als einmal aufgesagt.«

Er schwieg einen Augenblick. Dann fragte er kühl: »Und Sie meinen, es hätte damit eine besondere Bewandtnis?«

»Ja. Ich habe es an Floras Gesichtsausdruck gesehen, als sie mit mir darüber sprach.«

»Und deshalb interessieren Sie sich so dafür?«

»Ja ... zum Teil. Flora tut mir so leid. Ich glaube, daß etwas sie beunruhigt.«

»Und Sie wollen herausfinden, was es ist?«

»Ich mache gern Entdeckungen.«

»Ja, das sehe ich. Aber manchmal ...« Er brach ab, und da ich ihn erwartungsvoll ansah, fügte er hinzu: »Manchmal kann einen das in Schwierigkeiten bringen.«

Ich war erstaunt. »Ich sehe nicht ...«

»Man sieht Schwierigkeiten oft nicht kommen, bis sie einen eingeholt haben.«

»Ist das wahr, oder sagen die Leute das bloß zu den Neugierigen?«

»Ich wage zu behaupten, daß es unter bestimmten Umständen wahr sein könnte.«

Wir waren bei The Rowans angelangt. »Auf Wiedersehen«, sagte er.

Ich ging hinein und hoffte, daß ich ihn während der Ferien noch einmal sehen, daß er mich vielleicht aufsuchen und sich mit mir unterhalten würde. Doch er tat es nicht. Tamarisk erzählte mir, er sei ins Ausland gereist. Ich fragte mich unwillkürlich, ob Lady Fiona mitgereist sei.

Kurze Zeit später kehrten wir ins Internat zurück. Unser letztes Schuljahr hatte begonnen. Ich fragte mich hin und wieder, was danach werden sollte. Letzten Mai war ich siebzehn geworden. Das sei durchaus ein heiratsfähiges Alter, sagte Tamarisk. Sie meinte, in St. Aubyn's Park würden nun viele Feste veranstaltet werden, einzig und allein zu dem Zweck, sie in die Gesellschaft einzuführen. Rachel war noch etwas zaghaft.

Auch in Bell House ging es jetzt gesellig zu. Es hatte sich vollkommen verändert. Ich sagte zu Tante Sophie, ich sei der Meinung, daß Mrs. Dorian sich bemühe, alles möglichst anders zu machen, um nicht an ihren Mann erinnert zu werden. Tante Sophie pflichtete mir bei.

Die Hochzeit setzte ganz Harper's Green in Erstaunen. Es handelte sich nicht um Crispins und Lady Fionas Vermählung. Nein, Mrs. Dorian heiratete wieder. Archie Grindle war ein Witwer, der viele Jahre einen Hof bewirtschaftet hatte. Den hatte er nun an seine zwei Söhne übergeben, und er zog zu seiner neuen Frau nach Bell House.

Er war von rundlicher Gestalt, hatte ein rotes Gesicht und ein dröhnendes Lachen. Er unterschied sich von Mr. Dorian so sehr wie Rachels Tante Hilda – nun Mrs. Grindle – von ihrem alten Ich. Nur der Stall war derselbe geblieben, und der grausigen Erinnerungen wegen mochte ihn niemand betreten.

Tante Hilda kleidete sich nur noch in fröhliche Farben und trug stets einen Kamm im Haar; sie lachte viel. Und Rachel mochte Archie gut leiden. Alles war ein vollkommener Gegensatz zu früher.

Aber für mich blieb der Geist von Mr. Dorian gegenwärtig. Was er wohl denken würde, wenn er wüßte, was in seinem früheren Heim vorging? Ich würde ihn nie vergessen, weil ich in seiner Tragödie eine große Rolle gespielt hatte.

Tante Sophie war amüsiert und erfreut; sie sagte, Hilda habe nach allem, was sie durchgemacht hatte, ein bißchen Leben verdient, und nun ergreife sie es mit beiden Händen.

Die Hochzeit hatte in der ganzen Nachbarschaft großes Aufsehen erregt. »Eine Heirat zieht die nächste nach sich«, prophezeite Lily. Doch Crispins Verlobung mit Fiona wurde nicht verkündet.

Die Schulzeit war vorüber, und das stellte diejenigen, die für uns verantwortlich waren, vor ein großes Problem.

Mrs. St. Aubyn zeigte keine große Neigung, sich wegen der Einführung ihrer Tochter in die Gesellschaft aus der gewohnten Ruhe bringen zu lassen; Rachels Tante hatte keine Ahnung, wie sie es anstellen sollte, und Tante Sophie, die aufgrund ihrer Jugend in Cedar Hall in solchen Dingen Erfahrung besaß, fehlten die Mittel.

Tante Sophie veranlaßte eine Besprechung. Es müsse getan werden, was die Umstände erlaubten.

Unterdessen sah ich Crispin ab und zu. Wenn er mich sah, lächelte er auf eine Weise, die ich als verschwörerisch deutete. Doch die dramatische Begebenheit mit der Puppe wurde zwischen uns nie erwähnt.

Ich besuchte Flora Lane nach wie vor, vornehmlich dann, wenn ich Lucy außer Haus wähnte. Und Flora freute sich jedesmal, wenn ich kam.

Nach langem Hin und Her wurde beschlossen, daß ein Ball veranstaltet werden sollte. Tante Sophie wollte die Organisation in die Hand nehmen. Der Ball sollte in St. Aubyn's Park stattfinden, dem einzigen geeigneten Haus – es verfügte wahrhaftig über einen Ballsaal.

Von nun an zeigte sogar Mrs. St. Aubyn Interesse. Es sei wie in den alten Tagen des »ausschweifenden Lebens«, sagte Tante Sophie. Wir waren alle ganz aufgeregt. Ich rechnete damit, daß Crispin auch dasein würde. Es war schließlich der Ball seiner Schwester, auch wenn er eigentlich für uns alle drei veranstaltet wurde.

Lady Fionas Name war seit geraumer Zeit nicht mehr erwähnt worden, und ich nahm an, daß man sie in der Nachbarschaft schon wieder vergessen hätte. Die Heirat von Rachels Tante mit Archie Grindle war damals *das* Ereignis.

Ich war neuerdings oft in Bell House. Es war ein freundlicher, liebenswerter Ort geworden. Nur der grausige Stall erinnerte noch an früher. Ich nahm an, daß die anderen nicht so viel daran dachten wie ich. Der Stall wurde nicht benutzt, weil es in Bell House keine Pferde gab. Einmal ging ich hinein, ließ die Tür hinter mir zufallen und sah ein paar Sekunden zu den Dachsparren hinauf. Es war entsetzlich. Mr. Dorian schien Gestalt anzunehmen. Sein Körper war schlaff, aber seine Augen sahen mich mit demselben furchteinflößenden Blick an, der mich einst in Angst und Schrecken versetzt hatte, als ich in Barrow Wood hilflos am Boden lag.

Ich machte kehrt und rannte hinaus. Es war töricht. Er konnte mir nichts mehr anhaben. Er hatte sich umgebracht, weil er entlarvt worden war und sich nicht damit abfinden konnte.

Schaudernd lief ich nach The Rowans und gelobte mir, den Stall nie wieder zu betreten. Die Episode war vorbei. Ich mußte sie, wenn möglich, einfach vergessen. Crispin hatte mich gerettet, und nach der Geschichte mit Floras Puppe waren wir halbwegs Freunde geworden. Ich bildete mir ein, daß ich ihm nicht gleichgültig wäre.

Tamarisk hatte einmal gesagt, die Menschen hätten diejenigen gern, denen sie Gutes getan hatten, weil sie bei deren Anblick jedesmal daran erinnert würden, wie gut sie selber seien. Schön, er hatte mich vor etwas Schrecklichem bewahrt, insofern hatte Tamarisk vielleicht recht: Wenn er mich sah, fiel ihm ein, was er für mich getan hatte.

Wir Mädchen sprachen von fast nichts anderem als dem Ball. Tante Sophie fuhr mit uns nach Salisbury, um Stoff für unsere Kleider zu kaufen. Ich wählte einen ins Blaue changierenden malvenfarbenen Stoff, Tamarisk einen flammendroten, Rachel einen kornblumenblauen. Tante Sophie war ein bißchen wehmütig; zweifellos dachte sie an den Hofschneider, der ihre Robe für ihren Einführungsball gefertigt hatte. Ich hatte alles darüber von meiner Mutter gehört. Mit dem Schneidern unserer Ballkleider wurde die Dorfnäherin Mary Tucker beauftragt.

»Sie ist sehr tüchtig und wird ihre Sache gut machen«, sagte Tante Sophie. »Ich wünschte nur ...«

Ich ging immer öfter nach Bell House. Archie Grindle war sehr lustig, und daß Tante Hilda glücklich war, daran bestand kein Zweifel. Sie ging singend durchs Haus und schwelgte in den hübschen Kleidern, die sie neuerdings besaß. Ich konnte nicht genug staunen über die Veränderung.

Häufig war Daniel Grindle zugegen, Archies ältester Sohn, der mit seinem Bruder Jack den Hof übernommen hatte. Daniel war groß und ziemlich linkisch. Er schien nie zu wissen, wohin mit seinen Händen. Ich konnte ihn gut leiden. Ich nannte ihn den Sanften Riesen, denn er war groß und vierschrötig und sprach wenig. Sein Vater erzählte uns, er habe eine Art, mit Tieren umzugehen, wie er sie noch bei keinem Menschen sonst beobachtet habe.

»Das hat er von unserem Großvater«, sagte Jack Grindle. »Dan ist nach ihm geraten.«

Jack war kleiner und neigte zur Fülle wie sein Vater. Und wie er war er sehr gesprächig. Beide machten den Eindruck, daß sie das Leben genossen.

Jack Grindle war es, der Gaston Marchmont in unseren Kreis einführte.

Gaston Marchmont erregte großes Aufsehen. Tamarisk und Rachel sprachen ständig von ihm. Er war groß, schlank – gertenschlank fast –, und er sah sehr gut aus, weltgewandt, wie Tamarisk fand. Seine Haare waren dunkel, fast schwarz, seine Augen dunkelbraun. Er war ungemein elegant.

Jack hatte ihn auf einer Europareise kennengelernt; sie hatten zusammen den Kanal überquert. Gaston Marchmont wollte ursprünglich in einem Hotel absteigen, doch Jack lud ihn für ein paar Tage auf den Grindle-Hof ein.

Jack schien anzunehmen, dies sei ein großes Entgegenkommen von Gastons Seite. Nicht, daß Gaston sich das anmerken ließ. Beileibe nicht. Er war überaus reizend und charmant. Aber ich konnte verstehen, warum die Grindles – bescheidene, wenngleich wohlhabende Leute – der Meinung waren, eine hochstehende Persönlichkeit wie Gaston Marchmont erweise ihnen eine große Ehre, wenn er bei ihnen abstieg.

Jack verlor keine Zeit, um diesen faszinierenden Mann der hiesigen Gesellschaft vorzustellen. Wir erfuhren, daß Gastons Mutter Französin war – daher der Name Gaston. Er hatte seine Angelegenheiten in Frankreich geregelt und war nun mit den Liegenschaften in Schottland befaßt, die er von seinem kürzlich verstorbenen Vater geerbt hatte. Seine Art, sich zu kleiden, ließ guten Geschmack und natürliche Eleganz erkennen. Seine Anzüge zeigten den Schnitt von Savile Row, sagte Tamarisk. In Reitkleidung sah er göttlich aus; er war der personifizierte Charme. Mrs. St. Aubyn war auf Anhieb von ihm angetan. Sie flirtete munter mit ihm, und er ging galant darauf ein. Er sagte ständig, er müsse nach Schottland, doch alle – Jack Grindle eingeschlossen – bedrängten ihn, noch ein wenig zu bleiben.

»Sie führen mich in Versuchung«, erklärte er, »und ich bin so schwach.«

Tamarisk sagte, er müsse bis zum Ball bleiben, wenn nicht, würde sie es ihm nie verzeihen.

»Meine liebe junge Dame«, erwiderte er, »dem Flehen dieser schönen Augen kann ich nicht widerstehen. Bis zum Ball also bleibe ich noch.«

Ich beteiligte mich nicht an Tamarisks und Rachels unaufhörlichen Gesprächen über Gaston. Ich war ein wenig verstimmt, denn wenn er mich auch nicht gerade übersah, so bedachte er mich doch höchst selten mit seinen Artigkeiten. Er schloß mich ein, wenn er uns als die Drei Grazien bezeichnete, aber das geschah nur aus Höflichkeit; seine Augen verweilten selten auf mir, und wenn er lächelte, galt es meist Tamarisk und Rachel.

Er war freilich ein überaus attraktiver Mann. Crispin sah neben ihm unscheinbar aus, die jungen Grindles wirkten wie Bauerntölpel. Nein, das war ungerecht. Die jungen Grindles waren wirklich sehr nett, und ich fand Daniels sanftes, gütiges Lächeln viel sympathischer als Gaston Marchmonts Charme.

Mary Tucker schneiderte im Nähzimmer von St. Aubyn's Park unsere Kleider. Als wir eines Tages zur Anprobe gingen und Tamarisk und Rachel wie immer über Gaston Marchmont sprachen, sagte ich: »Ich glaube, er meint nicht alles ernst, was er sagt.«

»Aber vieles«, versetzte Tamarisk. »Du bist ja bloß eifersüchtig, weil er dich kaum beachtet.«

Ich sann darüber nach. War ich eifersüchtig? Rachel war die erste von uns, die einen richtigen Verehrer hatte. Es war Daniel Grindle. Rachel war auf hilflos-feminine Art recht hübsch, und ich schätzte Daniel als einen Mann ein, der andere gern beschützte.

Ich bemerkte Daniels verträumten Blick, wenn er Rachel ansah. Tamarisk fiel es auch auf. Sie verstand nicht, wie ein junger Mann eine andere ansehen konnte, wenn sie zugegen war. Es war ein zärtlicher Blick. Denselben Blick hatte ich einmal gesehen, als ich auf seinem Hof war und er ein neugeborenes Lamm in den Armen hielt.

»Na ja!« sagte Tamarisk. »Er ist bloß ein Bauer.«

»Dagegen ist nichts einzuwenden«, nahm Rachel ihn vehement in Schutz. »Und er versteht eine Menge von der Landwirtschaft. Tante Hilda ist sehr froh, daß sie seinen Vater geheiratet hat.«

»Hast du ihn gern?« wollte Tamarisk wissen.

»Er ist sehr nett«, sagte Rachel.

»Würdest du ihn heiraten?«

»Was für eine Frage!« rief Rachel.

»Du würdest es tun! Du würdest ihn heiraten! Na, vielleicht ist er ja der Richtige für dich.«

Rachel erwiderte nichts. Sie war zu verlegen.

Ich nahm an, daß Tamarisk Daniel Grindle mit Gaston

Marchmont verglich. Sie plauderte weiter über ihn. Sie sei so froh, daß er zum Ball bliebe.

»Ich habe ihm gesagt, ich würde es ihm nie verzeihen, wenn er nicht bliebe, und er sagte: ›Sie lassen mir keine Alternative.‹ War das nicht nett?«

»Er sagt wirklich sehr nette Sachen«, räumte Rachel ein.

»Er ist ein hervorragender Reiter«, fuhr Tamarisk fort. »Zu Pferde sieht er aus wie ... wie einer von den alten Göttern.«

»Er sieht aus wie eine Kreuzung aus einem Wegelagerer und einem Kavalier«, sagte ich. »Ich kann ihn mir genau vorstellen, wie er sagt: ›Geld her, oder ich schieße!‹, oder wie er gegen Cromwell in die Schlacht reitet.«

»Ich habe Cromwell immer gehaßt«, sagte Tamarisk. »So ein gräßlicher alter Spielverderber. Theater schließen und was sonst noch alles. Ich kann Spielverderber nicht ausstehen.«

»Ich glaube nicht, daß man Gaston Marchmont selbst unter Aufbietung aller Phantasie als einen solchen bezeichnen könnte«, sagte ich.

»Gewiß nicht!« bestätigte Tamarisk und lächelte in sich hinein. Sie sprach ohne Unterlaß von ihm. Er sei ein Aristokrat, ohne jeden Zweifel.

Rachel lächelte verträumt, und ich sagte: »Ich wundere mich, daß der hochwohlgeborene Gaston Marchmont es sich wirklich angelegen sein lassen sollte, zu bleiben.«

»Vielleicht«, meinte Tamarisk, »hat er seine Gründe.«

Es waren nur noch wenige Tage bis zum Ball. Unsere Kleider waren fertig. Tamarisk erklärte mir, man werde Pflanzen aus dem Gewächshaus holen, um den Ballsaal zu dekorieren, und im Speisezimmer werde ein Buffet aufgebaut, an dem die Gäste sich bedienen könnten. Ein Orchester sei engagiert worden. Ihre Mutter machte täglich einen kleinen Spaziergang im Garten, damit sie genügend gekräftigt wäre, um an dem Ball teilzunehmen. Sie hatte sich zu diesem Anlaß eigens ein Kleid schneidern lassen. Alle Einladungen waren verschickt.

Es war der erste Ball in St. Aubyn's Park, seit Crispins Frau ums Leben gekommen war.

»Von jetzt an wird alles anders«, sagte Tamarisk. »Ich bin erwachsen. Crispin wird das zur Kenntnis nehmen müssen.«

Ich ging Flora besuchen. Wir saßen im Garten beim Maulbeerstrauch, und ich sprach zu ihr von dem Ball. Ich nahm nicht an, daß sie begriff, wovon ich redete, aber es freute sie, meine Stimme zu hören. Ab und zu unterbrach sie mich mit einer Bemerkung wie »Er war heute nacht etwas unruhig. Ich glaube, der Zahn macht ihm zu schaffen.«

Aber das störte mich nicht. Ich erzählte einfach weiter, sie saß lächelnd dabei und schien sich aufrichtig zu freuen, daß ich da war. Als ich sie verließ, begegnete ich Crispin. Er war auf dem Weg zum Cottage; wenn es dort an irgend etwas fehlte, sorgte er stets prompt dafür, daß es behoben wurde.

Ich dachte gern daran zurück, wie besorgt er gewesen war, als Flora die Puppe zerbrach. Ich fand, es war ein schöner Zug von ihm, daß ihm so viel an seinen beiden ehemaligen Kindermädchen lag.

»Guten Tag«, sagte er. »Ich kann mir denken, wo Sie gewesen sind.«

»Es scheint Flora zu freuen, wenn ich komme.«

»Wenn Lucy nicht da ist?«

Ich errötete leicht. »Nun ja«, wiederholte ich abwehrend, »es scheint Flora doch sehr zu freuen, wenn ich komme.«

»Vertraut sie Ihnen alles an?«

»Anvertrauen? Nein, nicht richtig.«

»Aber ein bißchen?«

»Die meiste Zeit spricht sie von der Puppe wie von einem richtigen Baby.«

»Ist das alles?«

»Ja, eigentlich schon.«

»Sie wirken unsicher.«

»Nun ja, manchmal sagt sie komische Sachen.«

»Was für Sachen?«

»Zum Beispiel über den Maulbeerstrauch. Sie sagt immer wieder, daß etwas nicht dort sei.«

»Nicht dort sei?«

»Ja, sie schaut andauernd hin. Ich würde sagen, sie ist ein bißchen besorgt, daß dort etwas sein könnte.«

»Ich verstehe. Es ist lieb von Ihnen, sie zu besuchen, trotz des Balls, der alle sehr zu beschäftigen scheint.«

»Alle freuen sich darauf.«

»Sie auch?«

Ich nickte. »Ich glaube, es wird lustig.«

»Und wie ich höre, hat der strahlende Held versprochen zu kommen.«

»Sie meinen ...?«

»Ja ... Macht das den Ball für Sie besonders reizvoll?«

»Ich denke, die Leute freuen sich, daß er kommt.«

»Die Leute? Sie eingeschlossen?«

»Ja, gewiß.«

Er lächelte mich an, zog seinen Hut und machte eine leichte Verbeugung. Dann ging er, die Lanes aufzusuchen.

Es war einen Tag vor dem Ball. Ich ging nach Bell House.

Sie sah verändert aus, strahlender. Ich dachte schon, sie wolle sich mir anvertrauen, aber dann zögerte sie. Ich erinnerte mich, wie sie sich einst in ihrer Angst an mich gewendet hatte. Sie war ganz anders als Tamarisk; sie war in sich gekehrt und behielt ihre Geheimnisse für sich.

Ich warf noch einmal einen Blick auf ihr Kleid. Mein eigenes hatte ich wohl fünfzigmal begutachtet.

»Du wirst es vor lauter Hinschauen noch abtragen«, hatte Lily spöttisch bemerkt. »Glaub mir, Liebes, du wirst darin zum Anbeißen aussehen.«

Ich war gespannt. Ob wohl einer mit mir tanzen würde? Wir hatten die Schritte wieder und wieder geübt, so daß sie uns nun recht geläufig waren. Was mir Sorgen machte, waren die Partner. Tamarisk würde jede Menge haben, nicht nur wegen ihres Liebreizes und ihrer hübschen Erscheinung, sondern auch, weil der Ball in ihrem Elternhaus stattfand und ihre Mutter die Gastgeberin war, ungeachtet dessen, was Tante Sophie alles getan hatte, um die Veranstaltung überhaupt zu ermöglichen. Die Herren würden es für ihre Pflicht halten, mit Tamarisk zu tanzen. Und Rachel würde ebenfalls Partner finden. Ihre hilflose Zartheit wirkte durchaus anziehend. Aber ich? Vielleicht würde Jack Grindle mich auffordern, oder Daniel. Crispin? Ich konnte ihn mir nicht als Tänzer vorstellen.

Plötzlich sagte Rachel: »Daniel hat mich gebeten, ihn zu heiraten.«

Ich starrte sie verblüfft an. Sogleich fuhr mir der Gedanke durch den Kopf: Sie ist die erste von uns, die einen Heiratsantrag bekommt. Das wird Tamarisk nicht behagen. Sie glaubt, die erste sein zu müssen.

»Wie aufregend!« rief ich.

»Ich weiß nicht. Es ist schwierig.«

»Er ist sehr nett und sehr lieb. Du hättest es gut bei ihm. Hast du ja gesagt?«

Sie schüttelte den Kopf.

»Warum nicht? Magst du ihn nicht?«

»O doch, sehr. Wir sind immer befreundet gewesen, schon bevor sein Vater meine Tante geheiratet hat, und seither haben wir uns natürlich sehr oft gesehen. Vor kurzem ...« Sie brach ab und zog die Stirn kraus. »Ich ... hm ... ich habe ihn sehr gern.«

»Ich verstehe«, sagte ich. »Es ist zu früh. Wir haben gerade erst die Schule abgeschlossen. Manche Leute heiraten allerdings sehr jung. Und ihr kennt euch schon lange.«

»Ja, aber das ist was anderes …«

»Was hast du ihm gesagt?«

»Es war mir schrecklich, ihm zu sagen, daß ich nicht kann. Er hat mich so lieb angeschaut. Er ist immer nett zu mir gewesen. Bei ihm fühlte ich mich geborgen, nach …«

Ich wußte genau, was sie meinte. Ich stellte sie mir vor, damals in ihrem Schlafzimmer, sie hörte Schritte näher kommen, die vor ihrer Tür verhielten – die bei diesem zweiten Mal zum Glück verschlossen war –, sie hörte seinen schweren Atem draußen. Sie wollte sich danach geborgen fühlen – wie ich nach dem entsetzlichen Erlebnis im Wald.

»Weißt du«, fuhr Rachel fort, »er findet es gut und richtig. Wir sind immer befreundet gewesen.«

»Es wird bestimmt gut. Es geht dir nur zu schnell. Du bist noch nicht bereit.«

Sie starrte ins Weite. »Ich glaube, ich kann nicht, nachdem …«

»Aber du hast ihn doch gern.«

»Ja, sehr, aber …«

»Du brauchst einfach Zeit«, sagte ich, und mir fiel ein, daß dies genau die Bemerkung war, die Tante Sophie gemacht haben würde. »Warte nur, bis Tamarisk es erfährt!«

»Ich werde es ihr nicht erzählen. Bitte sag ihr nichts davon, Freddie.«

»Natürlich nicht. Aber ich würde zu gern ihr Gesicht sehen, wo sie doch immer bei allem die erste sein möchte.«

Ich lächelte, überzeugt, daß Rachel Daniel heiraten würde. Es würde genau das Richtige für sie sein, Tante Hildas Stiefsohn zu heiraten. Sie würde bestimmt genauso glücklich werden wie Tante Hilda. Was für ein wunderbares Ende nach allem, was sie in dem von Mr. Dorian beherrschten Bell House erduldet hatten!

Der Ballsaal in St. Aubyn's Park sah prachtvoll aus. Man hatte Topfpalmen und blühende Sträucher aus dem Gewächshaus geholt und dekorativ verteilt; der Fußboden war mit Kreide poliert worden. An einem Ende stand ein Podium, auf dem die Musikanten in blaßrosa Hemden und Smokingjacken saßen. Alles war sehr grandios und imposant.

Mrs. St. Aubyn, deren Gesundheit für diesen Anlaß wunderbarerweise wiederhergestellt war, begrüßte die Gäste. Es gab nur ein Zugeständnis an ihren früheren Zustand: Sie saß majestätisch in einem Prunksessel, dem sich die Leute ehrerbietig näherten.

Die Tanten Sophie und Hilda umkreisten sie, wie um die Leute daran zu erinnern, daß ihre Schützlinge von ebensolcher Wichtigkeit waren wie Tamarisk. Aber man befand sich freilich in St. Aubyn's Park, und Mrs. St. Aubyn wurde als die Hauptgastgeberin angesehen. Es war ein Ball, an dem Rachel und ich großzügigerweise teilhaben durften.

Rachel und ich saßen rechts und links von Tamarisk, Tante Sophie saß neben mir, Tante Hilda neben Rachel. Ich war längst nicht mehr so zuversichtlich wie zuvor in meinem Zimmer, als Tante Sophie und Lily erklärt hatten, ich sähe wunderschön aus. »Du wirst die Ballschönheit sein«, hatte Tante Sophie gesagt. Und Lily hatte bemerkt: »Wirklich, Miß Fred, ich hätte nie gedacht, daß ein Kleid ein Mädchen so verwandeln könnte. Sie sehen zum Anbeißen aus.«

Neben Tamarisk, die in flammendrotem Chiffon glänzte, und Rachel in ihrem kornblumenblauen Kleid aus Crêpe-de-Chine wurde mir jedoch klar, daß ich beileibe keine Ballschönheit war. Was in meinem Zimmer »zum Anbeißen« ausgesehen hatte, wirkte in dem eleganten Ballsaal gewiß weit weniger reizvoll.

Sobald der Tanz begann, stand Gaston Marchmont vor uns. Er verdrehte die Augen aufwärts und nannte uns ein

Zauberinnen-Trio. Dann bat er Tamarisk um die Ehre. Dies hatte sie als die bedeutende Miß St. Aubyn natürlich erwartet, und sie ließ sich anmutig entführen, indes die Brüder Grindle bei uns aufkreuzten. Daniel tanzte mit Rachel und ich mit Jack.

Jack tanzte gut. Er lobte den ausgezeichneten Tanzboden, die Größe des Ballsaals; da Tamarisk nun erwachsen sei, rechne er damit, daß es fortan des öfteren derartige Veranstaltungen geben werde. Es war eine leichte, nichtssagende Plauderei.

Als der erste Tanz zu Ende war, tanzte Gaston Marchmont mit Rachel, Tamarisk mit Daniel und ich mit einem mittelaltrigen Freund der St. Aubyns, den ich bereits von einer früheren Begegnung kannte.

Ich vermutete, daß ich als nächste mit Gaston tanzen würde. Er würde es für seine Pflicht halten, mit einer jeden von uns zu tanzen, und das ärgerte mich ein bißchen. Ich wollte nicht aufgefordert werden, weil es das Protokoll verlangte oder der Anstand oder was auch immer. Ich wußte, daß er nicht aus freien Stücken mit mir tanzen würde.

Als mein nächster Partner mich an meinen Platz zurückführte, sah ich zu meiner Verwunderung Crispin mit den Tanten plaudern. Als er mich kommen sah, stand er auf, und just in diesem Augenblick kam Gaston Marchmont mit Rachel zurück. Rachels Wangen waren gerötet, sie sah glücklich aus.

»Das war sehr vergnüglich«, sagte Gaston. »Mein Kompliment, Miß Rachel, Sie tanzen ausgezeichnet.«

Rachel murmelte etwas, dann setzte die Musik für den nächsten Tanz ein. Gaston sah mich an und wollte gerade zu sprechen anheben, als Crispin seine Hand auf meinen Arm legte und bestimmt sagte: »Dieser Tanz ist mir versprochen.«

Während wir auf die Tanzfläche gingen, sah ich Gastons verblüfften Blick.

Crispin sagte: »Ich hoffe, ich habe Sie nicht enttäuscht, als ich Sie den Armen des faszinierenden Marchmont entriß?«

Ich lachte; denn ich war ehrlich erfreut und aufgeregt. »O nein«, sagte ich. »Er wollte mich nur auffordern, weil er findet, daß es sich so gehört.«

»Sind Sie sicher, daß er sich stets an das hält, was von ihm erwartet wird?«

»In dieser Hinsicht bestimmt.«

»Soll das heißen, Sie denken, daß er auf anderen Gebieten nicht so erpicht darauf ist, seine Pflicht zu tun?«

»So habe ich das nicht gemeint. Ich denke nur, daß er in Gesellschaft stets um ein untadeliges Benehmen bemüht ist.«

»Wie ich sehe, sind Sie nicht ganz so tief beeindruckt von ihm wie die andern. Das freut mich. Leider tanze ich nicht so gut wie er. Er ist ein wirklicher Könner. Ich fürchte, Sie werden mich etwas ungeschickt finden. Wollen wir uns setzen? Das wäre vielleicht bequemer für Sie.« Er wartete meine Antwort nicht ab, sondern führte mich zu zwei Stühlen, die zwischen den Topfpalmen aufgestellt waren. Wir setzten uns und beobachteten kurze Zeit schweigend die Tanzenden. Ich sah Gaston mit einer der zu Gast weilenden Damen tanzen.

Crispins Blick folgte ihm, und er sagte: »Ja, ein wirklicher Könner. Sagen Sie, meinen Sie, Flora hat die neue Puppe ganz angenommen?«

»Mal glaube ich es sicher, dann wieder nicht. Mir macht sie manchmal den Eindruck, als ob sie wüßte, daß es nur eine Puppe ist. Sie verzieht das Gesicht.«

»Und?«

»Weiter nichts.«

»Hat sie das früher auch gemacht? Das Gesicht verzogen?«

»Ich weiß nicht recht. Es wäre schon möglich.«

»Arme Flora!« Er schwieg eine Weile, dann sprach er weiter: »Sie besuchen sie demnach nach wie vor regelmäßig.«

»Ja.«

»Es ist schwer, sich hier bei dem Lärm zu unterhalten. Wir werden zusammen soupieren. Davor komme ich Sie holen. Haben Sie eine Karte?«

Ich reichte ihm meine Tanzkarte, und er kritzelte seine Initialen an die Stelle, die dem Tanz vor dem Essen vorbehalten war. »Da«, sagte er. »Sie werden genügend Gelegenheit haben, mit Leuten zu tanzen, die es können. Aber dieser eine Tanz gehört mir.«

Ich war enttäuscht, weil er nur um diesen Tanz gebeten hatte. Zugleich aber benahm er sich irgendwie herrisch. Er hatte mich eigentlich nicht gebeten, sondern mein Einverständnis für selbstverständlich gehalten. Das war typisch, und es erinnerte mich an Tamarisk.

Ich konnte mich nicht enthalten zu sagen: »Schreiben Sie den Leuten immer vor, was sie zu tun haben?«

Er sah mich fest an, zog die Brauen hoch und lächelte. »Es ist eine Methode, um rasch zu bekommen, was man will.«

»Haben Sie immer Erfolg damit?«

»Leider nein.«

»Angenommen, ich hätte den Tanz vor dem Essen schon vergeben gehabt?«

»Haben Sie aber nicht, oder? Er war auf Ihrer Karte noch frei. Damit hat doch alles seine Richtigkeit, nicht wahr. Ich würde gern mit Ihnen zusammen soupieren. Ich möchte mich mit Ihnen unterhalten.«

Das stimmte mich froh. Als er mich an meinen Platz zurückführte, sah ich, daß mehrere Leute uns interessiert beobachteten.

Ich tanzte einmal mit Gaston. Er forderte mich auf, kurz nachdem Crispin mich zurückgebracht hatte. Crispin hatte sich daraufhin entfernt. Ich denke, ihm lag nicht viel am Tanzen, ja, er verachtete es sogar, zweifellos deswegen, weil er es nicht gut beherrschte.

Später sah ich ihn im Gespräch mit einem Mann, den ich für einen Gutsverwalter hielt, und danach mit einem älteren Herrn, der, wie ich gehört hatte, einige Kilometer von St. Aubyn's Park entfernt ein Gut besaß. Er war mit Frau und Tochter auf den Ball gekommen.

Gaston war ein so guter Tänzer, daß er mir das Gefühl gab, ebenfalls eine gute Tänzerin zu sein. Er sagte mir, ich sähe bezaubernd aus, und mein Kleid habe seine Lieblingsfarbe. Ich vermutete, wenn er mit Tamarisk tanzte, war Flammendrot seine Lieblingsfarbe, und wenn er mit Rachel zusammen war, war es Kornblumenblau. Schön, er meinte es vielleicht nicht ernst, aber er gab sich Mühe, nett zu sein.

Er sprach über St. Aubyn's Park und Crispin. Es sei ein sehr großes Gut, nicht wahr? Vielleicht eines der größten in Wiltshire.

»Tamarisk hat mir erzählt, daß Sie sich für zwei wunderliche Schwestern interessieren, die auf diesem Anwesen ein Häuschen bewohnen. Was hat es mit dieser Puppe auf sich, die eine von ihnen mit sich herumträgt und für ein Baby hält? Sie glaubt, das Baby sei der Gutsherr, nicht?«

»Sie waren beide seine Kindermädchen.«

»Und er kümmert sich in großzügiger Weise um sie. Tamarisk sagt, Sie kämen mit der Verrückten gut aus und zeigten ein großes Interesse an den beiden.«

»Sie tun mir leid.«

»Ich sehe, Sie haben ein gutes Herz. Tamarisk sagte mir, daß Sie immer hingehen, wenn die eine Schwester – nicht die Verrückte – fort ist, und daß Sie herauszufinden hoffen, was die Ärmste um den Verstand gebracht hat.«

»Das hat Tamarisk Ihnen erzählt?«

»Ist es denn nicht wahr?«

»Nun …«

»Freilich«, sagte er, »wir alle möchten solchen Dingen gern auf den Grund gehen. Und etwas muß ihren Geist verwirrt haben, meinen Sie nicht?«

»Ich weiß es nicht.«

»Vielleicht werden Sie es durch Ihre Erkundungen entdecken.«

Der Tanz war zu Ende. »Wir müssen später noch einmal zusammen tanzen«, sagte Gaston. »Es war mir ein großes Vergnügen. Ich nehme an, Sie sind vollkommen ausgebucht.«

»Ein paar Tänze habe ich noch frei«, sagte ich, und er führte mich an meinen Platz.

Danach tanzte ich mit mehreren jungen Männern. Warum bekundete Gaston Marchmont ein solches Interesse an den Schwestern? Ich nahm an, daß Tamarisk auf ihre übliche dramatisierende Art von ihnen gesprochen hatte. Sie übertrieb stets. Und Flora und ihre Puppe waren ja wirklich ungewöhnlich.

Bald dachte ich nicht mehr an Gaston. Ich wartete ungeduldig auf den Tanz vor dem Essen und fürchtete, Crispin könnte es vergessen haben. Doch kaum wurde der Tanz angekündigt, da erschien er. Er nahm meinen Arm und führte mich auf die Tanzfläche. Wir umrundeten sie einmal, dann sagte Crispin: »Wir gehen jetzt besser unseren Tisch besetzen. Sonst müssen wir ihn nachher mit anderen teilen.« Er führte mich zu den zwei Stühlen, auf denen wir zuvor schon gesessen hatten. Man hatte einen Tisch dazugestellt, der mit Gläsern und Besteck gedeckt war.

»Da wären wir«, sagte er. »Legen Sie Ihre Tanzkarte auf den Tisch, damit die anderen sehen, daß er besetzt ist. Dann kommen Sie mit mir. Wir holen uns etwas zu essen.«

Im Speisesaal war ein langer Tisch auf Böcken aufgestellt worden. Darauf standen in regelmäßigen Abständen Kerzen, und es gab eine Überfülle an Speisen – kaltes Geflügel,

Lachs, verschiedene Fleischgerichte und Salate. Alles sah köstlich verlockend aus. Wir waren die ersten. Wir nahmen uns, wonach uns gelüstete. Als wir an den Tisch zurückkehrten, stand eine Flasche Champagner in einem Eiskübel darauf.

Die Musik hatte aufgehört, und nun begaben sich die Leute aus dem Ballsaal zum Buffet.

»Welch weise Voraussicht«, sagte ich, »die ersten zu sein!«

»Allerdings. Wir sind dem Gedränge ausgewichen und haben einen Tisch für uns allein.« Er nahm mir gegenüber Platz. Ein Diener war an unseren Tisch getreten und schenkte den Champagner ein. Crispin sah mich forschend an und hob sein Glas. »Auf Frederica«, sagte er. »Auf Ihre Einführung in die Gesellschaft. Freut es Sie, die Kindheit hinter sich zu lassen?«

»Ich denke schon.«

»Was haben Sie jetzt vor?«

»Darüber habe ich mir noch keine Gedanken gemacht.«

»Die meisten jungen Mädchen wollen heiraten. Das scheint ihr höchstes Ziel. Wie steht es mit Ihnen?«

»Daran habe ich noch nicht gedacht.«

»Ach, kommen Sie. Alle Mädchen denken daran.«

»Vielleicht kennen Sie nicht alle Mädchen. Nur einige.«

»Da mögen Sie recht haben. Jedenfalls stehen Sie nun auf der Schwelle. Ihr erster Ball. Gefällt er Ihnen?«

»Ja, sehr.«

»Sie sagen das so, als würde es Sie überraschen.«

»Man kann ja vorher nicht wissen, wie es wird. Angenommen, niemand hätte mich zum Tanzen aufgefordert?«

»Das hätte Sie in eine heikle Situation gebracht. Ich wette, Sie hätten nicht gern auf eine Aufforderung gewartet. Sie wären imstande, Ihrerseits jemanden aufzufordern. Sie hätten Gaston Marchmont um einen Tanz bitten können.«

»Das würde ich nicht tun.«

»So? Oh, ich vergaß, daß Sie nicht so leicht zu beeindrukken sind wie manche andere. Sie sind sehr kritisch.«

»Das will ich hoffen.«

»Und da komme ich daher und verlange, daß Sie meinetwegen auf den Tanz vor dem Essen verzichten.« Er sah mich eindringlich an. »Sie und ich, wir hatten etliche ungewöhnliche Begegnungen, nicht? Wissen Sie noch, wie wir die Puppe gekauft haben? Und ... die Geschichte in Barrow Wood.«

Ich schauderte. Ob ich das noch wußte? Wie könnte ich es je vergessen. Es konnte in Sekundenschnelle wieder gegenwärtig sein.

Crispin langte über den Tisch und ergriff kurz meine Hand. »Es tut mir leid. Ich hätte es nicht erwähnen sollen.«

»Schon gut«, sagte ich.

»Es war ein furchtbares Erlebnis. Gottlob kam ich zufällig vorbei!«

»Er ist deswegen gestorben. Das kann ich nicht vergessen.«

»Es war das beste für ihn. Er hatte nicht den Mut, der Tatsache ins Gesicht zu sehen, daß er als der entlarvt worden war, der er wirklich war, nachdem er sich die ganze Zeit hinter der Maske eines Heiligen versteckt hatte.«

»Er muß schrecklich verzweifelt gewesen sein, als er in den Stall ging und sich erhängte.«

»So dürfen Sie das nicht sehen. Seien Sie froh, daß ich vorbeigekommen bin. Ich kann ihn nicht bedauern.«

»Haben Sie nie das Gefühl, daß er starb, weil er wußte, daß Sie ihn verachteten? Dort im Wald dachte ich, Sie hätten ihn umgebracht. Sie haben ihn dort liegenlassen. Waren Sie nicht beunruhigt?«

»Nein. Er war ein Feigling, ein Scheinheiliger, der sich als Heiliger darstellte, während er sich wie das primitivste Tier benehmen konnte. Ich kann nur froh sein, daß ich vorbeikam, und genauso froh bin ich über das, was folgte. Daß er die Welt von seiner abscheulichen Person befreit hat, war das Beste, was er tun konnte – und, meine liebe Frederica, Ihr Wohlergehen war viel wichtiger als sein elendes Leben. Wenn Sie es so sehen, brauchen Sie kein Mitgefühl für diesen schlechten Menschen zu haben. Gut, daß wir ihn los sind. Wenn ich ihn getötet hätte, wäre ich freigesprochen worden, aber es war nahezu ein Segen, daß er es selbst getan hat.«

Sein Gesicht zeigte kein Mitgefühl. Ich aber sagte mir ständig, daß Mr. Dorian trotz allem ein guter Mensch hatte sein *wollen*.

Crispin fuhr fort: »Verzeihen Sie, ich hätte nicht davon anfangen sollen. Ich wollte mich vergewissern, daß Sie nicht darüber grübeln. Das sollen Sie nicht. Das Leben kann zuweilen gräßlich sein. Damit müssen Sie sich abfinden. Erinnern Sie sich an die angenehmen Dinge und löschen Sie die unangenehmen aus Ihrem Gedächtnis.«

Er lächelte mir sehr wohlwollend zu, und mir fiel Tamarisks Bemerkung ein, daß Menschen, die andere vor etwas Schrecklichem bewahrt hätten, diesen deswegen zugetan wären, weil sie sie daran erinnerten, wie gut und edel sie selber waren.

»Möchten Sie noch etwas Lachs?« fragte er.

»Nein danke.«

»Nun sagen Sie mir, was denken Sie von Flora? Sie spricht doch mit Ihnen, nicht?«

»Ein bißchen. Aber, wie gesagt, es ergibt nicht viel Sinn.«

»Und Sie meinen, sie merkt manchmal, daß die Puppe vertauscht wurde?«

»Sie sieht der alten wirklich nicht sehr ähnlich, nicht? Flora hatte die erste sehr lange gehabt, und diese Art wird heute nicht mehr hergestellt.«

»Aber sie hat nicht geradeheraus gesagt, daß ...?«

»Nein. Sie macht nur ein verwundertes Gesicht.«

»Als ob sie sich zu erinnern versucht?«

»Gewissermaßen. Aber vielleicht mehr, als ob sie versuchte, sich *nicht* zu erinnern.«

»Als ob sie Ihnen etwas mitzuteilen versucht?« Ich zögerte, während er mich eindringlich musterte. »Ja?« fragte er. »Als ob sie Ihnen etwas mitzuteilen versucht?«

»Dieses Bild im Kinderzimmer«, sagte ich. »Sie sieht es immer an und bewegt dabei die Lippen. Ich kann erkennen, was sie bei sich sagt: ›Ein Geheimnis, das ihr nie verraten sollt.‹«

»Es geht also um dieses Bild.«

»Ich weiß es nicht. Es geht eher um das, was es für sie bedeutet, nehme ich an.«

Mir fiel ein, was Gaston Marchmont vorhin gesagt hatte, und ich fuhr fort: »Es muß etwas vorgefallen sein, das sie um den Verstand gebracht hat, etwas überaus Dramatisches. Vielleicht betrifft es ein Geheimnis, das nie verraten werden darf.«

Crispin verfiel in Schweigen und sah auf seinen Teller, während ich fortfuhr: »Ich meine, es muß vor langer Zeit passiert sein, als Sie ein Baby waren. Es hat sie dermaßen entsetzt, daß sie es nicht wahrhaben will. Vielleicht wäre es ihre Schuld, und sie gibt vor, es sei nicht geschehen ... und sie wünscht sich in die Zeit zurück, bevor es geschah. Deshalb will sie, daß Sie ein Baby bleiben.«

Er sagte langsam: »Eine interessante Theorie.«

»Man sollte meinen, wenn wirklich etwas geschehen wäre, müßten die Leute es wissen. Es sei denn, es wäre etwas, das nur Flora mitbekommen hat. Es ist ziemlich mysteriös. Ein-, zweimal hörte ich sie einen Gerry Westlake erwähnen.«

»Gerry Westlake? Was hat sie über ihn gesagt?«

»Nichts, nur seinen Namen.«

»Es gibt eine Familie Westlake in der Nachbarschaft. Ein Ehepaar mittleren Alters mit einer Tochter, die irgendwo in Stellung ist. Sie hatten auch einen Sohn, der ist ausgewandert. Nach Australien oder Neuseeland, glaube ich. Ich weiß nicht viel über die Leute.«

»Nun, ich hörte sie nur ein-, zweimal seinen Namen murmeln.«

»Ich glaube, sie hat Sie gern.«

»Jedenfalls hat sie es gern, wenn ich sie besuche.«

»Nur, wenn Lucy nicht da ist.«

»Ich habe den Eindruck, Miß Lucy paßt es überhaupt nicht, wenn Besuch kommt. Vielleicht denkt sie, es könnte Flora aufregen.«

»Aber Sie lassen sich davon nicht beirren.«

»Ich unterhalte mich gern mit Flora, und ich weiß, daß sie gern mit mir spricht. Das kann nicht schaden, meine ich.«

»Und Sie sind von Natur aus neugierig.«

»Schon möglich.«

»Und Sie sind gefesselt von dem Geheimnis der Elstern und fragen sich, ob dort der Ursprung dessen liegt, was der armen Flora den Verstand geraubt hat.«

»Ich stelle mir vor, daß es eine entsetzliche Erschütterung gewesen sein muß.«

»Und Frederica Hammond betätigt sich als Amateurdetektiv und ist entschlossen, das Rätsel zu lösen.«

»Das ist übertrieben.«

Er lachte. »Aber es enthält ein Körnchen Wahrheit?«

»Ich schätze, das würde jeden interessieren.«

»Und einige besonders.« Er trank mir zu. »Ich nehme an, ich sollte Ihnen für Ihr Vorhaben alles Gute wünschen.«

»Wenn die Ursache bekannt ist, ist die Chance um so größer, daß etwas wieder in Ordnung kommt.«

»Könnte die aufgedeckte Wahrheit nicht zu furchtbar sein? In diesem Fall würde alles nur noch schlimmer werden.«

»Da mögen Sie recht haben.«

»Wir haben die ganze Zeit über andere gesprochen. Erzählen Sie mir von sich. Was machen Sie, wenn Sie nicht bei Flora sind?«

»Ich bin eben erst von der Schule abgegangen und habe mich noch nicht entschieden.«

»Es wird weitere Veranstaltungen wie heute abend geben. Das wird Sie beschäftigt halten. Ich glaube, es sind verschiedene Geselligkeiten für meine Schwester geplant, und ich bin überzeugt, Sie und Rachel Grey werden daran teilnehmen.«

»Wir drei waren zusammen, seit ich hierhergezogen bin.«

»Sind Sie glücklich in Harper's Green?«

»Sehr glücklich. Tante Sophie ist wunderbar.«

»Es hat mir leid getan, als ich vom Tod Ihrer Mutter hörte.«

»Es war traurig, weil sie nie Freude am Leben hatte. Mein Vater war fort, und sie wäre gern in ihr Elternhaus zurückgekehrt, aber es war verkauft worden. Sie war nicht glücklich in dem kleinen Haus, von wo sie es immerzu sehen konnte.«

»Dann war es in Harper's Green gewiß schöner.«

»Es war ein großes Glück für mich, Tante Sophie zu haben.«

»Und Ihr Vater ...?«

»Ich habe ihn nie gesehen. Meine Eltern haben sich getrennt.«

Er nickte. »So etwas kommt vor.«

Ich fragte mich, ob er wohl an seine eigene Frau dachte, die ihn verlassen hatte.

»Wenn Sie heiraten, wünsche ich Ihnen, daß Sie so glücklich werden, wie Sie in The Rowans sind.«

»Danke. Ich wünsche Ihnen auch, daß Sie glücklich werden.«

»Sie wissen, was geschehen ist. In Harper's Green gibt es wenige Geheimnisse, ausgenommen das eine, das Sie so beschäftigt. Meine Frau hat mich verlassen. Vielleicht konnte man es ihr nicht verdenken.« Er sprach in bitterem Ton, aber mir fiel nichts Ablenkendes ein, und so schwiegen wir.

Dann wies ich mit dem Arm in den Raum. »Es muß viel Mühe gemacht haben, dies alles herzurichten.«

»Wir haben eine sehr tüchtige Haushälterin und einen Butler. Sie sind in solchen Dingen bewandert, und sie waren froh über die Gelegenheit, ihr Können unter Beweis zu stellen.« Nach einer kurzen Pause fuhr er fort: »Sie hat mich wegen eines anderen verlassen, und dann kam sie bei einem Eisenbahnunglück ums Leben.«

»Das muß sehr schlimm für Sie gewesen sein.«

»Was? Daß sie durchgebrannt ist, oder ihr Tod?«

»Beides«, sagte ich.

Er erwiderte nichts. Ich sagte unbeholfen: »Nehmen Sie's nicht so schwer. Vielleicht finden Sie eine andere.«

Ich dachte an Lady Fiona, von der es hieß, sie passe so gut hierher. Das Gespräch nahm eine etwas ungewöhnliche Wendung, was uns beide verlegen machte.

»O ja«, sagte er. »Dachten Sie an eine bestimmte?«

»Es wurde über eine Lady Fiona gemunkelt.«

Er lachte. »Die Leute klatschen gern, nicht wahr? Wir sind gute Freunde. Von Heirat war nie die Rede. Sie hat übrigens vor kurzem geheiratet. Ich bin auf ihrer Hochzeit gewesen. Ihr Mann ist ein Freund von mir.«

»Dann war es bloß Klatsch.«

»Es wird immer geklatscht. Darauf können Sie sich verlassen. Wenn die Leute finden, daß ein Mann häuslich werden soll, dichten sie ihm eine Frau an.«

Ich war selbst erstaunt über die Erleichterung, die ich empfand.

Die Leute erhoben sich nun von den Tischen, und die Uhr schlug Mitternacht.

»Leider«, sagte Crispin, »geht der schöne Abend zu Ende. Danke, daß Sie sich mit mir unterhalten haben.«

»Es hat mir sehr gefallen.«

»Und es hat Sie nicht gestört, daß ich Sie bedrängt habe, mir Gesellschaft zu leisten?«

»Das war der schönste Teil des Abends«, sagte ich freimütig.

Er lächelte, dann erhoben wir uns, und er geleitete mich zu einer Gruppe, die in der Mitte des Ballsaals einen Kreis bildete. Das Orchester spielte das beliebte Abschiedslied *Auld Lang Syne*. Wir stimmten alle ein und schüttelten uns dabei kräftig die Hände. Archie Grindle brachte Tante Sophie und mich nach Hause, bevor er mit Rachel und ihrer Tante nach Bell House fuhr.

Lily empfing uns. »Ich habe Milch warmgestellt«, sagte sie. »Wie war der Ball?«

»Sehr schön«, sagte Tante Sophie. »Die warme Milch wird uns jetzt guttun, damit wir gut schlafen nach all der Aufregung. Wo wollen wir sie trinken?«

»In der Küche«, sagte Lily, »dort steht alles bereit.«

Wir setzten uns in die Küche, tranken Milch und beantworteten Lilys Fragen. »Wetten, daß sie sich darum gestritten haben, mit dir zu tanzen«, meinte sie zu mir.

»Das ist leicht übertrieben«, sagte Tante Sophie. »Aber sie hatte viele Partner. Und denk nur, der Herr des Hauses hat sie mit Beschlag belegt.«

»Was Sie nicht sagen!« staunte Lily.

»Es ist wahr. Er legt keinen großen Wert aufs Tanzen, aber er hat den Tanz vor dem Essen bei unserer jungen Dame sehr frühzeitig bestellt, damit er ihn auch ja bekam, stimmt's, Freddie?

»Ja.«

»Mich laust der Affe!« rief Lily aus.

»Und er hat Champagner mit ihr getrunken.«

»Ist denn das die Möglichkeit! Champagner! Davon wird man beschwipst.«

»Alles war sehr grandios, das kann ich dir sagen. Ich erinnere mich an die Bälle in Cedar Hall. Eine Zeitlang haben sie mir angst gemacht. Ich fürchtete immer, ein Mauerblümchen zu sein, bis ich mir sagte, was soll's, wenn die jungen Männer nicht mit mir tanzen wollen, na schön, dann will ich auch nicht mit ihnen tanzen.«

»So ist's recht«, sagte Lily. »Dumme junge Kerle. Die wußten gar nicht, was ihnen entging. Aber bei Fred war es nicht so, nach allem, was man hört.«

»Beileibe nicht. Worüber hast du mit Crispin St. Aubyn gesprochen, Freddie?«

Ich überlegte. »Hauptsächlich über die Lanes. Er wollte wissen, wie ich über Flora denke.«

»Er ist wirklich gut zu den beiden«, sagte Tante Sophie.

Sie saß da, trank ihre Milch und blickte im Geist zurück auf die Tage in Cedar Hall, als die Tanzpartner meine Mutter aufgefordert hatten und nicht sie.

Ich war mit Lily der Meinung, daß es wahrlich dumme junge Kerle gewesen waren. Und ich liebte Tante Sophie mehr denn je.

Die Ausreißerin

Am Tag nach dem Ball waren Tamarisk und ich in Bell House zum Tee eingeladen. Nie konnte ich das Haus betreten, ohne über die Veränderung darin zu staunen. Ich hatte den Eindruck, diese diene allein dem Zweck, alle Spuren des früheren Bewohners zu tilgen. Einzig die Stalltür erinnerte mich noch daran. Ich sah, daß sie verschlossen war, und fragte mich, ob überhaupt noch jemand hineinging.

Bald waren wir in eine Unterhaltung vertieft. Tamarisk berichtete uns von ihren Triumphen. Der Ball sei ein voller Erfolg gewesen; ihre Mutter sei begeistert und habe gemeint, es sei wie in alten Zeiten gewesen, und sie müßten bald wieder einen veranstalten.

Tamarisk hatte sechsmal mit Gaston Marchmont getanzt. Leider aber reise er heute nach Schottland ab, um sich seinen dortigen Gütern zu widmen, erzählte sie.

»Ob er wohl wiederkommt?« fragte ich.

»Aber natürlich!« rief Tamarisk.

»Er muß zurückkommen«, sagte Rachel.

Während wir Tee tranken, kam Daniel herein und setzte sich neben Rachel. Ich fragte ihn, ob ihm der Ball gefallen habe.

»Ich glaube, alle fanden ihn sehr gelungen«, erwiderte er zurückhaltend.

»Er war ein voller Erfolg«, versicherte ihm Tamarisk.

Tante Hilda kam herein. Einen Augenblick lang sah ich sie vor mir, wie sie früher gewesen war, mit dem gespannten Ausdruck im Gesicht, ohne das hübsche Kleid und den Kamm im Haar. Es mußte wirklich ein gewaltiger Unterschied sein zwischen Mr. Grindle und Mr. Dorian!

Tamarisk behandelte Daniel sehr kühl. Sie konnte ihm nicht verzeihen, daß er Rachel mehr Aufmerksamkeit schenkte als ihr.

Jack Grindle gesellte sich ebenfalls zu uns. Er berichtete, er habe Gaston Marchmont zum Bahnhof kutschiert und an den Zug nach London gebracht.

»Er fährt direkt nach Schottland«, sagte Jack. »Er hat dort scheint's etliche Geschäfte zu erledigen.«

»Er kommt zurück«, meinte Tamarisk zuversichtlich.

»Ich schätze, er ist sehr beschäftigt. Er sagte, wenn er wiederkommt, wird er eine Weile bleiben. Es hat ihm bei uns sehr gut gefallen«, fuhr Jack fort, » und es war ein Vergnügen, ihn hier zu haben. Er hat uns alle ein bißchen in Schwung gebracht.«

»Das kann man wohl sagen«, stimmte Tamarisk ihm lächelnd zu.

Ich fragte mich, ob sie mehr über Gaston Marchmonts Pläne wußte als wir.

Vielleicht wußte sie wirklich mehr, denn nach drei Wochen kehrte Gaston Marchmont tatsächlich zurück. Er wohnte wie zuvor bei den Grindles.

Es war fünf Tage nach Gaston Marchmonts Rückkehr. Ich hatte ihn kaum zu Gesicht bekommen. Ich half Tante Sophie bei der Gartenarbeit, als ich Pferdegetrappel hörte, und gleich darauf kam Lily in den Garten gelaufen. »Mr. St. Aubyn ist da«, sagte sie. »Er möchte Fred sprechen.«

Da kam Crispin nach draußen. »Tamarisk ist verschwunden«, sagte er. »Haben Sie eine Ahnung, wo sie ist?«

»Verschwunden!« rief Tante Sophie. »Wohin?«

»Das möchte ich ja herausfinden.« Er sah mich an. »Wissen Sie, wo sie sein könnte?«

»Ich? Nein.«

»Ich dachte, sie hätte es Ihnen vielleicht gesagt.«

»Sie hat mir kein Wort gesagt.«

»Sie ist nicht zu Hause. Sie muß gestern abend spät fortgegangen sein. Ihr Bett ist unberührt.«

Ich schüttelte den Kopf. »Ich habe sie gestern gesehen. Ja, sie wirkte allerdings aufgeregt.«

»Haben Sie sie nicht nach dem Grund gefragt?«

»Nein. Meistens hat sie von sich aus erzählt, wenn sie etwas vorhatte, daher habe ich nicht weiter darauf geachtet.«

Er war sichtlich besorgt, und als er merkte, daß ich ihm nicht weiterhelfen konnte, verließ er uns.

Wir sprachen den ganzen Vormittag davon. »Eine merkwürdige Geschichte«, meinte Tante Sophie. »Ich möchte wissen, was da vorgefallen ist. Tamarisk führt bestimmt etwas im Schilde.«

Wir stellten Mutmaßungen an, wohin sie gegangen sein könnte, kamen aber zu keinem vernünftigen Schluß. Ich erwartete, daß sie bald wieder auftauchen würde. Möglicherweise hatte sie das Haus im Zorn verlassen. Vielleicht hatte sie sich mit ihrer Mutter gestritten.

Dann berichtete Jack Grindle, daß Gaston Marchmont ebenfalls fort sei.

Er sei nicht einfach so unerklärlich verschwunden wie Tamarisk, sondern habe einen langen Brief hinterlassen, daß er zu dringenden Geschäften gerufen worden sei; er werde es bei seiner Rückkehr erklären, die, wie er hoffe, in Bälde erfolgen werde.

Die Leute verknüpften Tamarisks Verschwinden sogleich mit dem von Gaston Marchmont und ergingen sich in Mutmaßungen.

Ich ging nach Bell House, um Rachel zu besuchen. Tante Hilda sagte, sie sei auf der Obstwiese. Der Garten von Bell House war gut zwei Morgen groß. Die ansehnliche Rasenfläche bot eine Ausweichmöglichkeit, wenn die kirchlichen Gartenfeste und Wohltätigkeitsbasare aus irgendeinem Grunde nicht in St. Aubyn's Park stattfinden konnten. Teile des Gartens waren ziemlich verwildert, und die Obstwiese war dicht von Bäumen umstanden. Ich wußte, daß dies Rachels liebste Zuflucht war.

Ich suchte sie dort auf und rief beim Näherkommen: »Weißt du schon das Neuste?«

»Nein, was gibt's?«

»Tamarisk und Gaston Marchmont sind verschwunden. Sie müssen zusammen fortgegangen sein.«

»O nein!« rief sie.

»Das ist schon ein merkwürdiges Zusammentreffen, daß beide zugleich einfach auf und davon sind.«

»Sie können nicht zusammensein!«

»Warum nicht?«

»Er würde nicht ...«

»Er hat auf dem Ball öfter mit ihr getanzt als jeder andere.«

»Weil er mußte, weil der Ball in St. Aubyn's Park stattfand. Er mußte oft mit Tamarisk tanzen.«

»*Ich* glaube, daß sie zusammen sind.«

»Wir werden es wissen, sobald er zurück ist. Er kommt bestimmt wieder.«

»Aber sie sind beide fort. Zusammen!«

»Es muß eine Erklärung geben.«

Sie schaute in den kleinen Bach, der durch die Obstwiese floß. Ihre Miene zeigte äußerste Anspannung, ja Verzagtheit.

Rachel behielt recht. Gaston kehrte zurück. Mit Tamarisk. Tamarisk strahlte. Sie trug einen goldenen Ring an der linken Hand. Das Leben sei wundervoll, erklärte sie. Sie sei nun Mrs. Gaston Marchmont. Sie und Gaston seien nach Gretna Green durchgebrannt, wo man sich ohne Formalitäten trauen lassen konnte, und genau das hätten sie gewollt. Sie hätten nicht warten wollen, bis die notwendigen Vorkehrungen für eine konventionelle Heirat getroffen waren. Sie wollten unverzüglich zusammensein.

In Harper's Green herrschte große Aufregung. Dies war

das dramatischste Ereignis, seit Josiah Dorian sich im Stall erhängt hatte.

»Was hier bei uns nicht alles passiert!« sagte Lily. »Da darf man gespannt sein, was als nächstes kommt.«

Tante Sophie fand das Ganze höchst merkwürdig. »Warum mußten sie durchbrennen? Wenn er der ist, der er zu sein vorgibt, hätte es keinerlei Einwände gegeben. Die Planung einer großen Hochzeit wäre ein wahres Lebenselixier für Mrs. St. Aubyn gewesen, und ich kann mir nicht vorstellen, daß Tamarisk das nicht gewollt hätte. Mir kommt die Sache etwas faul vor, als wollte dieser Herr sich nicht zu sehr in die Karten schauen lassen.«

Gaston Marchmont zog zu seiner frisch Angetrauten nach St. Aubyn's Park, wo sie wohnen wollten, bis er seine Angelegenheiten geregelt haben würde und sie ein eigenes Heim beziehen könnten.

Einen Tag nach ihrer Rückkehr begegnete ich Crispin, der aus Devizes kam. Als er mich sah, hielt er an und saß ab.

»Haben Sie ganz bestimmt nichts von Tamarisks Plänen gewußt?« fragte er.

»Ganz bestimmt nicht.«

»Sie hat auch nichts angedeutet?«

»Natürlich nicht.«

Seine Miene war sehr zornig.

Ich sagte: »Ich denke, sie ist sehr glücklich, nicht? Es war ihr Wunsch.«

Er starrte grimmig vor sich hin. »Sie ist vollkommen ahnungslos. Diese unbedachte Tat könnte ihr Leben zerstören. Sie hat eben erst die Schule beendet.«

Ich war entrüstet. So dachte er wohl auch über mich. Ein Kind, das gerade mit der Schule fertig war.

»Aber sie lieben sich!« sagte ich.

»Liebe!« versetzte er verächtlich.

»Sie mögen es vielleicht nicht glauben, aber es gibt Menschen, die sich verlieben.«

Er sah mich unwillig an. »Wenn sie angedeutet hat, was sie im Schilde führte, hätten Sie mich oder sonst jemanden warnen müssen.«

»Ich sagte Ihnen schon, sie hat nichts angedeutet, und wenn sie es getan hätte, warum hätte ich es Ihnen melden sollen? Sie hätten versucht, es ihnen zu verderben.«

Ich ging sehr aufgebracht fort. Ihm lag nichts an den Gefühlen anderer. Ich hatte schon gedacht, ich sei ihm nicht ganz gleichgültig, aber sein Interesse für mich war wohl nur darin begründet, daß ich bei den Lanes ein und aus ging. Er war immer noch derselbe, den ich einst sagen gehört hatte: »Wer ist dieses häßliche Kind?«

Ich hatte Rachel seit Tamarisks Rückkehr nicht gesehen, und so ging ich eines Nachmittags nach Bell House.

Ich traf sie auf der Obstwiese am Bach, wo ich sie vermutet hatte. Ihre bekümmerte Miene erschreckte mich. Ich setzte mich zu ihr. »Rachel, was fehlt dir?«

»Hast du gehört, daß Tamarisk und Gaston verheiratet sind?«

»Das ganze Dorf spricht darüber.«

»Ich konnte es einfach nicht glauben, Freddie. Als sie zusammen fortgingen ...«

»Da hätten wir es uns eigentlich schon denken können.« Sie schwieg, und ich fuhr fort: »Rachel, warst du in ihn verliebt?« Ich legte meinen Arm um sie, und sie schauderte. In einer plötzlichen Eingebung sprach ich weiter: »Und er ließ dich in dem Glauben, daß ...«

Sie nickte.

»Ich habe ihn nie ernst genommen«, sagte ich. »Er hat mit allen Mädchen so überschwenglich geredet, sogar mit Tante Sophie und Mrs. St. Aubyn. Man hat gleich gemerkt, daß er es nicht ernst meinte.«

»Wir haben es ernst genommen«, sagte Rachel.

»Du meinst ...«

»Er hat mir gesagt, er liebe *mich*, dabei war es in Wirklichkeit Tamarisk.«

»Er hat auf dem Ball viel mit ihr getanzt, und sie haben zusammen soupiert.«

»Ich dachte, das hätte er nur getan, weil…«

»Hast du nicht gemerkt, daß seine Schmeicheleien nichts zu bedeuten hatten?«

»Bei uns war es nicht so, Freddie. Es war etwas Ernstes. Und dann ist er einfach auf und davon und hat Tamarisk geheiratet.«

»Arme Rachel. Du hast es nicht begriffen. Es war nicht ernst zu nehmen.«

»Doch! Doch! Ich weiß es.«

»Aber warum… warum hat er dann Tamarisk geheiratet?«

»Weil sie ist, was sie ist, denke ich. Sie ist reich, nicht wahr? Sie muß reich sein. Sie ist eine St. Aubyn.«

»Wenn das der Grund ist, dann kannst du froh sein, daß du ihn los bist. Er ist nicht wie Daniel. Daniel liebt *dich*, nicht, was du ihm einbringen kannst.«

»Du redest wie eine alte Tante, Freddie. Du verstehst gar nichts.«

»Ich verstehe, daß er dich in dem Glauben ließ, dich zu lieben, und dann hinging und Tamarisk geheiratet hat.«

Sie sagte verzweifelt: »Ja, ja, das hat er getan.«

»Du kannst wirklich froh sein, daß du ihn los bist. Wir sollten lieber Tamarisk bedauern.«

»Ich würde alles darum geben, an ihrer Stelle zu sein.«

»Sei vernünftig. Daniel liebt dich. Du hast ihn gern. Er wird ein guter Ehemann sein, weil er ein guter Mensch ist. Oh, ich weiß, er tanzt nicht gut und ist nicht in der Welt herumgekommen, und er weiß nicht, wie man sich in den höchsten Kreisen richtig benimmt. Das zählt nicht viel. Güte und Treue, darauf kommt es an.«

»Hör auf damit, Freddie. Das klingt wie eine Predigt. Ich kann es nicht ertragen.«

»Schon gut. Aber ich bin froh, daß er dich nicht geheiratet hat. Ich glaube wirklich, Tamarisk hat einen großen Fehler begangen. Das findet Crispin St. Aubyn auch.«

Wir blieben noch lange sitzen und starrten stumm in den Bach.

Mir war sehr bange um Rachel.

Mrs. St. Aubyn war sehr aufgebracht. Heiraten in Gretna Green war ja gut und schön, aber sie bestand auf einer anständigen Trauung in unserer Kirche. Tamarisk und Gaston fügten sich.

Mrs. St. Aubyns Gesundheitszustand hatte sich wundersam gebessert. In ihrem Bestreben, ihre Tochter in die Gesellschaft einzuführen, hatte sie weitere Bälle für Tamarisk geplant, aber Tamarisk war ihr zuvorgekommen, und die Bemühungen hatten sich erübrigt.

Die Hochzeit freilich würde nicht ganz so sein, wie sie es sich gewünscht hätte; sie hätte gern mehr Zeit gehabt. Aber die Trauung sollte so schnell wie möglich vollzogen werden, für den Fall, daß es Leute gäbe, die die schlichte Vermählung, die bereits stattgefunden hatte, nicht für gültig hielten.

In der Kirche wurde das Aufgebot verkündet. Ich war eine der Brautjungfern, Hochwürden Hetherington vollzog die Trauung. Tamarisk trug ein Brautkleid aus Seide und Spitze, das ihre Mutter bei ihrer eigenen Hochzeit getragen hatte. Mrs. St. Aubyn war zwar noch nicht genügend wiederhergestellt, um in die Kirche zu gehen, doch begrüßte sie auf dem anschließenden Empfang die Gäste.

Niemand konnte bezweifeln, daß Tamarisk und Gaston Marchmont rechtmäßig verheiratet waren.

Rachel war nicht in der Kirche gewesen. Sie fühle sich nicht wohl, wurde uns gesagt. Ich war mit ihr sehr viel inniger verbunden als mit Tamarisk, und ich machte mir Sorgen um sie. Ich konnte nicht vergessen, wie sie mit dieser bekümmerten Miene am Bach gesessen hatte. Während des ganzen Empfangs ging sie mir nicht aus dem Sinn.

Tante Sophie und ich waren anschließend nach Hause gegangen, und ich dachte immer noch an Rachel. Ich hatte eine Vorahnung, daß etwas Schreckliches geschehen könnte.

Es dämmerte schon, und ich wußte, ich würde keine Ruhe finden, wenn ich Rachel nicht gesehen hätte. Ich schlich aus dem Haus und rannte den ganzen Weg bis nach Bell House.

Ich mußte am Stall vorbei, und mir blieb vor Schreck fast das Herz stehen. Die Stalltür, die stets fest verschlossen war, stand angelehnt.

Ich blieb stehen und betrachtete sie. Ich empfand großen Abscheu. Die Stätte erfüllte mich mit Grauen. Ich hatte das Gefühl, wenn ich die Tür aufstieße, würde ich Mr. Dorian dort hängen sehen. Die furchteinflößenden Augen würden mich vorwurfsvoll anblicken, als wollten sie sagen: Es ist deine Schuld, daß mir dies widerfuhr.

Das war töricht. Es war nicht meine Schuld gewesen. Crispin hatte mir sehr deutlich gemacht, daß es falsch von mir war, so zu denken.

Als ich zögernd dort stand, kam ein leichter Wind auf und bewegte die Tür. Ich vernahm ein leises Quietschen.

Warum hatte jemand die Tür aufgeschlossen? Warum hatte ich den seltsamen Drang verspürt, nach Bell House zu gehen? Ich hatte das Gefühl, daß Rachel in Gefahr war und mich brauchte.

Ich nahm all meinen Mut zusammen, stieß die Stalltür auf und ging hinein.

»Rachel!« rief ich. Sie saß auf der Erde und hatte einen Strick in der Hand. »Was machst du da?«

Ingrimmig fragte sie zurück: »Was machst *du* hier?«

»Ich mußte dich sehen. Mir war, als hättest du mich gerufen. Dann sah ich, daß die Stalltür offenstand.«

»Geh fort.«

»Nein. Was machst du in diesem grausigen Stall?«

Sie sah auf den Strick in ihrer Hand und antwortete nicht.

»Rachel!«

»Er hat es getan«, sagte sie. »Es schien ihm der einzige Ausweg.«

»Wovon redest du?«

»Freddie, ich will nicht mehr. Ich kann nicht. Es ist zu schrecklich.«

»Was sagst du da?«

»Ich kann es nicht ertragen. Ich stehe das nicht durch, was kommen wird.«

»Du redest Unsinn. Die Menschen müssen alles durchstehen, egal, was kommen wird. Es sind Tamarisk und Gaston Marchmont, nicht? Weil er dich glauben machte, du wärst diejenige, die er liebt. Du hast Glück gehabt, daß du nichts mit ihm zu tun hast. Versuche, es so zu sehen.«

»Du weißt ja nicht, was du sagst.«

»Du darfst nicht mehr daran denken«, fuhr ich fort. »Ich halte es in diesem grausigen Stall nicht aus. Laß uns hinausgehen. Komm mit mir auf die Obstwiese. Dort können wir reden.«

»Es gibt nichts zu sagen. Es wird nichts ändern.«

»Vielleicht können wir uns etwas überlegen.«

Sie schüttelte den Kopf.

»Ich will trotzdem versuchen, mir etwas einfallen zu lassen«, sagte ich. »Aber nicht hier. Ich ertrage diesen Stall nicht. Komm mit mir hinaus.«

Ich nahm ihr den Strick aus der Hand und warf ihn in eine Ecke. Dann ergriff ich ihren Arm. »Hast du den Stallschlüssel?« fragte ich. Sie zog ihn aus ihrer Kleidertasche und gab ihn mir. Ich führte sie zur Tür und warf einen Blick zurück auf die Dachsparren, halb in der Erwartung, Mr. Dorian dort hängen zu sehen, der mich höhnisch angrinste. Ich schloß die Tür, sperrte sie ab und steckte den Schlüssel ein. »So«, sagte ich, »jetzt gehen wir zur Obstwiese und reden miteinander.«

Wir setzten uns auf die Wiese. Rachel zitterte, und ich versuchte, nicht daran zu denken, wie *ihr* Körper leblos an den Dachsparren hängen würde. Ob sie es getan hätte? Sie war in der Stimmung dazu. Ihr war tatsächlich so elend zumute, daß sie nicht mehr leben wollte.

Ich war rechtzeitig gekommen. Ich hatte gewußt, daß ich zu ihr mußte. »Erzähl mir alles«, bat ich.

»Es ist schlimmer, als du denkst. Du glaubst, ich wäre bloß sitzengelassen worden.«

»Hat er gesagt, er würde dich heiraten?«

»Nicht direkt...«

»Hat er es angedeutet?«

Sie nickte. »Ich dachte, wir würden heiraten. Deshalb... es schien alles so natürlich. Ach Freddie, es ist nicht bloß, daß er Tamarisk geheiratet hat. Ich... ich bekomme ein Baby.«

Ich war verblüfft. Entsetzt starrte ich ins Wasser. Ich wagte es nicht, Rachel anzusehen, aus Furcht, sie würde merken, wie erschüttert ich war.

»Was... was wirst du nun tun«, stammelte ich.

»Du hast gesehen, was ich tun wollte. Es schien mir der einzige Ausweg.«

»O nein. Das ist nicht der richtige Weg.«

»Was sonst?«

»Alle möglichen Leute bekommen Kinder.«

»Wenn man verheiratet ist, ist es wunderbar. Aber wenn man ledig ist, ist es schrecklich. Man ist für immer entehrt.«

»Nicht für immer. Manchmal wird am Ende alles gut. Tamarisk weiß nichts davon?«

»Natürlich nicht. Niemand weiß es… nur ich… und jetzt auch noch du.«

»Und… er? Er weiß es nicht?«

»Nein.«

»Er ist verabscheuungswürdig.«

»Es hat keinen Sinn, so zu reden. Das hilft nichts.«

»Da hast du recht. Er ist mit Tamarisk verheiratet. Ach, Rachel, was können wir tun?«

»Ich sehe keinen Ausweg, Freddie. Deshalb…«

»Das darfst du nicht. Alle würden es erfahren.«

»Wenn ich tot bin, ist es mir egal.«

»Es muß einen Ausweg geben.«

»Welchen? Ich weiß keinen.«

»Und wenn du es ihm sagst?«

»Was würde das nutzen?«

»Ach, arme, arme Rachel. Aber uns wird etwas einfallen. Schade, daß es nicht von Daniel ist.«

»Daniel!«

»Daniel ist so ein guter Mensch. Gaston Marchmont ist gefühllos. Ich verstehe nicht, wie man sich in ihn verlieben kann.«

»Er ist sehr charmant, anders als andere Männer.«

Ich hörte kaum noch zu, denn mir war eine Idee gekommen. Ich wollte darüber nachdenken, sie aber vorerst für mich behalten.

»Ich sehe keinen Ausweg«, sagte Rachel. »Freddie, ich kann es nicht ertragen. Wenn ich mir das Gerede vorstelle, den Skandal, wenn ganz Harper's Green darüber spricht.«

Ich bat sie: »Unternimm noch nichts. Sag nichts. Versprichst du mir das? Unternimm nichts, bis ich morgen wiederkomme. Willst du mir das versprechen?«

»Was wirst du tun?«

»Es könnte einen Ausweg geben.«

»Was meinst du?«

»Ich weiß es noch nicht. Ich möchte nur, daß du mir eines

versprichst. Daß du nichts unternimmst, bis du von mir hörst.«

»Wann?«

»Bald. Das verspreche ich dir.«

»Morgen?«

»Ja, morgen. Es ist ein Geheimnis. Bitte unternimm noch nichts. Ich denke, es könnte eine Lösung geben.«

»Du gehst doch nicht zu Gaston?«

»Nein, bestimmt nicht! Ich will ihn nie wiedersehen.«

»Aber Freddie, ich sehe nicht, wie ...«

»Hör zu. Wieso bin ich ausgerechnet vorhin zum Stall gegangen? Weil etwas mich dazu trieb. Es geschah, weil uns etwas Besonderes verbindet. Ich habe eine Ahnung, daß das, was ich vorhabe, gelingen könnte. Bitte tu, was ich dir sage. Vertrau mir, Rachel.«

Sie nickte. »Dann bis morgen.«

Ich ließ sie allein. Während ich von Bell House zum Grindle-Hof lief, spürte ich den Schlüssel.

Ich betete auf dem ganzen Weg: Laß Daniel dasein! Bitte, bitte, lieber Gott, laß ihn dasein.

Mein Gebet wurde erhört. Daniel war der erste, den ich zu Gesicht bekam, als ich bei dem Hof angelangte.

»Ach Daniel!« keuchte ich. »Ich bin so froh, daß ich Sie sehe. Ich muß Sie sprechen. Es ist sehr dringend.«

»Meine liebe Freddie ...«, begann er.

»Es geht um Rachel«, sagte ich. »Ich mache mir große Sorgen um sie. Wo können wir reden?«

Bei der Erwähnung von Rachels Namen machte er ein erschrockenes Gesicht. »Kommen Sie in meine Werkstatt«, sagte er. »Sie ist gleich da drüben.«

Ich ging mit ihm. In der Werkstatt waren zwei Schemel und eine Bank, auf der Werkzeug lag.

»So«, sagte er, »was ist geschehen?«

»Sie wollte sich umbringen.«

»Was?«

»Daniel, ich fürchte, sie wird es tun. Sie ist sehr, sehr unglücklich. Ich weiß, daß Sie sie lieben. Ich liebe sie auch, sie ist meine beste Freundin. Ich könnte es nicht ertragen, wenn ...«

»Und weswegen das alles?«

»Wegen Gaston Marchmont.«

Er erbleichte und ballte die Faust. »Was hat er getan?«

»Er hat Tamarisk geheiratet.«

»Was hat das mit Rachel zu tun?«

»Sie dachte, er würde sie heiraten.«

»Mein Gott«, sagte er leise.

»Ja, er ist ein Schürzenjäger. Er hat Rachel den Hof gemacht, und ...« Ich zögerte. Im stillen betete ich wieder: Bitte, lieber Gott, laß es mich richtig machen. Ich muß es ihm erklären, um Rachels willen. Laß es mich richtig anfangen, und mach, daß er es versteht.

Es ist die einzige Möglichkeit. Wenn er ihr nicht hilft, bringt sie sich um.

Ich nahm abermals meinen Mut zusammen. »Sie ... sie bekommt ein Baby. Ich fand sie in dem Stall, wo Mr. Dorian sich erhängt hat. Etwas hat mich dorthingeführt. Daniel, ich würde alles für Rachel tun. Und ich dachte, auch Sie würden alles für sie tun.«

Er starrte mich ungläubig an. Ich dachte: Er ist erschüttert. Er ist entsetzt. Er liebt sie nicht so, wie ich geglaubt hatte.

»Sie wird nicht damit fertig, Daniel«, sagte ich flehend. »Sie kann nicht allein damit fertig werden.«

»Im Stall«, murmelte er. »Wo der alte Mann ...«

»Das muß sie auf die Idee gebracht haben. Sie wollte es tun, Daniel. Wenn ich nicht hineingegangen wäre ...«

»Rachel«, murmelte er.

»Sie ist so furchtbar unglücklich. Oh, wie ich den Kerl hasse!«

Wir schwiegen lange Zeit. Dann sagte ich: »Wäre er nur

nicht hierhergekommen. Ich dachte, daß Sie sie vielleicht genug lieben. Sie haben sie gebeten, Sie zu heiraten.«

»Sie hat mir einen Korb gegeben. Wegen diesem Kerl.«

»Die Menschen irren sich zuweilen in anderen, Daniel. Wenn Sie sie wirklich lieben... Deswegen bin ich gekommen. Ich dachte, wenn Sie sie wirklich lieben, könnten Sie sie heiraten. Dann wäre alles gut, was das Baby betrifft.«

Ich ging zu weit. Das Gefühl, daß ich in dieser Tragödie eine bedeutende Rolle spielte – daß ich dazu auserkoren sei –, verflüchtigte sich rasch. Ich versuchte, das Leben anderer Menschen zu lenken. Das war eine arrogante Einmischung. Und dabei stand Rachels Leben auf dem Spiel.

Ich sagte: »Sie denken bestimmt, diese Sache ginge mich nichts an. Aber Rachel ist meine Freundin. Ich habe sie sehr gern. Sie darf sich nicht umbringen. Und es gibt einen Ausweg.«

Daniel fand die Sprache wieder. »Sie sind ein guter Mensch«, sagte er. »Sie haben recht daran getan, zu mir zu kommen.«

»O Daniel, wirklich? Dann wollen Sie...? Oh, danke... ich danke Ihnen.«

Er sagte: »Ich gehe zu ihr.«

»Die Zeit drängt. Ich hatte Angst, sie allein zu lassen. Daniel, kommen Sie jetzt gleich mit?«

»Ja«, sagte er, »ich komme mit.«

Er setzte mich vor sich auf sein Pferd, und wir ritten nach Bell House. Als wir dort ankamen und absaßen, sagte er: »Gehen Sie nach Hause, Freddie. Ich gehe zu Rachel. Ich komme bei Ihnen vorbei, bevor ich zum Hof zurückreite.«

»O danke, Daniel, danke.«

Meine Lippen zitterten. Ich betete im stillen, daß er tun möge, was ich mir wünschte. Er sah mich einige Sekunden an, und ich merkte, daß er sehr bewegt war. Dann küßte er mich sanft auf die Stirn und wiederholte: »Sie sind ein guter Mensch.«

Er wendete sein Pferd, und ich ging nach Hause und geradewegs in mein Zimmer. Ich sprach mit niemandem über das, was geschehen war, nicht einmal mit Tante Sophie.

Einen Monat später heirateten Rachel und Daniel. Es war eine stille Hochzeit. Sie hatten gerade nur die Zeit abgewartet, die erforderlich war, um das Aufgebot in der Kirche zu verkünden. Ich wußte genau, daß die Leute bald die Köpfe zusammenstecken und flüstern würden, der Grund für die hastige Heirat sei ja nun klar.

Daniel war froh, und ich war zufrieden. Ich war sehr stolz auf mich, weil mir diese Lösung eingefallen, und überglücklich, weil sie verwirklicht worden war. Unterdessen war ich erwachsen und klug genug, um zu erkennen, daß Daniel ein außergewöhnlicher Mensch war. Ich war Zeugin eines Beispiels von selbstloser Liebe geworden und dachte, welch ein Glück es für Rachel sei, Gegenstand dieser Liebe zu sein.

Ich sagte das zu Rachel, und sie pflichtete mir bei. Sie werde nie vergessen, was Daniel für sie getan habe, ohne den geringsten Vorwurf verlauten zu lassen. Sie wolle es ihr Leben lang wiedergutmachen.

Und Tamarisk? Wie würde ihr Leben verlaufen? Sie wohnte weiterhin mit Gaston in St. Aubyn's Park. Gaston widmete sich ausgiebig Mrs. St. Aubyn, die ihn in ihr Herz geschlossen hatte. Das Verhältnis zwischen ihm und Crispin war eher kühl. Ich vermutete, daß Crispin von Natur aus mißtrauisch wäre und sich fragte, weshalb Gaston eine so überstürzte Heirat gewünscht hatte. Was hätte er wohl gesagt, wenn er gewußt hätte, daß das Baby, das Rachel erwartete, von Gaston war?

Rachel hatte wahrlich unter ungewöhnlichen Umständen geheiratet, aber wie stand es um Tamarisk? Im Augenblick mochte sie zufrieden sein, doch wie würde sich ihr Leben mit einem Menschen wie Gaston gestalten? Wie hatten wir auf dem Ball von der Einführung in die Gesellschaft geträumt, von Verehrern und einer glücklichen Ehe bis ans Lebensende. Wie oft wurden solche Träume Wirklichkeit?

Rachel würde durch ihr Baby bleibende Erinnerungen haben. Und Daniel würde sich trotz aller Güte nach der Geburt des Kindes bestimmt manchmal vorstellen, wie Rachel und Gaston zusammengewesen waren.

Tamarisk aber mußte ihr Leben mit einem Mann teilen, der ihr ewige Liebe schwor und sich dennoch mit einer anderen verlustierte.

Crispin behandelte Gaston dermaßen kühl, daß ich mich schon fragte, ob er etwas entdeckt hätte. Ich konnte mir vorstellen, daß Gaston zu jeder Art von Betrug fähig wäre. Besaß er wirklich ausgedehnte Ländereien in Frankreich und Schottland? Hatte er sich Tamarisk mitsamt ihrem Vermögen sichern wollen, weil er nicht der war, der er zu sein vorgab? Das schien mir durchaus plausibel.

Ich ging zu Tamarisk. Sie hatte sich ein wenig verändert, wirkte erfahrener. Sie lachte viel, aber ich hielt es für möglich, daß es teilweise gekünstelt war. Sie behauptete, das Leben sei wunderbar. Aber betonte sie dies nicht etwas zu heftig?

Ich fragte sie, ob sie mit Gaston in St. Aubyn's Park wohnen bleiben würde.

»O nein«, erwiderte sie. »Wir überlegen noch, wohin wir ziehen wollen. Bis dahin genügt St. Aubyn's Park vollauf.«

»Das will ich meinen!« gab ich zurück. »Ihr zieht doch nicht ins Ausland, oder? Auf die Güter nach Frankreich?«

»Oh, hast du es noch nicht gehört? Gaston hat sie verkauft. Aber wir kaufen dort vielleicht ein anderes.«

»Und Schottland?«

»Die dortigen Güter werden gerade verkauft. Vorerst bleiben wir hier. Meine Mutter ist froh darüber. Sie betet Gaston an.«

»Und Crispin?«

»Ach, du kennst ihn doch. Ihm liegt nichts am Herzen außer dem Gut.«

War sie glücklich, oder war da ein Anflug von Unbehagen, das sie zu verbergen trachtete?

Ich selbst befand mich in einem Zustand der Ungewißheit. Tante Sophie hatte gedacht, es würden weitere Bälle in St. Aubyn's Park veranstaltet werden, zu denen passable junge Männer eingeladen würden. Tamarisks Vermählung hatte dem ein Ende bereitet.

Miß Hetherington redete mir zu, ich müsse »meinen Beitrag leisten« zum Wohle von Harper's Green. Das bedeutete, daß ich dem Nähkränzchen beitreten und Kleidung für die Armen und Nackten im fernen Afrika nähen mußte. Ich mußte helfen, den Basar und das alljährliche Sommerfest zu gestalten. Ich mußte mich der Jury für den Kuchenwettbewerb anschließen und einen Kursus für das Arrangieren von Blumen besuchen.

Tante Sophie war zunächst amüsiert, dann wurde sie etwas nachdenklich. Diese Tätigkeiten entsprachen nicht dem, was sie sich für mich vorgestellt hatte.

Ich sagte: »Irgend etwas muß ich tun. Ich meine, mir eine Arbeit suchen. Ich beute dich ja aus.«

»Ausbeuten! Hat man je so einen Unsinn gehört!«

»Du bist bestimmt nicht mehr so gut gestellt wie damals, bevor ich zu dir kam. Ich muß dir eine Last sein.«

»Hör auf damit, du bist ein Gewinn.«

»Und du bist ein Schatz«, erwiderte ich. »Trotzdem, ich möchte etwas tun. Am liebsten ein bißchen Geld verdienen. Du hast mir so viel gegeben.«

»Du mir auch. Aber ich verstehe, was du meinst. Du willst nicht verdummen, willst nicht ein Opfer des Dorflebens und am Ende eine zweite Maud Hetherington werden.«

»Ich habe überlegt, was ich tun könnte. Vielleicht nehme ich eine Stellung als Gouvernante oder Gesellschafterin an.«

Tante Sophie machte ein bestürztes Gesicht. »Zugegeben, einer bürgerlichen jungen Dame bleibt kaum eine andere Wahl. Aber ich kann mir dich nicht als Gouvernante eines widerspenstigen Kindes oder als Gesellschafterin einer reizbaren alten Dame vorstellen.«

»Es könnte eine Zeitlang ganz interessant sein. Ich bin schließlich nicht unbedingt darauf angewiesen; wenn es mir nicht gefällt, kann ich aufhören. Ich habe ein bißchen eigenes Geld.«

»Schlag dir das aus dem Kopf. Du würdest mir arg fehlen. Es wird sich schon eine Lösung finden.«

Der Termin für die Geburt von Rachels Baby rückte näher. Ich ging sie besuchen.

Sie sagte: »Es ist unmöglich, sich nicht auf das Baby zu freuen. Ich liebe das Kind von ganzem Herzen, Freddie. Eigenartig, wenn man bedenkt…«

»Das ist überhaupt nicht eigenartig. Es ist ganz natürlich. Es ist dein Kind, und wenn es geboren ist, wird es Daniels sein. Nur wir drei kennen die Wahrheit, und wir werden sie nicht verraten.«

»Ein Geheimnis«, sagte sie, »das ihr nie verraten sollt.«

Sogleich war ich mit meinen Gedanken in der Kinderstube der Lanes und bei den sieben Vögeln auf dem Bild.

»Der alte Kinderreim«, sagte ich.

»Ja«, sagte Rachel, »ich wollte immer wissen, was es mit diesem Geheimnis auf sich hat. Was meinst du, was der Dichter im Sinn hatte?«

»Geheimnisse im allgemeinen, nehme ich an.«

Sie nickte nachdenklich.

Das erinnerte mich daran, daß ich Flora bald wieder einmal besuchen müßte. Arme Flora. Das Vergehen der Zeit bedeutete ihr nichts. Sie lebte ständig in der Vergangenheit.

Rachel sagte: »Ich bemühe mich, das alles hinter mir zu lassen. Es war töricht von mir, Gaston zu glauben. Jetzt sehe ich es ganz deutlich. Ich glaube, er hat Tamarisk ihres Geldes wegen geheiratet.«

»Arme Tamarisk«, sagte ich.

»Ja. Jetzt kann ich sie bedauern.«

»Und du, Rachel, hast einen Mann, der dich aufrichtig liebt.«

Sie nickte. Ich wußte, daß sie nicht vollkommen glücklich war, aber sie hatte einen weiten Weg zurückgelegt, seit ich sie mit dem Strick in der Hand im Stall gefunden hatte.

Kurze Zeit später ging ich wieder zu Tamarisk. Sie trug ein Nachmittagskleid aus lavendelblauer Seide und Spitze, in dem sie sehr schön aussah.

»Was führt dich hierher, Freddie?«

»Ich komme gerade vom Nähkränzchen.«

Sie verzog das Gesicht. »Wie aufregend!« sagte sie spöttisch. »Du Ärmste! Ich nehme an, daß Maud Hetherington dich recht stark herannimmt.«

»Sie ist eine strenge Lehrmeisterin.«

»Wie lange gedenkst du, dich von ihr herumkommandieren zu lassen?«

»Nicht mehr lange. Ich denke daran, eine Stellung anzunehmen.«

»Was für eine Stellung?«

»Ich habe mich noch nicht entschieden. Was macht eine junge Dame mit Bildung und schmalem Geldbeutel? Du weißt es nicht? Ich will es dir sagen. Sie wird entweder Gouvernante oder Gesellschafterin. Es ist ein sehr bescheidener Posten, aber leider der einzig annehmbare.«

»Ach, hör auf!« rief Tamarisk. »Sieh mal! Da kommt Crispin.«

Er trat ins Zimmer und sagte zu mir: »Guten Tag. Ich habe Sie kommen sehen und dachte mir, daß Sie Tamarisk besuchen.«

»Freddie hat mir soeben eröffnet, daß sie daran denkt,

Gouvernante oder Gesellschafterin zu werden«, sagte Tamarisk.

»Anderer Leute Kinder hüten oder eine alte Frau bedienen?«

»Kinder unterrichten könnte lohnend sein«, erklärte ich.

»Für die Kinder vielleicht, die von Ihrem Unterricht profitieren. Aber für Sie? Wenn eine Gouvernante nicht mehr gebraucht wird, wird sie entlassen.«

»Das trifft doch wohl auf jede Art von Beschäftigung zu, nicht?«

»Die Zeit, in der eine Gouvernante von Nutzen ist, ist zwangsläufig begrenzt. Ich würde nicht zu einem solchen Beruf raten.«

»Die Auswahl ist nicht groß. Sie beschränkt sich auf zwei Möglichkeiten – Gouvernante oder Gesellschafterin.«

»Das zweite könnte schlimmer sein als das erste. Die Leute, die eine Gesellschafterin brauchen, sind meistens nörgelig und anspruchsvoll.

»Vielleicht gibt es ja auch ein paar nette.«

»Das wäre nichts für mich, wenn ich eine junge Frau auf der Suche nach einer Stellung wäre.«

»Aber das sind Sie ja nicht.«

Tamarisk lachte. Crispin zuckte die Achseln, und wir sprachen über andere Dinge.

Kurz darauf ging er, und ich kehrte nach The Rowans zurück.

Ich setzte mich an mein Fenster und blickte nach Barrow Wood hinüber.

Tante Sophie trank im Salon Tee, als ich zu ihr hereinkam. Ich hatte in der Kirche geholfen, den Blumenschmuck zu arrangieren, unter Anleitung von Mildred Clavier, die französische Vorfahren hatte und daher für ihren guten Geschmack bekannt war.

Ich war müde – nicht so sehr aus körperlicher Erschöpfung, sondern aus einem Gefühl der Nutzlosigkeit. Ich fragte mich wohl zwanzigmal am Tag, was aus mir werden sollte.

Zu meiner Verwunderung war Crispin bei Tante Sophie. Sie sah recht vergnügt drein. »Ah, da kommt Frederica«, sagte sie. »Mr. St. Aubyn hat sich mit mir unterhalten. Er hat eine Idee.«

»Verzeih, daß ich störe«, sagte ich. »Ich wußte nicht, daß du Besuch hast.«

»Es geht um dich. Komm, setz dich. Du möchtest bestimmt eine Tasse Tee.«

Sie schenkte mir eine Tasse ein und reichte sie mir. Dann lächelte sie Crispin an.

»Ich habe da eine Idee«, sagte er, »die interessant sein könnte. Sie haben vielleicht schon von den Merrets gehört. Mr. Merret war einer der beiden Gehilfen des Gutsverwalters. Mrs. Merret war ihm bei seiner Arbeit eine große Stütze. Sie gehen Ende nächster Woche nach Australien. Sein Bruder hat dort eine Farm und hat ihnen zugeredet, zu ihm zu kommen. Und nun haben sie sich dazu entschlossen.«

»Ja, ich habe davon gehört«, sagte ich.

»Mr. Merret hat seine Sache sehr gut gemacht. Für ihn haben wir schon einen Nachfolger, das ist nicht der springende Punkt. Aber Mrs. Merret war ihm und auch uns eine große Hilfe.«

»Das sind Ehefrauen oft«, bemerkte Tante Sophie, »aber sie finden selten Anerkennung, bis sie auf einmal nicht mehr da sind.«

Crispin lächelte etwas unwillig. »Ja, so könnte man sagen. Merret war ausgezeichnet, aber Mrs. Merret hatte ihre eigene Art. Sie lieferte sozusagen die weibliche Note. Merret konnte zuweilen ein wenig schroff sein. Er machte wenig Worte, aber wenn er sprach, sagte er unverblümt seine Meinung, wohingegen Mrs. Merret mit den Leuten umzugehen wußte. Sie wußte auch, was mit den Häuschen der Pächter zu tun war, den elisabethanischen Cottages am

Rande des Besitzes. Sie sorgte dafür, daß sie nichts von ihrem Charakter verloren, während Merret vielleicht etwas hätte richten lassen, was nicht zu ihrem Stil gepaßt hätte, wenn er es zu einem geringeren Preis bekommen konnte. Sie bewirkte, daß die Pächter stolz auf ihre Häuschen waren. Verstehen Sie, was ich meine?«

Tante Sophie saß zurückgelehnt und blickte leicht selbstgefällig drein, während ich gespannt wartete, worauf das Ganze hinauslaufen würde.

»Es ist nämlich so«, fuhr Crispin fort, »als ich hörte, daß Sie Gouvernante oder Gesellschafterin werden wollen, da dachte ich, diese Arbeit würde Ihnen besser zusagen.«

»Zusagen? Was meinen Sie?«

»Ich dachte, es könnte Ihnen gefallen, Mrs. Merrets Arbeit zu übernehmen. Sie müßten sich etwas über den Besitz informieren, vor allem aber über die Menschen, und sie taktvoll behandeln. James Perrin übernimmt Merrets Arbeit, und Sie würden mit ihm zusammenarbeiten. Nun, was halten Sie davon?«

»Ich bin erstaunt. Ich weiß nicht recht, was von mir erwartet wird und ob ich überhaupt dazu imstande sein werde.«

»Alte Häuser haben dich schon immer interessiert«, sagte Tante Sophie. »Und du bist stets gut mit den Leuten ausgekommen.«

»Sie könnten es versuchen«, meinte Crispin. »Wenn es Ihnen nicht zusagt, können Sie aufhören. Sie können sich mit Tom Masson über Ihr Gehalt einigen. Er ist für diese Dinge zuständig. Wollen Sie es nicht auf einen Versuch ankommen lassen? Ich denke, es könnte Ihnen besser gefallen als der Umgang mit anstrengenden Kindern oder nörgelnden alten Damen.«

»Ich muß zuerst mehr darüber wissen«, sagte ich. »Ich weiß nicht, ob ich mich für diese Arbeit eigne.«

»Das wird sich bald zeigen. Ich denke mir, daß Sie es interessant finden werden. Einige Gutsgebäude stammen aus sehr alter Zeit. Wir müssen sie so gestalten, daß es sich bequem darin leben läßt, ohne daß dabei ihre typischen Merkmale zerstört werden. Neuerdings wissen die Leute, diese alten Gemäuer zu schätzen. Sie sind solide. Damals verstand man noch zu bauen. Die Häuser haben all die Jahre überdauert.«

»Ich kann mir nicht vorstellen, was ich zu tun habe.«

»Das ist ganz einfach. Sie werden die Leute kennenlernen. Sie machen bei ihnen die Runde, und sie werden über ihre Unterkünfte sprechen. Sie hören teilnahmsvoll zu. Wir müssen die Häuser in gutem Zustand erhalten. Die Leute bitten um alles mögliche. Sie werden ihnen erklären, weshalb dieses oder jenes nicht zu machen ist. Jedenfalls können Sie nicht wissen, ob es Ihnen zusagt, solange Sie es nicht ausprobiert haben, nicht wahr?«

»Ich finde, es klingt sehr interessant«, meinte Tante Sophie.

»Wann soll ich anfangen?« fragte ich.

»Je eher, desto besser. Ich würde vorschlagen, daß Sie mit Tom Masson und James Perrin sprechen. Sie werden Ihnen alles Nähere erklären.«

»Danke«, sagte ich. »Es war sehr liebenswürdig von Ihnen, an mich zu denken.«

»Selbstverständlich dachte ich an Sie«, sagte er. »Wir brauchen einen Ersatz für Mrs. Merret.«

Als er ging, lehnten wir uns zurück und lauschten dem Getrappel seines Pferdes, bis es verhallte. Tante Sophie lachte. »Na!« sagte sie. »Wie findest du das?«

»Ich kann es kaum glauben.«

»Hört sich nach einer angenehmen Stellung an.«

»Es ist erstaunlich. Woher sollte ich etwas von Landbesitz verstehen?«

»Das kannst du dir doch aneignen, nicht? Mr. St. Aubyn ist ein rätselhafter Mensch.«

»Inwiefern?«

»Man weiß nie recht, woran man mit ihm ist. Ich denke mir, bei fast allem, was er tut, steckt etwas dahinter.«

»Und was steckt hinter diesem Vorschlag?«

Sie sah mich mit wissender Miene an. »Meiner Meinung nach ist er an dir interessiert. Der Gedanke, daß du fortgehst, behagt ihm nicht. Das Gerede, daß du eventuell Gouvernante werden wolltest, hat ihn auf diese Idee gebracht.«

»Du meinst, er richtet diese Stellung nur ein, um mich hierzubehalten? Ist das nicht ein bißchen weit hergeholt?«

»Er muß seine Gründe haben. Ich bin überzeugt, daß er das Gefühl hat, auf dich aufpassen zu müssen. Es hängt mit der Vergangenheit zusammen.«

»Du meinst, mit Barrow Wood?«

»Das wird niemand von uns je vergessen, auch er nicht. Sagen wir, dessentwegen, was damals geschah, hat er ein besonderes Interesse an dir, und er findet, daß es dir nicht guttut, fortzugehen und dich auf eine riskante Sache einzulassen.«

»Riskant! Ein Posten als Gouvernante!«

»Er sieht es aber so. Er hat dich gerettet. So etwas macht die Menschen anhänglich.«

»Es läßt sich schwer vorstellen, daß er an etwas anderem hängt als an dem Gut.«

»Er denkt auch jetzt an das Gut. Die wertvollen elisabethanischen Häuschen und all das.«

Nachdenklich schwiegen wir eine Weile. Dann meinte ich: »Ich muß sagen, ich finde das Ganze recht interessant.«

»Ich auch«, sagte Tante Sophie.

Am nächsten Tag begab ich mich in das Gutskontor von St. Aubyn's Park, um mit Tom Masson zu sprechen. Er war ein großer Mann im mittleren Alter von recht forschem Auftreten.

»Mr. St. Aubyn hat mir Ihr Kommen schon angekündigt«, sagte er. »Sie werden als eine Art Assistentin von James Perrin arbeiten. Mrs. Merret wird gleich hier sein. Sie kann Sie am besten in Ihre Aufgaben einführen.«

»Das ist mir sehr recht«, sagte ich. »Im Augenblick ist mir noch nicht richtig klar, was von mir erwartet wird.«

»Ich glaube, Sie werden es nicht allzu strapaziös finden. Wir haben immer festgestellt, daß alles glatter ging, wenn Mrs. Merret da war. Sie sprechen am besten direkt mit ihr. In der Zwischenzeit wollen wir andere Einzelheiten regeln.«

Er klärte mich über die Gutsgepflogenheiten auf. Es gebe keine festgesetzten Arbeitszeiten. Es könne zu jeder Tageszeit geschehen, daß jemand mich sprechen wolle, und man erwarte von mir, daß ich für Notfälle erreichbar sei. Man werde mir ein Reitpferd und wenn nötig ein Pony und einen Kutschwagen zur Verfügung stellen. Wir sprachen über meine Entlohnung, und er erkundigte sich, ob ich noch Fragen hätte. Ich verneinte, obwohl ich das Gefühl hatte, daß es noch vieles zu wissen gäbe.

Dann kam Mrs. Merret. »Ah, guten Tag, Miß Hammond«, sagte sie. »Wie ich höre, werden Sie meine Nachfolgerin.«

»Ja. Ich möchte nur zu gern wissen, was man von mir erwartet.«

Mrs. Merret hatte ein sehr sympathisches Gesicht und ein ungezwungenes Auftreten. Ich sah gleich, wieso sie bei den Leuten beliebt war.

Sie sagte: »Es fing damit an, daß ich meinem Mann zur Hand ging und feststellte, daß es bei den Pächtern an diesem und jenem fehlte. Wir müssen dafür sorgen, daß sie ihre Häuschen in Ordnung halten. Da manche meinen, ihr Häuschen gehöre ihnen nur so lange, wie sie hier arbeiten, gehen sie sorglos damit um. Sie müssen dafür sorgen, daß sie melden, wenn etwas schadhaft ist, damit es gerichtet werden kann, bevor es irreparabel ist. Sie werden auch Beschwerden und Kritteleien zu hören bekommen. Die müssen Sie natürlich abwägen. Sie müssen die Leute kennenlernen, um zu unterscheiden, wer wirklichen Kummer hat und wer gewohnheitsmäßig klagt und murrt. Ich habe mich immer bemüht, die Leute zufriedenzustellen. Ich habe ihnen beigebracht, stolz auf ihre Häuschen zu sein. Das hat viel für sich. Zu meinen Aufgaben gehörte es auch, dafür zu sorgen, daß sie zu Weihnachten Geschenkkörbe mit Sachen bekamen, die sie wirklich brauchten. Einige von den Leuten sind stolz. Aber es gibt auch Nassauer. Man möchte natürlich, daß die ehrbaren, die zu stolz sind, darum zu bitten, trotzdem erhalten, was sie sich wünschen. Bekommen Sie langsam eine Vorstellung?«

»O ja.«

»Sie werden die Leute mit der Zeit kennenlernen. Uns liegt daran, alle auf dem Gut zufriedenzustellen. Das ist die beste Gewähr, daß alles gut funktioniert. Ich überlasse Ihnen meine Notizbücher. Sie enthalten kurze Aufzeichnungen über die Leute.«

»Vielen Dank.«

»Sie werden reichlich zu tun haben. Mr. Perrin wird Ihnen eine Menge Aufgaben übertragen. Er kann eine Assistentin wirklich gut gebrauchen. Sie werden vollauf beschäftigt sein.«

»Mir scheint es recht ungewöhnlich.«

»Eine Frau zu beschäftigen, meinen Sie? Die Männer sind zuweilen der Ansicht, wir seien zu solcher Arbeit nicht imstande. Mr. St. Aubyn denkt da anders. Er sagte, ich verstünde die Menschen, und das hätte etwas mit weiblicher Einfühlungsgabe zu tun. Ich bin sicher, daß Sie sehr tüchtig sein werden.«

Sie händigte mir die Notizbücher aus. Ich blätterte sie durch und entdeckte einen kurzen Eintrag über das Maulbeercottage. »Das ist das Häuschen der Lanes«, sagte ich.

»Die arme Flora. Ich hatte nicht viel mit den beiden zu tun. Mr. Crispin kümmert sich persönlich um sie. Er will es so.«

»Er sorgt sehr gut für sie.«

»Es ist eine traurige Geschichte.«

»Sie kennen die zwei gewiß schon sehr lange.«

»Seit ich geheiratet habe und hierhergezogen bin.«

»Dann haben Sie Flora nur in ihrem jetzigen Zustand gekannt?«

»O ja. Sie ist so geworden, als Mr. Crispin noch ein Baby war.«

»Ich frage mich oft, ob man nicht etwas für Flora tun könnte.«

»Was meinen Sie?«

»Ich meine, ob man ihr nicht klarmachen könnte, daß die Puppe, die sie hütet wie einen Schatz, kein Baby ist.«

»Ich weiß nicht. Ihre Schwester hätte es gewiß getan, wenn sie es für sinnvoll gehalten hätte. Sie kümmert sich rührend um sie.« Ich fragte Mrs. Merret, wie ihr zumute sei, da sie nun fortgehe.

»Ich gehe mit gemischten Gefühlen. Mein Mann kann es kaum erwarten. Er glaubt, daß sich drüben große Möglichkeiten auftun. Sein Bruder ist ausgewandert und hat jetzt einen florierenden Besitz. Land ist billig zu haben, und es heißt, wer fleißig arbeite, könne es zu etwas bringen.«

»Es ist gewiß eine große Herausforderung«, sagte ich.

Sie stimmte mir zu.

Dann kam Mr. Perrin, und wir hatten eine lange Unterredung. Er war jung, ich schätzte ihn auf Anfang Zwanzig. Er hatte ein gewinnendes Lächeln, und ich wußte auf Anhieb, daß ich wegen unserer Zusammenarbeit keine Bedenken zu haben brauchte.

Er sagte: »Sie können bei den Abrechnungen behilflich sein. Allerdings fallen bei uns nicht viele Rechnungen an, nur hin und wieder, aber Rechnen ist nicht meine Stärke. Und es sind Briefe zu schreiben.«

»Ich habe leider nicht viel Erfahrung.«

»Wir werden es schon schaffen, davon bin ich überzeugt.«

Als ich nach Hause kam, war Tante Sophie begierig, alles zu erfahren. Ich erklärte ihr, daß es offenbar wirklich viel zu tun gebe und daß ihre Idee, Crispin wolle mich unbedingt hierbehalten, nur eine Ausgeburt ihrer Phantasie gewesen sei.

»Es ist keine Pfründe«, sagte ich bestimmt. »Ich glaube, ich werde sehr viel zu tun haben.«

»Nun, mir soll's recht sein«, erwiderte sie. »Ich hätte gewiß nicht gewünscht, daß du fortgegangen wärst. Und ich finde, Gouvernante wäre wirklich nicht das Richtige für dich gewesen.«

Danielle

Nun arbeitete ich also auf dem Gut der St. Aubyns. Am ersten Morgen stand mir James Perrin hilfreich zur Seite. Er gab mir einige Papiere zu lesen, ich warf einen Blick in die Rechnungsbücher und schrieb unter seiner Anleitung ein paar Briefe. Er zeigte mir eine Karte des Gutes, das größer war, als ich angenommen hatte.

»Sie reiten am besten gleich zu den Pächter-Cottages«, schlug er vor. »Das sind die Reihenhäuschen aus der Tudorzeit an der Grenze des Grundstücks. Sagen Sie den Leuten, daß Sie Mrs. Merret ablösen. Sie war bei ihnen sehr beliebt; sie war von mitfühlender Natur, und ich sehe schon, daß Sie ihr darin gleichen. Bestimmt hat Mr. St. Aubyn Sie deshalb für den Posten ausgesucht. Ich sag' Ihnen was, ich komme mit Ihnen und stelle Sie vor.« Ich hielt das für eine ausgezeichnete Idee. »Was für ein Pferd möchten Sie?« fragte er, als wir zum Stall gingen.

»Kein allzu temperamentvolles. Ich bin nur ein einziges Mal geritten, seit ich nach Harper's Green kam. Das ist jetzt gut fünf Jahre her.«

»Ah, ich verstehe. Wir werden schon das richtige Pferd für Sie finden. Es wird sich bald an Sie gewöhnen. Ich rede mit Dick oder Charlie. Die kennen sich aus, darauf können Sie sich verlassen.«

Gesagt, getan, und alsbald ritten wir über das Gut. Er zeigte mir mehrere Örtlichkeiten, über die ich, wie er meinte, Bescheid wissen müsse. »Auf einem Gut wie diesem gibt es viel zu tun«, sagte er. »Ich bin noch nicht lange hier, aber ich habe schon gemerkt, daß Mr. St. Aubyn es sehr gut in Schuß hält. Unter seinem Vater soll es ja ziemlich vernachlässigt gewesen sein.«

»Ja, das habe ich auch gehört.«

»Ein Glück für das Gut, daß Mr. Crispin nicht nach seinem Vater geraten ist. Die meisten Häuser auf dem Anwesen sind Eigentum der St. Aubyns. Aber Mr. St. Aubyns Vater hat einige Pachthöfe verkauft. Darunter einen an die Grindles. Und Archie Grindle hat einen einträglichen Hof daraus gemacht. Jetzt kommen wir zu den Tudorhäuschen, mit denen wir uns heute vormittag befassen wollen.«

Die Cottages sahen wunderschön aus im Sonnenschein, mit den alten roten Ziegelsteinen, Gitterfenstern und überkragenden Giebeln. Es waren sechs Häuschen, ein jedes von etwas Grund umgeben. Ich hatte sie oft gesehen. Man nannte sie schlicht die »Alten Cottages«.

»Die sind schön«, sagte ich.

»O ja, aber manche Leute beschweren sich, daß zuwenig Licht hineinkommt.«

»Man kann die Fenster aber unmöglich auswechseln.«

»Das wäre ein Vergehen, finden Sie nicht auch?«

»Allerdings. Sicher wäre es angenehm, mehr Licht zu haben, aber in solchen Häusern muß man das Unangenehme um der Schönheit willen in Kauf nehmen.«

»Sie werden die Pächter bald kennenlernen. Außerdem wohnen hier noch die alten, treuen Bediensteten, die Wohnrecht bis an ihr Lebensende genießen. Mr. St. Aubyn legt Wert auf eine zufriedene Gemeinschaft. Er sagt, nur so kann man die Leute anregen, ordentlich zu arbeiten. Als erstes gehen wir zu Mrs. Penn. Die Ärmste ist seit längerem bettlägerig. Ihr Mann hat auf dem Gut gearbeitet, und sie ist Köchin im Haus gewesen. Sie freut sich über jeden Besuch. Die Tür ist fast den ganzen Tag unverschlossen, und ihre Schwiegertochter bringt ihr mittags eine warme Mahlzeit vorbei. Sie ist ein bißchen weinerlich, aber wer wäre das nicht in ihrem Zustand?«

Er drückte die Türklinke herunter und rief: »Mrs. Penn! Ich bin's, James Perrin. Ich habe Miß Hammond mitgebracht. Dürfen wir hereinkommen?«

»Sie sind ja schon so gut wie drinnen«, sagte eine hohe Stimme.

Er grinste. »Na schön, aber sagen Sie trotzdem, daß Sie sich freuen, uns zu sehn.«

»Treten Sie näher«, sagte sie, »und schließen Sie die Tür.«

Das Bett stand am Fenster, so daß sie hinaussehen konnte. Sie war alt und runzlig; das weiße Haar war zu zwei Zöpfen gefochten. Sie saß aufrecht, von Kissen gestützt.

»Soso, Mrs. Merret hat sich nach Australien aufgemacht«, sagte sie. »Ins ferne Ausland. Früher hat es mal Botany Bay geheißen. Man hat die Gefangenen dorthin geschickt.«

»Das ist lange her, Mrs. Penn«, sagte James Perrin heiter. »Heute ist es dort ganz anders. Sehr zivilisiert. Schließlich sind *wir* einst in Höhlen herumgelaufen... kaum anders als Affen.«

»Was Sie nicht sagen«, erwiderte sie, dann sah sie mich an. »Ich hatte Mrs. Merret gern«, fügte sie hinzu. »Sie hat zugehört, wenn man was zu sagen hatte.«

»Ich verspreche, daß ich auch zuhören werde«, sagte ich.

»Ein Jammer, daß sie fort ist.«

»Ich bin an ihrer Stelle hier. Von jetzt an werde ich Sie besuchen kommen.«

James hatte zwei Stühle herbeigeholt, und wir setzten uns.

»Sie dürfen Ihre kleinen Kümmernisse jetzt Miß Hammond anvertrauen«, sagte er.

»Schön«, erklärte Mrs. Penn, »dann bestellen Sie Mrs. Potter, daß ich keinen Mohnkuchen mag. Ich mag lekkere Marmeladenbrote, aber keine Marmelade mit Kernen drin, die bleiben immer zwischen den Zähnen stekken.«

Ich trug dies in ein Notizbuch ein, das ich eigens zu diesem Zweck mitgebracht hatte.

»Was gibt es Neues, Mrs. Penn?« fragte James. Dann wandte er sich an mich: »Mrs. Penn ist stets genau über alles im Bilde. Die Leute kommen hier herein und erzählen es ihr, nicht wahr, Mrs. Penn?«

»Sehr richtig. Ich will wissen, was vorgeht. Samstag hat's hier Ärger gegeben. Diese Sheila ...«

»Sheila?« Wieder wandte sich James mit einer Erklärung an mich. »Das ist Sheila Gentry. Sie wohnt im letzten Cottage, am Ende der Reihe. Mrs. Gentry ist vor ein paar Monaten gestorben, und Mr. Gentry hat es noch nicht verwunden.«

»Und dazu hat er großen Kummer mit Sheila«, erklärte Mrs. Penn. »Und das mit gutem Grund. Ein flatterhaftes Ding ist sie. Und noch keine Fünfzehn. Er wird eines Tages viel Ärger mit ihr bekommen – und dieser Tag ist nicht mehr fern.«

»Der arme Harry Gentry«, sagte James. »Er ist Stallbursche. Die Unterkünfte über den Stallungen sind zur Zeit alle belegt, deshalb wohnt er in einem der Häuschen. Wir werden bei ihm hereinschauen, aber erst später; im Augenblick dürfte er nicht zu Hause sein. So, Mrs. Penn, jetzt haben Sie unsere junge Dame kennengelernt.«

»Sie ist arg jung«, sagte Mrs. Penn, als sei ich nicht anwesend.

»Ihre Jugend wird ihrer Tüchtigkeit keinen Abbruch tun, Mrs. Penn.«

Mrs. Penn brummte: »Na schön. Denken Sie daran, meine Liebe, ich habe bald Geburtstag, und man wird mir vom Gutshaus wie immer einen Kuchen schicken. Sagen Sie ihnen, kein Mohn. Marmeladenbrote, und zwar Marmelade ohne Kerne!«

»Ich werde daran denken«, versprach ich. Die Tür ging auf, und eine Frau schaute herein.

»Guten Tag, Mrs. Grace«, sagte James. »Wie geht's?«

»Danke, gut, Sir. Ich möchte nicht stören.«

»Wir wollten sowieso gerade gehen. Wir haben noch viel zu tun.«

Mrs. Grace kam herein und wurde mir als »die Frau des Obergärtners und Mrs. Penns Schwiegertochter« vorgestellt.

»Und Sie sind Miß Cardinghams Nichte. Ich erinnere mich noch, wie Sie hergekommen sind.«

»Ich war damals dreizehn.«

»Und nun sind Sie eine von uns.«

»Ja, ich fühle mich hier zu Hause.«

»Wir müssen gehen«, sagte James.

Ich gab Mrs. Grace die Hand, dann gingen wir.

»Die arme alte Frau«, sagte ich. »Es ist traurig, so ans Bett gefesselt zu sein.«

»Ihre Schwiegertochter kümmert sich um sie, und ich glaube, sie läßt sich ganz gern bedienen. Schauen Sie, hier wohnen die Wilburs. Dick ist Schreiner, und Mary arbeitet in der Küche, daher nehme ich nicht an, daß jetzt jemand zu Hause ist. Und hier wohnt der alte John Greg. Er wird in seinem Garten sein. Er hat bis vor ein paar Jahren im Gutsgarten gearbeitet. Jetzt verbringt er seine ganze Zeit in seinem eigenen.«

Wir gingen zu ihm, und er zeigte uns preisgekrönte Rosen und Gemüsesorten. Wir bekamen jeder einen Kohlkopf geschenkt, und er erklärte mir, daß die alte Eiche im Garten seinen Kräutern die Sonne wegnehme. Er würde den Baum gern beschneiden, doch dazu müsse er auf die Leiter steigen, und das erlaube sein Rheumatismus nicht. Ich notierte mir das und sagte, ich würde einen Gärtner bitten, sich darum zu kümmern.

So machten wir die Runde. Eine Person ist mir vor allen

anderen in Erinnerung geblieben, Sheila Gentry. Ihr Vater war bei der Arbeit, und sie war allein zu Hause, ein hübsches Mädchen mit braunen Locken und verschmitzten Augen. Auf mich machte sie den Eindruck einer abenteuerlustigen Person.

»Ich nehme an, daß man sie demnächst im Gutshaus anstellen wird«, erklärte mir James. »Ihre Mutter hat dort gearbeitet, wenn sie eine Aushilfe brauchten. Soviel ich weiß, verstand sie sich vorzüglich aufs Kuchenbacken.«

Sheila musterte mich von oben bis unten. Sie erzählte mir, sie habe die Schule beendet und führe nun ihrem Vater den Haushalt; aber auf die Dauer sei das nichts für sie.

Als wir gingen, meinte James: »Sie können sich denken, daß dieses Mädchen Harry Gentry ganz schön zu schaffen macht.« Ich pflichtete ihm bei.

Nachdem wir unsere Runde zu den Pächterhäuschen beendet hatten, sagte ich: »Und die Lanes?«

»Oh, die sind ein Fall für sich. Sie wissen, wie es um Flora steht?«

»O ja, ich besuche sie oft. Wollen wir vorbeischauen?«

»Warum nicht?«

Wir traten durch das Gartentor. Flora saß an ihrem angestammten Platz. Sie blickte etwas erschrocken drein, als sie uns zusammen sah.

»Heute komme ich in offizieller Eigenschaft«, erklärte ich ihr.

Sie sah mich verständnislos an. Gleich darauf kam Lucy aus dem Haus. »Ich habe gehört, daß Sie jetzt Mrs. Merrets Arbeit machen«, sagte sie. »Aber um uns brauchen Sie sich nicht extra zu kümmern. Mrs. Merret war eine nette Dame, sie hat nie herumgeschnüffelt… falls Sie verstehen, was ich meine.«

Ich verstand sie vollkommen. Ich hatte zu große Neugierde bekundet. In Zukunft mußte ich für meine Besuche wieder genau die Zeiten abpassen, zu denen Lucy nicht zu Hause war.

James Perrin war mir während der ersten Tage eine große Hilfe. Er gab mir das Gefühl, von Nutzen zu sein.

James hatte eine kleine Wohnung über dem Gutskontor. Sie bestand aus drei Kammern und einer Küche mit den notwendigen Einrichtungen. Das Cottage der Merrets wurde gerade für ein Ehepaar renoviert, das auf eine Unterkunft gewartet hatte.

Während James mich in die Arbeit einführte, begann ich, mich sehr für das Gut zu interessieren, und ich konnte verstehen, warum Crispin so daran hing. Wenn ich nach Hause kam, schilderte ich Tante Sophie die interessanten Einzelheiten, und sie hörte aufmerksam zu.

»Wenn man sich vorstellt, daß so viele Menschen dort arbeiten!« sagte sie. »Denk nur, ›das Gut‹, das natürlich in erster Linie Mr. Crispin ist, verschafft ihnen ihr Auskommen. Und er sorgt zudem für Leute wie Mrs. Penn. Er ist ein großer Wohltäter.«

»O ja. Als sein Vater das Gut so vernachlässigte, bestand für all diese Menschen die Gefahr, ihren Lebensunterhalt zu verlieren.«

»Es scheint Mr. Crispins Gewohnheit zu sein, stets im richtigen Augenblick aufzutauchen«, meinte Tante Sophie trocken.

Eines Tages kam Crispin ins Gutskontor, als ich neben James am Schreibtisch saß. James sah gerade ein Rechnungsbuch mit mir durch.

»Guten Morgen«, sagte Crispin, und er streifte mich mit einem Blick. »Geht alles gut?«

»Sehr gut«, erwiderte James.

»Schön«, sagte Crispin. Und damit ging er hinaus.

Tags darauf ritten James und ich zu einem Pachthof. »Es handelt sich um ein schadhaftes Dach«, hatte James gesagt.

»Es wäre gut, wenn Sie mitkämen. Dann könnten Sie Mrs. Jennings kennenlernen. Es gehört zu Ihrer Aufgabe, sich mit den Frauen gut zu stellen.

Auf dem Weg dorthin begegneten wir Crispin abermals. »Wir wollen zum Jennings-Hof«, eröffnete James ihm. »Es gibt Probleme mit dem Dach.«

»Ich verstehe«, sagte Crispin. »Guten Tag.« Und damit verließ er uns.

Es war am nächsten Tag. Ich hatte Mary Wilbur in ihrem Häuschen besucht, die sich bei der Küchenarbeit im Gutshaus den Arm verbrüht hatte.

Crispin kam mir entgegengeritten. »Guten Morgen«, sagte er. »Ich war im Kontor und habe von Perrin gehört, wohin Sie unterwegs waren. Wie geht's Mrs. Wilbur?«

»Sie steht noch unter Schock. Ihr Arm ist ziemlich schlimm verbrüht.«

Ich dachte, er würde gleich weiterreiten, aber dem war nicht so, sondern er sagte: »Ich möchte gern hören, wie Sie mit der Arbeit zurechtkommen. Vielleicht können wir irgendwo zusammen einen Imbiß einnehmen? Dabei redet es sich zwangloser. Was halten Sie davon?«

Gewöhnlich nahm ich ein Sandwich mit und aß es mittags im Kontor. In James' Küche konnte ich mir jederzeit Tee oder Kaffee machen. James war häufig außer Haus, aber wenn er da war, leistete er mir in der Mittagspause Gesellschaft.

Ich sagte: »Sehr gern.«

»Ich kenne ein Lokal an der Straße nach Devizes. Dort könnten Sie mir berichten, wie Sie sich eingearbeitet haben.«

Ich war in Hochstimmung. Manchmal dachte ich, daß Tante Sophie recht gehabt und er mir den Posten auf dem Gut nur angeboten hätte, weil er nicht wollte, daß ich fortging; dann wieder glaubte ich, daß meine Arbeit wichtig und meine Person ihm gleichgültig sei. Aber nachdem er mich nun gebeten hatte, mit ihm zu Mittag zu essen, fragte ich mich, ob Tante Sophie mit ihrer Annahme nicht doch recht gehabt haben könnte.

Der Weg führte uns an Barrow Wood vorbei. Keiner von uns sprach ein Wort, als wir vorüberritten. Die Bäume sahen düster aus. Dahinter sah ich die Grabsteine. Und ich dachte: Ich werde es nie vergessen. Es ist meinem Gedächtnis unauslöschlich eingeprägt.

Dann sagte Crispin: »Das Gasthaus, das ich meine, heißt ›Zur kleinen Füchsin‹. Kennen Sie es? Draußen hängt ein Schild mit einem sehr gelungenen kleinen Fuchs.«

»Ich glaube, ich kenne es. Es liegt etwas abseits von der Straße.«

»Man kann dort die Pferde einstallen, und es gibt ein einfaches, aber nahrhaftes Essen.«

Wir bestellten Schinken.

»Sie räuchern ihn selbst«, sagte Crispin. »Sie betreiben eine kleine Landwirtschaft und bauen auch ihr Gemüse selbst an.«

Zum Schinken gab es Kopfsalat, Tomaten und in der Schale gebackene Kartoffeln. Crispin fragte, ob ich Wein oder Apfelmost wolle. Ich erwiderte, von Wein würde ich müde und ich müsse nachmittags noch arbeiten, worauf er lächelnd meinte: »Das trifft für uns beide zu. Dann nehmen wir lieber Apfelmost.«

Als das Essen aufgetragen war, sagte er: »Und nun müssen Sie mir erzählen, wie es mit der Arbeit vorangeht.«

»Sehr gut. Mr. Perrin ist sehr nett und hilfsbereit.«

»Ich habe gesehen, daß Sie gut zusammenarbeiten.«

Ich sah ihn fest an und sagte: »Trotzdem, manchmal habe ich das Gefühl ...«

»Ja?«

»Mrs. Merret ist ihrem Mann zur Hand gegangen, wie es viele Ehefrauen tun. Es war nicht eigentlich ihre Aufgabe, könnte man sagen. Sie war nur ... ein Anhängsel.«

Er hob die Augenbrauen. »Sie wäre gewiß nicht geschmeichelt, wenn sie das hörte.«

»Ich weiß, daß sie sehr beliebt war und alles reibungslos lief, aber manchmal habe ich das Gefühl, mein Posten wurde nur geschaffen, um mir etwas zu tun zu geben.«

»Sie meinen, Sie seien nicht ausgelastet?«

»Oh, ich bin durchaus beschäftigt, aber manchmal kommt es mir ein bißchen künstlich vor. Ich meine, ist es wirklich Ihr Wunsch, daß jemand auf dem Gut herumgeht, um herauszufinden, daß Mrs. Penn lieber Marmeladenbrote mag als Mohnkuchen?«

»Haben Sie das herausgefunden?«

»Unter anderem, ja.«

Er lachte.

»Das mag ja amüsant sein«, sagte ich rasch, »aber ich möchte ehrlich wissen, ob das, was ich tue, wirklich der Mühe wert ist, oder ob ... ob Sie nur Mitleid mit mir haben. Sie wissen, daß ich etwas tun wollte.«

»Ihre Tante wollte nicht, daß Sie fortgingen.«

»Nein. Und ich wollte ihr nicht länger zur Last fallen.«

»Zur Last fallen? Ich dachte immer, sie sei heilfroh, Sie bei sich zu haben.«

»Sie ist keine reiche Frau.«

»Ich wußte nicht, daß sie in finanziellen Schwierigkeiten ist.«

»Das ist sie nicht. Sie lebt in ganz guten Verhältnissen.«

»Wieso glauben Sie dann, daß Sie ihr zur Last fallen?«

»Es ist ...«

»Ihr Stolz?«

»Nun ja, wenn Sie so wollen. Ich habe etwas eigenes Geld. Das Haus meiner Mutter wurde verkauft, um meine Schule zu finanzieren. Diese Kosten übernahm aber dann mein Vater, deshalb wurde das Geld angelegt, und nun verschafft es mir ein kleines Einkommen.«

»Somit sind Sie unabhängig. Aber das Dorfleben war Ihnen ein bißchen zu langweilig.«

»Man möchte doch irgend etwas *tun*. Sie haben das Gut. Sie sind voll ausgelastet. Können Sie verstehen, daß ich mehr tun möchte, als Blumen zu arrangieren und für die Bedürftigen zu nähen?«

»Ich verstehe Sie vollkommen. Und was Sie jetzt tun, paßt viel besser zu Ihnen, als die Gouvernante kreischender Gören zu sein.«

»Wohlerzogene Kinder sind keine Gören, und ich nehme an, daß sie äußerst selten kreischen.«

»Es ist ein unwürdiger Posten für eine stolze junge Frau, und ich konnte nicht zulassen, daß Sie sich in eine solche Lage begäben, wenn ich es irgendwie verhindern konnte.«

»*Sie* konnten es nicht zulassen?«

»Ich dachte daran, welche Wirkung es auf Sie haben würde. Glauben Sie mir, es wäre vollkommen falsch für Sie gewesen.«

»Woher wollen Sie das wissen?«

»Nennen Sie's meinetwegen Erfahrung. Ich habe immer gefunden, daß Gouvernanten und Gesellschafterinnen ein trauriges Dasein fristen. Sie müssen die Launen von Kindern und schwierigen alten Leuten über sich ergehen lassen. Nein, sagte ich mir, das ist kein Leben für Frederica Hammond.«

»Und darum haben Sie diesen Posten für mich eingerichtet?«

»Es ist eine durchaus lohnende Arbeit. Das hat Mrs. Merret bewiesen, und da wir sie verloren haben, kam mir die Idee, daß Sie die geeignete Nachfolgerin sein könnten. Ich mußte den Posten nicht einrichten. Er war schon vorhanden, und wunderbarerweise waren Sie da, um ihn auszufüllen.«

Ich sah ihn forschend an, und er lächelte. Dann langte er plötzlich über den Tisch, nahm meine Hand und tätschelte sie sanft. »Ich denke«, sagte er, »ich habe ein besonderes Interesse an Ihnen.«

»Sie meinen, wegen Barrow Wood?«

»Vielleicht.« Er ließ meine Hand los, als mache es ihn verlegen, sie zu halten. »Macht es Ihnen noch immer zu schaffen?« fuhr er fort.

»Zuweilen muß ich daran denken.«

»Zum Beispiel vorhin, als wir vorbeikamen?«

»Ja.«

»Eines Tages werden wir beide dort hingehen. Wir werden an der Stelle stehen, wo es geschah, und die Erinnerung vertreiben. Sie müssen es vergessen.«

»Ganz werde ich es nie vergessen können.«

»Aber es ist Ihnen nichts geschehen.«

»Er hat sich das Leben genommen.«

»Er war geistig umnachtet. Solche Menschen kann man nicht nach normalen Maßstäben beurteilen. Was geschah, hat sich als das Beste erwiesen. Denken Sie nur an die Veränderungen in Bell House. Mrs. Grindle ist eine glücklich verheiratete Frau. Und Rachel auch. Das Böse hat Gutes hervorgebracht. Sie müssen es so sehen.«

»Vermutlich haben Sie recht.«

»Und ich will dafür sorgen, daß Sie das alles vergessen und aufhören, sich Gedanken über Ihre Arbeit zu machen. Sie ist der Mühe wert, das können Sie mir glauben. Ich bin Geschäftsmann. Ich tue nichts, wovon ich nicht geschäftlich profitiere.«

Er erschien mir als ein anderer Mensch als der, den ich bislang gekannt hatte, und auf einmal war ich glücklich. Ich glaubte nach wie vor, daß er den Posten eigens für mich eingerichtet hatte. Was verstand er denn vom Los von Gouvernanten und Gesellschafterinnen? Bestimmt sehr wenig. Er hatte mir diese Stellung verschafft, weil er mich hierbehalten wollte.

»Es gibt Ingwerpudding mit Eiercreme, Apfel-Heidelbeerkuchen mit Sahne, und Mandelcreme. Ich nehme den Kuchen.«

»Ich auch.«

Als der Nachtisch kam, sagte Crispin: »Es gibt noch etwas, worüber ich mit Ihnen reden möchte. Es betrifft Tamarisk. Sie sehen sich nicht mehr so oft, stimmt's?«

»Ich arbeite, und sie ist verheiratet.«

»Sicher. Mir ist ein bißchen bange um sie. Offen gesagt, mehr als nur ein bißchen.«

»Warum?«

»Ich habe das Gefühl, daß nicht alles zum besten steht.«

»Inwiefern?«

Er runzelte die Stirn. »Ich glaube, ihr Mann ist nicht ganz das, was er zu sein vorgibt.«

»Wie meinen Sie das?«

»Vielleicht sollte ich nicht mit Ihnen darüber sprechen, aber ich dachte mir, Sie könnten vielleicht helfen.«

»Und wie?«

»Vielleicht vertraut sie sich Ihnen an. Sie sind Ihre Freundin.«

»Sie hat immer gern von sich gesprochen, aber in letzter Zeit...«

»Ich glaube, sie würde es nach wie vor tun. Gehen Sie zu ihr, ergründen Sie, wie ihr zumute ist. Mich dünkt, es ist nicht alles so, wie wir gehofft hatten, mehr noch, ich weiß...« Er machte eine kurze Pause, dann fuhr er fort: »Sie und ich hatten jenes gemeinsame Erlebnis, von dem wir vorhin sprachen. Es hat eine besondere Beziehung zwischen uns geschaffen, habe ich recht?«

»Das ist durchaus möglich.«

»Ich bin davon überzeugt. Sie und ich... ich finde, zwischen uns besteht ein besonderes Vertrauensverhältnis. Ich möchte...« Er lächelte mich innig, fast flehend an.

Rasch sagte ich: »Sie können sich mir getrost anvertrauen.«

»Danke. Wie ich bereits sagte, war ich von Anfang an gegen diese Heirat. Es ging mir alles zu schnell. Ich dachte zunächst, es sei nichts weiter als ein romantisches Techtelmechtel. Jetzt sehe ich das anders. Ich habe nämlich Nachforschungen angestellt. Die besagten Ländereien in Frankreich und Schottland hat es nie gegeben. Ich bezweifle, daß Gaston Marchmont sein richtiger Name ist. Noch sind meine Untersuchungen nicht abgeschlossen, doch ich glaube, es handelt sich bei ihm um einen gewissen George Marsh. Er ist ein Hochstapler, ein Abenteurer.«

»Arme Tamarisk. Sie war so stolz auf ihn.«

»Sie ist ein törichtes, leichtgläubiges Mädchen. Und nun ist sie mit ihm verheiratet. Er ist ein Lügner und Betrüger und bedauerlicherweise ihr Ehemann. Er hat geahnt, daß ich Nachforschungen anstellen würde. Deshalb hat er diese Entführung inszeniert, bevor ich die Wahrheit entdecken konnte. Jetzt ist sie mit ihm verheiratet, und wir müssen uns mit ihm abfinden. Es kann natürlich sein, daß er sich besinnt und sein bisheriges Leben aufgibt. Das müssen wir abwarten. Wenn sie mit ihm glücklich ist...« Er zuckte die Achseln. »Das möchte ich unbedingt herausfinden. Ich glaube aber nicht, daß sie vollkommen glücklich ist. Möglicherweise hat sie erkannt, daß er kein so feiner Herr ist, wie er ihr vorgegaukelt hat. Aber wenn er bereit ist, sein Leben zu ändern, häuslich zu werden...«

»Wollen Sie ihn auf dem Gut beschäftigen?«

»Dazu könnte es durchaus kommen. Aber ich müßte dabei sehr vorsichtig zu Werke gehen. Zunächst müßte ich mir Klarheit über seine Absichten verschaffen. Wie Sie sich denken können, hege ich großes Mißtrauen gegen ihn. Es ist eine heikle Situation. Deshalb möchte ich, daß Sie sich bei Tamarisk umhorchen. Versuchen Sie herauszufinden, wie sie empfindet. Liebt sie ihn wirklich? Wir müssen einen vernünftigen Ausweg aus dieser mißlichen Lage finden.«

Was würde er wohl sagen, wenn er wüßte, daß Gaston Marchmont der Vater von Rachels Kind war, dessen Geburt bald bevorstand? Ich durfte es ihm nicht sagen. Das war Rachels Geheimnis.

»Ich bin nicht sicher, daß Tamarisk sich mir anvertrauen wird«, sagte ich.

»Sie können es versuchen. Wir müssen unbedingt herausfinden, woran wir sind. Ich fürchte, es könnte Unannehmlichkeiten geben.«

»Ich werde tun, was ich kann«, versprach ich.

»Danke.« Er lehnte sich zurück und lächelte mich an. »Ich finde, dies war ein in jeder Hinsicht sehr zufriedenstellendes Mahl.«

Am nächsten Tag ging ich zu Tamarisk. »Wie geht's dir so?« fragte ich.

»Großartig«, antwortete sie. »Einfach himmlisch.«

»Und Gaston?«

»Er ist wunderbar wie eh und je.« Sie lachte dabei. Ich fragte mich, ob sie die Wahrheit spräche.

»Und du arbeitest«, fuhr sie fort. »Pflegst sozusagen ›Pächterbeziehungen‹. Das hört sich sehr bedeutend an. Und du verstehst dich gut mit James Perrin?«

»Wer hat dir das gesagt?«

»Du hast doch keinen Grund, so ein schuldbewußtes Gesicht zu machen, oder? Du weißt, wie schnell sich bei uns alles herumspricht. Man sieht euch ziemlich oft zusammen, wie ich höre.«

»Wir arbeiten zusammen.«

»Das hört sich sehr erfreulich an.«

»Ist es auch. Aber nun erzähl mir von dir. Das Eheleben macht dir also wirklich Freude?«

Mir entging die kleine Pause nicht, bevor sie antwortete. »Es ist eine Wonne.«

Da wußte ich, daß ich keine Vertraulichkeiten zu hören

bekommen würde. Sollte etwas nicht stimmen, so war sie noch nicht bereit, es einzugestehen.

»Ich nehme an, daß ihr bald ein eigenes Heim beziehen werdet«, sagte ich.

»Ja, natürlich. Aber im Augenblick sind wir hier gut untergebracht. Mutter betet Gaston an. Er versteht es, sie zu erheitern. Sie würde protestieren, wenn wir ihr eröffneten, daß wir ausziehen wollen.«

»Und wenn es soweit ist, wo werdet ihr dann leben?«

»Wir überlegen noch. Vielleicht gehen wir zunächst auf Reisen. Gaston möchte mir Europa zeigen. Paris, Venedig, Rom, Florenz und so weiter.«

»Das klingt fabelhaft. Das Eheleben bekommt dir also wirklich gut?«

»Ich sagte doch schon, es ist wunderbar. Warum fragst du dauernd?«

»Verzeih. Ich wollte mir nur Gewißheit verschaffen.«

»Gedenkst du etwa, selbst in den Hafen der Ehe einzulaufen?« fragte sie schelmisch.

»Auf die Idee bin ich noch nicht gekommen – aus naheliegenden Gründen«, versetzte ich schroff.

Ich war bedrückt, als ich ging. Tamarisk hatte sich verändert. Sie benahm sich nicht ganz natürlich, und ich hatte instinktiv erkannt, daß sie nicht mehr das unbeschwerte junge Mädchen war, das so zuversichtlich glaubte, alles auf der Welt werde sich stets zum Besten wenden.

Ich wußte jetzt, daß Gaston Marchmont ein Schürzenjäger war. Er hatte Tamarisk und Rachel vollkommen betört. Er war ein ausgemachter Schurke. Crispin hatte ihn durchschaut, aber die Erkenntnis war zu spät gekommen. Arme Tamarisk! Rachel wurde wenigstens von einem braven Mann geliebt, aber ich fürchtete, daß auch sie nicht vollkommen glücklich war.

Ich nahm den Weg zum Gutskontor an den alten Cottages vorbei. Mit meinen Gedanken war ich bei Tamarisk und bei Crispin, der sich solche Sorgen um sie machte.

Als ich mich den Reihenhäusern näherte, sah ich zu meiner Überraschung Gaston persönlich. Er stand vor der Hütte der Gentrys und plauderte mit Sheila. Als er mich sah, kam er mir entgegen. »Guten Tag«, sagte er heiter.

»Guten Tag«, erwiderte ich. »Ich komme gerade von Tamarisk.«

»Schön. Das hat sie gewiß gefreut. Und wie geht es Ihnen? Wie ich höre, sind Sie jetzt eine vielbeschäftigte Frau. Es bekommt Ihnen. Sie sehen blühend aus.«

»Danke«, sagte ich kühl.

»Darf ich Sie ein Stück begleiten?«

»Ich gehe nur ins Kontor.«

»Sie haben wohl ein bißchen geschwänzt, wie?«

»Keineswegs. Ich habe keine festen Arbeitszeiten.«

»Das ist die beste Arbeitsmethode. Ich kam gerade hier vorbei, als ich die Kleine sah. Ich habe mich nach ihrem Vater erkundigt.«

»Oh, ist er krank?«

»Ich meinte so etwas gehört zu haben, aber es handelte sich offenbar um jemand anderen.«

Mir war unbehaglich in seiner Gegenwart. Ich wußte zuviel über ihn, um normal mit ihm sprechen zu können, und ich war froh, als ich beim Kontor angelangte.

Die Geburt von Rachels Baby stand nun unmittelbar bevor. Ich besuchte Rachel oft. Sie befand sich schon seit etlichen Wochen in jenem Zustand der Heiterkeit, den ich schon öfter bei schwangeren Frauen beobachtet hatte. Sie dachte an kaum etwas anderes als an das Baby und sehnte seine Ankunft herbei. Doch nun, da es bald soweit war, bemerkte ich eine gewisse Anspannung bei ihr.

Unsere Freundschaft hatte sich seit ihrer Heirat noch vertieft. Sie und Daniel betrachteten mich beide als ihre beste Freundin. Einmal hatte Rachel zu mir gesagt: »Weißt du eigentlich, was für eine große Rolle du in unserem Leben gespielt hast? Angenommen, du hättest mich damals nicht gefunden? Angenommen, ich hätte…«

»So ist es doch immer im Leben, nicht? Bestimmte Dinge geschehen, weil bestimmte Leute zu einer bestimmten Zeit an einem bestimmten Ort sind. Aber es war Daniel, der so viel für dich getan hat, nicht ich.«

»Daniel denkt genauso über dich wie ich. Wir haben großes Glück gehabt, und ohne dich…« Sie schauderte.

»Ihr habt doppelt Glück, weil euch klar ist, wie gut ihr es habt. So vielen Menschen ist ihr Glück nicht bewußt.«

»Doch um eins ist mir bange, Freddie.«

»Um was?«

»Daniel ist großartig, aber…«

»Aber was?«

»Das Baby… wenn es von ihm wäre, dann wäre alles wunderbar. Aber es ist nicht von ihm. Das ist nicht zu ändern, und wenn er noch so gut ist… und es noch so vortäuscht.«

»Vortäuscht?

»Das Kind zu lieben. Ich habe Angst, er könnte es hassen – nein, nicht hassen; er würde niemanden hassen, erst recht nicht ein unschuldiges Kind –, aber wenn er es ansieht, erinnert es ihn daran, daß es nicht von ihm ist. Das könnte ich nicht ertragen. Ich liebe das Kind jetzt schon. Es ist mein Kind, und ich würde es nicht ertragen können, wenn Daniel es nicht auch liebte.«

»Daniel ist ein so guter Mensch. Einer der besten.«

»Ich weiß. Er wird sich Mühe geben, aber es wird trotzdem so sein: Jedesmal, wenn er das Kind ansieht, wird er daran erinnert, daß es nicht von ihm ist.«

»Das hat er von vornherein gewußt.«

»Es ist etwas anderes, wenn es wirklich da ist. Ich möchte, daß das Baby es gut hat. Ich freue mich auf das

Kind, und doch fürchte ich mich davor, Daniel ins Gesicht zu sehen. Er kann seine Gefühle nicht gut verbergen. Ich bin gespannt, wie er sein wird, wenn das Kind geboren ist. Freddie, du bist unsere beste Freundin. Niemand weiß von Gaston und mir … nur du. Alle glauben, daß das Kind von Daniel ist und wir deshalb so schnell heiraten mußten. Die Leute tuscheln darüber, und manche tun entrüstet, aber sie meinen, die rechtzeitige Heirat habe es wiedergutgemacht. Du bist die einzige, die die Wahrheit kennt, Freddie. Wir können offen miteinander reden.«

»Du mußt Gaston vergessen. Du mußt an die guten Dinge in deinem Leben denken. Wegen des Kindes bist du mit Daniel verheiratet, und das ist gut so … für euch beide. Du mußt an die guten Dinge denken, Rachel.«

»Ich weiß. Aber was ich sagen wollte, wirst du hier sein, wenn das Kind kommt? Ich möchte, daß du dann bei Daniel bist. Du mußt ihm sagen, daß ich ihn sehr liebhabe. Mach ihm begreiflich, daß ich jung und dumm und anfällig für Schmeicheleien war. Jetzt habe ich das alles eingesehen. Daniel ist so bescheiden. Er denkt, daß Gaston viel anziehender sei als er. Für mich wäre er das jetzt nicht mehr. Ich würde ihn gleich durchschauen. Ich möchte, daß Daniel das weiß, aber ich fürchte, er weiß es nicht. Du sollst bei ihm sein, wenn das Baby kommt. Sag ihm, was ich dir gesagt habe. Du könntest es ihm vielleicht begreiflich machen.«

»Ich werde dasein, Rachel«, versprach ich. »Ich will mein Bestes tun.«

Sie lehnte sich an mich und küßte mich auf die Wange.

Als wir wenige Tage darauf beim Frühstück saßen, kam ein Mann vom Grindle-Hof, um mir mitzuteilen, daß Mrs. Godber, die Hebamme, auf dem Hof eingetroffen und mit Mrs. Daniels Baby heute zu rechnen sei.

Ich ging ins Kontor, um James Bescheid zu sagen, ich sei

auf dem Grindle-Hof zu erreichen, wenn er mich in einer dringenden Angelegenheit sprechen müsse.

Dann ging ich zu Rachel. Sie lag im Bett, bleich und etwas ängstlich. »O Freddie«, sagte sie. »Ich bin froh, daß du da bist.«

»Wie fühlst du dich?«

»Ganz gut. Es geht los. Ist Daniel in der Nähe?«

»Ja. Ich bleibe bei ihm.«

Sie verzog plötzlich das Gesicht, und sogleich war die Hebamme an ihrer Seite.

»Sie sollten jetzt lieber gehen, Miß«, sagte sie zu mir. »Ich habe nach dem Doktor geschickt. Ich glaube, ich höre ihn kommen.«

Ich lächelte Rachel zu und ging hinaus. Auf der Treppe traf ich Daniel. »Sie hat mich hergebeten«, erklärte ich ihm.

»Ich weiß. Meinen Sie, es geht gut?«

»Natürlich. Mrs. Godber ist sehr tüchtig. Und der Arzt ist auch gerade gekommen. Wohin wollen wir gehen?«

»Wir könnten in meinem Büro warten. Wie lange wird es dauern?«

»Ich glaube nicht, daß es für diese Dinge festgesetzte Termine gibt. Wir müssen uns gedulden.

»Das wird mir schwerfallen.«

Er führte mich in einen kleinen Raum im ersten Stock. Die Wände waren mit Aktenordnern und Büchern über Ackerbau und Viehzucht gesäumt. Der Schreibtisch war mit Papieren übersät. Mehrere Stühle standen herum.

»Ich mag nicht bei den andern sein«, sagte Daniel. »Rachels Tante wird bald kommen. Sie ist sehr lieb, aber sie macht so ein Tamtam. Das regt mich auf.«

»Und Sie haben nichts dagegen, daß ich hier bin?«

»Nein, nein.«

»Rachel bat mich, bei Ihnen zu bleiben. Ihr ist bange um Sie.«

»Um mich?«

»Es heißt ja, daß manche Ehemänner in solchen Fällen genauso leiden wie ihre Frauen. Aber es wird bestimmt gutgehen. Sie ist jung und kräftig, und bisher gab es keinerlei Komplikationen. Jeden Tag bekommen Frauen Babys.«

»Ja, aber jetzt ist es Rachel.«

»Es wird gutgehen.«

»Ich bete darum.«

»Sie ist jetzt glücklich, Daniel. Sie haben sie sehr glücklich gemacht.«

»Manchmal habe ich meine Zweifel. Ich sehe Traurigkeit in ihren Augen. Ich glaube, manchmal blickt sie zurück … und bereut.«

»Sie kennen den Grund dafür, Daniel. Sie blickt zurück und bereut, was zuvor geschehen ist. Sie wünscht sich über alles, daß das Kind von Ihnen wäre.«

»Das wünschte ich mir auch.«

»Und ihr ist bange. Es ist ihr Kind, Daniel, ein Teil von ihr.«

»Vor allem möchte ich, daß sie glücklich ist«, sagte er ernst.

»Sie wird glücklich sein, und Sie werden es auch sein … wenn Sie beide es zulassen.«

»Aber sie wird stets zurückblicken, und ich …«

»Schauen Sie vorwärts, Daniel. Sie haben so viel für sie getan. Sie haben ihr deutlich gezeigt, wie sehr Sie sie lieben. Vergessen Sie, was vorher war. Dieses Baby muß auch Ihr Kind sein. Rachel hat Angst, daß die Erinnerung eine Barriere zwischen Ihnen und dem Kind bilden und das Glück, das Sie sich gemeinsam aufgebaut haben, zerstören könnte.«

»Ich kann nicht vergessen, wer der Vater ist.«

»Von dem Augenblick an, wo es geboren ist, müssen Sie das Kind als Ihres ansehen.«

»Das kann ich nicht. Könnten Sie es, wenn Sie an meiner Stelle wären?«

»Ich würde mich natürlich so gut ich kann bemühen. Mit aller Kraft würde ich mich bemühen, weil es sonst kein Glück geben könnte.«

»Sie haben gewiß recht.«

»Alles hängt von Ihnen ab. Es ist nicht schwer, ein kleines Kind liebzuhaben. Und es ist Rachels Kind. Daran müssen Sie denken. Es kommt auf die Welt, weil Sie sie so sehr lieben.«

»Sie haben eine Menge für uns getan. Das werde ich nie vergessen.«

Danach saßen wir schweigend und lauschten auf das Ticken der Uhr.

Wir fragten uns im stillen, wie lange wir wohl würden warten müssen.

Erst am frühen Abend wurde das Baby geboren. Der Arzt kam zu uns herunter. Ein Blick auf sein strahlendes Gesicht verriet uns, daß alles gutgegangen war. »Sie haben eine kleine Tochter, Mr. Grindle«, sagte er. »Ein gesundes Mädchen.«

»Und meine Frau?«

»Sie ist erschöpft, aber glücklich. Sie können ein paar Minuten zu ihr hinein. Aber sie braucht jetzt vor allem Ruhe.«

Wir gingen ins Schlafzimmer. Rachel sah blaß, aber glücklich aus, genau wie der Arzt gesagt hatte. Mrs. Godber hielt das in ein Tuch gewickelte Kind auf dem Arm. Nur ein rotes, runzliges Gesichtchen war zu sehen. Sie legte Daniel das Bündel in die Arme.

Ich wartete beklommen. So viel hing davon ab, was jetzt geschehen würde. Rachel beobachtete ihn genau.

»Ist die niedlich«, sagte er. » Unser Baby.«

So war es recht.

Ich hatte Tränen in den Augen. »Jetzt möchte ich gern das Baby halten«, sagte ich. »Sie können es nicht ganz mit Beschlag belegen, Daniel.«

Ich hielt das Kind in meinen Armen, das kleine Geschöpf, das einen solchen Einfluß auf das Leben der beiden hatte. Und die ganze Zeit über sagte ich mir: Alles wird gut.

In Harper's Green herrschte die übliche Aufregung. Geburt und Tod sind der Stoff, aus dem das Leben ist. Alle nahmen Anteil an dem neugeborenen Baby der Grindles. Bald würde es in der Kirche getauft werden. Trotz der etwas verfrühten Ankunft wurde die neue Erdenbürgerin willkommen geheißen.

Ich war sehr viel bei Rachel. Mittags ging ich hinüber und nahm mit ihr einen leichten Imbiß ein. Das Baby gedieh prächtig.

»Daniel hat sie wirklich von Herzen lieb«, sagte Rachel. »Wie könnte es anders sein? Sie ist so ein herziges Baby, zum Fressen, oder?«

Ich pflichtete ihr bei. Die Kleine sah jetzt wie ein richtiges Baby aus, nicht mehr wie ein alter Hutzelgreis. Sie hatte blaue Augen und dunkle Haare und wies bislang glücklicherweise keine Ähnlichkeit mit Gaston Marchmont auf.

Wir diskutierten ausgiebig über die Namensfrage. »Wäre sie ein Junge geworden«, sagte Rachel, »hätte ich ihn Daniel genannt, um Daniel das Gefühl zu geben, daß es auch sein Kind ist. Aber unterdessen meine ich, daß er sie auch so als seins ansieht. Freddie, ich denke, ich nenne sie nach dir.«

»Frederica! O nein! Fred, Freddie, denk doch nur! Ich würde nicht mal meinem eigenen Kind meinen Namen geben.«

»Aber du stehst uns so nahe!«

»Kein Grund, euer Kind mit meinem Namen zu belasten. Ich habe eine Idee. Es gibt da einen Mädchennamen; er ist zwar französisch, aber das spielt keine Rolle. Ich denke an Danielle.«

»Danielle!« rief Rachel. »Das ist ganz ähnlich wie Daniel. Trotzdem, ich finde, sie sollte auf alle Fälle Frederica heißen.«

»Nein, nein. Das wäre falsch. Irgendwie wäre es auch eine Erinnerung. Du mußt vollständig mit der Vergangenheit brechen. Das Kind ist deine und Daniels goldige, kleine Tochter, das ist der springende Punkt. Sie muß Danielle heißen.«

»Ich verstehe, was du meinst«, sagte Rachel.

Bald darauf wurde Rachels Baby von Hochwürden Hetherington getauft.

Fast ganz Harper's Green war in der Kirche, und voller Besitzerstolz trug Daniel Danielle nach der Taufe zum Grindle-Hof.

Mord in Harper's Green

Seit ich auf dem Gut arbeitete, hatte ich kaum noch Zeit für das Nähkränzchen und ähnliches. Sogar Miß Hetherington zeigte dafür Verständnis. Sie billigte meine Tätigkeit, denn sie war der Meinung, daß die Frauen in geschäftlichen wie in allgemeinen Angelegenheiten eine größere Rolle spielen sollten.

Tante Sophie war begeistert. »Es ist genau das Richtige für dich«, sagte sie. »Ich bin Crispin St. Aubyn sehr dankbar, daß er dir diese Stellung angeboten hat.«

Sie ließ sich stets von mir berichten, was ich von den Pächtern in Erfahrung gebracht hatte; James Perrin war ihr sympathisch und wurde mehrmals zum Tee eingeladen.

Tatsächlich wurden Blicke gewechselt, wenn die Leute mich mit James zusammen sahen, und ich ahnte, was in ihren Köpfen vorging. Das machte mich ein wenig verlegen.

Hin und wieder besuchte ich Tamarisk. Sie war nicht sehr mitteilsam. Ich vermutete, daß nicht alles glattging und sie nicht darüber sprechen mochte. Auf dem Grindle-Hof war ich oft. Das Baby wuchs und gedieh. Daniel und Rachel waren ganz vernarrt in das Kind.

Es war an einem Samstag nachmittag – Freizeit für mich, falls nicht dringende Probleme anfielen. Ich hatte Flora Lane seit einer Weile nicht mehr besucht und fand es nun an der Zeit, dies nachzuholen.

Ich näherte mich dem Häuschen von der Rückseite. Im Garten war niemand. Der leere Puppenwagen stand neben der Bank, auf der Flora meistens saß. Dann bemerkte ich, daß die Hintertür offenstand. Ich nahm an, daß Flora ins Haus gegangen wäre, um etwas zu holen.

Ich ging langsam zur Tür und rief: »Ist jemand zu Hause?« Schon kam Flora heraus, die Puppe auf dem Arm. Zu meiner Verblüffung war Gaston Marchmont bei ihr.

»Guten Tag«, sagte Flora. »Sie sind lange nicht hiergewesen.«

»Ich sehe, Sie haben Besuch.«

Gaston Marchmont verbeugte sich. »Ich kam zufällig hier vorbei«, sagte er. »Miß Lane hat mir das Kinderzimmer gezeigt, wo sie ihren Schatz hütet.«

Flora lächelte die Puppe in ihren Armen an.

Meine Verblüffung muß mir deutlich anzumerken gewesen sein. Seltsam, dachte ich, steht sie mit Gaston auf so freundschaftlichem Fuß, daß sie ihn ins Haus bittet? Bei mir hatte es mehrerer Besuche bedurft, ehe mir dieses Vorrecht zuteil geworden war.

Flora legte die Puppe in das Wägelchen und setzte sich auf die Bank; Gaston und ich nahmen links und rechts von ihr Platz.

»Sie haben wohl nicht damit gerechnet, mich hier anzutreffen«, sagte Gaston zu mir.

»Nein.«

»Ich interessiere mich für das Gut und für alle, die hier leben. Schließlich gehöre ich jetzt zur Familie.« Ich fand seinen Ton etwas anmaßend. »Ich bin gern im Bilde über alles, was vorgeht«, fuhr er fort.

»Sie sind lange nicht hiergewesen«, sagte Flora wieder.

»Ich habe nicht mehr so viel Zeit, seit ich arbeite«, erklärte ich.

»Miß Hammond ist eine sehr ungewöhnliche Frau, müssen Sie wissen«, warf Gaston Marchmont ein. »Sie ist eine Vorreiterin und darauf erpicht, etwas zu beweisen, was wir schon längst hätten einsehen sollen, nämlich daß Frauen so gut sind wie Männer – oder besser.«

Flora blickte verständnislos drein. »Er hat einen leichten Schnupfen«, sagte sie dann. »Er ist ihn nie ganz losgeworden. Ich habe ihn hochgenommen und ihm etwas Kräutermedizin gegeben. Jetzt geht's ihm schon besser, nicht wahr, mein Herzchen?«

Gaston sah mich mit hochgezogenen Augenbrauen an, als mache er sich über Flora lustig. Nachdem ich so viel über ihn erfahren hatte, konnte ich nur Verachtung für ihn empfinden. »Ein hübsches Kinderzimmer hat Miß Lane hier eingerichtet«, sagte er.

Ich dachte, dies könne nicht das erste Mal sein, daß er sie besuchte. Vermutlich hatte er hereingeschaut, genau wie ich, und während Flora mit ihm plauderte, war sie auf die Idee gekommen, das Baby fühle sich nicht wohl und brauche seine Medizin. Sie war hinaufgegangen, und er war ihr gefolgt.

»Es war sehr nett von Miß Lane, mir das Kinderzimmer zu zeigen«, fuhr Gaston fort. »Und Gott sei Dank geht's dem Kleinen jetzt besser. Haben Sie die bedrohlichen Vögel an der Wand gesehen, Miß Hammond?«

Die unverkennbare Neugier in seinen Augen machte mich frösteln. Die Vögel übten auf ihn offensichtlich dieselbe Wirkung aus wie auf mich.

»Die Elstern«, sagte Flora. »Lucy hat sie für mich eingerahmt. Sie sagen, daß man das Geheimnis nicht verraten darf.«

»Kennen Sie das Geheimnis?« fragte Gaston.

Sie sah ihn entsetzt an.

»Sie kennen es«, sagte er triumphierend. »Wäre es nicht spaßig, wenn Sie es uns erzählen würden? Keine Bange, wir würden es nicht weitersagen.«

Flora hatte angefangen zu zittern.

Ich flüsterte ihm zu: »Sie haben sie aufgeregt.«

»Verzeihung«, murmelte er. »So ein schöner Tag. Gerade recht, um im Garten zu sitzen.«

Ich sah, wie sehr er sie erregt hatte. So durfte es nicht weitergehen. »Wir sollten jetzt aufbrechen«, sagte ich, und zu Flora gewandt fuhr ich fort: »Ihre Schwester wird sicher bald zurück sein.«

Gaston sah mich unverwandt an.

Ich wiederholte bestimmt: »Jawohl, ich meine, *wir* sollten aufbrechen.«

Flora nickte. Sie sah auf die Puppe im Wagen, dann schob sie ihn hin und her. Kurz darauf stand sie auf und schob den Wagen zum Haus.

»Auf Wiedersehen«, sagte ich.

Sie drehte sich nicht um, murmelte aber: »Auf Wiedersehen.«

Gaston ging mit mir zum Tor. »Puh«, sagte er. »Sie ist vollkommen übergeschnappt.«

»Sie ist verwirrt. Sie hätten nicht von den Vögeln sprechen sollen.«

»Sie hat davon angefangen. Sie hat mich mit hinaufgenommen und sie mir gezeigt. Es schien ihr nichts auszumachen.«

»Bei Menschen in ihrer Verfassung muß man vorsichtig sein.«

»Sie ist wirklich nicht bei Trost. Hält die Puppe für ein Baby! Und ausgerechnet Crispin soll sie darstellen! Das macht es nur um so verrückter. Er stolziert umher, ein ausgewachsener Mann, und sie denkt, er wäre eine Porzellanpuppe!«

»Flora war sein Kindermädchen. Sie ist es noch; denn sie lebt in der damaligen Zeit.«

»Die arme Schwester tut mir leid.«

»Sie hängen aneinander, und Crispin ist sehr gut zu ihnen.«

»Ich habe das Gefühl, Sie geben mir die Schuld an der kleinen Szene.«

»Ja, weil Sie über Geheimnisse geredet haben.«

»Ich dachte, sie könnte uns ihr Herz ausschütten. Als die Rede von dem Geheimnis war, kam mir die Idee, daß ihr eben dies aufs Gemüt schlägt.«

»Ich halte es für das beste, wenn man sie in Ruhe läßt. Man muß auf sie eingehen und so tun, als sei die Puppe ein Baby, ganz so, wie es ihre Schwester und Crispin machen. Sie kennen sie am besten.«

»Für ihn ist sie seine liebe Nanny, nicht?«

»Nicht Flora. Er war erst ein paar Monate alt, als sie aufhören mußte und Lucy ihn übernahm.«

»Eine außergewöhnliche Geschichte, nicht wahr? Aber interessant. Ich wollte das alte Mädchen nur ein bißchen aufmuntern, nachdem ich mich nun für alles hier interessiere.«

»Dann gedenken Sie wohl hierzubleiben?«

»Das, meine liebe Miß Frederica, liegt in der Hand der Götter.«

Ich war froh, als wir bei The Rowans angelangten und er mich verließ, um nach St. Aubyn's Park weiterzugehen.

Eines Morgens beim Frühstück sagte Tante Sophie zu mir: »Gerry Westlake ist nach Hause gekommen.«

»Wer ist Gerry Westlake?« Der Name kam mir entfernt bekannt vor.

»Du kennst die Westlakes, sie haben ein Haus am Cairns Lane.«

»Und wer ist Gerry?«

»Er ist ihr Sohn. Er war eine Ewigkeit fort, zwanzig, nein, länger, sechsundzwanzig Jahre. Damals muß er siebzehn gewesen sein. Ist von heute auf morgen nach Australien ausgewandert. Nein, nicht Australien. Neuseeland. Er soll dort einen Freund gehabt haben.«

»Wie mag es wohl den Merrets in Australien gehen?«

»Früher oder später müssen sie an jemanden hier schreiben, und dann wird es sich herumsprechen. Ich nehme an, daß alles gutgegangen ist. Sie sind beide tüchtige Arbeiter.«

Als ich ins Kontor kam, war das erste, was James sagte: »Der Sohn der Westlakes ist wieder zu Hause.«

»Tante Sophie hat von ihm gesprochen. Gerry heißt er, nicht wahr? Haben Sie ihn gekannt?«

»Himmel, nein. Ich glaube, ich war noch gar nicht auf der Welt, als er fortging. Aber viele Leute in Harper's Green erinnern sich an ihn, und jetzt spricht natürlich alles von seiner Rückkehr. Ich muß sowieso in die Richtung, um nach Reparaturarbeiten zu sehen, drum denke ich, ich schaue mal bei den Westlakes herein und lerne den Sohn kennen. Wollen Sie nicht mitkommen?«

Ich zögerte, weil die Leute über unser häufiges Zusammensein redeten. Ich mochte James sehr gut leiden, aber ich legte keinen Wert darauf, daß mein Name mit seinem verknüpft wurde. Ich fragte mich, ob er die Gerüchte kannte und ob sie ihn beunruhigten.

»Halten Sie das für ratsam?« fragte ich.

»Aber gewiß. Es ist eine gute Gelegenheit für Sie, Mrs. Westlake kennenzulernen. Ihr Mann ist Bauhandwerker. Wir beschäftigen ihn nur noch von Zeit zu Zeit auf dem Gut, wenn solche Arbeiten anfallen, denn er wird langsam alt. Ich bin gespannt, was Gerry zu erzählen hat.«

Und so ging ich mit James zu den Westlakes. Sie bewohnten ein schmuckes kleines Haus mit einem gepflegten Garten. Wir verbrachten einen angenehmen Vormittag bei ihnen. Mrs. Westlake tischte ihren Holunderwein auf. Ich lernte Gerry kennen, einen sympathischen Mann, sowie seine Frau und seine Tochter, die etwa in meinem Alter war.

Sie erklärten, dies sei ihr erster Besuch in England. Gerry erzählte, daß er früher Gelegenheitsarbeiten auf dem Gut verrichtet habe. Gleich nach seinem siebzehnten Geburtstag habe er beschlossen, nach Neuseeland zu gehen. Es sei ein schwerer Entschluß gewesen, aber er habe gemeint, in einem neuen Land habe er mehr Möglichkeiten. Ein Freund von ihm sei dorthin ausgewandert, und sie hätten sich geschrieben. Dadurch sei sein Beschluß besiegelt worden.

»Ich nehme an, es war genau das Richtige für Sie«, sagte ich.

»O ja, obwohl es am Anfang nicht leicht war. Aber drüben wurden junge Leute gebraucht, und es gab Vergünstigungen für Einwanderer. Ich bin natürlich auf dem Zwischendeck gefahren, etwas primitiv, aber mit siebzehn stört einen das nicht. Es war aufregend. Und mein Freund erwartete mich. Er war zehn Jahre älter als ich, und am Ende hat sich alles sehr gut entwickelt.«

Die alte Mrs. Westlake lächelte ihren Sohn an. »Du hattest dich hier in ein Mädchen vergafft«, sagte sie. »Gut, daß du fortgegangen bist.«

»Ja«, sagte ihr Mann. »Die Ärmste. Sie ist etwas seltsam geworden, nachdem du fort warst.«

»Aber nicht meinetwegen, Vater!«

»Nein, es muß schon vorher etwas nicht gestimmt haben. Aber du warst ein stattlicher Bursche, mein Sohn.«

Gerry blickte etwas verlegen drein. »Es ist lange her«, sagte er. »Wie geht es Mr. Crispin St. Aubyn?«

»Sehr gut, glaube ich«, gab ich zur Antwort.

»Ist er bei guter Gesundheit?«

»Ich habe nichts Gegenteiliges gehört, Sie, James?« fragte ich.

»Keineswegs«, sagte James.

»Ein gestandenes Mannsbild, nehme ich an?«

»Das ist die zutreffende Beschreibung«, sagte James.

»Groß, kräftig, kerngesund«, murmelte Gerry.

»Unbedingt.«

Gerry lachte und schien zufrieden.

Die alte Mrs. Westlake hatte Gebäck gebracht, das sie zum Wein servierte.

»Das ist ja eine richtige Feier«, meinte James.

»Nun ja, Mr. Perrin«, sagte der alte Mr. Westlake, »wir haben nicht jeden Tag einen Sohn aus Neuseeland zu Besuch.«

Es war in der Tat ein interessanter Vormittag.

Ich wollte Flora besuchen, und als ich mich dem Häuschen näherte, begegnete ich zu meinem Leidwesen Gaston Marchmont.

»Guten Tag«, rief er munter. »Ich kann mir denken, wohin Sie wollen. Stellen Sie sich vor, ich hatte dieselbe Idee.«

»Das sehe ich«, sagte ich ausdruckslos.

»Ich nehme an, sie hat es gern, wenn Besuch kommt. Das alte Mädchen tut mir leid.«

»Ich glaube, ihrer Schwester ist es gar nicht recht, wenn Leute hierherkommen.«

»Schauen Sie deswegen immer herein, wenn sie fort ist? ›Wenn die Katze aus dem Haus ist...‹ und so weiter?«

Ich war verärgert. Just in diesem Augenblick sah ich Gerry Westlake durch das Tor kommen. Auch er hatte dem Häuschen einen Besuch abgestattet. Das war äußerst merkwürdig.

»Guten Tag«, sagte er.

Ich erwiderte seinen Gruß, und zu Gaston Marchmont gewendet, fuhr ich fort: »Das ist Gerry Westlake.«

»Ich weiß schon«, sagte Gaston. »Es ist gewiß sehr schön, in die alte Heimat zurückzukehren und die Familie zu besuchen.«

»O ja«, sagte Gerry.

»Und Sie reisen bald wieder ab?« fragte ich.

»Morgen. Es war schön, aber alles Gute hat leider einmal ein Ende.«

Gaston sagte: »Sie kommen doch gewiß bald wieder.«

»Es ist eine weite Reise, und ich habe jahrelang dafür gespart.«

»Dann viel Glück«, sagte Gaston.

»Und gute Reise«, ergänzte ich.

Damit verließ er uns.

Sobald ich Flora sah, wußte ich, daß etwas vorgefallen war. Ihre Augen blickten irre, ihr Gesicht war verzerrt.

»Flora!« rief ich. »Was ist geschehen?«

Sie sah mich an und schüttelte den Kopf. »Sagen Sie, Flora, was ist passiert.«

Sie starrte auf die Puppe auf ihrem Arm. »Es ist nicht… es ist nicht, es ist nur eine Puppe«, murmelte sie. Plötzlich schleuderte sie die Puppe von sich. Sie blieb quer auf dem Wägelchen liegen und lächelte ihr lebloses Porzellanlächeln.

Ich konnte es nicht glauben. Flora war in die Wirklichkeit zurückgekehrt.

Um uns war es sehr still. Flora machte ein gequältes Gesicht, Gastons Miene zeigte unverhüllte Neugier.

»Warum?« fragte er sie. »Was hat sie verwandelt?«

Ich legte ihm meine Hand auf den Arm, um seinen Fragen Einhalt zu gebieten. Und dann sah ich Lucy in den Garten kommen.

»Was ist geschehen? Was ist geschehen?« rief sie.

»Es ist nur eine Puppe«, sagte Flora kläglich.

Furcht sprach aus Lucys Augen. Ihre Lippen bewegten sich wie im Gebet. Sie nahm Floras Arm. »Komm ins Haus, Liebes«, sagte sie. »Alles ist gut. Nichts hat sich geändert.«

»Es ist eine Puppe«, flüsterte Flora.

»Du hast geträumt«, sagte Lucy.

»Es war nur ein Traum«, flüsterte Flora. »Es war nur ein Traum.«

Lucy drehte sich im Weggehen nach uns um. »Ich bringe sie hinein«, sagte sie leise. »Ich beruhige sie. Sie hat ab und zu solche Anwandlungen.«

Sie ging mit Flora ins Haus. Gaston und ich sahen ihnen nach.

»Kommen Sie, wir müssen gehen«, sagte ich.

Wir traten durch das Gartentor auf die Straße.

»Was sagen Sie dazu?« fragte er.

»Ich vermute, sie hat ab und zu kurze Realitätsschübe.«

»Schwester Lucy schien davon nicht angetan.«

»Sie ist sehr um Flora besorgt. Es muß eine ungeheure Verantwortung sein.«

»Flora hatte vorhin Besuch«, sagte Gaston. »Da muß es eine Enthüllung gegeben haben. Ich wüßte gern, was unser Auswanderer ihr zu sagen hatte.«

Flora ging mir nicht aus dem Sinn, und wenige Tage darauf besuchte ich sie wieder. Diesmal war Lucy zu Hause. »Es ist lieb, daß Sie vorbeikommen«, sagte sie.

Flora war im Garten, den Wagen mit der Puppe hatte sie bei sich.

»Es geht dir gut, nicht wahr, Liebes?« wendete sich Lucy an sie.

Flora nickte. Sie schob den Puppenwagen hin und her. »Beim Schaukeln schläft er am schnellsten ein«, sagte sie.

Alles schien wieder wie zuvor.

Lucy begleitete mich zum Tor. »Sie ist genesen«, sagte sie. »Genesen« dünkte mich kaum das richtige Wort, um Floras Zustand zu beschreiben. Sie hatte für einen Augenblick in die Gegenwart zurückgefunden. Konnte das nicht ein gutes Zeichen gewesen sein?

»Sie war schon öfter so«, sagte Lucy. »Es tut ihr nicht gut. Hinterher fühlt sie sich unwohl. Dann ist sie übererregt und hat Alpträume. Der Doktor hat mir ein Beruhigungsmittel für sie gegeben.«

»Einen Augenblick lang schien sie die Dinge zu sehen, wie sie wirklich sind.«

»Nein, ganz so ist es nicht. Es ist besser für sie, wie sie jetzt ist. Sie ist wirklich ruhig und zufrieden.«

»Etwas muß es ausgelöst haben«, meinte ich.

Lucy hob die Schultern. Ich fuhr fort: »Ob es etwas mit Gerry Westlake zu tun hatte?«

Lucy machte ein erschrockenes Gesicht. »Wie kommen Sie darauf?«

»Ich dachte nur, weil er sie besucht hat. Wir haben ihn weggehen sehen.«

»O nein. Er war fort, es müssen siebenundzwanzig Jahre oder mehr gewesen sein.«

»Hoffentlich ist alles in Ordnung mit ihr.« – »Aber gewiß doch. Dafür sorge ich schon.«

Ich ging nachdenklich nach Hause.

Ich war bestürzt, als ich Tamarisk sah. Nach meinem Gespräch mit Crispin wußte ich, daß nicht alles zum besten stand, und ich hatte immer wieder versucht, ihr Vertrauen zu gewinnen. Meine Abneigung gegen Gaston Marchmont wuchs von Mal zu Mal. Außerdem bereitete sein Interesse für Flora mir Unbehagen. Er schien sich über ihre geistige Verwirrung lustig zu machen, und daß er sie besuchte, beunruhigte mich.

Diesmal war Tamarisk nicht so verschlossen. Ich sah, daß sie geweint hatte. Sie hatte vermutlich eingesehen, daß es sinnlos war, weiterhin so zu tun, als ob alles gut sei.

»Tamarisk«, sagte ich, »willst du dich nicht aussprechen? Manchmal hilft es.«

»Nichts kann mir helfen.«

»Ist es Gaston?«

Sie nickte.

»Habt ihr euch gestritten?«

Sie lachte. »Wir streiten uns immerzu. Er gibt sich überhaupt keine Mühe mehr.«

»Was ist schiefgegangen?«

»Alles. Er hat gesagt, ich sei ein Dummkopf, und Rachel sei ihm eigentlich viel lieber. Sie wisse, daß sie ein Einfaltspinsel sei. Ich sei ebenso einfältig und wisse es nicht. Das sei der einzige Unterschied zwischen uns. Crispin und er hassen sich. Ich glaube, mich haßt er auch. Er hat ein heftiges Temperament, dabei fand ich ihn so hinreißend ...«

»Arme Tamarisk!«

»Ich weiß nicht, was ich tun soll. Ich glaube, Crispin möchte, daß ich die Scheidung einreiche.«

»Mit welcher Begründung? Man kann sich nicht einfach

scheiden lassen, bloß weil man feststellt, daß man einen Menschen nicht so gern hat, wie man anfangs dachte.«

»Ehebruch, nehme ich an.«

»Habt ihr Beweise?«

»Die werden sich finden lassen. Gaston hat mir gesagt, daß er Rachels Geliebter war, bevor wir geheiratet haben. Sie wäre ihm lieber gewesen. Ich weiß, warum er mich geheiratet hat. Er hält mich für reich. Sicher, ich habe ein wenig Vermögen. Er beneidet Crispin um diesen Besitz. Er sagt, mein Bruder verstünde nicht, zu leben.«

»Aber er, wie? Indem er Menschen unglücklich macht, sie belügt und betrügt.«

Ich mußte immerzu daran denken, was Gaston über Rachel gesagt hatte. Wenn es nun bekannt würde? Damit wäre es mit dem Glück der Grindles vorbei. Und was sollte aus der kleinen Danielle werden, die ihnen so viel Freude machte? Ich könnte es nicht ertragen, wenn Gaston ihr Glück ruinieren würde. Das durfte er nicht. Aber er würde es nicht tun; denn damit würde er sich selbst in ein schlechtes Licht rücken – der Mann, der ein junges, vertrauensseliges Mädchen verführt und im Stich gelassen hatte!

»Crispin wird sich etwas einfallen lassen, um Gaston loszuwerden. Er ist ein Betrüger. Sogar sein Name ist falsch. Ländereien besitzt er auch keine. Er ist ein mittelloser Abenteurer. Ach Fred, ich schäme mich so.«

»Ich nehme nicht an, daß du die einzige bist, die auf ihn hereingefallen ist. Er wirkte sehr überzeugend.«

»Er trinkt zuviel. Dabei kommt vieles ans Licht. Er spricht oft von Rachel. Er behauptet, wenn er wollte, könnte er sie dazu bringen, alles liegen- und stehenzulassen und mit ihm fortzugehen.«

»So ein Unsinn!«

»Ich weiß. Aber ich glaube, sie hatten wirklich etwas miteinander. Sie war ja ganz vernarrt in ihn.«

»Rachel ist glücklich verheiratet. Sie hat ein Kind. Ich

bin sicher, sie würde ihn verachten, wenn er ihr Avancen machte.«

»Sie ist natürlich eine brave kleine Ehefrau. Und ein Kind hat sie auch. Sie muß zur gleichen Zeit auch sehr eng mit Daniel befreundet gewesen sein.«

Ich mußte das Thema wechseln. »*Was* gedenkst du zu tun, Tamarisk?« fragte ich.

»Ich weiß es nicht. Crispin wird sicher einen Ausweg finden. Er ist sehr klug, ihm wird schon etwas einfallen. Ich glaube nicht, daß er Gaston noch länger im Haus dulden wird. Gaston umgarnt meine Mutter nach wie vor mit seinem blumigen Gerede, sie sei so schön wie ein junges Mädchen. Sie ist auf seiner Seite, aber das wird ihm nichts nutzen. Crispin wird bestimmt bald etwas unternehmen.«

Ich war es Crispin schuldig, ihm zu berichten, daß Tamarisk sich mir bis zu einem gewissen Grade anvertraut hatte. Die Gelegenheit bot sich, als er ins Kontor kam. »Gut«, sagte er. »Können wir uns um eins zum Mittagessen im Wirtshaus ›Zur kleinen Füchsin‹ treffen?«

Ich sagte zu.

Ich berichtete ihm, was Tamarisk gesagt hatte. »Was können Sie nun unternehmen?« fragte ich.

»Das beste wäre, ihn fortzuschicken, aber das ist unmöglich. Er wird uns nicht von seiner Gegenwart befreien, indem er abreist. Die einzige sonstige Möglichkeit ist die Scheidung. Keine sehr befriedigende Lösung, aber ich sehe keinen andern Ausweg.«

»Mit welcher Begründung?«

»Ehebruch, darf ich annehmen. Nach dem, was wir über ihn wissen, läßt sich bestimmt ein Beweis finden.«

Nicht Rachel, dachte ich bei mir. Das wäre unerträglich. Außerdem war das vor seiner Heirat gewesen. Das zählte nicht. Es würde aber ans Licht kommen, wenn Untersuchungen und Mutmaßungen angestellt würden. Rachels Glück durfte nicht geopfert werden.

»Wissen Sie genau, daß er fremdgeht?« fragte ich.

»Da bin ich mir ziemlich sicher. Übrigens lasse ich ihn beobachten. Das ist streng geheim. Er hat keine Ahnung. Wenn er Verdacht schöpfte, wäre er gewarnt.«

»Glauben Sie, daß Sie etwas finden werden?«

»Er ist leichtsinnig. Obwohl er gerissen ist und stets auf seinen Vorteil bedacht, kann er in mancher Hinsicht unbesonnen sein. Er hat Tamarisk geheiratet, weil er glaubte, sie würde ihm ein behagliches Leben verschaffen, was sie bislang auch getan hat. Aber die Anstrengung, den Schein des liebenden Ehemanns aufrechtzuerhalten, war zuviel für ihn. Er ist ein Schurke, ein Schürzenjäger, ein zügelloser Abenteurer. Er ist schlau, aber eben nicht schlau genug. Frederica, er muß aus dem Haus. Ich bin froh, daß Tamarisk sich Ihnen anvertraut hat. Mit mir spricht sie kaum, und wenn, dann sehr zurückhaltend. Sie können mir sagen, was sie empfindet. Wir müssen uns oft treffen.«

Er lächelte mich liebevoll an, und wie jedesmal, wenn er Interesse an mir bekundete, war ich von Freude durchglüht.

»Kommen Sie immer noch gut mit Perrin aus?« fragte er.

»O ja, er ist sehr nett und hilfsbereit.«

»Sie wissen, daß ich ein besonderes Interesse für Sie hege, Frederica?«

»Ja, ich weiß, wegen Barrow Wood.« Ich konnte es mir nicht verkneifen, hinzuzufügen: »Aber davor haben Sie mich kaum beachtet.«

»O doch, Sie sind mir schon aufgefallen, als Sie zum erstenmal zum Unterricht in St. Aubyn's Park waren.«

»Ich werde nie vergessen, wie ich Sie das erstemal gesehen habe«, sagte ich.

»So?«

»Es war auf der Treppe. Ich kam mit Rachel und Tamarisk herunter, und Sie wollten hinauf. Sie haben kurz genickt, und noch in Hörweite sagten Sie mit deutlich vernehmbarer Stimme: ›Wer ist das häßliche Kind?‹ Damit war ich gemeint.«

»Nein«, sagte er.

»Doch, es ist wahr.«

»Hat es Sie gekränkt?«

»Und ob. Tante Sophie hat lange gebraucht, um meine verletzte Eitelkeit zu heilen.«

»Verzeihung, aber ich kann das nicht glauben. In Wirklichkeit hatte ich gemeint: ›Wer ist das interessante Kind?‹«

»Mit dreizehn Jahren empfindet man es als schmerzlich, ein Kind genannt zu werden, und häßlich ist die allerhöchste Kränkung.«

»Sie haben es mir nie verziehen.«

»Na ja, ich glaube, ich war wirklich häßlich.«

»Ich erinnere mich, Sie hatten sehr strenge Zöpfe und einen durchdringenden Blick.«

»Und Sie hatten eine durchdringende Stimme.«

»Glauben Sie mir, es tut mir sehr leid. Ich war dumm, beschränkt. Ich hätte Sie als sehr anziehende junge Dame sehen müssen. Die häßlichen Menschen erweisen sich oft als die wahren Schönheiten. Das häßliche Entlein, das sich in einen Schwan verwandelt.«

»Sie brauchen sich nicht zu entschuldigen. Ich war ein häßliches Kind. Wissen Sie, danach begann ich auf mein Äußeres zu achten. So hatte es am Ende doch sein Gutes. Sie haben mir eine Wohltat erwiesen.«

Er langte über den Tisch und nahm meine Hand. »Das zu tun ist mein Wunsch«, sagte er. »Immer.«

Ich hatte das Gefühl, daß er noch etwas hinzufügen wollte, aber er zögerte und schien sich anders zu besinnen.

»Wir haben nun einen Pakt geschlossen«, sagte er dann. »Wir werden uns oft treffen. Sie berichten mir, was Sie entdecken, und wir werden nach einem Ausweg suchen.«

Danach plauderten wir über das Gut, auf dem ich mich inzwischen ziemlich gut auskannte. Das freute ihn, und er geriet regelrecht in Schwung. Als wir uns trennten, sagte er: »Ich mache mir Sorgen um Tamarisk, aber wir werden einen Ausweg finden, und dies war immerhin eine sehr erfreuliche Begegnung.«

Ich ging oft zum Grindle-Hof. Danielle war ein reizendes Kind, ich hatte sie sehr gern. Rachel war glücklich. Ich glaube, es war ihr gelungen, die Vergangenheit zu vergessen, was nicht zuletzt Danielle zu verdanken war.

Leider war die Zufriedenheit nicht von Dauer. Kurz nachdem Crispin und ich uns im Wirtshaus »Zur kleinen Füchsin« unterhalten hatten, besuchte ich Rachel, und bald erfuhr ich, daß nicht alles zum besten stand.

»Freddie«, sagte sie, »war hier. Gaston war hier.«

»Was wollte er?«

»Er möchte, daß wir wieder Freunde sind.«

»So eine Unverschämtheit!«

»O Freddie, es war furchtbar. Ich habe Angst.«

»Was ist passiert?«

»Er hat gesagt: ›Du hast mich einmal geliebt, weißt du noch?‹ Ich sagte ihm, er solle gehen. Ich wolle ihn nie wiedersehen. Es war schrecklich. Er wollte seinen Arm um mich legen.«

»Wie ist er hereingekommen?«

»Einfach so. Ein Mädchen hat ihn ins Wohnzimmer geführt, und ich war zufällig dort. Ich dachte schon, er würde nie mehr weggehen.«

»Hast du es Daniel erzählt?«

»Ja. Er ist sehr wütend geworden. Ich glaube, er würde ihn umbringen, wenn er ihn sähe. Daniel gerät nicht oft in Wut, aber jetzt war er regelrecht außer sich. Ich hoffe, Gaston läßt sich hier nie wieder sehen. Wenn er kommt ...«

»Er kann dir nichts zuleide tun.«

Sie klammerte sich an mich. »Ich habe solche Angst. Ich habe schreckliche Angst.«

Ich sagte ihr in diesem Moment nicht, daß auch mir angst und bange war.

Wie ich diesen Mann haßte! Wo er hinging, brachte er Unglück. Ich hatte gedacht, alles hätte sich zum Guten gewendet, als Daniel das Kind anerkannte und liebte. Ich wußte nur zu genau, welchen Schaden Gaston in der kleinen Familie anrichten konnte. Ich hatte eine ungeheure Wut auf ihn. Wenn er doch nur fortginge! Aber er dachte gar nicht daran. Er liebte den Luxus zu sehr, den er in St. Aubyn's Park genoß. Er hatte seine Vermählung mit Tamarisk inszeniert und sich häuslich in St. Aubyn's Park niedergelassen – und dort gedachte er zu bleiben. Er würde dafür kämpfen, und es bekümmerte ihn nicht, was aus anderen wurde, solange er nur bekam, was er wollte.

Ein neues Vorkommnis erregte Aufsehen in der Nachbarschaft. Harry Gentry war dahintergekommen, daß Gaston Marchmont seiner Tochter Sheila nachstellte. Das Mädchen war kaum sechzehn Jahre alt. Gentry hatte die beiden im Holzschuppen in seinem Garten überrascht.

Für Harry war es klar, welche Absichten Gaston bei seiner Tochter verfolgte. Harry war wutentbrannt. Er erklärte, er werde den Kerl umbringen. Gaston hatte versucht, sich herauszureden, Harry aber war ins Haus gegangen und mit einer Flinte wieder erschienen, die er benutzte, um Kaninchen zu schießen.

Gaston entkam, und Harry schoß in die Luft, um ihn davor zu warnen, was geschehen würde, wenn er Sheila noch einmal zu nahe käme. Die Nachbarn hatten die Schüsse gehört und waren aus ihren Häusern gekommen, um die Szene zu beobachten.

Die Leute redeten über den Ärger in St. Aubyn's Park. Es sei ja sehr romantisch gewesen, nach Gretna Green auszureißen, aber nun sehe man, was bei einem solchen Treiben herauskomme. Mr. Crispin werde sich gewiß überlegen, wie man den Kerl loswerde.

Rachel wurde immer ängstlicher. Sie konnte den Gedanken nicht ertragen, daß ihre Familie von einem Skandal berührt werden könnte. Gaston Marchmont würde das nicht kümmern. Er würde jedermann in Schwierigkeiten bringen, wenn er darin einen Vorteil für sich sähe.

Crispin kam eines Nachmittags ins Büro, als James Perrin nicht da war. »Es wird immer schlimmer«, sagte er. »Wir müssen den Kerl unbedingt loswerden.«

»Haben Sie eine Vorstellung, wie?« fragte ich.

Er schüttelte den Kopf.

»Er tändelt herum. Es dürfte nicht schwer sein, etwas zu finden, das sich gegen ihn verwenden ließe.«

Ich zitterte um Rachels willen. Ich hätte Crispin gern begreiflich gemacht, wie wichtig es war, es ihr zu ersparen, mit Gaston in Verbindung gebracht zu werden, aber ohne ihre Einwilligung konnte ich nichts sagen, und die würde sie mir niemals geben.

Er saß auf der Schreibtischkante, baumelte mit einem Bein und starrte stirnrunzelnd vor sich hin. Seine Haltung drückte Niedergeschlagenheit aus. Ich verstand seine Stimmung vollkommen, denn mir erging es genauso.

»Sie haben gesagt, Sie ließen ihn beobachten«, sagte ich.

»Ja. Aber das kleine Techtelmechtel mit Sheila dürfte kaum reichen.«

Es klopfte an der Tür. »Herein«, rief Crispin.

Ein Gutsarbeiter trat ein. »Ich bin an der Hütte der Lanes vorbeigekommen, und da hat Miß Lucy mich gerufen«, berichtete er stotternd. »Sie hat gesagt, ich soll Ihnen ausrichten, ob Sie sofort hinkommen könnten, Sir. Es ist etwas passiert.«

Crispin sagte: »Ich komme sofort.«

Er lief hinaus und sprang auf sein Pferd.

»Ich komme nach«, sagte ich, »für den Fall, daß meine Hilfe gebraucht wird.«

Als ich ankam, lief ich sofort ins Häuschen. Flora war mit Lucy und Crispin in der Küche.

Flora sah völlig verstört aus, und Lucy sagte ein ums andere Mal: »Ist ja gut, Flora, ist ja gut.«

Auch Crispin bemühte sich um sie, aber Flora ließ sich nicht beruhigen. Sie sagte weinend: »Er hat das Baby genommen. Er wollte ihm weh tun. Er hat gesagt, er würde ihm nichts tun, wenn ich ... wenn ich ...«

»Nicht weinen«, sagte Crispin. »Es ist alles vorbei.«

Sie schüttelte den Kopf. »Nein, nein. Er hat gesagt: ›Erzählen Sie ... dann bekommen Sie das Baby zurück‹.«

»Und du hast es erzählt«, sagte Lucy tonlos.

»Jetzt ist es kein Geheimnis mehr. Das Geheimnis, das man nicht verraten darf. Aber das Baby ... er wollte dem Baby weh tun.«

Ich wußte instinktiv, von wem sie sprach. Von Gaston natürlich. Hatte ich ihn nicht mehrmals hier gesehen? Er hatte sich für Flora interessiert. Neugierig, entschlossen, das Geheimnis zu entdecken, das nicht verraten werden durfte. Und er hatte einen Weg gefunden, es zu erfahren. Ach, arme Flora! Sie hatte ihm das Bild mit den Elstern gezeigt, genau wie mir, worauf er beschloß, ihr das Geheimnis zu entreißen.

Warum interessierte er sich dermaßen für Floras unzusammenhängendes Gerede? Warum, wenn er sich doch nur mit Dingen befaßte, die ihm zum Vorteil gereichen konnten?

Lucy brachte Flora in ihr Zimmer. Crispin blieb, um zu helfen, und da ich nicht von Nutzen sein konnte, ließ ich sie allein.

Den ganzen Tag dachte ich daran, was geschehen war, und in der Nacht hatte ich einen entsetzlichen Traum. Ich lag in Barrow Wood hilflos auf der Erde, und Mr. Dorian näherte sich mir. Ich rief um Hilfe. Es murmelte in den Bäumen. Es war nicht Mr. Dorian, der zu mir gekommen war, es waren die sieben Elstern. Sie ließen sich auf einem Baum nieder und beobachteten mich feindselig, und ich war von Entsetzen gepackt, so wie damals bei Mr. Dorian.

Ich erwachte in Todesangst. Es war nur ein Traum, ein wirrer, dummer Traum. Wie konnte ich mich vor ein paar Vögeln so fürchten?

Der Tag verging. Ich wollte sehen, was Flora machte, doch ich vermutete, daß mein Besuch nicht genehm wäre. Ich hoffte, Crispin würde ins Kontor kommen, aber er kam nicht. Ich war froh, daß James nichts von meiner Nachdenklichkeit merkte.

Als wir am nächsten Morgen beim Frühstück saßen, kam der Briefträger. Wenn er Zeit hatte, blieb er auf eine Tasse Tee, die er bei Lily in der Küche trank. Diesmal führte sie ihn zu uns herein. Ihre Augen waren rund vor Aufregung, und aus ihnen sprach jenes Entsetzen, das nur eine schlechte Nachricht hervorrufen kann.

»Tom hat mir gerade erzählt«, sagte sie, »daß man Gaston Marchmont erschossen in St. Aubyn's Park aufgefunden hat. Im Gebüsch.«

Ich fühlte mich plötzlich ganz matt.

»Ja«, fuhr Tom fort, »ein Gärtner hat ihn heute morgen im Gebüsch gleich hinter dem Haus gefunden. Er muß dort die ganze Nacht gelegen haben.«

»Das ist ja eine schöne Bescherung«, sagte Lily.

Ich stammelte: »Wie … wer?«

»Das«, sagte Tom, »muß man erst noch herausfinden.«

Nun war es also geschehen. Mehrere Leute hatten Gaston aus dem Weg haben wollen. Mir war sehr bange zumute, denn ich fürchtete, jemand, den ich kannte, hätte sich des Mordes schuldig gemacht.

Als erster kam mir Daniel in den Sinn. Doch konnte ich

nicht glauben, daß dieser sanfte Mensch imstande war, einen Mord zu begehen. Es wäre unerträglich. Das würde das Ende von Rachels Glück bedeuten.

Harry Gentry? Er hatte Gaston Marchmont mit einer Flinte bedroht, ja, er hatte sie tatsächlich abgefeuert.

Tamarisk? Es war so weit gekommen, daß sie ihn haßte. Er hatte sie betrogen, er hatte sie erniedrigt. Sie war unberechenbar und leichtsinnig, und es war ihr unerträglich, gedemütigt zu werden.

Crispin haßte ihn. Mehr als einmal hatte er gesagt, wie gern er ihn los wäre. Gaston war für alle eine Bedrohung gewesen. Sogar die arme Flora hatte er in Unruhe versetzt. Wohin er ging, hatte er Unbehagen ausgelöst.

Nicht Crispin, sagte ich mir unentwegt. Das wäre unerträglich.

Zum erstenmal gestand ich mir ein, was ich wirklich für ihn empfand. Ich hatte mich auf den allerersten Blick zu ihm hingezogen gefühlt, und jene unselige Bemerkung war um so schmerzlicher gewesen, weil sie von ihm kam. Barrow Wood? Ja, das hatte uns beide tief berührt. Ich konnte seinen Zorn, als er Mr. Dorian zu Boden warf, ebensowenig vergessen wie seine Zärtlichkeit, als er mich aufgehoben hatte. Und wie hatte ich die mittäglichen Imbisse im Wirtshaus »Zur kleinen Füchsin« genossen! Ich hatte versucht, vor mir selbst zu verleugnen, wie sehr ich mich freute, wenn er ins Kontor kam.

Aber da war eine Barriere, etwas, das mir unverständlich war. Manchmal spürte ich eine Wärme in seinem Verhalten, und ich konnte mir vorstellen, daß ihm etwas an mir läge, doch dann war diese Reserviertheit wieder da. Vielleicht war ich ein bißchen in ihn verliebt, dabei hatte ich zuweilen das Gefühl, ihn nicht richtig zu kennen. Diese Reserviertheit brachte er aber nicht nur mir entgegen, sondern jedermann. Er hing mit inniger Hingabe an dem Gut. Das war verständlich. Er trug eine große Verantwortung.

Es war, als schleppe er etwas mit sich herum… ein Geheimnis.

Geheimnisse! Überall glaubte ich, Geheimnisse auszumachen. Das kam von den Besuchen bei den Lanes und von dem Bild mit den Elstern. Ich träumte sogar davon.

Tante Sophie sprach fast von nichts anderem als von Gaston Marchmonts Tod; und natürlich redete ganz Harper's Green darüber. Wer hatte Gaston Marchmont getötet? Diese Frage war in aller Munde. Erwartung erfüllte die Luft. Alle glaubten, daß man die Antwort bald erfahren würde.

Lily war überzeugt, daß es Harry Gentry gewesen war. »Er hatte eine Stinkwut auf ihn«, sagte sie, »seit er ihn mit Sheila erwischt hat. Und sie war garantiert nicht abgeneigt. Ich sage immer, gleich und gleich gesellt sich gern. Nun, er hat seine verdiente Strafe bekommen, und das wird ihr eine Lehre sein.«

»Ich hoffe, daß der arme Harry nichts damit zu tun hatte«, sagte Tante Sophie. »Es ist Mord, wie man es auch betrachtet. Ich weiß, er ist aufbrausend, aber ich bezweifle, daß er sich so kaltblütig auf die Lauer legen würde. Dazu ist er zu vernünftig. Nein, ich vermute, es war jemand, der den Kerl von früher kannte. Ich schätze, er hatte eine üble Vergangenheit.«

Tante Sophie wirkte beruhigend auf mich. Sie ahnte, daß ich mir Crispins wegen Sorgen machte. Vielleicht verstand sie meine Gefühle besser als ich selbst. Sie wußte sehr wohl, daß Crispin Gaston Marchmont gehaßt und gehofft hatte, ihn auf irgendeine Weise von St. Aubyn's Park fortzubekommen. Ich neigte mehr zu dem Gedanken, daß jemand, den Gaston Marchmont von früher kannte, ihn ermordet hatte.

Während der folgenden Tage ging die Polizei in Harper's Green ein und aus. Berichte von Harry Gentrys Drohungen waren durchgesickert, und Harry wurde mehrmals verhört. Wie es schien, hatte er ein Alibi. Er hatte das Haus eines Nachbarn gestrichen, und zwar bis um neun Uhr jenes Abends, an dem Gaston Marchmont erschossen wurde. Anschließend hatte Harry den Nachbarn mit zu sich nach Hause genommen. Sie hatten Bier getrunken, Sheila hatte ihnen belegte Brote gemacht, und sie hatten bis nach Mitternacht Poker gespielt.

Man nahm an, daß der Schuß, der Gaston getötet hatte, an jenem Abend zwischen halb elf und elf abgegeben worden war. Somit war Harry Gentry, wie man so sagte, »aus dem Schneider«.

Ich ging zu Rachel. Ein Glück, daß ihre Verbindung mit Gaston nicht allgemein bekannt war. Daniel, Tamarisk und ich waren als einzige in das Geheimnis eingeweiht.

Rachel freute sich sehr, mich zu sehen.

»Ich wäre schon früher gekommen, aber... ich wußte nicht recht...«

»Freddie, du denkst doch nicht, daß es Daniel war?« Ich schwieg.

»Er war es nicht«, erklärte sie bestimmt. »Er ist am späten Nachmittag heimgekommen und bis zum nächsten Morgen zu Hause geblieben. Jack war hier, er kann es bestätigen.«

»Ach, Rachel, ich habe mir solche Sorgen gemacht.«

»Ich mir auch... das heißt, ich würde mir Sorgen machen, wenn ich nicht wüßte, daß Daniel die ganze Zeit hier war. Es ist abends zwischen zehn und elf passiert, nicht? Er hat dort gelegen, tot, die ganze Zeit.«

»Wieso sollte man Daniel verdächtigen?« fragte ich. »Warum sollte man Gaston mit euch in Verbindung bringen? Kein Mensch weiß, daß ihr ein Motiv haben könntet. Keiner weiß etwas von dir und Gaston, außer uns und... hm... Tamarisk.«

Sie sah mich entgeistert an.

»Er hat es ihr erzählt«, sagte ich und fuhr rasch fort: »Sie wird nichts sagen. Die Leute sollen doch nicht erfahren, daß er sich, während er ihr den Hof machte, mit dir eingelassen hat. Du brauchst dir keine Sorgen zu machen. Tante Sophie meint, es könnte jemand gewesen sein, den er von früher kannte. Er hatte bestimmt eine zweifelhafte Vergangenheit. Er muß Feinde gehabt haben. Schon in der kurzen Zeit, die er hier war, hat er sich viele Feinde gemacht.«

»Ach, Freddie, ich weiß, es ist unrecht, aber ich bin froh, daß er nicht mehr da ist. Ich hätte nie Frieden gefunden. Ich bin froh, so froh.«

»Ich verstehe, wie dir zumute ist. Und ich sehe wirklich keinen Grund, wieso du mit der Sache in Verbindung gebracht werden solltest.«

Sie legte die Arme um mich und klammerte sich an mich. »Ich bin froh, daß du hier bist, Freddie. Ich bin froh, daß du meine Freundin bist. Daniel sagt oft, was für eine wunderbare Freundin du uns beiden warst. Wenn ich denke, daß...«

»Denk nicht daran. Vergiß es. Es spielt keine Rolle mehr. Du bist von ihm befreit. Ich wollte mich nur vergewissern, daß Daniel nicht...«

»Er war es nicht. Ich schwöre, daß er die ganze Zeit hier war.«

Ich wollte ihr so gern glauben. Das tat ich auch, solange ich bei ihr war, als ich aber fortging, kam mir der Gedanke, wie sehr Daniel Gaston gehaßt haben mußte, weil Rachel ihn einst geliebt hatte. Das Kind, das er liebte, war nicht von ihm. Und dann war Gaston zurückgekommen und hatte ihr Glück bedroht.

Daniel war unschuldig. Rachel hatte geschworen, daß er unschuldig wäre. Doch dann sagte eine kleine Stimme in mir: Na und, das würde sie auf jeden Fall geschworen haben, oder?

Ich ging zu Tamarisk. Man sagte mir, sie sei in ihrem Zimmer und wolle niemanden empfangen.

»Würden Sie ihr ausrichten, daß ich da war?« sagte ich. »Wenn sie mich sehen möchte, kann ich jederzeit wiederkommen.«

Ich verweilte noch etwas, während das Mädchen nach oben ging. Gerade als ich gehen wollte, kam sie hastig herunter. »Mrs. Marchmont möchte Sie sprechen, Miß Hammond.« Sie sah mich kopfschüttelnd an. »Die arme gnädige Frau. Die Polizei hat ihr wieder zugesetzt. Sie nimmt es sehr schwer.«

»Ich kann mir denken, wie das ist«, sagte ich. »Ich werde nicht lange bleiben, es sei denn, sie wünscht es.«

Tamarisk lag auf ihrem Bett. Sie war vollständig angekleidet, aber die blonden Haare lagen offen um ihre Schultern. Sie sah sehr blaß aus.

»Ich möchte mit dir reden, Fred«, sagte sie. Ich setzte mich ans Bett. »Ist es nicht furchtbar?« fuhr sie fort. Ich nickte.

»Ich kann es nicht glauben, daß ich ihn nie wiedersehen werde. Ich kann nicht glauben, daß er tot ist. Die Polizei ist hiergewesen. Sie stellen endlose Fragen. Sie haben Crispin verhört, meine Mutter, das Personal. Meine Mutter ist sehr unglücklich. Sie hatte ihn wirklich gern.«

»Tamarisk, wie fühlst du dich?«

Sie starrte vor sich hin, die Unterlippe trotzig vorgeschoben. »Ich weiß, daß ich das nicht sagen dürfte, aber ich sage es ja nur zu dir. Ich bin froh. Das ist die reine Wahrheit. Ich habe ihn gehaßt.« Sie lächelte verzagt. »Das habe ich der Polizei natürlich nicht erzählt. Sonst würden sie womöglich denken, ich hätte es getan. Ich kann dir sagen, es gab Zeiten, da wäre ich dazu imstande gewesen.«

»Sag so etwas nicht, Tamarisk!«

»Es ist unklug von mir, nicht? Tatsächlich sieht es fast so aus, als ob sie mich verdächtigten, auch wenn sie es nicht direkt gesagt haben. Ich bin ein schrecklicher Dummkopf gewesen, Fred. Aber du hast mich ja schon immer für dumm gehalten, nicht wahr? Ich habe alles geglaubt, was er gesagt hat. Und während er mir versicherte, er schaue keine andere an, hatte er eine heimliche Liebesaffäre mit Rachel.«

»Tamarisk, sprich mit niemandem darüber. Bedenke, was das für Rachel und Daniel bedeuten würde. Und für das Baby.«

»Es ist aber wahr«, sagte sie.

»Hör zu, er hat in seinem Leben eine Menge Unheil angerichtet. Jetzt ist er tot. Laß es damit gut sein.«

»Es gut sein lassen! Und die endlosen Befragungen durch die Polizei?«

»Das ist unvermeidlich. Es handelt sich schließlich um einen Mordfall.«

»Sie verdächtigen Harry Gentry. Gaston hat offensichtlich der kleinen Sheila nachgestellt. Oh, er war abscheulich! Ich würde es Harry Gentry kein bißchen verdenken.«

»Was wollte die Polizei von dir?«

»Oh, sie waren sehr höflich. Ein Polizist sprach sehr freundlich mit mir, und der andere machte sich Notizen. Ich mußte ihnen von meiner Heirat erzählen, und daß ich ihn erst kurze Zeit gekannt hatte. Sie wußten, daß er unter falschem Namen hierhergekommen war. Sie wußten noch mehr von ihm. Offenbar war er in Schwierigkeiten gewesen... unter einem anderen Namen. Es ist so demütigend, wenn ich daran denke, wie sehr ich von ihm betört war. Es wird in allen Zeitungen stehen. Ich möchte wissen, wer es getan hat. Es heißt, Harry Gentry war bei einem Nachbarn, als Gaston ermordet wurde. Ich bin die ganze Zeit hiergewesen. Crispin war auch hier. Ich hatte mich schon gefragt, ob Crispin...«

»Aber ganz bestimmt nicht! Er ist viel zu vernünftig.«

»Das denke ich auch. Aber er hat ihn gehaßt. Wie auch

immer, er war hier. Eines Tages werden wir es wohl erfahren. Die Polizei wird es aufdecken, nicht?«

»Das ist anzunehmen.«

»Ich bin froh, daß du gekommen bist, Fred. Ich unterhalte mich gern mit dir. Nichts dauert ewig, nicht wahr? Irgendwann wird es vorbei sein. Dann bin ich frei.«

»Tamarisk, ich hoffe, daß alles gut wird.«

»Ja. Du hast mich aufgeheitert. Ich hatte schon geahnt, daß du mir mit deinen klugen alten Sprichwörtern kommen würdest. ›Die Sonne scheint auch hinter den Wolken.‹ ›Bei jedem Unglück ist auch ein Glück.‹ ›Wenn sich die Wolken verzogen haben, sieht alles anders aus.‹ Es wird ein Neubeginn. Ich muß vergessen. Und ich sage mir immerzu: Ich bin frei.«

Ja, dachte ich, es ist ein Glück für dich, daß du ihn los bist. Es gab etliche Menschen, die insgeheim frohlockten, weil Gaston Marchmont tot war.

Als der Briefträger am nächsten Morgen kam, brachte er weitere Neuigkeiten mit. Wir saßen gerade beim Frühstück, und Lily führte ihn zu uns herein. »In St. Aubyn's Park ist allerhand los«, berichtete er. »Sie graben das Gebüsch um.«

»Wozu?« wollte Tante Sophie wissen.

»Fragen Sie mich nicht, Miß Cardingham. Aber die Polizei ist dort.«

»Was kann das bedeuten?« murmelte Tante Sophie. »Was erwarten sie zu finden?«

»Wir werden es wohl bald erfahren.«

Als ich James Perrin sah, war das erste, was er sagte: »Haben Sie es schon gehört? Es wird eine gerichtliche Untersuchung stattfinden.«

»Ja, in St. Aubyn's Park wird gegraben. Das muß mit dem Mord zusammenhängen.«

»Ich weiß nicht, wie das enden soll. Es kursieren so viele

Gerüchte, und überall laufen Fremde herum, die hoffen, einen Blick auf den Schauplatz des Verbrechens zu erhaschen. Ich wünschte, der Mann wäre nie hierhergekommen.«

»Ich schätze, da sind Sie nicht der einzige. Komisch, jahrelang geschieht gar nichts, und auf einmal ... erst der Tod des armen alten Mr. Dorian, dann kommt dieser Mensch hierher, dann die überstürzte Heirat, und nun ein Mord.«

»Ich hoffe, Mr. Crispin fühlt sich wohl«, sagte James.

»Wie meinen Sie das?« fragte ich beklommen.

Er runzelte die Stirn und gab keine Antwort. Ich dachte: Er verdächtigt Crispin. Ich mußte an Crispins Blick in Barrow Wood denken, als er Mr. Dorian gepackt hatte. Später hatte ich zu ihm gesagt: »Sie hätten ihn beinahe umgebracht«, und er hatte erwidert, daß es um ihn nicht schade gewesen wäre. War er über Gaston derselben Meinung gewesen?

Ich war froh, als ich an diesem Tag nach Hause kam. Tante Sophie wartete auf mich. Sie habe mir etwas Wichtiges mitzuteilen. Ehe sie es aussprechen konnte, fuhr mir der Gedanke durch den Kopf: Was haben sie im Gebüsch gefunden?

Sie aber sagte: »Crispin war hier. Er will dich sprechen. Es ist wichtig.«

»Wann?« fragte ich begierig.

Sie sah auf die Uhr auf dem Kaminsims. »Ungefähr in einer halben Stunde.«

»Wo?«

»Er kommt hierher. Du kannst im Wohnzimmer mit ihm reden.«

»Was haben die Grabungen im Gebüsch ergeben?«

»Ich weiß es nicht.«

»Wird immer noch gegraben?«

»Nein, ich glaube, sie haben aufgehört. Nun, er wird bald hier sein. Er sagte, er wolle dich allein sprechen.«

Ich wusch mich, kämmte mir die Haare und wartete.

Dann hörte ich das Hufgetrappel seines Pferdes, und kurz darauf führte Tante Sophie ihn ins Wohnzimmer. »Möchten Sie ein Glas Wein?« fragte sie ihn.

»Nein, danke«, sagte Crispin.

Als sie hinausgegangen war, trat Crispin zu mir.

»Was ist geschehen?« fragte ich. »Bitte sagen Sie es mir.« Er ließ meine Hände los, und wir setzten uns.

Er sagte leise: »Man hat die Waffe gefunden. Sie war im Gebüsch vergraben, nicht weit von der Stelle, wo die Leiche gefunden wurde. Es besteht kein Zweifel, daß es sich um die Tatwaffe handelt.«

»Was hat sie veranlaßt, dort nachzusehen?«

»Sie haben festgestellt, daß der Erdboden vor kurzem aufgegraben wurde.«

»Bringt es die Ermittlungen voran?«

»Es ist eine Waffe aus unserer Waffenkammer in St. Aubyn's Park.«

Ich starrte ihn entsetzt an. »Und was bedeutet das?«

»Daß jemand die Waffe aus der Waffenkammer genommen, sie benutzt und, statt sie zurückzubringen, im Gebüsch vergraben hat.«

»Aber warum denn nur?«

Er hob die Schultern.

»Denken Sie, es war jemand aus dem Haus?« fragte ich.

»Das wäre eine mögliche Schlußfolgerung.«

»Aber warum hätte jemand aus dem Haus eine Waffe nehmen und sie nicht zurückbringen sollen?«

»Das ist ein Rätsel.«

»Was kann das zu bedeuten haben?«

»Ich weiß es nicht. Bis der Schuldige gefunden ist, ist jeder verdächtig. Es ist jetzt offensichtlich, daß es jemand war, der Zugang zum Haus hatte.«

»Dann ist die Theorie, daß es ein Feind aus früherer Zeit sein könnte, hinfällig.«

»Ein Feind aus früherer Zeit?«

»Ja, das war Tante Sophies Vermutung. Sie meinte, ein Mann wie Gaston Marchmont müsse sich überall Feinde gemacht haben, und sie hielt es für möglich, daß einer von ihnen ihn aufgespürt hätte.«

»Eine interessante Theorie. Ich wünschte, sie wäre wahr.«

»Und was wird nun geschehen?«

Er schüttelte den Kopf.

»Ist Ihnen bange?« fragte ich.

»Ja. Unser Haus wird stärker miteinbezogen. Aber warum, um alles in der Welt, hat jemand die Waffe genommen und sie dann vergraben – und das nicht eben sehr geschickt? Das ist eigenartig.«

Er sah mir in die Augen. »Ich hatte schon seit langem mit Ihnen reden wollen. Vielleicht ist jetzt nicht der richtige Zeitpunkt dafür, aber ich kann nicht länger warten.

»Was wollten Sie mir sagen?«

»Sie haben gewiß bemerkt, daß mir sehr viel an Ihnen liegt.«

»Sie meinen, seit jenem schrecklichen Vorfall...«

»Auch. Aber schon vorher. Von Anfang an.«

»Als Sie das häßliche Kind bemerkten?«

»Das ist vergeben und vergessen. Frederica, ich liebe Sie. Ich möchte, daß Sie meine Frau werden.«

Ich blickte ihn erstaunt an.

»Ich weiß, dies ist kaum der rechte Zeitpunkt«, fuhr er fort. »Aber ich konnte es nicht länger für mich behalten. Ich bin viele Male drauf und dran gewesen, es Ihnen zu sagen. Ich finde, wir haben schon bis heute viel zuviel Zeit verschwendet.«

Er sah mich forschend an.

»Darf ich fortfahren?«

»Ja«, sagte ich eifrig, »ich bitte darum.«

Er war aufgestanden, zog mich hoch und schloß mich in

die Arme. Trotz meiner Befürchtungen und Verdachtsregungen war ich glücklich.

Er küßte mich heftig, innig. Ich war atemlos vor Bewegung. Ich glaubte zu träumen. In letzter Zeit war so viel Seltsames geschehen, und dies kam ebenso unerwartet wie alles andere.

»Ich hatte Angst, mir meine Gefühle einzugestehen«, sagte er. »Was man in der Vergangenheit erlebt hat, geht nicht spurlos an einem vorüber, nicht wahr? Man wähnt alles mit einem Makel behaftet. Aber jetzt...«

»Setzen wir uns hin und reden«, schlug ich vor.

»Sag mir zuerst, hast du mich gern?«

»Aber ja.«

»Das macht mich froh. Trotz dieser... Ich bin glücklich. Wir werden zusammensein. Was auch geschieht, wir werden es durchstehen.«

»Ich bin ziemlich durcheinander«, gestand ich ihm.

»Aber du hast doch gewußt, was ich für dich empfinde!«

»Ich war mir nicht sicher. Als ich davon sprach, fortzugehen, hast du mich hier festgehalten...«

»Ich konnte dich nicht fortlassen.«

»Mir war der Gedanke verhaßt, wegzugehen.«

»Und trotzdem hattest du es vor.«

»Ich hielt es für das Beste.«

»Ich bin recht arrogant gewesen, nicht?«

»Reserviert. Unnahbar.«

»Das war eine Art Abwehr.« Er lachte unvermittelt. »Und jetzt, mitten in alledem...«

»Vielleicht«, meinte ich, »*wegen* alledem.«

»Es mußte heraus. Ich konnte es nicht mehr für mich behalten, Frederica. Hast du einen würdevollen Namen!«

»Ja, das habe ich mir auch schon oft gedacht. Meine Mutter gab ihn mir, weil sie so stolz auf die Familie war. Etliche Fredericks hatten sich große Verdienste erworben – als Generale, Politiker und so weiter. Ihr wäre es lieber gewesen, wenn ich ein Junge geworden wäre. Dann hätte ich schlicht Frederick geheißen.«

Warum plauderten wir über so belanglose Dinge? Es war, als versuchten wir, etwas Beängstigendes zu verdrängen. Ich mußte immer wieder an seinen Zorn denken, wie er gegen Mr. Dorian gewütet hatte und wie er von Gaston gesprochen hatte und von seinem Wunsch, ihn loszuwerden. Und inmitten des ganzen Aufruhrs, als bekannt wurde, daß die Mordwaffe im Gebüsch gefunden worden war, hatte Crispin diesen Augenblick gewählt, um mir einen Heiratsantrag zu machen. Warum?

Er sagte: »Ich liebe dich schon lange. Mehr als alles andere wünsche ich mir, daß du meine Liebe erwiderst. Ich konnte es mir allerdings nicht vorstellen. Ich bin kein Blender wie –« Seine Miene verfinsterte sich, und wieder packte mich die Angst.

Ich sagte: »Crispin, ich liebe dich. Ich möchte dich heiraten, und ich möchte, daß alles zwischen uns vollkommen ist, jetzt und immer. Ich möchte alles über dich wissen. Es darf keine Geheimnisse zwischen uns geben.«

Ich bemerkte ein leichtes Stocken und eine kleine Pause, bevor er sagte: »Das wünsche ich auch.«

Er hielt etwas zurück. Ich betete insgeheim, er möge nicht in diese schreckliche Angelegenheit verwickelt sein. Das hätte ich nicht ertragen.

Ich hatte fast den Eindruck, als wolle er mich bitten, von unserer Liebe zu sprechen und von sonst nichts, alles außer acht zu lassen außer dieser wundervollen Offenbarung, daß wir uns liebten.

Er sagte beinahe flehend: »Wie wunderbar, daß du mich gern hast. Und das Gut magst du auch.« Er runzelte die Stirn und machte eine wegwerfende Handbewegung. »Dieser ganze Ärger wird bald vorüber sein. Sie werden ermitteln, wer es getan hat, und damit ist der Fall erledigt. Wir müssen es vergessen. Wir werden zusammensein, und das wird wunderbar. Du hast mich verändert, mein Liebling. Du hast meine Einstellung zum Leben verändert. Ich war melancholisch. Ich habe nicht an das Gute geglaubt. Du mußt mich verstehen … was meine erste Ehe betrifft.«

»Das liegt lange zurück.«

»Es hat mich stark geprägt. Erst als ich mich in dich verliebte, begann ich, mich davon zu befreien. Du mußt es verstehen. Sonst finde ich keinen Frieden.« Er nahm meine Hand und fuhr fort: »Ich war sehr jung, noch nicht ganz neunzehn. Ich studierte an der Universität. Eine Truppe Schauspieler kam in die Stadt. Sie gehörte zu ihnen. Sie muß damals fünfundzwanzig gewesen sein, aber sie gab sich für einundzwanzig aus. Ich besuchte die Vorstellung, eine musikalische Komödie, in der gesungen und getanzt wurde. Sie war in der ersten Reihe der Tanzgruppe. Ich fand sie wunderschön. Am ersten Abend war ich da, und am nächsten … Ich schickte ihr Blumen. Sie gewährte mir ein Rendezvous. Ich war vollkommen betört.«

»So etwas ist schon vielen jungen Menschen passiert.«

»Das ist keine Entschuldigung für meine Torheit.«

»Nein, aber es ist tröstlich, zu wissen, daß du nicht der einzige warst.«

»Wirst du immer solche Entschuldigungen für mich parat haben?«

»Ich nehme an, die hat man immer für die Menschen, die man liebt.«

Er zog mich an sich und küßte mich. »Bin ich froh, daß ich es dir gesagt habe! Ich kann es noch gar nicht glauben, daß du mich liebst. Du wirst dich auf immer meiner annehmen.«

»Du bist der starke Mann. Du solltest dich meiner annehmen.«

»Das will ich, mit meiner ganzen Kraft … und wenn ich schwach bin, wirst du dasein.«

»Wenn du mich willst.«

Wir schwiegen einige Augenblicke, während er mich an sich zog und aufs Haar küßte.

»Du wolltest mir etwas erzählen«, erinnerte ich ihn.

Er war augenblicklich ernüchtert. »Ich schäme mich so, aber du mußt mich kennen, soweit ...« Er zögerte, und wieder ergriff mich Furcht.

»Ich will alles wissen, Crispin«, sagte ich bestimmt. »Bitte halte nichts zurück. Ich werde es verstehen, was immer es ist.«

Wieder war da dieses kurze Zögern. »Also«, berichtete er dann, »ich habe sie entgegen dem Rat meiner Freunde geheiratet. Ich habe mein Studium abgebrochen. Immerhin hatte ich ja das Gut. Ich dachte, ich könnte mich an das häusliche Leben gewöhnen. Kate – ich glaube nicht, daß Kate Carvel ihr richtiger Name war; es war nichts Wahres an ihr, alles war falsch –, sie hat sich auf dem Gut gelangweilt. Sie wollte nicht auf dem Land leben. Enttäuscht merkte ich bald, daß ich einen schrecklichen Fehler begangen hatte. Und sich selbst mit neunzehn Jahren als Dummkopf zu sehen ist eine sehr demütigende Erkenntnis. Es beschädigt einen, manchmal sogar fürs Leben. Ich war davon beeinflußt, bis du kamst. Von da an habe ich mich allmählich geändert, wie ich hoffe.«

»Ich bin sehr froh darüber, Crispin.«

»Ich will mich nicht rechtfertigen, aber kein Mensch hat sich jemals wirklich etwas aus mir gemacht, ausgenommen Lucy Lane. Deshalb bin ich so leicht auf Kate hereingefallen. Sie verstand sich gut darauf, einem etwas vorzumachen. Meinen Eltern lag nicht viel an Tamarisk und mir. Sie waren so sehr beschäftigt mit ihrem eigenen Leben, von dem wir ausgeschlossen waren. Lucy war immer wunderbar zu mir.«

»Und du warst wunderbar zu ihr.«

»Ich habe nur getan, was selbstverständlich ist.«

»Du hast großartig für sie gesorgt, und auch für ihre Schwester.«

»Ich war so erleichtert, als Kate fortging. Ich kann dir gar nicht sagen, wie mir zumute war. Du hast von dem Unfall gehört. Ich mußte sie identifizieren. Sie war sehr schwer verletzt. Glücklicherweise hatte sie einen Ring bei sich, den ich ihr geschenkt hatte, bevor wir heirateten. Es war ein Familienerbstück mit einem kunstvoll eingravierten Wappen. Der Ring befindet sich jetzt wieder in meinem Besitz. Und sie trug eine Pelzstola mit ihrem Monogramm im Futter. Damit war die Episode vorüber.«

»Und du mußt sie vergessen.«

»Jetzt kann ich es. Daß du mich liebst, das hat mir mein Selbstvertrauen zurückgegeben.«

Ich lachte. »Ich dachte immer, Selbstvertrauen sei das letzte, woran es dir fehlte. Tatsächlich warst du …«

»Ich war arrogant, wie wir bereits festgestellt haben.«

»Ja, vielleicht.«

»Du brauchst bei mir nicht auf deine Worte zu achten, meine Liebste. Ich möchte die Wahrheit von dir hören.«

»Und ich von dir«, erwiderte ich, und abermals spürte ich diesen Anflug von Furcht.

»Ich hatte das Gut«, fuhr er fort. »Ihm habe ich mich voll und ganz gewidmet. Du ahnst ja nicht, wie mir das durch jene Zeit geholfen hat.«

»Ich verstehe vollkommen.«

»Es wird wunderbar. Wir werden heiraten, sobald diese Geschichte vorüber ist.«

»Ich hoffe, es wird bald sein. James sagte, es seien Fremde am Schauplatz, Neugierige, die sehen wollen, wo jemand ermordet wurde.«

»Ach ja, James.« Er sah mich eindringlich an. »Ein guter Kerl.«

»Ich weiß.«

»Er hat dich gern. Ich kann dir sagen, manchmal war ich eifersüchtig auf ihn.«

»Dazu bestand kein Anlaß.«

»Die Leute würden sagen, er wird einen liebenswerten Ehemann abgeben.«

»Eines Tages wird er das bestimmt.«

»Was empfindest du für ihn?«

»Ich mag ihn.«

»Mögen kann sich zu etwas Tieferem auswachsen. Aber dieses Wachstum ist nun unterbunden. Versichere mir, daß es so ist. Du wirst feststellen, daß ich der ständigen Versicherung bedarf.«

»Die sollst du stets erhalten.«

Plötzlich stand er auf, zog mich hoch und drückte mich so eng an sich, daß ich sein Gesicht nicht sehen konnte. »So«, sagte er. »Ende der Erklärungen. Du weißt über meine Vergangenheit Bescheid und willst mich dennoch heiraten. Ich könnte mit dir durch das Zimmer tanzen, aber du hast ja schon Erfahrung mit meinen Tanzkünsten gemacht, und ich weiß, daß du nicht viel davon hältst.«

»Ich heirate dich bestimmt nicht wegen deines tänzerischen Könnens«, sagte ich leichthin.

Er drückte sein Gesicht an meines, und ich wäre so gern imstande gewesen, die Ängste zu beschwichtigen, die sich mir ständig aufdrängten. Wären sie nur verschwunden, ich hätte so glücklich sein können.

Ich sagte: »Tante Sophie wird sehr neugierig sein. Wollen wir sie rufen und es ihr sagen?«

»Ja, tu das. Ich möchte, daß es alle wissen.«

Tante Sophie kam herein.

»Wir haben dir etwas mitzuteilen«, sagte ich. »Crispin und ich haben uns verlobt.«

Sie machte große Augen. Ihre Freude war offensichtlich. Sie gab mir einen Kuß, dann küßte sie Crispin. »Gott segne euch«, sagte sie. »Ich habe es gewußt... ich hab's einfach gewußt. Aber ihr habt euch so lange Zeit gelassen!«

Als Crispin fort war, saßen Tante Sophie und ich im Wohnzimmer beisammen und unterhielten uns.

Sie sagte mir, sie sei entzückt. »Ich habe immer gefunden, daß eine Menge Gutes in Crispin steckt«, meinte sie, »und wenn ich euch beide zusammen sah, da wußte ich, daß es so kommen müßte. Als er dir diese Stellung anbot, das war ein deutliches Zeichen. Freilich war er schon einmal verheiratet. Er war so jung, und zu den traurigsten Dingen im Leben zählt, daß man als junger Mensch alles zu wissen glaubt und dann, wenn man älter wird, erfahren muß, wie wenig man weiß. Aber alles, was geschieht, ist Erfahrung, und wenn man einen Schlag einstecken mußte, lehrt einen das zumindest, denselben Fehler nicht zu wiederholen. Ich freue mich so für dich, Freddie, und auch für mich. Du wirst hier leben – einen Steinwurf entfernt. Das ist das Beste, was geschehen konnte. Mir war immer bange davor, daß du eines Tages fortgehen könntest.«

Ich berichtete ihr von dem Fund im Gebüsch. Das ernüchterte sie entschieden, und ihr Gesicht sah nicht mehr ganz so glücklich aus.

»Eine Waffe aus der Waffenkammer!« rief sie. »Was, um alles in der Welt, hat das zu bedeuten?«

»Das weiß kein Mensch.«

»Damit sieht es so aus, als hätte jemand von St. Aubyn's Park den Schuß abgegeben. Auf jeden Fall jemand, der sich dort sehr gut auskennt.

»Da kämen eine Menge Leute in Frage.«

»Und warum hat man die Waffe vergraben und nicht zurückgebracht?«

»Das ist ein Rätsel. Ach, ich wünschte, diese elende Angelegenheit wäre vorüber.«

»Zuerst muß man herausfinden, wer den Mann ermordet hat.« Sie sah mich an, aus ihren Augen sprach Besorgnis.

Am liebsten hätte ich sie angeschrien: Crispin war's

nicht! Er war die ganze Zeit zu Hause. Kein Mensch bringt seinen Schwager um, nur weil er ihn nicht leiden kann!

Ich sah es Tante Sophie an, wie die Gedanken in ihrem Kopf einander jagten. Warum hatte Crispin diesen Zeitpunkt gewählt, um mir einen Heiratsantrag zu machen?

Es war am Tag der gerichtlichen Untersuchung. Crispin und ich hatten unsere Verlobung nicht offiziell bekanntgegeben. Wir fanden, daß die Zeit dafür noch nicht gekommen sei, und Tante Sophie hatte uns zugestimmt.

Ganz Harper's Green erging sich in Mutmaßungen. Die Entdeckung auf dem Gelände von St. Aubyn's Park, die in den Zeitungen für Schlagzeilen gesorgt hatte, war in aller Munde. Ich konnte mir vorstellen, daß man zu den abwegigsten Schlußfolgerungen kam. Uns allen war sehr beklommen zumute.

Am Morgen ging ich ins Kontor. James war sehr nachdenklich. »Es ist grauenhaft«, sagte er. »Ich kann die Schaulustigen nicht ertragen. Alle wollen sie einen Blick auf das Gebüsch werfen. Ich wünschte, man würde den Mörder finden, damit das alles ein Ende hat.«

»Dann wird es noch mehr Aufsehen geben«, hielt ich ihm entgegen. »Und eine Gerichtsverhandlung.«

»Ich hoffe nur, daß niemand von hier in die Geschichte verwickelt ist«, sagte er besorgt. »Arme Mrs. Marchmont. Es muß eine Tortur für sie sein.«

»Ja, sie geht nicht mehr aus dem Haus«, bestätigte ich. »Es nimmt sie sehr mit.«

»Sie muß natürlich zu der gerichtlichen Untersuchung – und der arme Harry Gentry auch. Und auf alle Fälle müssen einige von den Dienstboten erscheinen. Ich bin gespannt, wie sich diese Geschichte auf das Gut auswirkt.«

»Wie sollte sie sich auswirken?«

»Ich denke, wenn man den Mörder nicht findet, wird es hier viel Unruhe geben. Ich habe schon oft daran gedacht, mir etwas Eigenes anzuschaffen. Ich müßte klein anfangen. Mein eigener Hof, den ich ganz allein bewirtschafte. Es geht nichts darüber, sein eigener Herr zu sein. Ich könnte den Hof zuerst pachten und ihn vielleicht später kaufen.« Er sah mich erwartungsvoll an.

»Vorerst machen Sie Ihre Sache hier sehr gut«, sagte ich. »Ich bin sehr gespannt, was bei der Untersuchung herauskommt.«

»Ich wünschte, man hätte die Waffe nicht im Gebüsch gefunden.«

»Ich hatte gehofft, es wäre jemand, den wir nicht kennen«, sagte ich. »Jemand aus Gaston Marchmonts Vergangenheit.«

»Die war gewiß zwielichtig. Ja, das wäre eine gute Lösung gewesen.«

Ich weiß nicht, wie ich den Tag überstand. Ich verließ das Kontor, so früh ich konnte.

Tante Sophie war ebenso gespannt auf den Urteilsspruch wie ich. Crispin, der um meine Besorgnis wußte, kam gleich nach der gerichtlichen Untersuchung nach The Rowans. »Der Spruch lautet natürlich auf Mord«, berichtete er uns, »begangen von einer oder mehreren unbekannten Personen.«

»Wie hätte er auch anders lauten können?« meinte Tante Sophie.

»Und nun?« fragte ich.

»Die Polizei wird nach wie vor viel zu tun haben«, sagte Crispin. »Uns allen ging die Aussage im Zeugenstand ziemlich an die Nieren. Die arme Tamarisk war ganz durcheinander. Harry Gentry hat sich gut gehalten. Gewiß, er hatte Marchmont bedroht und seine Flinte abgefeuert, wenn auch in die Luft. Und es hatte mehrere Zeugen gegeben. Aber die Waffe, aus der der tödliche Schuß abgegeben wurde, war natürlich nicht seine. Marchmont wurde allgemein als ein sehr unangenehmer Charakter dargestellt, aber das gibt niemandem das Recht, ihn zu ermorden. Wir sind noch nicht fertig mit der Angelegenheit. Die Sache mit der Waffe hat großes Interesse erregt. Damit scheint der Täterkreis auf die Nachbarschaft begrenzt. Man hat mir eine Menge Fragen über die Waffe und die Waffenkammer gestellt. Wir benutzen sie heute nur noch selten. Früher wurde auf dem Gut viel geschossen. Das Merkwürdige ist, daß jemand die Waffe genommen und vergraben hat. Wenn es jemand war, der Zugang zum Haus hatte, wäre es doch viel einfacher gewesen, sie zurückzubringen.«

»Das weist auf jemanden hin, der ins Haus konnte, aber nicht dort wohnt«, sagte ich mit einer gewissen Erleichterung.

Er lächelte mich an, denn er erriet meine Gedanken.

»Ich glaube, daß sie diesen Eindruck bei der Untersuchung gewonnen haben«, sagte er. »Da kommt zweifellos noch mehr auf uns zu. Ich fürchte, diese elende Geschichte läßt uns nicht so bald los, aber wenigstens ist die Untersuchung überstanden.«

Schatten der Vergangenheit

Es war Ende September. In St. Aubyn's Park war ein festliches Abendessen geplant, in dessen Verlauf Crispin und ich unsere Verlobung bekanntgeben wollten.

»Meine Mutter wäre enttäuscht, wenn wir auf eine gewisse Feierlichkeit verzichten würden«, sagte Crispin. »Unsere Familie hat von jeher Wert auf Förmlichkeiten gelegt.«

Es wurde nach wie vor über den Mord geredet. Das Interesse war nach der gerichtlichen Untersuchung nicht abgeklungen, es hatte sich vielmehr noch gesteigert. »Eine oder mehrere unbekannte Personen.« Diese stereotype Formulierung hatte etwas Unheilvolles. Überall, sei es in den Geschäften, sei es in Privathäusern, lautete die Frage: »Wer hat Gaston Marchmont ermordet?

Der Verdacht konzentrierte sich auf einen kleinen Personenkreis: Crispin, Tamarisk und Harry Gentry zählten dazu. Doch nicht wenige Leute neigten zu der Auffassung, daß der Täter in Gastons Vergangenheit zu suchen sei. Warum hätte er nicht in das Haus eindringen und die Waffe an sich nehmen können, während er hinterher keine Gelegenheit mehr gehabt hatte, sie zurückzubringen? Dies war eine durchaus plausible Theorie.

Doch nun fand erst einmal die große Abendeinladung statt, und wieder würde es für die Gemeinde eine erstaunliche Neuigkeit geben.

Mrs. St. Aubyn saß mit uns bei Tisch. Ihr Befinden hatte sich seit Gastons Ankunft derart gebessert, daß sie auch jetzt nicht in ihren früheren Zustand zurücksank. Gaston hatte ihr so unverfroren geschmeichelt, sie sehe aus wie ein junges Mädchen, daß sie begonnen hatte, sich auch wie ein solches zu benehmen. Nachdem sie sich angewöhnt hatte, mit der Familie am Tisch zu speisen, konnte sie nach Gastons Tod nicht gleich wieder die Kränkelnde mimen. Somit hat er auch etwas Gutes bewirkt, dachte ich bei mir. Sie war gewiß der einzige Mensch, der ihn aufrichtig betrauerte. Zu Gast geladen waren die Hetheringtons, Freunde aus der Nachbarschaft, darunter der Arzt mit seiner Gattin, ferner ein Anwalt aus Devizes, der die St. Aubyns in Rechtsangelegenheiten vertrat. Tante Sophie war selbstverständlich auch zugegen.

Crispin saß am Kopf des Tisches, ich zu seiner Rechten. Mrs. St. Aubyn saß am anderen Ende, und wenngleich sie recht betrübt dreinblickte, so unterschied sie sich doch sehr von der Kranken, die die meisten Mahlzeiten in ihrem Zimmer eingenommen hatte. Tamarisk war natürlich anwesend. Sie hatte sich sehr gewandelt: Sie war nicht mehr das sorglose, unbeschwerte Mädchen von einst.

Der Geist von Gaston Marchmont schien uns allen wie ein Schatten gegenwärtig, und so sehr wir uns bemühten, es wollte uns nicht gelingen, uns von der unmittelbaren Vergangenheit zu lösen und uns so zu geben, wie wir vorher gewesen waren.

Als das Mahl beendet war, erhob sich Crispin; er nahm meine Hand und sagte schlicht: »Ich habe etwas bekanntzugeben. Frederica – Miß Hammond – und ich wollen heiraten.«

Gratulationen schlossen sich an, und wir tranken den Champagner, den der Butler aus dem Keller geholt hatte.

Ich hätte sehr glücklich sein können, wäre dieser Schatten nicht gewesen. Würde er uns jemals in Frieden lassen?

Später, im Salon, setzte Tamarisk sich zu mir. »Für mich hätte es der offiziellen Bekanntgabe nicht bedurft«, sagte sie. »Ich wußte natürlich, daß es in der Luft lag.«

»War es so offensichtlich?«

»O ja. Besonders, seit du im Kontor arbeitest. Das hat er natürlich arrangiert.«

»Es war sehr liebenswürdig von ihm.«

»Liebenswürdig! Er hat dabei nur an sich gedacht.«

»Und du, Tamarisk. Wie fühlst du dich?«

»Es geht so. Manchmal ist mir ganz elend zumute. Manchmal schäme ich mich. Mal fürchte ich mich, mal bin ich froh – froh, daß Gaston tot ist. Und doch ist er irgendwie noch gegenwärtig. Das wird so bleiben, bis aufgeklärt ist, wer ihn umgebracht hat. Ich wünschte, ach, wie sehr wünschte ich, ich wäre ihm nie begegnet.«

Ich nahm ihre Hand.

»Wir sind fast wie Schwestern«, sagte sie. »Das tröstet mich ein wenig.«

»Das freut mich.«

»Rachel, du und ich. Wir drei waren immer zusammen, nicht? Ich finde, du hast es von uns am besten getroffen. Du und Crispin. Wer hätte gedacht, daß Crispin sich verlieben würde, und ausgerechnet in dich?«

»Rachel ist sehr glücklich verheiratet.«

»Arme Rachel.«

»Du brauchst sie nicht zu bedauern. Sie ist glücklich. Aber du, Tamarisk, wie steht es mit dir?«

»Wenn das alles vorüber ist, wird's mir besser gehen. Ich hoffe nur, daß niemand, den wir kennen, Gaston getötet hat; sonst können wir es nie vergessen. Die Polizei wird nicht ruhen, bis die Tat aufgeklärt ist.«

»Wir müssen weiterleben, als sei der Mord nicht geschehen.«

»Manche Leute denken, ich hätte es getan. Sie werden es immer denken. Es wird nie aufhören.«

»Aber sicher. Sobald der Fall aufgeklärt ist.«

»Und wenn die Aufklärung anders ausfällt, als wir sie uns wünschen?«

»Was meinst du?«

»Du weißt, was ich meine. Wir versuchen, glücklich und zufrieden zu sein. Oder wir tun so, als wären wir es. Vielleicht gelingt es uns sogar für eine Weile. Und dann ist es wieder da, es springt uns an, Fred. Man muß herausfinden, wer es getan hat, sonst hört das nie auf.«

Tante Sophie kam zu uns herüber. Sie strahlte übers ganze Gesicht, doch mir entging die Bangnis nicht, die sich hinter ihrem Lächeln verbarg.

O ja, der Geist von Gaston Marchmont war an diesem Abend unter uns.

Ich war erstaunt, welches Aufsehen die Bekanntgabe unserer Verlobung außerhalb von Harper's Green und jenseits des Interesses der Dorfbewohner erregte. Mit letzterem hatte ich freilich gerechnet.

Es war ein paar Tage nach der Abendeinladung. Als ich zum Frühstück herunterkam, saß Tante Sophie schon am Tisch. Sie las die Morgenzeitung, und als sie mich begrüßte, bemerkte ich ihre erzürnte Miene.

»Guten Morgen, Tante Sophie.« Ich gab ihr einen Kuß. »Gibt's Unannehmlichkeiten?«

Sie zuckte die Achseln. »Ach, es ist weiter nichts.«

»Du schaust so mißmutig drein.

»Sieh dir das an.« Ich setzte mich zu ihr, und sie schob mir die Zeitung hin. Auf der Titelseite war ein Foto von Crispin.

»Na so was!« rief ich.

»Es muß irgendwann während der Ermittlungen aufgenommen worden sein. Die Presse lauert ja immer irgendwo. Der andere Mann auf dem Bild ist Inspektor Burrows. Der ist hiergewesen, erinnerst du dich?«

Ich las: *Mr. Crispin St. Aubyn hat seine Verlobung mit Miß Frederica Hammond bekanntgegeben. Miß Hammond lebt seit einigen Jahren in seiner Nachbarschaft. Mr. St. Aubyn ist der Gutsbesitzer im Bezirk Wiltshire, auf des-*

sen Anwesen kürzlich der Leichnam von Gaston Marchmont aufgefunden wurde. Die Waffe, aus der der tödliche Schuß abgegeben wurde, war aus der Waffenkammer der St. Aubyns entwendet worden. Es wird dies Mr. St. Aubyns zweite Ehe sein. Seine erste Frau war die Schauspielerin Kate Carvel. Sie kam kurz nach der Heirat bei einem Eisenbahnunglück ums Leben.

»Warum bringen sie das alles?«

»Ich nehme an, sie denken, daß die Leute so etwas lesen wollen«, sagte Tante Sophie.

»Aber seine erste Ehe ...«

»Ach, das verleiht dem Ganzen einen zusätzlichen dramatischen Effekt.«

»Wozu sollen die Leute das alles wissen wollen?«

»Der Fall ist natürlich landesweit bekannt geworden.«

Das stimmte. Es war nämlich nicht unser Lokalblatt, das diese Meldung brachte. Sie wurde wohl im ganzen Land verbreitet. Tausende würden sie lesen.

Mit der Zeit werden sie es vergessen, sagte ich mir. Aber es würde immer Leute geben, die sich erinnerten. Es gab kein Entrinnen.

Crispin war über die Zeitungsmeldung nicht sehr beunruhigt. Er sagte: »Bis der Fall endgültig erledigt ist, werden sie uns im Auge behalten. Wir müssen es vergessen. Denken wir lieber an angenehme Dinge. Ich sehe keinen Grund für einen Aufschub. Laß uns bald heiraten. Meine Mutter schmiedet bereits Pläne. Sie meint, die Hochzeit müsse in der St. Aubynschen Tradition begangen werden. Ich dürfe nicht vergessen, daß ich das Oberhaupt der Familie bin. Ich persönlich bin dafür, daß wir schnellstens heiraten. Ich will nur mit dir zusammensein ... für immer.«

»Das möchte ich auch«, sagte ich. »Aber ich nehme an, die Heirat wird bei der Presse noch mehr Aufsehen erregen.«

»Damit werden wir uns abfinden müssen.«

»Vielleicht sollten wir lieber warten… nicht allzu lange. Nur für den Fall, daß etwas zum Vorschein kommt.«

Er machte ein betroffenes Gesicht.

»Eine Entdeckung«, fuhr ich fort. »Eine Enthüllung.«

»O nein!« rief er erregt. Er legte die Stirn in tiefe Falten, und ich nahm ihn in die Arme. Er drückte sich an mich, beinahe so, als suche er Schutz.

»Verlaß mich nie. Sprich nicht von Aufschub.«

Ich war tief bewegt, zugleich aber spürte ich eine Barriere zwischen uns. »Crispin, da ist etwas…«

»Was meinst du?« Irrte ich mich, oder vernahm ich einen Anflug von Furcht in seiner Stimme? »Zwischen uns darf es keine Geheimnisse geben«, sagte ich impulsiv.

Er löste sich aus meiner Umarmung. Er war wieder der alte, der Mann, der jeder Situation gewachsen war. »Was meinst du, Frederica?« wiederholte er.

»Ich dachte nur, es könnte vielleicht etwas Wichtiges geben, wovon ich nichts weiß.«

Er lachte und küßte mich. »Das hier ist wichtig, für mich das Wichtigste auf der Welt. Wann heiraten wir?«

»Wir sollten es mit deiner Mutter und mit Tante Sophie besprechen.«

»Ich nehme an, Tante Sophie wird es befürworten.«

»Sie wird uns natürlich in allem beipflichten, was wir beschließen, aber sie meint, wir sollten die Hochzeit lieber nicht so groß feiern, wie es deine Mutter wünscht. Es sei zu bald nach dem tragischen Ereignis. Und ich finde, sie hat recht. Dein Schwager ist tot. Es ist üblich, nach einem Todesfall in der Familie ein Jahr zu warten.«

»Unmöglich! Es war kein großer Verlust.«

»Es war Mord. Ich glaube, wir würden auf viel Unverständnis stoßen, wenn wir so kurz danach ein fröhliches Ereignis begehen würden. Was würden die Leute wohl daraus schließen?«

»Das soll uns nicht kümmern, oder?«

»Ich meine, wir dürfen nicht außer acht lassen, daß wir uns in einer heiklen Lage befinden. Wir müssen bedenken, Crispin, es gibt Leute, die anderen bis zur Aufklärung des Falles alles mögliche zutrauen.«

Er wurde nachdenklich. »Du meinst doch nicht etwa, wir sollten ein Jahr warten?«

»So lange nicht, nein. Aber sollten wir nicht abwarten, wie sich die Dinge entwickeln?«

»Ich sehne mich fort«, sagte er. »Liebling, wohin soll die Reise gehen?«

»Das ist völlig einerlei.«

»Nur fort von hier, von den Mutmaßungen, den Erinnerungen. Ich möchte nur an uns denken und sonst nichts.«

»Das klingt wundervoll.«

Wieder war mir, als wolle er mir etwas mitteilen. Eine schreckliche Angst überkam mich, die nicht weichen wollte. Welche Rolle hat er bei dem Mord gespielt? fragte ich mich.

Warum hat er mir nicht gesagt, was ihm auf der Seele liegt? Ist es möglich, daß er sich nicht getraut hat?

Wie glücklich könnte ich sein, dachte ich bei mir, wenn wir zusammensein könnten und nichts zwischen uns und unserem Glück stünde, wenn ich der Zukunft voller Hoffnung und Zuversicht entgegensehen könnte. Aber der Leichnam im Gebüsch und die Waffe, die aus der Waffenkammer der St. Aubyns entwendet worden war, gingen mir nicht aus dem Kopf.

Crispin sprach unaufhörlich von unserer Hochzeitsreise. Italien sei eines der beliebtesten Ziele. War es nicht eines der herrlichsten Länder der Welt? Die Vergangenheit hatte dort in großer Vielfalt überlebt. Florenz, Venedig, Rom. Auch Österreich sei verlockend. Wir könnten uns Salzburg ansehen, Mozarts Geburtsstadt. Frankreich? Die Schlösser an der Loire. Er habe schon immer das Château Gaillard sehen wollen, wo die Erinnerung an Richard Löwenherz lebendig war.

Doch während wir dies alles erörterten, mußte ich unentwegt denken: Da ist etwas. Er kann es nicht ganz verbergen. Ich sehe es in seinen Augen. Warum will er es mir nicht sagen? Fragen kann ich ihn nicht, weil er nicht zugibt, daß es da ist. Aber weil ich ihn kenne, spüre ich es.

Lily war stolz auf mich. »Ins Gutshaus ziehst du, wie? Wirst dort Herrin über alles. Meiner Treu, du wirst zu vornehm sein, um uns in The Rowans zu besuchen!«

Wir lachten sie aus. »Das denkst du nicht wirklich, dazu kennst du mich zu gut«, gab ich zurück.

»Freilich nicht. Sie bleibt immer unsere kleine Freddie, nicht wahr, Miß Sophie?«

»Aber sicher. Wenn wir zwei zittrige alte Damen sind und sie selbst ist eine würdige Matrone, ist sie immer noch unsere kleine Freddie.

Tante Sophie erzählte viel von früher. »Ich weiß noch, wie Crispin ein kleiner Junge war«, sagte sie. »Ein netter Kerl. Und wie er sich um die Lanes kümmert, das spricht sehr für ihn. Ich habe ihn ab und zu gesehen. Seine Eltern waren fast nie hier. Immer unterwegs, in London oder im Ausland. Wenn's nach ihnen gegangen wäre, hätten sie das Gut verkommen lassen. Zum Glück hatten sie einen tüchtigen Verwalter. Und daß Crispin es übernahm, das war das Beste, was dem Anwesen passieren konnte. Das war damals, als er geheiratet hat. Deswegen hat er der Universität Lebewohl gesagt und sich des Gutes angenommen. Es wurde aber auch Zeit. Komisch, alles hat stets auch seinen Vorteil. Seine Heirat führte ihn nach Hause zurück, und seither blüht und gedeiht das Gut.«

»Du hast seine Frau sicherlich oft gesehen.«

»O ja. Meine Güte, war das ein Theater! Ein Fehlschlag von Anfang an. Mir war unbegreiflich, wie er das tun konnte. Jugendtorheit, schätze ich. Sie war viel älter als er.«

»War sie sehr schön?«

»Für meinen Geschmack nicht. Stark geschminkt und gepudert, die Haare zu goldblond, um natürlich zu sein. Schon auf den ersten Blick wußte ich, das würde nicht lange gutgehen.«

»Ich will alles wissen, Tante Sophie.«

»Von ihr hast du nichts zu befürchten, Liebes. Manchmal ist die zweite Ehefrau ganz besessen von der ersten. Sie denkt, ihr Mann trauere der Vergangenheit nach. Das wird dir erspart bleiben. Alle wissen, wie froh er war, sie los zu sein.«

»Wie war es in St. Aubyn's Park, als sie dort war? Wie war sie?«

»Sie wollte immerzu Feste feiern.«

»Wie Crispins Eltern.«

»Die waren die meiste Zeit im Ausland. Sie war ganz anders. Die Feste der Eltern waren elegant. Bei ihr ging es laut und rüpelhaft zu. Überwiegend Tingeltangelvolk, nehme ich an. Die Leute in der Nachbarschaft waren davon nicht sonderlich erbaut. Es gab auch Zank und Streit. Armer Crispin, er hat bald erkannt, auf was er sich da eingelassen hatte. Dann hatte sie das alles satt, und sie ging auf und davon. Kurz darauf kam sie ums Leben. Es sei gut ausgegangen für Crispin, meinten die Leute.

»Ich glaube, es hat ihn sehr mitgenommen.«

»Selbstverständlich. Er zog sich in sich zurück, dachte nur noch an das Gut. Einige Frauen hatten ein Auge auf ihn geworfen.«

»Solche wie Lady Fiona?«

»Vielleicht. Er wollte keine von ihnen. Bis er sich in dich verliebte. O Freddie, ich glaube, es wird wunderbar für euch. Er hat sich sehr verändert. Die bedrückte Miene ist verschwunden, er hat diese Überheblichkeit abgelegt, diese Arroganz, die eine Auflehnung gegen das Schicksal ist. Er schien zu dem Schluß gekommen zu sein, daß es töricht von ihm war, sich dermaßen einfangen zu lassen. Er hat sich verachtet, und die Überheblichkeit war ein Schutzschild, hinter dem er sich versteckt hat.«

»Ja«, sagte ich, »du hast gewiß recht, aber ich glaube, da ist etwas zwischen uns, das verhindert, daß ich ihm so nahe komme, wie ich es gern möchte.«

»Das hat mit seiner Vergangenheit zu tun, Liebes. Er wird eine Weile brauchen, um vollkommen mit ihr abzuschließen. Aber er ist auf dem besten Wege, und ich bin froh, daß es so gekommen ist. Er ist der Richtige für dich, und dein Glück, liebstes Kind, ist mir wichtiger als alles andere. Du bist meine einzige Nichte und ...«

»Und meines Vaters Tochter. Sag, hast du's ihm geschrieben?«

»Ich habe ihm eure Verlobung mitgeteilt.«

»Ob es ihn interessiert? Er weiß ja nichts über Crispin. Und mich kennt er eigentlich auch nicht.«

»Er kennt dich aus meinen Briefen. Er erkundigt sich stets nach dir. Er lebt jetzt auf einer Insel am anderen Ende der Welt.«

»Dann ist er nicht mehr in Ägypten?«

»Schon seit einer Weile nicht mehr. Die abgelegene Insel heißt Casker's Island. Ein Mann namens Casker hat sie vor einigen Jahren entdeckt. Kaum ein Mensch kennt sie. Ich habe sie vergeblich auf der Karte gesucht. Aber in einem Atlas habe ich sie gefunden. Bloß ein schwarzes Tüpfelchen im Meer. Sie ist wohl zu unbedeutend, um auf allen Karten eingezeichnet zu werden.«

»Was macht er dort?«

»Er wohnt dort bei einer Frau namens Karla. Polynesierin, nehme ich an. Er erwähnt sie ab und zu. Ich habe keine Ahnung, warum er nicht mehr in Ägypten ist. Den Grund hat er mir nicht genannt.«

»Ich finde es großartig, daß ihr all die Jahre in Verbindung geblieben seid.«

»Wir waren gute Freunde. Wir sind es noch und werden es wohl immer bleiben.«

Crispin und ich waren fast täglich zusammen. Er nahm mich mit, wenn er seine Runde auf dem Gut machte, und überall, wohin wir kamen, gratulierte man uns.

Wir waren sehr glücklich in diesen Tagen. Ich entdeckte neue Seiten an Crispins Charakter, die mich entzückten. Seine Fähigkeit zum Fröhlichsein, die so lange verschüttet gewesen war, kam wieder zum Vorschein. Das Leben erschien uns überaus amüsant, wir lachten ständig, und es war das Lachen des Glücks. Ich dachte: Jetzt wird alles gut.

Wir gingen zum Grindle-Hof. Rachel freute sich über unseren Besuch. Danielle wurde herbeigeholt, auf daß wir sie bewunderten. Ich war ein paar Minuten mit Rachel allein, und sie sagte mir, wie sehr sie sich für mich freue.

»Und du machst dir keine Sorgen mehr?« fragte ich.

»Nur noch gelegentlich. Das ist wohl unvermeidlich. Ich wünschte, es würde sich aufklären, wer Gaston ermordet hat, und dann wäre es ein für allemal vorbei. Bis dahin werden wir wohl nie ganz unbeschwert sein können. Die Polizei scheint nicht mehr sehr an der Aufklärung interessiert.«

»Vielleicht wird es eins von den sogenannten unaufgeklärten Verbrechen bleiben. Davon gibt es gewiß genug.«

»Ja. Die Leute verlieren sie einfach aus dem Gedächtnis, obwohl sie sich einmal ungemein dafür interessiert haben. So wird es wohl auch jetzt sein. Aber ich wünschte so sehr, es würde sich aufklären.«

Ich ritt mit Crispin davon.

Ja, es waren glückliche Tage, bis ich die Veränderung bei ihm bemerkte. Ich kannte ihn unterdessen so gut, er konnte mich nicht täuschen. Ich glaubte, einen falschen Ton in seinem Lachen zu vernehmen, und hin und wieder gewahrte ich einen ängstlichen Ausdruck in seinen Augen. Ein Problem beschäftigte ihn, dabei gab er sich große Mühe, so zu tun, als ob alles gut wäre.

»Was ist mit dir?« wollte ich wissen.

»Nichts. Was sollte mit mir sein?«

Wie sehr wünschte ich, er würde mir alles sagen! Wieder befiel mich dieses unerklärliche Unbehagen. Dabei hatte ich gedacht, es sei für immer vergangen. Gern hätte ich gesagt: Zwischen uns muß vollständiges Vertrauen bestehen. Sag mir, was dich bedrückt. Teile es mit mir.

Bisweilen schüttelte er seine Besorgnis ab, und ich fragte mich schon, ob ich es mir nur eingebildet hätte.

Eines Tages sagte er, er müsse geschäftlich nach Salisbury und werde den ganzen nächsten Tag fortbleiben. Ich hätte ihn gern begleitet, doch er meinte, er müsse verschiedene Leute treffen, und ich würde ganz mir selbst überlassen sein. »Es ist ja nur für einen Tag«, fügte er hinzu.

Aber als wir uns am Vorabend Lebewohl sagten, drückte er mich an sich, als zaudere er, mich zu verlassen.

»Dann sehen wir uns übermorgen«, sagte ich.

»Ja«, sagte er, mich immer noch an sich drückend.

»Mir scheint, du willst mich überhaupt nicht mehr loslassen«, scherzte ich.

Er erwiderte innig: »Ich lasse dich nie mehr von mir.«

Am nächsten Morgen sagte Tante Sophie zu mir: »Ich fahre heute nachmittag nach Devizes. Magst du nicht mitkommen?«

»Ich sehe lieber im Kontor nach dem Rechten«, erwiderte ich. Sie nickte. »Auch gut. Ich nehme den Einspänner. Ich muß ein paar Besorgungen machen, aber ich bin vor dem Abend zurück.« Ich ging ins Kontor. James Perrin war dort. Sein Verhalten mir gegenüber hatte sich verändert, seit meine Verlobung mit Crispin bekanntgegeben worden war. Er war stiller, zurückhaltender. Ich wußte, daß er daran gedacht hatte, mich zu heiraten. Ich hätte ihm nie mein Jawort gegeben, auch wenn Crispin nicht gewesen wäre, dennoch hatte ich James sehr gern.

Er sprach von den Pächtern und erklärte, daß ihm die Nordmauern einiger Cottages Kummer machten. Er wolle jetzt nach ihnen sehen, sagte er. Ich war froh, daß er mir nicht vorschlug, ihn zu begleiten.

Ich erkundigte mich nach dem Hof, den er pachten wollte.

»Darauf verzichte ich vorerst«, erwiderte er. »Zu gegebener Zeit wird sich wieder etwas finden. Im übrigen ist der Hof, den ich ins Auge gefaßt hatte, schon vergeben.«

Ich war froh, als es Zeit war, nach Hause zu gehen. Wieder einmal merkte ich, wie leer die Tage ohne Crispin waren.

Tante Sophie war noch nicht zurück. Gewiß war sie aufgehalten worden. Sie kam erst kurz vor sieben Uhr, als ich schon anfing, mir Sorgen zu machen. Sie sah müde und abgespannt aus.

»Fühlst du dich nicht wohl?« fragte ich bange.

»Ich bin erschöpft. Es ist eine weite Fahrt. Ich gehe gleich in mein Zimmer.«

»Soll Lily dir etwas hinaufbringen?«

»Nein, ich möchte nichts. Ich habe in Devizes etwas gegessen. Ich bin vollkommen erledigt.«

»Ist etwas passiert?«

»Nein, nichts. Wir sprechen uns später. Jetzt will ich nur noch ins Bett. Ich werde langsam zu alt für solche Strapazen.«

»Kann ich irgend etwas für dich tun?«

»Nein, nein. Ich will nur ins Bett, sonst nichts.«

»Soll Lily dir wirklich nichts hinaufbringen? Auch keine heiße Milch?«

»Nein, nein.« Sie blickte mißmutig drein. So kannte ich sie gar nicht.

Sie begab sich in ihr Zimmer, und ich ging zu Lily.

»So, sie ist zurück«, sagte Lily. »Dann will ich mich mal ums Abendbrot kümmern.«

»Sie möchte nichts essen. Sie ist gleich zu Bett gegangen.«

»Dann hat sie wohl in Devizes was gegessen. Ich bring' ihr wenigstens ein Glas Milch.«

»Sie hat ausdrücklich gesagt, daß sie nichts möchte. Sie will nur schlafen.«

Es war ein trister Abend. Es begann zu regnen, ein Gewitter lag in der Luft. Ich hatte erwartet, daß Tante Sophie mir bei ihrer Rückkehr alles über ihren Besuch in Devizes berichten würde. Ihr Verhalten war so ungewöhnlich, daß ich mir Sorgen machte.

Ich konnte nicht widerstehen und ging in ihr Zimmer. Sie lag im Bett, die Augen geschlossen, doch selbst im Schlaf sah sie anders aus als sonst. Ich fürchtete, sie würde krank.

Ich ging zu Lily. »Hoffentlich fehlt ihr nichts«, sagte ich. »Ich bin soeben zu ihr hineingeschlichen.«

»Ich war auch schon bei ihr«, sagte Lily. »Sie ist einfach erschöpft, weiter nichts. Sie mutet sich immer zuviel zu.«

Damit mußte ich mich zufriedengeben.

Ich ging in mein Zimmer. Es war gegen halb zehn. Ohne Tante Sophie wirkte alles so anders. Ich würde es nicht ertragen können, wenn ihr etwas zustieße.

Ich setzte mich ans Fenster und sah hinaus. Die Wolken hingen tief. Ich konnte Barrow Wood sehen. In diesem Licht wirkte es besonders bedrohlich ... aber für mich war es das ja immer, sogar bei Sonnenschein. In der Ferne war Donnergrollen zu vernehmen. Es war ein sehr unbefriedigender Tag gewesen. Ich sagte mir zum wiederholten Male, daß ich Tante Sophie nach Devizes hätte begleiten sollen.

Ich kleidete mich aus und ging zu Bett. Ich konnte nicht schlafen. Plötzlich glaubte ich, Schritte zu hören. Es ist nichts, sagte ich mir. In dem alten Haus knarrten die Dielen manchmal. In der Stille der Nacht war es öfters zu hören. Aber ging da nicht leise eine Tür auf? Ich zog Morgenrock und Pantoffeln an, öffnete die Tür und lauschte.

Ja, unten war jemand. Konnte das Lily sein? Sie hatte gesagt, sie wolle sich zeitig schlafen legen, aber vielleicht war sie aus irgendeinem Grunde noch einmal in die Küche gegangen.

Ich beschloß nachzusehen. Ich ging die Treppe hinunter und öffnete leise die Küchentür. Auf dem Tisch brannte eine Kerze, und dort saß Tante Sophie. Ihre ganze Haltung drückte Jammer und Niedergeschlagenheit aus. Sie saß vornübergebeugt, das Kinn in die Hände gestützt, und starrte vor sich hin.

»Tante Sophie?« sagte ich.

Sie sah mich erschrocken an.

»Was ist passiert?« fragte ich.

»Ich konnte nicht schlafen. Da dachte ich, ich gehe hinunter und mache mir eine Tasse Tee. Vielleicht hilft's.«

»Irgend etwas ist vorgefallen, nicht wahr?«

Sie schwieg.

»Du mußt es mir sagen. Was ist passiert?«

Sie sprach noch immer nicht.

»So kann das nicht weitergehen«, sagte ich. »Ich weiß, daß etwas nicht stimmt. Du mußt es mir erzählen.«

»Ich weiß nicht, was ich tun soll. Vielleicht habe ich mich geirrt. Nein. Oder vielleicht doch.«

»Geirrt? Worin? Wo? Was hast du gesehen? War es in Devizes?«

Sie nickte. Dann wandte sie sich mir zu und ergriff meine Hände. Da wußte ich, sie hatte beschlossen, es mir zu erzählen.

»Ich habe sie gesehen«, sagte sie. »Sie kamen zusammen aus dem Hotel.«

»Wer, Tante Sophie?«

»Ich sage mir immerzu, es kann nicht sein. Aber ich weiß, daß es wahr ist.«

»Du mußt mir alles sagen.« – »Es war Crispin. Kate Carvel war bei ihm.«

»Seine Frau? Aber sie ist doch tot.«

»Ich bin furchtbar erschrocken. Ich dachte, ich träume. Aber sie war es. Eine wie sie vergißt man nicht. Ein Zweifel ist ausgeschlossen.«

»Aber du kannst sie nicht gesehen haben, Tante Sophie. Sie ist tot. Sie ist bei einem Eisenbahnunglück ums Leben gekommen.«

Tante Sophie sah mich fest an. »Ich wußte nicht, ob ich es dir erzählen sollte. Ich habe mir die ganze Zeit darüber den Kopf zerbrochen. Ich konnte dir nicht ins Gesicht sehen. Deshalb mußte ich allein sein.«

»Du mußt es dir eingebildet haben.«

»Nein, ich kann mich nicht geirrt haben. Dieselben goldblonden Haare. Sie hat sich nicht verändert. Und sie sind zusammen aus dem Hotel gekommen und in eine Droschke gestiegen.«

»Es kann einfach nicht wahr sein.«

»Doch, ich habe sie gesehen. Was soll man daraus schließen?«

»Es muß jemand anders gewesen sein.«

»Zwei von ihrer Sorte kann es nicht geben. Es war Kate Carvel, Freddie. Das heißt, sie lebt.«

»Das kann ich nicht glauben.«

»Sie ist seine Frau. Er ist mit ihr verheiratet. O Freddie, wie kann er dich heiraten?«

Ich setzte mich an den Tisch, gelähmt vor Entsetzen und Furcht, und versuchte zu begreifen, was das zu bedeuten hatte. Ich konnte mir nur fortwährend wiederholen: Es ist nicht wahr.

Ein schwerer Donnerschlag schreckte mich auf. Ich war verwirrt, unsicher. Vor mir lag die Nacht. Die Uhr auf dem Kaminsims zeigte erst halb zwölf. Morgen würde ich ihn sehen, aber wie sollte ich die Nacht durchstehen? Ich mußte ihn jetzt sehen, sofort. Ich mußte es aus seinem Mund hören, daß Tante Sophie einem schrecklichen Irrtum erlegen war.

Ich stand auf und sagte: »Ich gehe zu ihm.«

»Mitten in der Nacht?«

»Tante Sophie, ich stehe die Nacht nicht durch, wenn ich nicht Bescheid weiß. Ich muß auf der Stelle wissen, ob du richtig gesehen hast.«

»Ich hätte es dir nicht sagen sollen.«

»Doch. Es ist besser, wenn ich es weiß. Ich gehe jetzt zu ihm.«

»Ich komme mit.«

»Nein, nein, ich muß allein gehen. Ich muß ihn sehen. Ich muß es wissen.«

Ich ging in mein Zimmer, um Stiefel und einen dicken Mantel anzuziehen. Dann lief ich hinunter und hinaus in die Nacht, durch den Regen nach St. Aubyn's Park. Ich läutete, und trotz der späten Stunde öffnete ein Diener die Tür.

»Ich möchte zu Mr. St. Aubyn«, sagte ich.

Er blickte erstaunt drein. »Kommen Sie herein, Miß Hammond«, sagte er. Da kam auch schon Crispin in die Halle.

»Frederica!« rief er.

»Ich mußte kommen«, sagte ich. »Ich mußte dich sehen.«

»Es ist gut, Groves«, beschied Crispin den Diener, dann wandte er sich mir zu: »Komm hier herein.« Er führte mich in einen kleinen Raum, der von der Diele abging, und wollte mir aus dem Mantel helfen, aber ich behielt ihn an. Ich hatte mir nicht die Zeit genommen, mich richtig anzukleiden.

»Ich mußte kommen«, platzte ich heraus. »Ich muß wissen, ob es wahr ist. Ich konnte nicht warten.«

Er sah mich erschreckt an. »Sag mir, was ist geschehen?«

»Tante Sophie war heute in Devizes. Sie ist ganz außer sich. Sie sagt, sie hätte dich mit Kate Carvel gesehen.«

Er erbleichte, und da wußte ich, daß Tante Sophie sich nicht geirrt hatte.

Ich sagte: »Dann ist es also wahr?«

Er schien mit sich zu ringen.

Ich fuhr fort: »Bitte, Crispin, ich muß die Wahrheit wissen.«

Er sagte: »Alles wird gut. Wir werden heiraten. Ich sage dir, alles wird gut.«

Ich wußte, daß er nicht die Wahrheit sagte. Ich dachte: Er erzählt mir, was er mich glauben machen will. Und eine tiefe Furcht ergriff mich.

»Es ist alles geregelt«, fuhr er fort. »Ich habe alle Vorkehrungen getroffen. Es wird genau so, wie wir es geplant haben.«

»Du hast gesagt, du müßtest nach Salisbury«, hielt ich ihm entgegen. »Aber Tante Sophie hat dich in Devizes gesehen.«

Er schwieg, und da wußte ich, daß er in Devizes gewesen war, um sich mit Kate Carvel zu treffen. Es bestand kein Zweifel mehr, daß Tante Sophie sie dort zusammen gesehen hatte.

Er legte mir zärtlich seine Hände auf die Schultern. »Hör zu«, sagte er. »Du brauchst dir deswegen wirklich keine Sorgen zu machen. Ich habe alle Vorkehrungen getroffen. Mit uns wird alles wie geplant. Anders könnte und will ich es nicht ertragen. Ich bin fest entschlossen.«

»Wenn du Geheimnisse vor mir hast, Crispin, wenn du mir nicht sagst, was dich bewegt, kann es keine Vertrautheit zwischen uns geben. Ich muß die Wahrheit wissen. Tante Sophie hat dich mit der Frau, die du geheiratet hast, aus dem Hotel kommen sehen. Angeblich ist sie tot. Wie kann das sein, wenn sie mit dir in Devizes war?«

Er umfing mich mit beiden Armen und drückte mich an sich. »Ich werde dir sagen, was geschehen ist, aber es wird nichts ändern. Es ist mir gelungen, sie zum Schweigen zu bringen.«

»Zum Schweigen zu bringen!« rief ich voller Entsetzen.

»Es bleibt mir wohl nichts anderes übrig, als dir alles zu erzählen. Vor ein paar Tagen bekam ich einen Brief von ihr.«

»Ich habe gewußt, daß etwas vorgefallen war. Ach Crispin, warum hast du mir nichts gesagt?«

»Ich konnte nicht. Ich hatte Angst vor den Folgen. Ich bin fest entschlossen, dich um keinen Preis aufzugeben. Frederica, du darfst mich nicht im Stich lassen. Sie wollte Geld. Sie hatte es immer nur auf Geld abgesehen. Deswegen gibt es einen einfachen Ausweg, sie zum Schweigen zu bringen, so daß sie uns nicht weiter daran hindert…«

»Aber sie ist deine Frau.«

»Sie hat die Bekanntgabe unserer Verlobung gelesen. Das brachte den Stein ins Rollen. Sonst hätte sie es nie erfahren, und ich hätte sie weiterhin für tot gehalten. Als ich den Brief bekam, wußte ich nicht, was ich tun sollte.

»Warum hast du es mir nicht erzählt? Ich will alles wissen.«

»Ich konnte es dir nicht sagen. Ich mußte mich vergewissern, daß alles so verlaufen würde, wie wir es geplant hatten. Es war falsch von mir, mich in Devizes mit ihr zu treffen. Es liegt zu nahe an Harper's Green. Das hätte ich bedenken müssen. Ich hatte mich mit ihr im Hotel verabredet. Es war schrecklich. Ich hasse sie. Ich hasse mich selbst dafür, daß ich mich jemals mit ihr eingelassen habe. Wie froh war ich, als sie mich verließ, und als ich hörte, sie sei ums Leben gekommen, dachte ich natürlich nicht, daß ich sie jemals wiedersehen würde. Für mich war es das Finale des dümmsten Fehlers, den ich je begangen hatte.«

»Aber sie ist nicht tot.«

»Nein. Sie hat mir alles erklärt.«

»Du hattest sie aber doch nach dem Unfall identifiziert.«

»Mittels eines Rings und einer Pelzstola, die ich ihr geschenkt hatte. Die Frau, die ich zu sehen bekam, war im Gesicht schwer entstellt. Ich hätte nicht sagen können, ob es wirklich Kate war, aber durch den Ring und die Stola schien die Angelegenheit klar. Sie galten als ausreichend zur Identifizierung. Kate erzählte mir, sie habe beides einer jungen Schauspielerkollegin verkauft, die vor ungefähr einem Jahr von zu Hause fortgegangen war, um beim Theater ihr Glück zu machen. Entweder hatte sie keine Angehörigen, oder sie hatte keinen Kontakt mehr zu ihnen. Niemand hat sie nach ihrem Tod vermißt. Kate hatte in der Zeitung die Todesanzeige meiner Frau gelesen und beschlossen, nichts zu unternehmen. Zweifellos gedachte sie zu gegebener Zeit daraus Kapital zu schlagen. Das entsprach ihrem Charakter. Als sie dann in der Zeitung die Bekanntgabe unserer Verlobung las, beschloß sie, sich die Situation zunutze zu machen.«

»Und du, Crispin?«

»Eins stand für mich fest: Ich würde mir mein Leben nicht ein zweites Mal von ihr ruinieren lassen. Ich verabredete mich im Hotel in Devizes mit ihr. Gott, wie ich sie hasse! Sie hat über meine Bestürzung gelacht. Ich hätte sie umbringen können. Sie dachte, sie hätte mich in der Hand. Sie sagte, sie würde niemals in die Scheidung einwilligen, und sollte ich es darauf anlegen, würde sie sich mit aller Macht wehren. Ich sah, daß es nur eine Möglichkeit gab, mit ihr fertig zu werden. Ich bot ihr Geld an, damit sie fortginge und nie wieder in meine Nähe käme.«

»Und du hast geglaubt, sie würde darauf eingehen!«

»Ich habe ihr gesagt, sollte sie jemals zurückkommen, würde ich die Polizei rufen, und sie würde wegen Erpressung vor Gericht gestellt.«

»Und du hast wirklich gedacht, das würde sie von ihrem Vorhaben abhalten?«

»Ja, vielleicht.«

»Aber wenn du dich einmal der Erpressung beugst, warum solltest du es nicht noch einmal tun?«

»Ich weiß, wie man mit ihr fertig wird.«

»Crispin, siehst du nicht, daß das falsch ist?«

»Was kann ich denn sonst tun?«

»Dich mit der Wahrheit abfinden.«

»Weißt du, was das bedeuten würde?«

»Ja. Aber es hat keinen Sinn, so zu tun, als sei nichts geschehen. Sie ist nicht tot. Du hast sie gesehen.«

»Sie hat mir versichert, sie würde nach Australien gehen und ich würde nie wieder von ihr hören.«

»Und das glaubst du!«

»Ich will es glauben.«

»Aber du kannst es nicht einfach glauben, nur weil du es willst. Sie ist eine Erpresserin, und du bist auf ihre Erpressung eingegangen. Siehst du nicht, daß unsere Ehe nicht gültig sein kann, wenn du mich heiratest? Das weiß sie. Sie wird wiederkommen, und sie wird um so mehr Grund zur Erpressung haben.«

»Wenn sie das tut, weiß ich mit ihr fertig zu werden. Ich habe dich gefunden. Zum erstenmal in meinem Leben bin ich glücklich gewesen. Ich weiß, was ich mir für den Rest meines Lebens wünsche. Ich liebe dich, Frederica, und ich werde alles, einfach alles tun, um dich zu behalten.«

Ich war erschüttert über die Heftigkeit seines Gefühlsausbruchs. Was ich gehört hatte, stimmte mich nachdenklich. Ich war glücklich über die Tiefe seiner Liebe zu mir, doch ich spürte stärker denn je, daß ich ihn nicht kannte. Er enthüllte eine Seite seines Charakters, die mir bislang verborgen geblieben war.

»Du wolltest trotz alledem, daß wir heiraten?« fragte ich ihn.

»Ja.«

»Und du wolltest mir nichts sagen?«

»Das konnte ich nicht riskieren. Ich war mir nicht sicher, was du tun würdest. Ich liebe dich, ich will mit dir zusammensein, und weiter habe ich nicht gedacht. Du wirst in jeder Hinsicht meine Frau sein ... auf die Trauungszeremonie kommt es nicht an. Das sind nur Worte. Meine Gefühle für dich sind tiefer als alle Worte.«

Ich konnte nur sagen: »Du hättest es vor mir geheimgehalten.«

»Nur, weil ich fürchtete, du würdest nicht einverstanden sein.«

»Das«, sagte ich langsam, »erschüttert mich mehr als alles andere. Ich habe das Gefühl, es gibt da Geheimnisse, von denen ich nichts weiß.«

»Geheimnisse?« Seine Stimme klang so erschrocken, daß mein Herz schier zersprang vor Furcht.

»Crispin«, sagte ich, »willst du mir nicht alles erzählen, genauso, wie du mir dies erzählt hast?«

»Mehr gibt es nicht zu erzählen.«

Ich sagte nichts, aber ich dachte: Dies hast du mir erzählt, weil du nicht anders konntest. Wenn Tante Sophie dich nicht gesehen hätte, hätte ich es nicht erfahren. Du wärest eine Scheinehe mit mir eingegangen. Du warst bereit, mich derart zu täuschen.

»Frederica«, sagte er, »meine Liebste, du weißt, wie sehr ich dich liebe. Ich möchte Tag und Nacht mit dir zusammensein ... für immer. Nichts auf Erden kann mir etwas anhaben, wenn ich bei dir bin.«

»Ich bin wie betäubt«, murmelte ich, »ich bin ganz durcheinander.«

»Ja, du bist erschüttert, aber du kannst unbesorgt sein. Ich werde mich um alles kümmern. Wir erzählen niemandem etwas davon. Es geht keinen etwas an außer uns. Sie wird fortgehen, und wenn sie jemals zurückkommt, weiß ich mit ihr fertig zu werden.«

Ich konnte nur denken: Er steckt voller Geheimnisse.

Auch dies wollte er vor mir geheimhalten. Wenn das so ist, wie können wir uns dann nahe sein?

Ich wußte nicht, was ich sagen sollte. Ich mußte fort, um nachzudenken. Nichts war so, wie ich geglaubt hatte.

Ein Gedanke hämmerte unentwegt in meinem Kopf: Er hätte mich geheiratet, ohne mir etwas zu sagen. Es wäre ein weiteres Geheimnis in unserem Leben gewesen.

Ein weiteres Geheimnis? Welches war das andere?

Ich dachte an Gaston Marchmont, wie er tot im Gebüsch lag, ermordet mit einer Waffe aus der Waffenkammer von St. Aubyn's Park.

Crispin sprach von seiner Liebe zu mir. Er hatte aus Liebe so gehandelt. Ich wollte diese Liebe. Ich sonnte mich in der Tiefe seines Gefühls für mich. Und ich wollte glauben, daß es ewig währen würde. Doch ich wagte es nicht. Ich mußte fort, mußte vernünftig denken. Es gab eine Menge Fragen, die ich mir stellen mußte.

»Crispin.« Ich bemühte mich, ruhig zu sprechen. »Crispin, ich muß über dies alles nachdenken. Ich bin tief erschüttert. Ich muß nach Hause.«

»Natürlich, mein Liebling. Du brauchst dir keine Sorgen zu machen, überlaß nur alles mir.« Er hielt mich fest und küßte mich zärtlich. »Ich bringe dich nach Hause.«

»Nein, nein. Ich gehe allein.«

»Es ist spät. Ich komme mit dir. Es regnet in Strömen. Ich hole die Kutsche und fahre dich nach Hause.«

Ich ließ ihn gehen. Von der Veranda aus sah ich ihm nach, und kaum war er verschwunden, rannte ich fort.

Crispin hatte recht gehabt: Es regnete heftig, es donnerte, Blitze durchzuckten den Himmel. Ich rannte. Die Haare fielen mir wie eine nasse Wolke ins Gesicht, mein Mantel war durchnäßt; darunter hatte ich ja nicht viel an. Aber das kümmerte mich nicht. Ich konnte immer nur daran denken, daß durch ein zufälliges Zusammentreffen in Devizes etwas zutage getreten war, über das er mich sonst in Unwissenheit gehalten hätte, obwohl es mich sehr viel anging. Er hätte es mir nicht erzählt, sagte ich mir immer wieder.

In The Rowans wartete Tante Sophie auf mich. Sie sah sehr besorgt drein. »Du bist naß bis auf die Haut«, rief sie. »Komm rasch herein. Du hättest nicht weggehen sollen.«

Sie brachte mich in mein Zimmer, zog mir die nassen Sachen aus, lief hinaus und kehrte mit Handtüchern und Decken zurück.

Sie weckte Lily. »Mach Feuer«, befahl sie.

»Gott sei uns gnädig!« sagte Lily. »Was ist denn hier los?«

»Freddie war draußen im Regen.«

»Gott steh mir bei!« betete Lily.

Ich zitterte. Ob vor Kälte, wußte ich nicht so genau. Noch nie im Leben war ich dermaßen erschüttert gewesen.

Sie brachten mir Wärmflaschen. Bald flackerte ein Feuer im Kamin. Decken wurden auf mein Bett getürmt, und Lily versuchte, mir heiße Milch einzuflößen.

Ich schob die Milch fort. Ich konnte nur daliegen und zittern.

Sie wachten die ganze Nacht bei mir, und am Morgen holten sie den Arzt.

Ich sei sehr krank, sagte er. Eine böse Erkältung. Wir müßten aufpassen, daß sie sich nicht zu einer Lungenentzündung auswachse.

Mein Gemüt war in Aufruhr. Oft hatte ich Fieberträume. Ich wähnte mich mit Crispin verheiratet, konnte aber nicht glücklich sein. Ich sah den Schatten einer Frau, der ich nie begegnet war und deren Identität ich dennoch kannte. Sie lauerte ständig im Hintergrund. Wohl mochte ich mit Crispin verheiratet sein, aber seine Frau war ich nicht. Sie war seine Frau, eine ständig drohende Gestalt. Ich sehnte mich, bei ihm zu sein. Wie gern hätte ich wie er gesagt, laß uns vergessen, daß sie zurückgekommen ist. Wäre Tante Sophie an jenem Tag nicht in Devizes gewesen, hätte ich nichts von alledem erfahren.

Manchmal wollte ich nichts als im Bett liegen, matt und erschöpft, zu schlaff, um an irgend etwas zu denken. Darin lag ein gewisser Trost. Ich schwebte im Ungewissen, unfähig, etwas zu unternehmen. Ich war zu krank, um etwas zu tun.

Tante Sophie und Lily waren ständig um mich. Blumen standen im Zimmer. Ich glaubte zu wissen, wer sie geschickt hatte. Gesehen habe ich ihn nicht, doch ich weiß, daß er da war; denn mehrmals erkannte ich seine Stimme.

Einmal glaubte ich Tante Sophie sagen zu hören: »Lieber nicht. Es könnte sie aufregen.« Danach vernahm ich seinen flehenden Ton. Ich war gespannt, ob er entgegen Tante Sophies Rat kommen würde, aber er kam nicht wieder. Sicher mußte er an die Szene denken, die sich abgespielt hatte, bevor ich im Gewitter davongelaufen war.

Langsam besserte sich mein Zustand. Tante Sophie und Lily versuchten, mich zum Essen zu bewegen. Ich sei sehr abgemagert, sagte Lily. So könne das nicht weitergehen. Und wenn es jemand verstand, einem Appetit zu machen, dann war es Lily. Sie brachte mir ein leckeres Gericht ans Bett. »Das ißt du schön auf, sonst bringst du deine arme Tante Sophie noch vor Kummer ins Grab.« Und da aß ich.

Als es mir allmählich besser ging, fragte ich mich, was zu tun sei. Ich war sehr unsicher. Ein Leben ohne Crispin konnte ich mir nicht vorstellen. Manchmal fühlte ich eine stille Ergebenheit, und ich wünschte, er würde alles in die Hand nehmen. Dann aber dachte ich daran, was er vorgehabt hatte und vor mir geheimhalten wollte, und ich sagte mir: Ich fühle, ich werde ihn niemals richtig kennen. Er hält etwas zurück. Es ist wie ein Wandschirm, der sich zwischen uns schiebt. Aber das war es nicht allein. Da war noch etwas.

Tante Sophie setzte sich an mein Bett. »Langsam geht es dir besser«, sagte sie. »Mein Gott, hast du uns einen Schrecken eingejagt.«

»Das tut mir leid.«

»Mein Liebes, ich wünschte, ich hätte es dir abnehmen können.«

Ich wußte, daß sie damit mehr meinte als meine Krankheit. »Was soll ich nur tun, Tante Sophie?« fragte ich.

»Das kannst nur du allein entscheiden. Du kannst den Weg gehen, den er wünscht, oder ...«

»Ich würde nicht rechtmäßig mit ihm verheiratet sein.«

»So ist es.«

»Wenn wir Kinder hätten ... Wir könnten nie sicher sein, ob sie zurückkäme.«

»Damit ist zu rechnen.«

»Und doch kann ich ohne ihn niemals glücklich sein.«

»Das Leben wandelt sich, Liebes. Wenn du Zweifel hast, solltest du zögern. Deshalb meine ich, du müßtest fort von hier. Wenn du in seiner Nähe bist, kannst du nicht klarsehen. Du darfst nichts überstürzen. Du brauchst Zeit. Die Zeit kann Wunder wirken.«

»Ich fühle mich so matt«, sagte ich. »Tante Sophie, ich möchte auf ihn hören. Niemand würde es erfahren. Wir könnten es durchstehen.«

»Es ist ungesetzlich. Wenn du nicht gewußt hättest, daß seine Frau lebt, könnte man dir nichts vorwerfen. Aber nun würdest du vor den Altar treten mit dem Wissen, daß seine Frau am Leben ist.«

»Das darf ich nicht tun.«

»Du mußt fortgehen und nachdenken. Noch bist du nicht gesund genug. Wir müssen darüber reden, immer wieder. Ich weiß, du kannst es nicht ertragen, ihn zu verlieren. Ich verstehe sehr gut, wie dir zumute ist, Liebes. Vielleicht finden wir einen Weg.«

Wenige Tage später kam ein Brief. Tante Sophie setzte sich an mein Bett. »Er ist von deinem Vater«, sagte sie.

Ich fuhr hoch, starrte sie an. Ihre Augen drückten Hoffnung aus.

»Ich habe ihm gleich geschrieben, als alles anfing. Ich habe geahnt, wie es laufen würde. Ein Brief braucht eine lange Zeit, um hierherzugelangen. Dein Vater muß umgehend geantwortet haben. Er möchte, daß du zu ihm kommst.«

»Zu ihm? Wohin?«

»Ich lese dir vor, was er schreibt: *Dieser Ort liegt sehr abgeschieden. Der Rest der Welt scheint weit entfernt. Die Sonne scheint, und alles wird anders sein. Ein neues Leben, wie Du es Dir nie erträumt hast. Hier kann sie nachdenken und vielleicht entscheiden, welchen Weg sie gehen muß. Es wird Zeit, daß ich meine Tochter kennenlerne. Es muß fast zwanzig Jahre her sein, seit ich sie zuletzt gesehen habe. Ich bin überzeugt, es ist das Richtige für sie. Rede ihr gut zu, Sophie …*«

Ich war sprachlos. So sehr hatte ich mir gewünscht, meinen Vater zu sehen, und nun schlug er vor, ich solle auf jene ferne Insel kommen.

Tante Sophie ließ den Brief sinken und sah mich fest an. »Du mußt hin«, sagte sie.

»Aber wie?«

»Ganz einfach. Du gehst in Tilbury oder Southampton an Bord eines Schiffes.«

»Wo liegt diese Insel?«

»Casker's Island? Fast am anderen Ende der Welt.«

»Es klingt abwegig.«

»Es ist nicht unmöglich, Freddie. Du mußt es dir überlegen. Ich sehe es als eine Lösung. Du solltest deinen Vater kennenlernen.«

»Wenn er mich sehen wollte, hätte er es längst tun können.«

»Als deine Mutter noch lebte, wollte er nicht, und danach … er war weit fort. Aber jetzt brauchst du Hilfe, und er ist bereit, sie dir zu geben.«

»Dieser Vorschlag … so plötzlich …«

»Es ist genau, was du brauchst. Du mußt Abstand gewinnen von deiner Unsicherheit. Zu einer Entscheidung kommst du am besten, wenn du fern von allem bist.«

»So weit fort!«

»Je weiter, desto besser.«

»Tante Sophie, angenommen, ich ginge … würdest du mitkommen?«

Sie zögerte, dann sagte sie entschlossen: »Nein, ich habe hier zuviel zu tun. Er hat nichts davon geschrieben, daß ich mitkommen soll.«

»Du meinst, ich soll allein reisen? Ich dachte, du hättest meinen Vater gern.«

»Hatte ich. Habe ich noch. Aber ich weiß, jetzt ist nicht die rechte Zeit.« Sie hatte das Gesicht abgewandt, weil ich ihre Gedanken nicht lesen sollte.

Ich war ganz durcheinander. Der Vorschlag kam so unerwartet. Der Gedanke, England zu verlassen, auf eine ferne Insel zu gehen, die, wie Tante Sophie sagte, am anderen Ende der Welt lag, dieser Gedanke schien in diesen ersten Augenblicken zu aberwitzig, um ernst genommen zu werden.

Casker's Island. Wo war das? Es war nichts als ein Name. Und was für eine Idee, meinen Vater besuchen zu sollen, an den ich mich nicht erinnern konnte, der aber über die Jahre einen vermutlich unregelmäßigen Briefwechsel mit Tante Sophie gepflegt hatte, in dessen Verlauf sie ihm Neuigkeiten über seine Tochter mitteilte!

Sie waren einmal gute Freunde gewesen, und die Freundschaft war nie ganz erloschen. Tante Sophie hatte immer behauptet, daß er sich für mich interessiere, aber er hatte keine Anstrengungen unternommen, mich zu sehen. War die Feindseligkeit zwischen ihm und meiner Mutter daran schuld? Doch jetzt war meine Mutter tot, und er lebte auf einer abgelegenen Insel. Ich hatte gedacht, daß ich ihm nie begegnen würde. Und nun lud er mich nach Casker's Island ein, damit ich mir fern von allem überlegen konnte, welchen Weg ich einschlagen sollte.

Tante Sophie brachte mir Landkarten ans Bett. »Hier ist es«, sagte sie. »Dies hier ist Australien. Siehst du den kleinen Flecken im Ozean? Das ist Casker's Island. Schau, da sind noch mehr kleine Punkte. Das dürften andere Inseln sein. Stell dir nur vor, du bist dort, und rings um dich hast du das weite Meer!«

»Es wäre ein höchst eigenartiges Erlebnis.«

»Genau das, was du jetzt brauchst. Du mußt in eine vollkommen neue Umgebung.«

»Allein?«

»Du wirst bei deinem Vater sein.«

»Ich muß mir erst einmal überlegen, wie ich dorthingelange. Es ist so weit weg.«

»Das läßt sich arrangieren. Es heißt ja, daß ein Klimawechsel und Seeluft ungemein guttun.«

»Ich bin so unsicher.«

»Das ist nur natürlich. Du mußt dich erst an den Gedanken gewöhnen. Er wünscht sich so sehr, daß du kommst, Freddie.«

»Nach so langer Zeit? Wieso?«

»Ich habe es seinen Briefen entnommen. Er hat so lange gewartet. Ich weiß, daß es für dich das Beste ist.

»Wenn du mitkämst...«

»Das wäre nur eine Erinnerung. Du brauchst eine komplette Veränderung. Ich habe das Gefühl, daß du schon anfängst, ernsthaft darüber nachzudenken.

Crispin kam zu mir. Ich reichte ihm meine Hände, und er küßte sie leidenschaftlich. Da faßte ich meinen Entschluß. Wenn ich bliebe, würde ich tun, was er wünschte. Ich dachte an unser gemeinsames Leben, ein Leben unter einem Schatten. Wann würde die Frau wiederkommen, um Geld zu verlangen? Sie würde es unvermeidlich tun. Sie würde immer dasein, die Bedrohung, die Furcht. Sie würde unser Glück zerstören. Ich wünschte mir sehnlichst Kinder, und er hatte gewiß denselben Wunsch. Was würde aus ihnen? Und doch, wie konnte ich von ihm lassen? Er sah so traurig aus, so verstört. Der flehende Ausdruck in seinen Augen ließ mich dahinschmelzen.

»Ich habe mir solche Sorgen gemacht«, sagte er.

»Das weiß ich.«

»Du bist in den Regen hinausgelaufen. Du bist vor mir geflohen. Und dann wollten sie mich nicht zu dir lassen.«

»Jetzt habe ich mich etwas erholt, Crispin. Und ich gehe fort.«

Er machte ein betroffenes Gesicht. »Du gehst fort?«

»Ich habe es mir gründlich überlegt. Es ist das Beste. Ich muß für eine Weile fort und über alles nachdenken.«

»Nein«, sagte er, »du darfst nicht fortgehen.«

»Ich muß, Crispin. Ich weiß nicht, was ich tun soll.«

»Wenn du mich liebst –«

»Ich liebe dich. Aber ich muß nachdenken. Ich muß wissen, was das Beste ist.«

»Du wirst zurückkommen.«

»Ich gehe zu meinem Vater.«

Er blickte erstaunt drein. »Er lebt weit fort, nicht wahr?«

»Ja. Dort werde ich nachdenken können.«

»Geh nicht! Was soll ich anfangen? Denk an mich.«

»Ich denke an uns beide. Ich denke an unsere Zukunft.«

Ich möchte diese Szene nicht eingehender schildern. Es schmerzt noch heute. Er flehte mich an. Fast hätte ich nachgegeben. Doch mein Entschluß stand fest. Ich mußte fort.

Tante Sophie schrieb meinem Vater, und ich fügte ihrem

Schreiben einen Brief von mir bei. Ich wollte zu ihm. Nach all den Jahren würde er ein leibhaftiger Mensch für mich werden, nicht bloß ein Phantom.

Tante Sophie stürzte sich voller Elan in die Vorbereitungen, dabei wußte ich, wie traurig mein Fortgang sie stimmte. Ich ertappte sie mit Tränen in den Augen, und manchmal weinten wir zusammen.

Sie sagte: »Aber es muß sein. Ich weiß, es ist das Richtige.«

Tamarisk kam mich besuchen. »So, du gehst also fort?«

»Ja.«

»Ans andere Ende der Welt?«

»Mehr oder weniger.«

»Ich weiß, daß mit dir und Crispin etwas schiefgegangen ist. Deshalb willst du weg, nehme ich an.« Ich schwieg, und sie sprach weiter: »Das liegt doch auf der Hand. Ihr wolltet heiraten, und jetzt gehst du fort. Wie willst du das verbergen? Ich vermute, du magst nicht darüber sprechen.«

»Da vermutest du richtig.«

Sie zuckte die Achseln. »Du gehst also allein fort. Ist das nicht sehr gewagt?«

»Ausgerechnet du, Tamarisk, sprichst von Wagnis!«

Sie lächelte matt. »Fred, ich möchte mit dir kommen.«

»Aber warum denn so ...«

»So plötzlich, willst du sagen? Nein, es ist nicht plötzlich. Eigentlich wollte ich schon lange fort, und jetzt bietet sich mir genau die richtige Gelegenheit. Ich kann hier nicht bleiben, Fred, ich halte es nicht aus. Jeder Tag ist eine Erinnerung. Rings um mich sind lauter Dinge, die ich vergessen möchte. Hier kann ich ihnen nicht entkommen. Jedesmal, wenn ich das Gebüsch sehe ... es ist entsetzlich. Wenn sich aufklären würde, wer es getan hat, wäre alles anders. So aber gibt es Verdächtigungen, und jeder hat die Ehefrau im Sinn. Wir wissen, daß er untreu war. Er war ein Lügner und Betrüger. Wer wird am meisten darunter gelitten haben? Seine Frau. Warum hätte sie nicht in die Waffenkammer gehen, die Waffe an sich nehmen und ihn erschießen sollen?«

»Hör auf, Tamarisk! Du bist ja schon ganz hysterisch.«

»Ich muß fort. Ich halte es hier nicht mehr aus. Ich komme mit dir. Du kannst nicht allein reisen. Du brauchst eine Begleitung. Wir sind immer Freundinnen gewesen. Schreib deinem Vater, daß du nicht allein reisen kannst und daß du eine Freundin hast, die unbedingt fortmuß.«

Ich schwieg und versuchte mir vorzustellen, was das bedeutete. Daß sie fortmußte, war nicht von der Hand zu weisen. Tamarisk stand im Mittelpunkt dieser Tragödie. Ich wußte, wie ihr zumute war, und ich überlegte, ob es nicht gut sei, eine Begleiterin zu haben.

Sie las meine Gedanken. »Es läßt sich leicht arrangieren, Fred. Oh, ich fühle mich gleich viel besser. Das Leben ist lange Zeit miserabel gewesen, seit ich merkte, was für einen Fehler ich gemacht hatte ... und dann der Mord. Bitte, nimm mich mit.«

»Laß uns darüber nachdenken.«

»Ich brauche nicht nachzudenken. Sobald ich hörte, daß du fortgehst, wollte ich mit dir kommen. Es war, als hätte der Himmel mir diese Gelegenheit geschickt. Ach Fred, gib mir die Chance, von allem hier fortzukommen, von vorn anzufangen. Bitte, Fred, *bitte.*«

»Laß uns mit Tante Sophie darüber sprechen.«

Tamarisk zog ein Gesicht.

»Sie ist sehr verständnisvoll«, sagte ich. »Sie wird genau wissen, wie dir zumute ist, und sie wird dir gern helfen.«

»Na gut.«

Ich rief Tante Sophie. Als sie kam, ermunterte ich Tamarisk: »Sag du's ihr.«

Und sie legte sich ins Zeug. Sie flehte redegewandt, schilderte mit wohlgesetzten Worten ihr Unglück, ihr Unvermögen, mit dem Leben in St. Aubyn's Park zurechtzukommen, wo sie von bleibenden Erinnerungen geplagt und von Trübsal heimgesucht werde.

Tante Sophie hörte aufmerksam zu. Dann sagte sie: »Tamarisk, ich finde, Sie und Freddie sollten zusammen fahren. Daß Sie fortmüssen, sehe ich. Ich hatte schon Bedenken, weil Freddie die weite Reise ganz allein machen sollte. Ihr könnt euch gegenseitig beistehen.«

In ihrer bezeichnenden impulsiven Art ging Tamarisk auf Tante Sophie zu und umarmte sie. »Sie sind ein Schatz«, sagte sie. »So, und was nun? Ich muß schleunigst eine Schiffspassage buchen, nicht wahr?«

»Zuallererst müssen wir Freddies Vater schreiben, daß sie eine Freundin mitbringt. Seine Antwort können wir nicht abwarten, dazu reicht die Zeit nicht. Ich bin sicher, daß er keine Einwände hat, denn er hat schon geschrieben, er wünschte, jemand würde sie begleiten. Aber vielleicht brauchen Sie etwas Zeit, Tamarisk, bevor Sie sich endgültig entscheiden.«

»Nein, ich habe es mir gründlich überlegt. Mein Entschluß steht fest.«

»Dann müssen wir uns sofort um Ihre Passage kümmern.«

»Wunderbar. Ich fühle mich schon ganz anders.« Sie küßte uns beide. »Ich gehe jetzt. Es sind so viele Vorbereitungen zu treffen. Ich habe euch beide sehr lieb. Ihr seid meine allerbesten Freundinnen. Gehabt euch wohl. Wann reisen wir ab?«

»Das wird sich zeigen«, sagte Tante Sophie. »Jedenfalls ist abgemacht, daß ihr zusammen fahrt.«

Als Tamarisk fort war, sagte Tante Sophie: »Ich dachte, was sie durchgemacht hat, hätte sie verändert, aber sie ist im Grunde dieselbe geblieben. Es tut gut, zu sehen, daß sie langsam zu ihrem alten Ich zurückfindet. Die Ärmste, sie hat eine schlimme Zeit hinter sich. Ich glaube, so etwas nennt man eine Feuertaufe. Sie war zu lebensgierig. Sie hat das Leben mit beiden Händen gegriffen, ehe sie reif dafür war, und sie hat schwere Blessuren davongetragen. Ich bin froh, daß sie dich begleitet. Dann seid ihr zu zweit. Damit ist mir eine Last von der Seele genommen.«

So war es denn abgemacht. In einem Monat sollten wir England verlassen. Tamarisk paßte es gar nicht, daß es noch so lange dauerte. Sie war jetzt ein ständiger Gast in The Rowans. Es gab so viel zu besprechen.

Sie hatte die Melancholie abgelegt, die ihrer Natur so fremd war. Damit half sie auch mir, denn sie machte sich mit einem solchen Eifer an unsere Reisevorbereitungen, daß ich mich unwillkürlich anstecken ließ.

Es war Anfang Januar, und die Zeit unserer Abreise war gekommen. Crispin war sehr niedergeschlagen. Er sagte, er fürchte, ich würde nicht zurückkommen. Ich versuchte, ihm abermals zu erklären, daß ich Zeit brauchte, um klar zu denken. Es stand so vieles auf dem Spiel. Ich dachte oft an unser Zusammensein, und die Versuchung, zu bleiben, war groß, aber dann sah ich immer die Kinder vor mir, die wir uns beide wünschten. Selbst Crispin mußte das verstehen.

Es wurde ein sehr trauriger Abschied. Ich sagte: »Ich habe das Gefühl, daß ich bald zurückkomme, Crispin. Und dann werden wir wissen, was zu tun ist.«

Das war für uns beide ein schwacher Trost.

Tante Sophie und James Perrin kamen mit zum Schiff, um uns zu verabschieden. Crispin blieb zu Hause. Es wäre für uns beide zu quälend gewesen.

Die gute Tante Sophie war arg bedrückt, wenngleich sie sich bemühte, es nicht zu zeigen. James Perrin war sehr liebevoll. Ich wußte, er hatte mich gern, und er dachte wohl, da zwischen Crispin und mir etwas schiefgegangen war, würde ich mich mit der Zeit ihm zuwenden. Das war rührend und irgendwie tröstlich.

Wir übernachteten in London und fuhren am nächsten Tag nach Southampton. Auf dem Kai nahm ich Abschied von Tante Sophie und James.

Tante Sophie war den Tränen nahe, ich ebenso. Ich ließ alles zurück, was ich liebte, und verabschiedete mich von einer Zukunft, die mir noch vor kurzer Zeit offengestanden hatte. Doch Tante Sophies beherztes Lächeln versicherte mir, daß ich das Richtige tat. Auf der fernen Insel bei meinem Vater würde ich den Weg finden, den ich gehen mußte.

»Wir müssen an Bord«, sagte Tamarisk mit einer Spur Ungeduld.

Dann kam das letzte Lebewohl, eine Umarmung von Tante Sophie, ein fester Händedruck von James, der sich impulsiv vorbeugte und mich küßte. »Sie kommen zurück«, sagte er. »Ich weiß es.«

Noch einmal hielten Tante Sophie und ich uns umschlungen. »Wie kann ich dir jemals danken für alles, was du für mich getan hast, liebste Tante Sophie?« sagte ich.

Sie schüttelte den Kopf und lächelte. »Werde einfach glücklich, Liebes. Eines Tages wirst du wieder zu Hause sein, das weiß ich.« So nahmen wir Abschied. Tamarisk und ich gingen an Bord der *Queen of the South*, die uns weit fort ans andere Ende der Welt bringen sollte.

Reise in die Ferne

Wir begaben uns zu unserer Kabine auf dem Bootsdeck. Es war ein kleiner Raum, aber damit hatten wir gerechnet. Zwei Kojen standen darin, eine jede an einer Wand, mit einem Zwischenraum, so daß wir uns ansehen konnten, wenn wir im Bett lagen. Ein Bullauge war vorhanden, ferner eine Frisierkommode mit einem Spiegel, ein Waschbecken, ein Kleiderschrank. Ich stellte fest, daß der Platz für unsere Kleider sehr knapp war, denn Tamarisk hatte eine umfangreiche Garderobe mitgenommen. Unser Gepäck war noch nicht da, und nachdem wir die Kabine in Augenschein genommen hatten, gingen wir das Schiff erkunden.

Überall herrschte Betriebsamkeit, die Leute eilten hin und her. Stapel von Gepäck warteten in den Gängen darauf, in die Kabinen geliefert zu werden. Wir stiegen den Niedergang hinauf und besichtigten die Gesellschaftsräume. Es gab einen Rauchsalon, ein Lesezimmer, einen Musiksalon sowie einen Raum für Bälle und ähnliche Veranstaltungen. Wir waren sehr beeindruckt.

Als wir zu unserem Deck zurückkehrten, sahen wir, daß Stewards das Gepäck in die Kabinen trugen.

»Mal sehen, ob unseres dabei ist«, sagte Tamarisk. Sie betrachtete den Stapel. »Auf den Anhängern steht, wohin die Leute reisen«, bemerkte sie. »Sieh mal. *J. Barlow, Passage nach Melbourne*. Wie J. Barlow wohl sein mag? *Mrs. Craddock, Passage nach Bombay.* Ich sehe unsere Sachen nicht. Vielleicht sind sie schon in der Kabine. Oh, sieh mal! *Luke Armour, Passage nach Sydney und Casker's Island.*« Ihr Gesicht leuchtete auf. »Stell dir vor! Er reist auf unsere

Insel! Es kann nicht viele Menschen an Bord geben, die da hinwollen.«

»Nett zu wissen, daß unter den Passagieren einer ist.«

»Luke Armour. Ich bin neugierig, was für ein Mensch er ist.«

»Ich halte es für sehr wahrscheinlich, daß wir es im Laufe der Reise entdecken werden.«

Als wir in unsere Kabine zurückkamen, fanden wir unser Gepäck dort vor. Wir packten aus, wuschen uns und gingen zum Dinner. Wir saßen mit mehreren anderen Passagieren an einer langen Tafel. Man plauderte über dies und jenes, und wir erfuhren ein wenig über unsere Mitreisenden; aber genau wie wir waren sie überwältigt von den Anstrengungen des Einschiffens und zu müde, um viel zu reden.

Sobald wir konnten, kehrten wir in unsere Kabine zurück.

Die Bewegung des Schiffes sagte uns, daß wir abgelegt hatten; wir lagen in unseren Kojen und unterhielten uns, bis Tamarisks Stimme immer schläfriger wurde und am Ende verstummte.

Ich lag schlaflos; ich dachte an Tante Sophies tränenvolle Augen, als sie mir Lebewohl gesagt hatten, und an James Perrin, der fest davon überzeugt war, daß ich bald zurückkommen würde.

Hauptsächlich aber dachte ich an Crispin, an seinen hoffnungslosen, flehenden Blick. Ich wußte, daß dieser Blick mich immer begleiten würde.

Im Rückblick dünken mich jene ersten Tage etwas verschwommen. Es war ein Abenteuer, das Schiff zu erkunden, auf dem wir uns ständig verirrten. Es gab so viele Räume zu besichtigen, so viele Menschen kennenzulernen, so vieles, das uns neu war.

Ich erinnere mich gut an die rauhe See nach der ersten

Nacht. Tamarisk und ich lagen in unseren Kojen. Zuweilen hatten wir das Gefühl, als würden wir gleich aus den Betten geworfen, und wir fragten uns, ob es klug gewesen war, diese Reise zu unternehmen.

Doch das verging, und bald waren wir wieder auf den Beinen, bereit, uns mit unserer Umgebung vertraut zu machen. Ich war sehr froh, daß Tamarisk bei mir war, und ich bin sicher, auch sie war froh über meine Gesellschaft.

Jane, unsere überaus aufmerksame Stewardeß, versicherte uns, daß wir uns ganz anders fühlen würden, sobald sich das Wetter ändere. Der Golf von Biskaya sei bekannt für seine Tücken, aber sie habe ihn auch schon glatt wie einen Teich erlebt. »Kommt ganz drauf an, woher der Wind weht. Jedenfalls, meine Damen, haben wir ihn bald hinter uns, und dann können Sie anfangen, sich zu amüsieren.«

Und sie behielt recht. Die Turbulenzen legten sich, und das Abenteuer begann. Ich erkannte bald, daß trotz meiner unstillbaren Sehnsucht nach Crispin ein vollkommen neues, ungewöhnliches Erlebnis das beste war, um Abstand zu gewinnen und klarer zu sehen. Auch war es eine Freude, zu beobachten, wie Tamarisk das Abenteuer genoß.

Wir speisten täglich an der langen Tafel, und bald plauderten wir alle freundschaftlich miteinander. Die meisten Leute erzählten mit Eifer von ihren Erlebnissen auf anderen Schiffen und waren erpicht darauf, uns mitzuteilen, wohin ihre Reise ging. Viele würden in Bombay von Bord gehen; sie standen im Dienste der Regierung oder des Militärs und kehrten nach einem Urlaub nach Indien zurück. Es waren zumeist erfahrene Reisende.

Einige wollten zu Verwandten in Australien; andere waren Australier, die nach einem Besuch bei Verwandten oder Freunden in England nach Hause zurückkehrten. Noch hatten wir niemanden gefunden, der nach Casker's Island wollte, mit Ausnahme jenes Luke Armour, der bislang für uns nichts weiter war als ein Name auf einem Kofferanhänger.

Der Kapitän war ein leutseliger Mann, der es liebte, mit den Passagieren zu sprechen, wann immer sich die Gelegenheit bot. Er erkundigte sich bei jedem, wohin die Reise ging, und als er hörte, daß wir nach Casker's Island wollten, hob er die Augenbrauen.

Ich erklärte ihm, daß wir dort meinen Vater besuchten.

»So?« meinte er. »Es gibt nicht viele Passagiere dorthin. Ich nehme an, Sie haben alles arrangiert. Sie werden in Sydney von Bord gehen. Am gleichen Tag geht ein Schiff nach Cato Cato, und von dort nehmen Sie die Fähre nach Casker's Island. Eine umständliche Reise!«

»Ja, das ist uns bekannt.«

»Nein, wir haben nicht viele an Bord, die dorthin wollen. Ich glaube, die Fähre von Cato Cato geht nicht sehr oft. Sie transportiert Waren nach Casker's Island und gelegentlich auch Passagiere. Aber Sie möchten zu Ihrem Vater, sagen Sie. Ich nehme an, er betreibt dort Geschäfte. Kopra, schätze ich. Es wird dort viel Handel mit Kokosnüssen getrieben. Die meisten Leute haben keine Ahnung, was für ein nützliches Produkt die Kokosnuß ist. Soviel ich weiß, bildet sie die Haupteinnahmequelle für Casker's Island.«

»Ich weiß nichts darüber. Ich weiß nur, daß mein Vater dort lebt.« – »Nun gut, bis Sydney sind Sie bei uns gut aufgehoben. Wir haben dort ein paar Tage Aufenthalt, bevor wir die Heimreise antreten. Wie finden Sie mein Schiff?«

»Sehr schön.«

»Ich hoffe, Sie werden aufmerksam versorgt?«

»Ja, sehr gut, danke.«

»Fein.«

Als er uns verließ, meinte Tamarisk: »Mir scheint, unser Kapitän denkt, wir gingen an einen der entlegensten Orte der Welt.«

Wir hatten unseren ersten Anlaufhafen erreicht, Gibraltar. In der Zwischenzeit hatten wir die Bekanntschaft von Major und Mrs. Dunstan gemacht, die nach Bombay reisten, wo das Regiment des Majors stationiert war. Sie waren ans Reisen gewöhnt; die Fahrt von und nach Indien hatten sie schon mehrmals zurückgelegt. Ich glaube, Mrs. Dunstan war leicht schockiert, als sie feststellte, daß zwei unerfahrene junge Frauen allein reisten, und sie ließ es sich nicht nehmen, über uns zu wachen.

Sie meinte, wenn wir in Gibraltar an Land gehen wollten, was wir gewiß vorhätten, wäre es vielleicht eine gute Idee, wenn wir uns ihr und ihrem Mann anschlössen. Eine kleine Gruppe würde von Bord gehen; sie wollten einen Führer anheuern und sich die Stadt ansehen. Wir sagten mit Vergnügen zu.

Als ich am Morgen erwachte, sah ich durch das Bullauge den Felsen von Gibraltar vor uns aufragen. Er war beeindruckend. Wir eilten an Deck, um ihn besser zu sehen, und da lag er vor uns in seiner ganzen Herrlichkeit, wie eine Trutzburg am Eingang zum Mittelmeer.

Major Dunstan trat zu uns. »Großartig, nicht wahr? Es macht mich jedesmal wieder stolz, daß er uns gehört. Das Schiff wird ihn in westlicher Richtung umfahren, denke ich. Man wird sehen. O ja, wir bewegen uns schon.«

Wir blieben stehen und schauten. Wir befanden uns nun auf der Westseite der Halbinsel, auf der der Felsen aufragte. Hier war der Hang weniger steil, und über der Festungsmauer erhoben sich Häuser. Als wir in die Bucht kamen, konnten wir die Werft und die Befestigungsanlagen sehen.

»Der Ort muß verteidigt werden«, sagte der Major. »Reges Treiben da unten, was?«

Wir blickten erstaunt auf die kleinen Boote, die herankamen, die Schiffe zu begrüßen. Von einem sahen mehrere kleine Buben bittend zu uns hinauf.

»Sie möchten, daß Sie Geldstücke ins Wasser werfen. Dann schwimmen sie umher und fangen sie auf. Das sollte verboten werden. Es ist gefährlich.«

Die Buben taten mir leid. Einige Passagiere warfen ihnen wahrhaftig Geldstücke hinunter, und sie flitzten umher wie Fische. Wenn sie eine Münze erwischten, hielten sie sie triumphierend in die Höhe.

Jetzt sahen wir die Stadt. Sie wirkte farbenfroh und interessant. Einen solchen Ort hatten Tamarisk und ich noch nie gesehen.

Der Major sagte: »Wir müssen in einem dieser kleinen Boote an Land gehen. Das Schiff ist zu groß, um näher heranzukommen. Bei uns sind Sie gut aufgehoben. Man muß aufpassen bei diesen Leuten. Sie neigen dazu, die Touristen zu übervorteilen.«

Unter der Obhut unserer Freunde, der Dunstans, und mit dem Rest der Gruppe setzten wir in einem kleinen Boot über. Es war ein heiteres Erlebnis, und für den Augenblick konnte ich alles andere vergessen. Ich wußte, daß es Tamarisk ebenso erging. Eine Abwechslung wie diese, und war sie noch so kurz, tat uns beiden wohl.

An Land tauchten wir in die Menge ein. Die Leute vom Schiff vermischten sich mit den Einheimischen. Wir sahen Mauren in ihren weiten Gewändern mit Fesen oder Turbanen, die dem Ort ein exotisches Flair verliehen. Weitere Nationalitäten waren vertreten, Spanier, Griechen, Engländer. Alle machten viel Lärm, sie verständigten sich schreiend, wenn sie sich begegneten.

In den schmalen Straßen waren Verkaufsbuden aufgestellt. Alle möglichen Waren waren zu sehen, Kinkerlitzchen, Ringe, Armbänder, Halsketten, Lederwaren – geräumige Taschen aus weichem Material mit erlesen eingestanzten Mustern; in höhlenartigen Lädchen wurde Brot gebacken. Mit kleinen schwarzen Körnern verzierte Laibe waren zur Schau gestellt; ferner wurden Fese, Turbane und Strohhüte feilgeboten, Schuhe, Sandalen, wie sie die Mauren trugen, mit aufwärtsgebogenen Spitzen, und weiche Lederpantoffeln.

Tamarisk blieb vor einem Stand stehen. Ein Hut hatte es ihr angetan, ein Gebilde aus Stroh, kreisrund, mit blauen Bändern und einem Vergißmeinnichtsträußchen verziert.

Sie nahm ihn in die Hand. Der Händler bemühte sich sehr um sie, und Mrs. Dunstan sah leicht belustigt zu.

»Den können Sie nicht tragen, meine Liebe«, meinte sie.

Ich kannte Tamarisk. Wenn man ihr sagte, daß sie etwas nicht tun könne, war sie erst recht dazu entschlossen.

Sie setzte den Hut auf. Der Mann am Verkaufsstand betrachtete sie, seine schwarzen Augen weiteten sich vor Bewunderung. Er faltete die Hände und hob den Blick zum Himmel. Er wollte unverkennbar den Eindruck vermitteln, daß er von der Schönheit Tamarisks in dem Strohhut überwältigt sei.

Der Hut ließ sie jünger aussehen, und sie erinnerte mich an das Schulmädchen, das sie einst gewesen war. Der Alptraum der letzten Monate berührte sie nicht... für den Augenblick.

»Der ist allerliebst«, sagte sie. »Ich muß ihn haben. Wieviel kostet er?«

Mrs. Dunstan war ihr behilflich, als eine kleine Feilscherei begann, die sie schließlich mit Autorität beendete; sie suchte das Geld heraus, das Tamarisk zuvor eingetauscht hatte, und Tamarisk setzte sich den Strohhut auf den Kopf. Die kleine Toque, die sie getragen hatte, stopfte sie in eine Tüte, dann gingen wir weiter.

Der Major meinte, wir müßten die Affen sehen. Das sei unumgänglich. Wir müßten dazu ein bißchen klettern, da sie die höhergelegenen Hänge bevölkerten.

»Sie werden sie amüsant finden. Sie sind seit Hunderten von Jahren hier. Es freut uns zu sehen, wie sie gedeihen. Eine Legende sagt nämlich, solange die Affen hier sind, werden auch die Engländer hier sein. Das ist natürlich barer Unsinn, aber es bewegt die Menschen trotzdem, und deswegen vergewissern wir uns gerne, daß es den Affen gutgeht.«

Sie waren wirklich amüsant, lebhafte Geschöpfe mit wachen, forschenden Augen, und an Besucher gewöhnt; denn wie der Major gesagt hatte, jeder, der nach Gibraltar kam, mußte die Affen sehen.

Sie näherten sich uns beinahe übermütig, ohne jede Scheu. Es behagte ihnen offensichtlich, beachtet zu werden, und sie schienen sich ebenso über die Besucher zu amüsieren wie diese sich über sie.

»Geben Sie gut auf Ihre Sachen acht«, warnte Mrs. Dunstan. »Sie schnappen sich mit Vorliebe Gegenstände und rennen damit fort.«

Noch während sie sprach, kam ein Affe ganz nahe heran. Wir sahen ihn nicht gleich, dann stieß Tamarisk plötzlich einen Schrei aus, denn er hatte ihr den Hut vom Kopf gerissen und lief damit davon.

»Na so was!« stammelte Tamarisk, und wir mußten unwillkürlich lachen über ihre Bestürzung.

»Er war sehr bunt«, sagte Mrs. Dunstan. »Das muß ihm ins Auge gestochen haben. Der Hut ist futsch.«

Wir setzten unseren Weg fort, waren aber noch nicht weit gekommen, als ein Herr mit Tamarisks neuem Hut in der Hand herbeigelaufen kam. Er lachte. »Ich habe gesehen, was geschah. Ihr Hut ist Ihnen abhanden gekommen. Diese Geschöpfe sind sehr menschenähnlich. Der Affe blieb in meiner Nähe stehen. Er hat sich nach Ihnen umgedreht. Das war meine Chance. Ich habe ihm den Hut entrissen.«

»Wie geschickt von Ihnen!« rief Tamarisk.

Alle lachten. Weitere Leute gesellten sich zu uns.

»Es war so komisch«, sagte eine Dame. »Der Affe sah so verwirrt drein. Dann schien er mit den Achseln zu zucken und hat sich getrollt.«

»Es ist ein kleidsamer Hut«, sagte der Retter und lächelte Tamarisk an. Er war groß, blond und sah gut aus, und er hatte eine Art, die einen auf Anhieb für ihn einnahm.

»Ich weiß nicht, wie ich Ihnen danken soll«, sagte Tamarisk.

»Es war ganz einfach. Der listige Affe hatte seine Beute nur wenige Sekunden in Besitz.«

»Ich bin froh, daß ich ihn wiederhabe.«

»Nun«, sagte Mrs. Dunstan, »Ende gut, alles gut. Tamarisk, ich an Ihrer Stelle würde ihn nicht wieder aufsetzen. Diesmal ist vielleicht kein galanter Retter bei der Hand.«

Wir schlenderten weiter, und der Herr blieb uns auf den Fersen. Zweifellos gehörte er zu einer Gruppe Landgänger vom Schiff. Dies bestätigte sich, als Mrs. Dunstan sagte: »Sie sind sicher von der *Queen of the South*.«

»Ja«, erwiderte er. »Anscheinend sind heute die meisten Leute in Gibraltar von der *Queen of the South*.«

»So ist es immer, wenn das Schiff einläuft«, meinte der Major.

»Ich denke, es wird langsam Zeit, daß wir wieder hinuntersteigen«, sagte Mrs. Dunstan. »Eine kleine Stärkung wäre wohl angebracht. Wollen wir nicht dorthin gehen, wo wir letztes Mal waren, Gerald?« wandte sie sich an den Major. »Erinnerst du dich? Die Törtchen, die dir so gut geschmeckt haben?«

»Ich erinnere mich gut«, erwiderte der Major. »Und gewiß möchten alle gern die Törtchen kosten. Wir können die Welt vorüberflanieren sehen, während wir uns stärken.«

Wir stiegen hinunter, und der Retter des Hutes war immer noch bei uns. Wir fanden das Café; zu sechst etwa gingen wir hinein und setzten uns an einen Tisch, von wo wir auf die Straße sehen konnten. Der Blonde kam mit uns. Er nahm zwischen Tamarisk und mir Platz.

Kaffee und Törtchen wurden bestellt, und der Major sagte zu dem Neuankömmling: »Es ist erstaunlich, daß man auf einem Schiff auf begrenztem Raum sein kann und doch eine Anzahl Mitreisender nicht kennt.« Das war eine Aufforderung an den jungen Mann, sich vorzustellen.

»Luke Armour ist mein Name«, sagte er. »Ich fahre bis Sydney.« Tamarisk und ich wechselten erfreute Blicke. »Das ist interessant –«, platzte sie heraus.

Mrs. Dunstan sah sie fragend an, als wolle sie sagen, inwiefern?

Tamarisk erklärte: »Wir haben Ihren Kofferanhänger gelesen, am ersten Tag, als wir aufs Schiff kamen. Ihr Gepäck war mit dem anderen gestapelt. Wir haben gesehen, daß Sie nach Casker's Island fahren.«

»So ist es«, sagte er.

»Die Sache ist nämlich die«, fuhr Tamarisk fort, »wir wollen auch dahin.«

»Wirklich! Wie interessant! Sie müssen außer mir die einzigen sein. Was führt Sie dorthin?«

»Mein Vater lebt dort«, sagte ich. »Wir besuchen ihn.«

»Oh«, erwiderte er.

»Kennen Sie die Insel gut?« fragte ich.

»Ich bin nie dort gewesen.«

»Die Leute schauen immer so erstaunt, wenn sie erfahren, daß wir dorthin wollen«, sagte Tamarisk.

»Tja, niemand scheint viel über die Insel zu wissen. Ich habe versucht, mich zu erkundigen, aber es gab nicht viel zu erfahren. Ich habe herausgefunden, daß es eine Insel ist, die vor ungefähr dreihundert Jahren von einem Mann namens Casker entdeckt wurde. Er hat dort bis zu seinem Tod gelebt. Daher der Name Casker's Island. Ihr Vater wohnt dort, sagen Sie?«

»Ja. Und wir wollen ihn besuchen.«

Er sah mich fragend an, als wundere er sich darüber, daß ich so wenig über diesen Ort wußte, wo doch mein Vater dort lebte. Aber er mußte wohl vermutet haben, daß meine Beziehung zu meinem Vater nicht von gewöhnlicher Art war, und er war zu höflich, um Fragen zu stellen.

»Wie werden Sie dorthin gelangen?« fragte ich.

»Es gibt scheint's nur eine Möglichkeit. In Sydney von Bord gehen, ein Schiff nach einer Insel namens Cato Cato nehmen, und von dort geht's mit der Fähre nach Casker's Island.«

»Genau das haben wir auch vor.«

»Es ist interessant, Leute zu treffen, die zu diesem wenig bekannten Ort wollen.«

»Eigentlich tröstlich«, bemerkte Tamarisk.

»Das finde ich auch«, entgegnete er mit freundlichem Lächeln.

Wir freuten uns beide, herausgefunden zu haben, wer dieser Luke Armour war, zumal wir ihn so furchtbar nett fanden.

Er war weit gereist und erzählte uns, wenn er irgendwohin komme, wolle er immer möglichst viel über den Ort wissen. Deswegen sei er so enttäuscht gewesen, als er kaum etwas über Casker's Island hatte in Erfahrung bringen können.

»Es ist wunderbar, die Welt zu sehen«, sagte er. »Man hat in der Schule von den verschiedenen Orten gehört, aber erst wenn man sie leibhaftig sieht, werden sie lebendig. Ich stelle mir gern vor, wie Tank Ibn Siad vor langer Zeit hierherkam – im Jahre 711 war es, glaube ich, vor fast zwölfhundert Jahren. Denken Sie nur! Und die Engländer fanden Jabal Tariq – Berg des Tank – zu fremdländisch für ihren Geschmack, und sie tauften Jabal Tariq in Gibraltar um. Und nun ist der Ort in britischen Händen – der einzige Zugang vom Atlantischen Ozean zum Mittelmeer, eine der bedeutendsten Festungen der Welt.«

»Sehr richtig«, sagte der Major. »Und möge er lange in unseren Händen bleiben!«

»So«, sagte Mrs. Dunstan, »wenn alle fertig sind, denke ich, ist es Zeit, aufs Schiff zurückzukehren.«

An diesem Abend waren wir sehr müde. Tamarisk und ich lagen in unseren Kojen und ließen die Erlebnisse des Tages Revue passieren.

»Es war wundervoll«, sagte Tamarisk. »Mein schönster Tag, seit...«

»Es war interessant«, pflichtete ich ihr bei.

»Das beste war, wie Luke Armour mit dem Hut ankam, und wie er seinen Namen nannte und es derselbe war wie der auf dem Kofferanhänger. Und er fährt nach Casker's Island! Ist das nicht wunderbar?«

»Immerhin wußten wir, daß er irgendwo auf dem Schiff sein mußte.«

»Aber daß ausgerechnet er dem frechen kleinen Affen meinen Hut entrissen hat! Das war herrlich theatralisch. Und als er sich vorstellte, hätte ich am liebsten laut gelacht. Er ist nett, nicht? Er hat so etwas Gewisses.«

»Du kennst ihn doch noch gar nicht.«

»Oh, aber ich werde ihn kennenlernen«, sagte sie. »Ich bin fest dazu entschlossen – und ich glaube nicht, daß er etwas dagegen hat.«

Fortan sahen wir ihn ziemlich oft. Er machte keine Anstalten, uns zu erzählen, warum er nach Casker's Island ging, und wir fragten ihn nicht. Wir wußten, daß wir es beizeiten erfahren würden.

Es war, als zögen wir uns gegenseitig an; wenn wir uns an Deck begegneten, setzten wir uns hin und unterhielten uns. Er wußte sehr viel über Inseln. Er hatte einige Jahre in der Karibik und auf einer Insel bei Borneo verbracht. Aber Casker's Island war viel abgelegener als diese.

Noch bevor wir unseren nächsten Anlaufhafen erreichten, Neapel, standen wir auf freundschaftlichem Fuß, und es war ganz natürlich, daß er uns vorschlug, ihn zu den Ausgrabungen von Pompeji zu begleiten. Mrs. Dunstan, die unterdessen die Bekanntschaft mit Luke Armour gepflegt hatte, befand es als durchaus schicklich, daß wir mit ihm gingen.

Es wurde ein höchst interessanter Tag. Luke Armour war ein kundiger Begleiter. Er erzählte lebhaft und verstand es, mich in das tragische Jahr 79 vor Christus zurückzuversetzen, als der Vesuv ausbrach und die blühende Stadt mitsamt Herculaneum und Stabiä zerstörte. Die Ruinen schienen zum Leben zu erwachen, und ich konnte mir ausmalen, wie die Menschen in ihrer Panik und Verwirrung nicht wußten, wohin sie sich wenden sollten, um der Vernichtung zu entgehen.

Als wir zum Schiff zurückkehrten, bemerkte Tamarisk: »Was ist unser Luke Armour doch für ein ernsthafter Mensch! Ihm schien ungeheuer viel an den alten Ruinen zu liegen und an den Menschen, die dort gelebt haben.«

»Haben sie dich nicht interessiert?«

»Schon, aber er hat gar nicht mehr aufgehört, darüber zu reden. Dabei ist das alles doch eine Ewigkeit her, oder?«

»Er ist ernst. Mir gefällt er.«

»Wie wir ihn kennengelernt haben, das war lustig, doch jetzt scheint er ...«

»Er ist gewiß nicht frivol, aber ich dachte, du hättest gelernt, dich vor Leuten zu hüten, die oberflächlich charmant und darunter ohne großen Wert sind.«

Im nachhinein tat es mir leid, das gesagt zu haben. Es blieb nicht ohne Wirkung. Tamarisk verlor für ein paar Stunden ihre gute Laune, und als wir das nächstemal mit Luke Armour zusammen waren, war sie ganz reizend zu ihm.

Wir freuten uns beide auf die Fahrt durch den Suezkanal, und wir wurden nicht enttäuscht. Ich war bezaubert von den goldenen Ufern und dem gelegentlichen Blick auf einen Schäfer mit seiner Herde. Es war wie die Bilder in der Bibel, die wir in Lavender House gehabt hatten. Hin und wieder sahen wir ein Kamel, das auf dem sandigen Boden seiner Wege ging, und Menschen in Gewändern und Sandalen gaben der Szenerie einen malerischen Anstrich.

Es war schön, an Deck zu sitzen und all dies zu betrachten, während wir langsam vorüberfuhren.

Luke Armour setzte sich zu mir. »Eindrucksvoll, nicht?« sagte er.

»Es ist ein wundervolles Erlebnis. Ich hätte nie gedacht, daß ich das einmal sehen würde.«

»Welch eine Leistung, so einen Kanal zu bauen! Und welch ein Gewinn für die Schiffahrt.«

»Sie sind das Reisen gewöhnt. Stellen Sie sich vor, welch ein Erlebnis es für jene sein muß, die vorher noch nie auf Reisen waren.«

»Alles, was man zum erstenmal macht, ist etwas Besonderes.«

»Da haben Sie recht. Wie das andere Schiff wohl sein mag?«

»Nicht so groß wie dieses und nicht so komfortabel, nehme ich an. Die *Golden Dawn,* die uns nach Cato Cato bringt, dürfte ähnlich sein, wenngleich bedeutend kleiner. Und mit Fähren habe ich einige Erfahrung. Sie sind nicht so gut ausgestattet.«

»Sie müssen in Ihrem Beruf sehr viel gereist sein.«

»In exotische Länder, ja. Ihr Vater auch.«

Ich zögerte. Dann beschloß ich, es ihm zu erzählen, denn da er nach Casker's Island wollte, würde er es ohnehin erfahren.

Ich sagte: »Ich habe meinen Vater nie gesehen. Er ging von zu Hause fort, als ich noch zu klein war, um ihn in Erinnerung behalten zu können. Er hat sich von meiner Mutter scheiden lassen. Sie ist vor einer Weile gestorben, und ich lebe bei meiner Tante. Jetzt gehe ich ihn besuchen.«

Er nickte ernst, und wir schwiegen ein Weilchen. Dann sagte er: »Sie sind sicher neugierig, welchen Beruf ich ausübe. Ich bin Missionar.«

Ich war verblüfft, und er lachte. »Sie sind wohl ein bißchen betroffen?«

»Betroffen? Warum sollte ich?«

»Manche Leute reagieren so. Ich meine, ich sehe aus wie ein gewöhnlicher junger Mann, der einer gewöhnlichen Arbeit nachgeht. Die Leute erwarten nicht, daß ich bin, was ich bin.«

»Ich finde es sehr lobenswert.«

»Ich sehe es als meine Bestimmung – gewissermaßen.«

»Und darum bereisen Sie die fernen Länder.«

»Ja, um den Menschen den christlichen Glauben zu bringen. Wir haben eine Missionsstation auf Casker's Island. Sie ist mit nur zwei Leuten besetzt. Sie sind Bruder und Schwester – John und Muriel Havers. Sie haben die Station vor kurzem aufgebaut, und jetzt gibt es Schwierigkeiten. Ich gehe hin, um zu helfen, die Dinge ins Lot zu bringen, wenn ich kann. Ich habe es schon anderswo getan, und jetzt will ich dort dasselbe versuchen.«

»Es muß sehr befriedigend sein, Erfolg zu haben.«

»Alles ist befriedigend, wenn man erfolgreich ist.«

»Aber besonders auf diesem Gebiet.«

»Wir versuchen, den Menschen in jeder Hinsicht zu helfen. Wir unterweisen sie in Hygiene, zeigen ihnen, wie man bodengerechten Ackerbau betreibt und – nun ja, im allgemeinen ein gutes, nützliches Leben führt. Wir hoffen, eine Schule einzurichten.«

»Und die Einheimischen sind freundlich?«

»Meistens ja, wenngleich zuweilen etwas mißtrauisch. Das ist verständlich. Wir möchten sie mit der christlichen

Lebensweise vertraut machen, ihnen beibringen, ihren Feinden zu vergeben und einander zu lieben.«

Dann sprach er von seinen Plänen und seinen Idealen. Sein Eifer gefiel mir. »Ich habe großes Glück«, sagte er. »Ich kann die Arbeit tun, die ich tun will. Mein Vater hat mir ein kleines Vermögen hinterlassen, so daß ich mehr oder weniger frei und unabhängig bin. Ich führe das Leben, das ich mir ausgesucht habe.«

»Sie sind glücklich dran, weil Sie wissen, was Sie mit Ihrem Leben anfangen wollen«, sagte ich.

»Und Sie und Mrs. Marchmont?«

»Hm... es gab Schwierigkeiten zu Hause, und wir dachten, diese Reise würde uns helfen.«

»Ich habe eine gewisse Traurigkeit bemerkt – auch bei Mrs. Marchmont.« Er wartete, aber mehr erzählte ich ihm nicht, und kurz darauf verließ ich ihn.

Ich traf Tamarisk in der Kabine an. »Ich habe mich soeben mit Luke Armour unterhalten«, sagte ich. »Er hat mir erzählt, daß er Missionar ist.«

»Was?«

»Ein Missionar, der auf Casker's Island arbeiten will.«

»Du meinst, die Eingeborenen bekehren?«

»So ungefähr.«

Sie zog ein Gesicht. »Weißt du, nach der Art, wie er meinen Hut gerettet hat, dachte ich, wir würden bestimmt Spaß mit ihm bekommen.«

»Das werden wir vielleicht auch.«

»Ich hatte keine Ahnung«, sagte sie. »Ich dachte, er sei ein ganz normaler Mensch. Jetzt werde ich ihn wohl heiliger Lukas nennen.«

»Das scheint mir ein bißchen gotteslästerlich.«

»Ausgerechnet ein Missionar!« murmelte sie vor sich hin. Sie war enttäuscht.

Die Tage vergingen. Wir hatten uns an das Leben an Bord gewöhnt. Ein Tag war wie der andere, bis wir einen

Hafen anliefen; dann ging es lebhaft zu, wir waren ganz in Anspruch genommen von neuen Eindrücken in einer Welt, die sehr weit von Harper's Green entfernt schien.

Meine Freundschaft mit Luke Armour gedieh. Er war ein charmanter, unterhaltsamer Gefährte. Er wußte amüsante Geschichten zu berichten von den Orten, die er besucht hatte. Von seiner Berufung sprach er selten, wenn er nicht dazu aufgefordert wurde. Einmal erzählte er mir, wenn die Leute es erfuhren, seien sie geneigt, ihr Verhalten ihm gegenüber zu ändern; manche gingen ihm aus dem Weg, während andere erwarteten, daß er ihnen predige. Er habe bemerkt, daß Mrs. Marchmont sich anders benehme, seit sie es wisse.

Tamarisk war tatsächlich ein bißchen bestürzt. Sie war so entzückt gewesen, wie er ihren Hut vor dem Affen gerettet hatte. Zu mir hatte sie gesagt, das sei eine ausgefallene Art, eine Freundschaft zu beginnen. Sie hatte gedacht, es könne Spaß machen, die Bekanntschaft zu vertiefen, zumal wir alle nach Casker's Island wollten. Ich war verwundert, daß sie nach ihren jüngsten Erlebnissen eine etwas leichtfertige Freundschaft im Sinn haben konnte, und ich war sicher, daß sie sich nun fragte, wie so etwas mit einem Missionar möglich sei. Und ich dachte bei mir: Trotz allem, was ihr widerfahren ist, hat sie sich nicht verändert.

Die Dunstans verließen uns in Bombay. Wir verabschiedeten uns mit beiderseitigem Bedauern. Sie waren uns gute Freunde gewesen und hatten uns beträchtlich geholfen, indem sie uns mit dem Leben an Bord eines Schiffes vertraut machten.

Als sie fort waren, gingen Tamarisk und ich mit einer Gruppe Bekannter an Land. Wir staunten über die Schönheit vieler Bauten und waren entsetzt über die Armut, die wir zu sehen bekamen. Bettler waren überall. Wir hätten ihnen gern etwas gegeben, doch es überstieg unsere Mittel, allen zu helfen, die sich um uns scharten; ich hatte das Gefühl, daß mich die flehenden dunklen Augen noch lange verfolgen würden. Die Frauen in ihren Saris in wunderschönen Farben und die gutgekleideten Herren schienen unempfänglich für die Not der Bettler. Der Gegensatz zwischen Reichtum und Armut war deprimierend.

In Bombay hatten wir ein Erlebnis, das schlimm hätte enden können. Die Dunstans hatten uns eingeschärft, daß es nicht ratsam sei, sich ohne Schiffsgefährten an Land zu begeben, und daß wir nie allein gehen sollten. Wir kamen mit unserer Gruppe durch enge Straßen, in denen Verkaufsstände aufgebaut waren. Diese fanden stets Tamarisks Interesse. Ich muß gestehen, die Waren sahen verlockend aus. Es gab Silberzeug zu sehen, schön bestickte Saris, wohlfeilen Schmuck und alle möglichen Ledersachen.

Etliche silberne Armreifen hatten es Tamarisk angetan. Sie nahm sie in die Hand, probierte sie an und befand, daß sie sie haben müsse. Es gab Probleme mit dem Bezahlen, und als der Kauf getätigt war, hatten wir den Rest der Gruppe aus den Augen verloren.

Ich packte Tamarisk am Arm und rief: »Die andern sind fort. Wir müssen sie sofort suchen.«

»Warum?« fragte Tamarisk. »Wir können uns ebensogut ohne sie von einem Gefährt zum Schiff bringen lassen.«

Wir liefen die Straße entlang. Wir waren mit einer Mrs. Jennings gekommen, die früher in Bombay gelebt hatte und sich in der Stadt gut auskannte. Sie hatte uns alle in ihre Obhut genommen, und nun, da wir die Gruppe aus den Augen verloren hatten, war mir bange zumute.

Menschenmengen waren überall, und es war nicht einfach, sich einen Weg durch das Gedränge zu bahnen. Als wir ans Ende der Straße kamen, war niemand von unserer

Gruppe zu sehen. Ich sah mich verstört um, denn es war auch kein Gefährt in Sicht, das uns hätte zum Schiff zurückbefördern können.

Ein kleiner Junge stieß mit mir zusammen. Ich schreckte zurück. Ein zweiter flitzte vorüber. Als sie verschwunden waren, stellte ich fest, daß die kleine Tasche, in der ich unser Geld verwahrte, nicht mehr an meinem Arm hing. »Sie haben unser Geld gestohlen!« rief ich. »Sieh nur, wie spät es ist! Das Schiff legt in einer Stunde ab, und wir sollen eine halbe Stunde vorher an Bord sein.«

Jetzt wurden wir beide von Panik ergriffen. Wir waren ohne Geld in einem fremden Land, ein gutes Stück vom Schiff entfernt und ohne Ahnung, wie wir zurückgelangen sollten.

Ich fragte einige Leute nach dem Weg zum Kai. Sie sahen mich verständnislos an, sie wußten nicht, wovon ich sprach. Verzweifelt hielt ich Ausschau nach einem europäischen Gesicht.

Alles mögliche ging mir blitzschnell durch den Kopf. Was sollten wir tun? Wir befanden uns in einer verzweifelten Lage – und alles, weil wir uns mit Tamarisks Einkauf aufgehalten hatten.

Wir gingen durch eine andere Straße. Vor uns tat sich eine breitere auf, und ich meinte: »Versuchen wir es mit dieser.«

»Diesen Weg sind wir nicht gekommen«, entgegnete Tamarisk.

»Es muß doch jemanden geben, der uns den Weg zum Kai erklären kann.«

Und just in diesem Augenblick sah ich ihn. »Mr. Armour!« rief ich.

Er eilte uns entgegen. »Ich habe Mrs. Jennings getroffen«, erklärte er. »Sie sagte, sie hätte Sie dort auf dem Markt verloren. Darauf machte ich mich auf die Suche nach Ihnen.«

Wir waren sehr erleichtert. »Unser Geld ist weg«, sagte Tamarisk. »Böse Buben haben es gestohlen.«

»Es ist nicht ratsam, auf eigene Faust umherzustreifen.«

»Bin ich froh, Sie zu sehen!« rief Tamarisk. »Du nicht, Fred?«

»Ich kann dir gar nicht sagen, wie sehr! Mir wurde mit jedem Moment banger zumute.«

»Hatten Sie Angst, wir würden ohne Sie auslaufen? Das hätte allerdings geschehen können.«

»Sie sind unser Retter, Mr. Armour«, sagte Tamarisk. Sie hakte sich bei ihm ein und lächelte ihn an. »Und jetzt bringen Sie uns zurück zum Schiff.«

Er sagte: »Wir müssen ein Stückchen laufen, dann nehmen wir ein Gefährt. Gleich hier gibt es keins. Aber wir sind nicht allzuweit vom Kai entfernt.«

Meine Erleichterung war ungeheuer. Die Vorstellung, allein in dieser Stadt zurückgelassen zu werden, hatte uns beide entmutigt, und dann war uns plötzlich unser Retter entgegengekommen.

»Wie haben Sie uns so schnell gefunden?« fragte Tamarisk.

»Mrs. Jennings sagte, sie habe Sie auf dem Markt verloren. Ich kenne die Örtlichkeiten, und nach Mrs. Jennings' Beschreibung vermutete ich, daß Sie dort herauskommen würden, wo ich Sie getroffen habe. Ich hielt es für das Beste, dort ein paar Minuten zu warten. Und wie Sie sehen, hat es geklappt.«

»Das ist das zweitemal, daß Sie mir zu Hilfe gekommen sind«, bemerkte Tamarisk. »Zuerst der Hut, und nun hier. Ich rechne damit, daß Sie bei der nächsten Gefahr wieder zur Stelle sein werden.«

»Ich hoffe, immer zur Stelle zu sein, wenn Sie meine Hilfe benötigen«, sagte er.

Ich war beinahe glücklich, als wir die Gangway betraten und an Bord gingen. Es war eine wunderbare Rettung gewesen, und ich schauderte noch immer, wenn ich bedachte, wie anders es hätte ausgehen können. Ich war auch froh, daß ausgerechnet Luke Armour uns gerettet hatte. Er gefiel mir immer besser.

Tamarisk erging es ebenso, wenngleich sie ihn nach wie vor heiliger Lukas nannte.

Ihr Verhalten ihm gegenüber hatte sich merklich geändert. Ein paarmal sah ich sie mit ihm an Deck sitzen. Meistens gesellte ich mich dann zu ihnen, und wir vertrieben uns auf angenehme Weise die Zeit.

Es nahte der Tag, da wir das Schiff verlassen würden. Tamarisk gestand, sie sei froh, daß wir nicht die einzigen Passagiere seien, die nach Casker's Island wollten, und daß es schön sei, den heiligen Lukas bei uns zu haben. Er sei geschickt und findig und würde uns eine große Hilfe sein.

Sie berichtete mir, er habe ihr sogar erzählt, was er auf Casker's Island vorhabe. Er habe keine Ahnung, was er dort vorfinden werde, aber er nehme an, es sei anders als alles, wo er bislang gewesen sei. Die Mission stecke noch in den Kinderschuhen, und die Anfangszeit sei immer die schwerste. Sie müßten den Leuten begreiflich machen, daß sie in ihrem Interesse handelten und ihnen nicht an Einmischung gelegen sei.

»Er ist ein außergewöhnlicher Mensch«, befand Tamarisk. »Einer wie er ist mir noch nie begegnet. Er ist sehr offen und aufrichtig. Ich habe ihm von mir erzählt, und wie Gaston mir den Kopf verdreht hat, von meiner Ehe ... alles, auch, wie Gaston tot aufgefunden wurde. Er hat sehr aufmerksam zugehört.«

»Ich nehme an«, sagte ich, »die meisten Menschen würden einer solchen Geschichte aufmerksam lauschen.«

»Er schien zu verstehen, wie mir zumute war, die entsetzliche Ungewißheit, wer ... und wie ich selbst unter Verdacht stand. Er meinte, die Polizei könne mich nicht verdächtigt haben, sonst hätte ich das Land nicht verlassen dürfen. Ich erwiderte ihm, es habe so ausgesehen, als seien wir alle entlastet, ich, mein Bruder, der Mann, dessen Tochter Gaston verführt hatte, alle, und daß uns dennoch diese Unsicherheit zu schaffen mache. Ich sagte, der Täter sei wahrscheinlich jemand aus Gastons Vergangenheit gewesen, jemand, der einen Groll gegen ihn hegte. Luke versprach, für mich zu beten, und ich entgegnete, ich hätte selber gebetet, und es hätte nicht viel geholfen, aber vielleicht würde er eher erhört, da er mit denen da oben auf besserem Fuße stünde. Danach wurde er etwas einsilbig.«

»Das hättest du nicht sagen sollen.«

»Das habe ich hinterher auch eingesehen, aber in gewisser Weise meinte ich es ehrlich. Er ist so ein guter Mensch, und ich finde es nur logisch, daß er eher erhört wird als eine wie ich, sofern es eine Gerechtigkeit gibt auf dieser Welt. Er ist ein Mensch, dessen Gebete erhört werden sollten, und ich schätze, er betet ebensoviel für andere wie für sich selbst. Er ist ein netter Kerl, unser heiliger Lukas. Ich hab' ihn wirklich gern.«

Wir fuhren die australische Küste entlang – vorbei an Freemantle, dann Adelaide, Melbourne, und damit rückte unser Abschied von der *Queen of the South* ganz nahe.

Zuletzt erreichten wir jenen prächtigen Hafen, den Kapitän Cook als einen der schönsten der Welt bezeichnet hatte. Es war herrlich, die Stadt, die vor nicht allzulanger Zeit nur eine Siedlung gewesen war, sich vor uns ausbreiten zu sehen.

Wir hatten nicht genug Zeit, sie lange zu bewundern, denn das ganze Schiff war von dem aufgeregten Treiben beherrscht, das dem Abschied vorausging. Es galt, den Menschen Lebwohl zu sagen, mit denen wir all die Wochen an Bord gewesen waren, mit denen wir uns dreimal täglich zu Tisch gesetzt hatten. Ich sagte zu Tamarisk: »Unsere guten Freunde daheim bekommen wir nicht so oft zu sehen.«

Und nun verschwanden sie für immer aus unserem Leben, und die meisten würden eine bloße Erinnerung werden.

Luke Armour erwies sich als ungemein praktisch. Er vergewisserte sich, daß unser Gepäck vollzählig zur *Golden Dawn* geschafft wurde. Natürlich wollten wir uns gemeinsam einschiffen.

Es war bedauerlich, daß wir nicht mehr von Sydney sehen konnten – es mußte eine sehr schöne Stadt sein, nach dem, was wir gesehen hatten. Das Wichtigste war jedoch, unsere Reise fortzusetzen.

»Wie tüchtig unser Heiliger ist!« sagte Tamarisk. Ihre Stimme hatte stets einen spöttischen Klang, wenn sie von Luke sprach. Sie mochte ihn gern; es war nur so, daß sie jemanden, der seiner Berufung folgte, nicht wie jeden anderen Menschen betrachten konnte.

Schließlich waren wir an Bord der *Golden Dawn* und liefen aus. Sie war in erster Linie ein Frachtschiff und nahm nur gelegentlich Passagiere mit.

Die Tasmansee war sehr rauh, und wir lagen die meiste Zeit in unseren Kojen, bis wir Wellington erreichten. Dort hatten wir einen kurzen Aufenthalt, während Waren ein- und ausgeladen wurden. Dann waren wir auf dem Weg nach Cato Cato.

Es folgte ein müßiger Tag auf See. Das Wetter war ruhig und heiß, und es war ein Vergnügen, an Deck zu sitzen und auf die glatte, klare See zu blicken. Ab und zu konnte man fliegende Fische anmutig aus dem Wasser schnellen sehen und hier und da einen Delphinschwarm beim Spiel beobachten.

Wir saßen mit Luke an Deck. Er erzählte uns von seiner Kindheit, die er in London verbracht hatte. Sein Vater war ein in Finanzkreisen geachteter Geschäftsmann gewesen. Er hatte gewünscht, daß Luke und sein älterer Bruder zusammen das Geschäft übernähmen, aber Luke hatte andere Vorstellungen. Sein Vater hatte ihm bei seinem Tod genügend Geld hinterlassen, um seiner Neigung zu folgen, und der ältere Bruder hatte das Geschäft übernommen.

Luke hatte das Geschäft seines Vaters nicht geliebt, aber immerhin ermöglichte es ihm, sein Leben nach eigenem Gutdünken zu gestalten. Da sein Bruder sich dem Wunsch des Vaters gefügt hatte, konnte Luke guten Gewissens seinen eigenen Weg gehen.

»So«, sagte Tamarisk in dem neckendem Ton, der für ihr Verhalten gegenüber Luke bezeichnend war, »das Geschäft Ihres Vaters lieben Sie nicht, aber Sie geben zu, daß Sie dadurch Ihre Zeit so verbringen können, wie Sie es wünschen. Wie können Sie das mit Ihrem Gewissen vereinbaren?«

»Ich verstehe, was Sie meinen«, erwiderte er lächelnd. »Aber ich glaube, man muß im Leben einer simplen Logik folgen. Mein Einkommen, das es mir ermöglicht, die Arbeit zu tun, die ich will, kommt von einem Geschäft, in dem ich nicht arbeiten möchte. Aber ich sehe keinen plausiblen Grund, weshalb dieses Geld nicht zur Förderung dessen beitragen soll, woran ich glaube.«

»Ich vermute«, sagte Tamarisk unwillig, »Sie wollen jetzt von mir hören, daß das vernünftig klingt.«

»Ich hoffe, Sie werden nie etwas zu mir sagen, was Sie nicht meinen.«

So verstrich der Tag. Tamarisk erging sich in freundschaftlichem Geplänkel mit Luke, das beide sichtlich genossen.

Und schließlich erreichten wir die Insel Cato Cato, wo wir die *Golden Dawn* verließen, um auf die Fähre zu warten, die uns nach Casker's Island bringen sollte.

Cato Cato war eine kleine Insel, doch als wir ankamen, herrschte dort lebhaftes Treiben. Willkommensrufe ertönten, als die *Golden Dawn* vor Anker ging. Kleine Boote kamen herbei, und die Passagiere wurden an Land gebracht, bevor mit dem Ausladen begonnen wurde.

Wir waren von schreienden, gestikulierenden Menschen umringt. Die Ankunft des Schiffes war offenbar ein aufregendes Ereignis, und alle waren begierig, uns zu zeigen, was sie feilzubieten hatten: Ananas, Kokosnüsse, Holzschnitzereien und steinerne Bildnisse, die offenbar geheimnisvolle, unheilschwanger dreinblickende Götter oder Krieger darstellten.

Palmen wuchsen in großer Zahl, und die Vegetation ringsum war wahrhaft üppig.

Luke meinte, zuallererst müßten wir ein Hotel finden, wo wir bleiben könnten, bis die Fähre käme, und sobald er uns untergebracht habe, wolle er sich erkundigen, wann mit ihr zu rechnen sei.

Wir fanden einen Mann, der sich uns eifrig als Führer andiente.

Er sprach etwas Englisch, aber in erster Linie war er auf Gesten angewiesen. »Hotel?« sagte er. »O ja. Ich zeige. Schönes Hotel ... Herr und Damen ... schönes Hotel. Fähre kommt. Nicht heute.« Er schüttelte heftig den Kopf. »Heute nicht.«

Er hatte einen Schubkarren, auf den unser Gepäck geladen wurde, und indem er sich einen Weg durch die kleine Menge bahnte, die sich um uns zu versammeln begann, machte er uns ein Zeichen, ihm zu folgen. Mehrere Kinder, ohne einen Fetzen Stoff, um ihre braunen Körper zu bedecken, starrten uns verwundert an, als wir losgingen, und unser Führer drehte sich ständig nach uns um, um sich zu vergewissern, daß wir ihm folgten. »Mitkommen«, rief er.

Entschlossen schob er den Schubkarren zu einem weißen Steinbau, einige hundert Meter vom Ufer entfernt.

»Schönes Hotel. Sehr gut. Bestes von Cato. Kommen Sie. Wird gefallen.«

Wir traten in einen Raum, wo es um etliche Grade kühler war als draußen. Eine korpulente Frau mit sehr dunkler

Haut, glänzenden schwarzen Augen und blitzenden Zähnen lächelte uns an.

»Ich bring', ich bring'«, sagte unser Führer. »Herren, Damen...« Und dann palaverten sie wortreich in ihrer Muttersprache.

Die Frau lächelte wieder, als sie sich uns zuwandte. »Sie möchten bleiben?« fragte sie.

»Ja«, erwiderte Luke. »Wir müssen hierbleiben, bis die Fähre kommt, die uns nach Casker's Island bringt.«

»Casker.« Sie pfiff leise vor sich hin. »O nein. Besser hier. Ich habe zwei...« Sie hielt zwei Finger in die Höhe. »Zwei Zimmer?«

»Zwei Zimmer würden uns durchaus genügen«, sagte Luke, und zu mir gewandt: »Sie beide teilen sich also dann eins?«

»Das haben wir auf dem Schiff auch gemacht«, sagte Tamarisk. »Sehen wir sie uns mal an.«

Man führte uns eilfertig hin, und da wir keine andere Wahl hatten, nahmen wir dankbar an, was uns geboten wurde. Die füllige Dame schien über unsere Ankunft sehr erfreut, und sie bedauerte nur, daß wir auf die Fähre warteten.

Die Zimmer waren klein und sehr einfach, aber jedes enthielt zwei Betten. Es sollte ja nur ein kurzer Aufenthalt werden.

Über den Betten hingen Moskitonetze. Die dicke Dame war sehr stolz auf diese; das wurde offensichtlich, als sie uns auf sie hinwies.

Schließlich entfernte sich unser Führer heiter mit der Miene eines Mannes, der eine lohnende Arbeit getan hat. Wir erfuhren, daß mit der Fähre am Freitag zu rechnen sei. Da heute Mittwoch war, konnten wir uns glücklich schätzen, daß unser Aufenthalt so kurz sein würde. Es war ein seltsames Gefühl, nach einer so langen Seereise festen Boden unter den Füßen zu haben. Hier war alles so neu für uns, und wir wollten unbedingt die Insel erkunden. Sie konnte nicht viel anders sein als Casker's Island, da beide nicht sehr weit voneinander entfernt lagen.

Wir suchten unsere Zimmer auf und entnahmen unserem Gepäck die wenigen Dinge, die wir für die kurze Zeit brauchten.

Tamarisk fand alles sehr aufregend. »Die dicke Frau gefällt mir«, sagte sie. »Sie war so froh, daß wir gekommen sind, und betrübt, weil wir nicht lange bleiben. Kann man sich ein schöneres Willkommen wünschen?«

Die Fähre, die Cato Cato mit Casker's Island verband, kam mehr oder weniger regelmäßig. Sie belieferte beide Inseln mit Waren aus Sydney. Außerdem brachte sie die Post.

Wir richteten uns ein und warteten. Es herrschte eine ungeheure Hitze, aber in unseren Zimmern war es wenigstens etwas kühler als draußen.

Nach unserer Ankunft waren wir erschöpft. Wir verzehrten ein Mahl, das aus einem uns unbekannten Fisch und Obst bestand, und da es unterdessen spät geworden war, beschlossen wir, uns für die Nacht zurückzuziehen. Für die Erkundung der Insel stand uns ja der kommende Vormittag oder Abend zur Verfügung; mittags und nachmittags würde es wohl zu heiß sein.

Tamarisk schlief bald ein, ich aber lag wach, lauschte den Wellen und den Klängen eines Musikinstruments, das jemand irgendwo in der Ferne spielte.

Was Crispin wohl in diesem Augenblick tat? Und Tante Sophie? Sie fragte sich sicher, wie es mir erging. Und bald sollte ich meinen Vater sehen. Das hatte ich mir immer gewünscht. Und dennoch, wie gern wäre ich daheim in England gewesen!

»Wenn es nur diese Frau nicht gäbe!« sagte ich mir immer wieder. »Wäre sie doch nie zurückgekommen.«

So durfte ich nicht denken. Ich mußte Abstand zu alledem gewinnen. Ich mußte mir überlegen, welchen Weg ich gehen, was ich mit meinem Leben anfangen sollte.

Eines war gewiß: Ich würde Crispin nie vergessen.

Ich betrachtete Tamarisk. Schön sah sie aus im Mondlicht, das Haar über das Kissen gebreitet. Das Moskitonetz, unter dem sie lag, ließ ihre Haut durchscheinend wirken. Für sie war es leichter. Sie hatte sich fortgesehnt, ihr einziger Wunsch war es gewesen, zu entfliehen, zu vergessen. Sie hatte sich etwas verändert, doch oft lugte die alte Tamarisk hervor.

Diese Reise war genau das, was sie gebraucht hatte, und es gelang ihr, die Fesseln zu lösen, die sie an die Vergangenheit banden.

Ich glaubte, daß mir das nie gelingen würde.

Am nächsten Morgen erkundeten wir Cato Cato. Unsere Anwesenheit erregte einige Neugier bei den Einheimischen, obwohl ihnen Europäer nicht ganz fremd waren. Tamarisks goldblondes Haar zog viel Aufmerksamkeit auf sich. Eine Frau kam herbei und faßte es an. Niemand versuchte seine Neugier zu verbergen. Sie starrten uns freimütig an, lachten und kicherten, als lieferten wir ihnen Grund zu übermütiger Heiterkeit.

Es herrschte eine ungeheure Hitze, und nach dem Mittagessen blieben wir im Hotel. Wir saßen da, betrachteten die Szenerie und warteten, daß die Zeit verginge.

»Nicht mehr lange«, sagte Tamarisk, »dann sind wir auch schon da. Hoffentlich ist es dort nicht so entsetzlich heiß wie hier.«

»Es dürfte kein großer Unterschied sein«, meinte Luke. »Mit der Zeit gewöhnt man sich daran.«

»Sie haben Ihre Arbeit ... Ihre wichtige Arbeit«, sagte Tamarisk.

»Und was soll ich anfangen?«

»Vielleicht haben Sie Lust, mir behilflich zu sein. Ich werde bestimmt eine Beschäftigung für Sie finden.«

Tamarisk schnitt eine Grimasse. »Ich glaube nicht, daß ich mich dazu eigne, Sie etwa?«

»Ich bin überzeugt, Sie könnten es, wenn Sie wollten.« Sie lächelten sich an.

Sie wandte sich an mich: »Kannst du dir vorstellen, daß ich gute Werke tue?«

Ich sagte ernst: »Ich glaube, du könntest alles tun, wenn du es richtig wolltest.«

»Da haben Sie's, heiliger Lukas. Noch gibt es Hoffnung für mich.«

Die Insel

Endlich war der Freitagmorgen angebrochen, und die nahende Fähre wurde gesichtet. Am Strand liefen die Leute zusammen. Unser Führer vom ersten Tag kam mit seinem Schubkarren zu uns, und als die Fähre einlief, standen wir bereit.

Es gab keine Passagierkabinen auf der Fähre. Man sagte uns, sie würde am Nachmittag desselben Tages auslaufen und, wenn alles gutgehe, Casker's Island am darauffolgenden Nachmittag erreichen.

Am Strand herrschte großes Getöse, als wir uns zum Auslaufen bereitmachten. Es verzögerte sich, da alles davon abhing, wie lange es dauerte, die Fracht an Bord zu schaffen. Wir waren die einzigen Passagiere.

Das Ein- und Auslaufen eines Schiffes war im Leben des Inselvolks ein großes Ereignis, das die Eintönigkeit der Tage unterbrach. Zudem konnte man natürlich nie wissen, ob nicht Fremde mitkommen würden, Leute wie wir, die allein durch ihr Anderssein für Abwechslung sorgten.

Endlich liefen wir aus. Am Abend saß ich mit Tamarisk und Luke auf dem Deck; wir hofften, daß wir ein wenig Schlaf finden würden. Die See war ruhig und plätscherte leise murmelnd gegen die Bordwand der Fähre. Hin und wieder erfaßte mein Blick den phosphoreszierenden Schimmer eines vorüberschwimmenden Fischschwarms.

Fast am anderen Ende der Welt zu sein, das war für mich alles, was zählte. Zuweilen sagte ich mir, ich sei töricht gewesen. Ich hätte dem Leben mutig begegnen sollen. Ich hatte Crispin verloren, weil ich Angst gehabt hatte, zu bleiben. Und was nun? Ich würde ihn nie vergessen. Wie dumm war es von mir gewesen, zu denken, daß ich es jemals könnte.

Tamarisk und Luke waren eingenickt. Ich konnte nur auf das stille Wasser blicken, und wohin ich auch sah, überall schien mich Crispins Gesicht anzusehen.

Es war am frühen Nachmittag des nächsten Tages. Ich saß an Deck, als der Ruf eines Seemanns ertönte. Er fuchtelte aufgeregt mit den Händen und wies auf Land am Horizont. »Casker's Island!« rief er.

Und da sahen wir sie, die Insel – ein braungrüner Bukkel im stillen, blauen Meer.

Die Seeleute bereiteten an Deck unsere Ankunft vor. Luke, Tamarisk und ich waren an ihrer Seite. Ich war sehr aufgeregt. Nach all den Jahren sollte ich nun meinen Vater kennenlernen.

Luke verstand, wie mir zumute war. »Das ist ein bedeutender Tag für Sie«, sagte er.

Ich nickte.

»Es ist gut, daß Sie mit ihm zusammensein werden.«

»Für mich sieht diese Insel kaum anders aus als Cato Cato«, bemerkte Tamarisk.

Und beim Näherkommen zeigte sich, daß sie recht hatte. Eine Anzahl braunhäutiger Menschen war am Ufer zusammengelaufen. Sie trugen leuchtend bunte Gewänder und Perlen am Hals und an den Fußgelenken. Der Klang eines Musikinstruments war zu hören, ähnlich dem, den ich auf Cato Cato vernommen hatte. Nackte Kinder rannten ins Wasser hinein und hinaus und kreischten vor Vergnügen. Frauen, die sich ihre Babys auf den Rücken gebunden hatten – und einige, die sie einfach auf dem Arm hielten –, warteten am Ufer. Sie jauchzten, als die Fähre näherkam.

»Wir müssen nach unserem Gepäck sehen«, sagte Luke.

»Ist es nicht ein Glück, daß wir unseren Heiligen haben, der sich um alles kümmert?« meinte Tamarisk.

»Allerdings«, erwiderte ich.

Das Gepäck wurde geholt, und wir standen bereit. Als wir die Fähre verließen, trat ein großer Mann mit leicht großspurigem Gehabe auf uns zu. »Missie Hammond, Missie Hammond«, skandierte er im Singsang.

»Ja, hier«, rief ich, »hier bin ich.«

Sein großes, dunkles Gesicht verzog sich zu einem breiten Grinsen. Er legte die Hände aneinander und machte eine kleine Verbeugung. »Missie Karla hat gesagt, kommen. Ich hole.«

»Oh, danke schön. Wie wundervoll!« rief ich. »Wir sind zu dritt und haben einiges an Gepäck.

Er grinste und nickte. »Überlassen Sie Macala. Er macht alles.«

Ich wandte mich an Tamarisk und Luke. »Ich nehme an, mein Vater hat ihn geschickt, um uns abzuholen.«

Ich hatte erwartet, daß er selbst kommen würde. Es muß einen Grund geben, weshalb er nicht da ist und diesen Mann geschickt hat, sagte ich mir.

»Karla?« fragte Tamarisk. »Wer ist Karla?«

Der Mann namens Macala schnippte gebieterisch mit den Fingern. »Mandel!« rief er. »Mandel!«, und ein Junge von etwa zehn Jahren kam herbeigelaufen. Macala sagte etwas in seiner Muttersprache, der Junge hörte beflissen zu und nickte. Dann wandte sich Macala an uns. »Sie mitkommen. Sie folgen.«

Er führte uns zu einem Wagen, der von zwei Eseln gezogen wurde.

»Ich bringe«, sagte Macala.

»Zu Mr. Hammond?« fragte ich.

Er nickte. »Ich bringe.« Er bedeutete uns, wir sollten in den Wagen steigen.

»Wir fahren nicht ohne unser Gepäck«, sagte Tamarisk.

In diesem Augenblick erschien der Junge wieder. Er trug eines unserer Gepäckstücke. Er stellte es ab und deutete hinter sich.

Macala nickte, dann grinste er uns besänftigend an. »Ich hole«, sagte er.

»Vielleicht sollte man ihm helfen?« meinte Luke.

»Wenn Sie mit ihm gehen, lassen Sie uns allein«, hielt ihm Tamarisk entgegen. »Alles ist so seltsam hier, und wir sind schließlich wichtiger als unser Gepäck. Ich hatte gedacht, daß dein Vater uns abholen würde, Fred. Er kann nicht weit entfernt wohnen.«

Ich entgegnete nichts.

Wir hätten uns um das Gepäck keine Sorgen zu machen brauchen. Macala kehrte binnen kurzem mit dem Jungen und einem weiteren großen Mann zurück. Sie hatten unsere Gepäckstücke vollzählig bei sich.

Wir hatten noch etwas von dem Geld übrig, mit dem wir in Cato Cato bezahlt hatten, und gaben es dem Mann und dem Jungen, die sich überschwenglich bedankten.

Dann fuhren wir los. Der Wagen rollte durch die üppig begrünte Landschaft, und nach nicht einmal zehn Minuten sahen wir das Haus. Es erhob sich eingeschossig auf Pfählen, knapp einen halben Meter über dem Erdboden. Es war ein langes, flaches Gebäude aus hellem Holz. Buntblühende Sträucher wuchsen ringsum in Hülle und Fülle.

Als wir näher kamen, öffnete sich eine Verandatür, und eine Frau trat heraus. Sie war auffallend hübsch, groß, statuenhaft. Ihre schwarzen Haare ringelten sich um ihren Kopf, ihr glattes Gesicht war etwas heller als das der meisten Leute, die wir seit unserer Ankunft auf der Insel gesehen hatten. Sie hatte große, strahlende Augen und ein gewinnendes Lächeln, das vollkommene weiße Zähne sehen ließ.

»Sie sind Frederica«, sagte sie, dabei sah sie nicht mich an, sondern Tamarisk. Sie sprach Englisch mit einem reizenden melodischen Akzent.

»Nein«, sagte ich, »das bin ich.«

»Endlich sind Sie da. Ronald konnte es gar nicht mehr erwarten.«

Sie sprach den Vornamen meines Vaters mit einer langgezogenen Betonung der ersten Silbe aus. Wer ist diese Frau? fragte ich mich.

»Dies ist meine Freundin Mrs. Marchmont, die mit mir gereist ist.«

»Mrs. Marchmont«, sagte sie, »wir freuen uns, daß Sie hier sind.«

»Und dies ist Mr. Armour, der uns unterwegs behilflich war. Er geht in die Mission.«

Sie runzelte einen Augenblick lang die Stirn, dann lächelte sie wieder. »Ich bin Karla«, sagte sie.

»Wir haben gehört, daß der Mann – Macala – von Ihnen geschickt wurde.«

»Ja.«

»Ist mein Vater da?«

»Er ist so froh, daß Sie gekommen sind.«

Ich sah mich suchend um, und sie fuhr fort: »Aber treten Sie ein. Wir wollen doch nicht hier draußen stehenbleiben.«

Sie ging voraus in ein Zimmer, das nach der draußen herrschenden Hitze kühl anmutete. Es hatte mehrere Fenster. Sie waren geöffnet, aber davor waren Gitter gespannt, um die Insekten fernzuhalten. Die Möbel waren aus einem hellfarbenen Material. Bambus, vermutete ich.

»Zuerst müssen Sie zu Ihrem Vater«, sagte Karla. Sie sah Tamarisk und Luke etwas ratlos an. Sie hatte ein sehr ausdrucksvolles Gesicht. Man konnte nahezu ihre Gedanken lesen. Sie dachte, ich sollte allein sein, wenn ich ihm begegnete.

Luke sagte auf die für ihn typische ruhige, verständnisvolle Art: »Wir können hier warten.«

Ich fand das alles recht mysteriös, aber es mußte eine Erklärung dafür geben.

Karla blickte erleichtert drein und lächelte Luke dankbar an. Tamarisk setzte sich auf einen Bambusstuhl. Karla sagte zu mir: »Kommen Sie.«

Sie führte mich durch einen Flur, blieb sodann vor einer Tür stehen, öffnete sie und sagte mit sanfter Stimme: »Sie ist da.«

Er saß in einem Sessel am Fenster. Er wandte mir nicht einmal den Kopf zu, was ich höchst merkwürdig fand.

Ich folgte Karla in das Zimmer und trat neben seinen Sessel. Obwohl er sitzen blieb, war zu erkennen, daß er sehr groß war. In seinem weißen Haar war eine Spur von Goldblond verblieben; seine Züge waren von klassischem Ebenmaß. Er war einst ein äußerst gutaussehender Mann gewesen – und er war es noch. Er sagte mit einer Stimme, so melodisch, wie ich sie selten gehört hatte: »Frederica, meine Tochter, nun bist du gekommen, mich zu besuchen. Endlich bist du da.« Er streckte eine Hand aus und fuhr fort: »Ich kann dich nicht sehen, mein liebes Kind. Ich bin blind.«

Meine Lippen zitterten, indes er fortfuhr: »Komm näher.« Nun stand er auf und streckte die Arme nach mir aus. Zuerst legte er mir seine Hände auf die Schultern, dann betastete er mein Gesicht. Er erforschte es mit den Fingern, bevor er mich zärtlich auf die Stirn küßte. »Mein liebes Kind«, sagte er, »wie lange habe ich auf diese Begegnung gewartet.«

Er erholte sich von dieser bewegenden Szene rascher als ich, und nun wollte er Tamarisk kennenlernen und den jungen Mann, der so hilfreich gewesen war. Ich ging zu ihnen und sagte, mein Vater wolle sie unbedingt kennenlernen. Ich erklärte ihnen, daß er blind war.

Sie waren bestürzt, doch er begegnete ihnen unbeschwert und lebhaft; er war genau so, wie ich ihn mir nach Tante Sophies Schilderung vorgestellt hatte.

Er begrüßte Tamarisk herzlich und sagte, wie froh er gewesen sei, als er hörte, daß sie mich begleiten würde; und Luke dankte er äußerst höflich dafür, daß er sich während der Reise um uns gekümmert hatte.

Wir nahmen Platz und unterhielten uns. Karla brachte Obstsaft herein. Sie blieb bei uns, und ich beobachtete, wie fürsorglich sie meinen Vater behandelte und darauf achtete, daß der Abstelltisch für sein Glas gleich neben ihm war.

Es galt für mich so viel über dieses Hauswesen zu erfahren, und ich konnte es Tamarisk ansehen, daß sie sehr neugierig war.

Schließlich sagte Luke, er müsse zur Mission, wo man ihn erwarte.

»Macala bringt Sie hin, wenn Sie der alte Wagen nicht stört«, sagte Karla. »Es ist das beste Gefährt, das wir haben. Die armen Esel sind etwas betagt, aber sie müssen genügen, bis wir sie ersetzen. Sie haben uns gute Dienste geleistet.«

»Das Missionsgebäude liegt einen knappen Kilometer von hier an dieser Straße«, sagte mein Vater. »Somit werden wir Nachbarn sein. Was hat Sie bewogen, hierherzukommen?«

»Es wurde mir angeboten, und ich habe zugesagt«, erwiderte Luke.

Mein Vater nickte. »Sie sind uns jederzeit willkommen, wenn Sie Appetit auf eine Mahlzeit haben, nicht wahr, Karla?«

»Selbstverständlich«, erwiderte sie.

Als Luke fort war, sagte mein Vater: »Ein bedauernswerter junger Mann. Aber es scheint ihm ernst zu sein. Ich hoffe, er trifft es nicht allzu schlecht.«

»Du scheinst ja nicht besonders gut auf die Mission zu sprechen zu sein«, sagte ich.

»Ich nehme an, sie ist auf ihre Art in Ordnung. Es ist eine sehr anstrengende Aufgabe, die Heiden zu bekehren... es sei denn natürlich, sie wünschen die Bekehrung.«

»Und die hiesigen wünschen sie nicht?«

Er hob die Schultern. »Ich denke, sie lieben die Dinge,

wie sie sind. Das ist einfach, wenn die Geister ihnen wohlgesonnen sind, und sie können sie jederzeit mit einer kleinen Opfergabe versöhnlich stimmen. Sie verstehen nicht, was das bedeutet, ›Liebe deinen Nächsten wie dich selbst‹. Sie sind sich selbst die Nächsten. Sie können nicht viel Zeit für ihre Mitmenschen aufwenden.«

»Luke ist ein guter Mensch«, sagte ich.

»Wir nennen ihn heiliger Lukas«, fügte Tamarisk hinzu.

Mein Vater lächelte. »Ja«, meinte er, »es geht etwas Gütiges von ihm aus. Ich hoffe, ihr werdet euch sehr oft sehen.«

Man zeigte uns unsere Zimmer. Sie lagen nebeneinander. Alles war in hellem Holz gehalten. Ein paar Teppiche bedeckten die Holzdielen, und vor die Fenster waren Gitter gespannt. In jedem Zimmer stand eine Waschschüssel mit Wasserkrug, und später entdeckte ich, daß das Wasser aus dem Brunnen beim Haus gepumpt werden mußte. Es waren ähnlich primitive Zustände wie in Cato Cato. In hüttenartigen Unterkünften auf dem Grundstück lebten zwei Familien, die als Hauspersonal dienten. Ich sah, daß unter den gegebenen Umständen alles getan worden war, um ein hohes Maß an Komfort zu erreichen.

Ich wollte unbedingt mit meinem Vater allein sprechen. Tamarisk spürte das, und nach dem Essen, das unter Karlas Aufsicht aufgetragen wurde, sagte sie, sie sei sehr müde und wolle in ihr Zimmer gehen. Das gab mir die gewünschte Gelegenheit.

Mein Vater ging mit mir in das Zimmer, wo ich ihm zuerst begegnet war. »Dies ist mein Allerheiligstes«, sagte er. »Hier bin ich sehr oft. Karla sagt, du seist etwas ratlos und ich solle dir alles erklären.«

»Wer ist Karla eigentlich?«

»Dies ist ihr Haus. Sie ist die Tochter eines Engländers und einer Eingeborenen. Ihr Vater kam hierher und errichtete eine große Kokosnußplantage. Er war nicht mit ihrer Mutter verheiratet, aber er hing sehr an Karla. Sie ist eine ungemein kluge Frau … und attraktiv. Darüber hinaus ist sie ein wunderbarer Mensch. Ich wußte von vornherein, daß ihr euch gut verstehen würdet. Don Marling, ihr Vater, hat ihr bei seinem Tod dieses Haus, die Plantage und ein Vermögen hinterlassen. Sie ist eine einflußreiche Person auf dieser Insel.«

»Und sie teilt ihr Haus mit dir?«

Er lächelte. »Wir sind sehr gute Freunde. Sie brachte mich hierher, als« – er faßte sich an die Augen – »mir dies passierte.«

»Tante Sophie hat mir von dir erzählt. Sie hat nie erwähnt, daß du blind bist.«

»Sie weiß es nicht. Ich habe es ihr nicht mitgeteilt.«

»Aber du hast ihr geschrieben. Und ich wähnte dich lange Zeit in Ägypten, bevor ich erfuhr, daß du hier bist.«

»Ich war in Ägypten. Beim Militär. Dann nahm ich meinen Abschied und ging fort. Ich habe hier draußen allerlei Geschäfte getätigt … und auch anderswo. Das ist Vergangenheit. Es ist sinnlos, der Jugend nachzuweinen.«

»War sie denn vergeudet?«

»Ach was, ich habe sie genossen. Ich habe mehr einen Allgemeinplatz ausgesprochen als meine eigene Ansicht.«

»Ich möchte so vieles von dir wissen. All die Jahre wußte ich, daß ich einen Vater hatte, und nie habe ich dich gesehen. Ich wußte kaum etwas von dir, bevor Tante Sophie mir von dir erzählte.«

»Du darfst ihr nicht trauen. Sie ist bestimmt zu nachsichtig mit mir.«

»Sie hat stets sehr liebevoll von dir gesprochen. Sie hat dich immer gern gehabt.«

»Ich hatte sie auch gern. Sie hat mich über deine Fortschritte auf dem laufenden gehalten. Ich war sehr froh, als du zu ihr zogst.«

»Das war wunderbar für mich.«

»Ich habe mir gern vorgestellt, wie ihr zwei euch gegenseitig tröstet. Sophie hat sich stets auf die Kunst des Tröstens verstanden.«

Tiefes Bedauern sprach aus seiner Stimme, und ich hätte ihn gern näher über seine und Tante Sophies Beziehung gefragt.

Ich wußte, sie hatte ihn geliebt; nun bildete ich mir ein, daß er sie auch geliebt hatte. Es galt so vieles zu erfahren. Ich durfte nicht erwarten, gleich alles auf einmal zu hören.

»Ich möchte mehr über Karla wissen«, sagte ich. »Dies ist also ihr Haus, und wir sind ihre Gäste.«

»Ich lebe hier.«

»Als ihr Gast?«

»Nicht direkt.« Er verfiel kurze Zeit in Schweigen, dann fuhr er fort: »Du hast vermutlich von meinem ziemlich wechselvollen Leben gehört. Deine Mutter und ich haben uns getrennt. Du weißt, warum.«

»Ihr wart nicht glücklich miteinander.«

»Sie war ohne mich besser dran. Wir wären nie zusammen glücklich geworden. Ich war beileibe kein Heiliger ... nicht im mindesten wie euer Luke. Ich bin ein völlig anderer Mensch, und ein Mann wie ich hat zwangsläufig ... Beziehungen.«

»Du und Karla?« fragte ich.

Er nickte. »Wir leben zusammen.«

»Ihr hättet heiraten können, oder nicht?«

»Hm, ja. Ich bin ein freier Mann. Sie war verheiratet ... er hat sie wohl ihres Geldes wegen genommen. Vielleicht nicht allein deswegen, aber es dürfte den Ausschlag gegeben haben. Er hätte sie ausnehmen können, aber das gelang ihm nicht, weil sie eine kluge Geschäftsfrau ist. Er ist gestorben. Ja, wir könnten heiraten, aber hier ist es nicht wie in einem englischen Dorf, wo die Nachbarn einen scharf beobachten, um sicherzugehen, daß die gesellschaftlichen Regeln respektiert werden. Karla denkt nicht ans Heiraten. Ich auch nicht. Aber das tut der Freude, die wir aneinander haben, keinen Abbruch. Du bist doch nicht schockiert, Tochter?«

»Aber nein. Ich habe mir so etwas schon gedacht. Karla ist sehr nett.«

»Sie ist interessant – halb Eingeborene, halb Angelsächsin, eine attraktive Mischung. Ich habe sie in Ägypten kennengelernt. Sie war ziemlich weit herumgekommen. Ihre Frische, ihre Offenheit und ihr fröhliches Wesen hatten es mir angetan. Für den Tag leben, so lautet ihre Devise, und das ist mehr oder weniger auch die meine. In Ägypten wurden wir Freunde, und als mich dann mein Leiden befiel, hat sie für mich gesorgt. Ich war in einem erbärmlichen Zustand. Ich habe mich vor dem Erblinden gefürchtet, Frederica, wie ich mich noch nie in meinem Leben gefürchtet hatte. Ich ging sogar soweit, zu beten. ›Lieber Gott, laß mir mein Augenlicht und nimm alles andere.‹ Der Herr hat meine Bitte nicht erhört, aber er hat mir Karla geschenkt.« Er nahm kurz meine Hand, dann fuhr er fort: »Karla ist wunderbar. Sie ist die geborene Mutter. Warum hat eine Frau wie sie keine Kinder? Sie stand mir bei in meiner Verzweiflung. Sie war mir unentbehrlich. Und sie brachte mich hierher in das Haus, das ihr fürsorglicher Vater ihr hinterlassen hatte. Sie ist für hiesige Verhältnisse eine reiche Frau; sie besitzt Tausende von höchst einträglichen Kokosnüssen. Sie ist Geschäftsfrau und führt die Plantage so gut, wie es ein Mann vermöchte, und sie sorgt wie eine Mutter für mich. Neben ihren Kokosnüssen besitzt sie meine ewige Dankbarkeit. Frederica, ohne sie hätte ich mich niemals mit meiner Erblindung abgefunden.«

»Tante Sophie hätte für dich gesorgt«, sagte ich. »Du hättest zu uns kommen können.«

Er schüttelte den Kopf. »Nein. Ich wußte, daß sie es tun würde, aber ich konnte nicht zu ihr gehen. Zuweilen habe ich daran gedacht... bevor die Erblindung begann. Weißt du, anfangs...«

»Ja, ich weiß. Sie hat es mir erzählt. Sie dachte, du würdest sie heiraten, und statt ihrer hast du meine Mutter genommen.«

»Du siehst also...«

»Sie hätte Verständnis gehabt.«

»Das wäre nicht gutgegangen. Ich war Sophies nicht würdig. Nie hätte ich ihre Erwartungen erfüllen können.«

»Sie wollte dich so, wie du bist.«

»Dafür hatte sie meine Tochter – ein weitaus größerer Gewinn.«

»Und nun sorgt Karla für dich. Sie teilt mit dir ihr Haus... ihr Leben.«

»Es ist ihr Wunsch.«

»Und du bist hier glücklich?«

Er schwieg ein paar Sekunden. »Nun ja«, sagte er schließlich, »ich führe ein gutes Leben. Ich habe mich mit meinem Zustand abgefunden. Es gibt für alles eine Entschädigung. Ich freue mich diebisch, wenn ich einen Schritt erkenne. ›Da kommt Macala.‹ Oder ›Da kommt Mandel.‹ Ich kenne Karlas Schritte. Ich habe ein waches Ohr für die Modulationen in den Stimmen der Menschen. Und so durchlebe ich meine Tage. Ich denke an die Freuden der Vergangenheit, und deren waren viele. Die unangenehmen Dinge versuche ich zu verdrängen. Das gelingt mir oft. Es ist eine regelrechte Kunst, mußt du wissen. Zuweilen sage ich mir: ›Du bist blind. Vielleicht ist dir dein kostbarster Besitz genommen worden, aber es gibt Entschädigungen dafür.‹ Und dann zähle ich sie auf. Ich habe Karlas Liebe, und nun ist meine Tochter den weiten Weg vom anderen Ende der Welt gekommen, um mich zu besuchen.«

Eine Woche war vergangen, und mir war, als sei ich schon lange Zeit auf der Insel. Abends lag ich wach und dachte an Crispin und Tante Sophie, und ich fragte mich, ob ich recht daran getan hätte, hierherzukommen. Es war wundervoll gewesen, meinem Vater zu begegnen, und weil von Anfang an ein harmonisches Einverständnis zwischen uns bestand, hatte ich das Gefühl, ihn mein Leben lang gekannt zu haben. Es war ihm eben gegeben, die Zuneigung der Menschen zu gewinnen, und die meine besaß er vom ersten Augenblick an.

Ich führte viele Gespräche mit ihm. Wir saßen unter den Bäumen, lauschten dem sanften Plätschern der Brandung, und er erzählte aus seinem Leben. Er war sichtlich froh, mich bei sich zu haben.

Nachts überkam mich das große Heimweh, und dann konnte ich die Erinnerung an Crispins Gesicht nicht auslöschen, als er mich angefleht hatte, nicht fortzugehen. Ich konnte seine Stimme hören: »Ich finde einen Weg. Es muß eine Möglichkeit geben.« Ich versuchte vergeblich, die Erinnerung an das Gebüsch in St. Aubyn's Park zu verbannen und den Gedanken an Gaston Marchmont, wie er dort lag.

Die Insel war schön, aber vermutlich nicht anders als die meisten tropischen Inseln – wogende Palmen, üppiges Laubwerk, heftige Regenschauer und sengender Sonnenschein, heitere, beschauliche Menschen, die sich kein anderes Leben wünschten.

Tamarisks Interesse an der Insel amüsierte mich. Ich denke, es entsprang hauptsächlich ihrer Sehnsucht, von zu Hause fortzukommen. Ich glaubte nicht, daß sie sich des Mordes an ihrem Mann schuldig gemacht hatte, aber, wie sie gesagt hatte, es steht in derartigen Fällen gewöhnlich auch die Ehefrau unter Verdacht. Sie lachte viel über die Possen der Kinder, und diese fanden Tamarisk zweifellos besonders interessant. Ein paar folgten ihr fast immer auf Schritt und Tritt. Einige waren so kühn, ganz nahe zu kommen, um ihren weißen Arm anzufassen und ihre Haare, die ihr oft lose auf die Schultern fielen.

Es hatte ihr immer gefallen, beachtet zu werden; sie zeigte sich erkenntlich und wurde rasch zum Liebling der Kinder.

Wir erkundeten die Insel. Wir sahen dem Töpfer zu, der am Strand saß und Tontöpfe, Teller und Trinkgefäße fertigte. Zu seiner Freude kauften wir ihm einiges ab. Eine Gruppe von Kindern – Tamarisks Anhänger – beobachtete frohgemut den Handel.

Weitere Händler hockten auf Matten aus Kokosfasern. Vielleicht würde die Fähre ja Passagiere mitbringen, und sie wollten bereit sein für die eventuellen Käufer. Sie hatten hauptsächlich Schnitzereien, Papiermesser und Perlen feilzubieten.

Man ermahnte uns, vor Schlangen auf der Hut zu sein und nicht ohne Führer durchs Dickicht zu gehen.

Wir hatten natürlich die Mission aufgesucht – ein tristes ebenerdiges, strohgedecktes Gebäude, das wenig einladend aussah. Die Wände waren kahl, ein Kruzifix war der einzige Schmuck. »Wie trübselig es hier ist!« sagte Tamarisk zu Luke, der uns das Haus zeigte.

Der Hauptraum enthielt auf der einen Seite einen Schrank und auf der andern eine Tafel auf einem staffeleiartigen Gestell.

»Das ist die Schulstube«, erklärte Luke.

»Wo sind die Schulkinder?« fragte Tamarisk.

»Es sind noch keine da.«

Luke hatte uns John Havers und seine Schwester Muriel vorgestellt. Sie waren seit zwei Jahren auf Casker's Island und gestanden ein, kaum Fortschritte gemacht zu haben und von den Inselbewohnern weitgehend ignoriert zu werden.

»Wo wir vorher waren, war es anders«, sagte John Havers. »Es war ein größerer Ort und nicht so abgelegen. Hier muß man ganz von vorn beginnen, und die Menschen sind ziemlich gleichgültig.«

»Deshalb ist Mr. Armour gekommen«, sagte Muriel.

»Und Sie haben noch keine Kinder in der Schule.«

»Einige kommen, aber sie bleiben nicht. Ich habe ihnen um elf Uhr Gebäck gegeben, wenn sie morgens kamen. Ich versuchte, sie zu unterrichten, aber sie haben nur auf das Gebäck gewartet. Sie aßen die Plätzchen, lächelten und liefen davon.«

»Bestechung«, bemerkte Tamarisk heiter.

»Leider läuft es darauf hinaus«, sagte Muriel Havers.

»Die armen Kleinen«, meinte Tamarisk später zu mir. »Aber ich glaube nicht, daß sie sich von Miß Havers unterrichten lassen möchten, und wenn das Gebäck noch so gut ist.«

Bei den Mahlzeiten in Karlas Haus ging es stets fröhlich zu. Das war bei ihrer und meines Vaters Persönlichkeit unvermeidlich. Das Essen war reichlich, und zahlreiche Dienstboten warteten uns auf, die auf nackten Füßen lautlos herein- und hinaustappten. Karla und mein Vater erzählten von ihrem Leben in Ägypten; es gab immer eine amüsante Anekdote zu berichten, und wir blieben noch lange nach Beendigung der Mahlzeit am Tisch sitzen.

»Armer Luke«, sagte Tamarisk eines Tages. »In der Mission bei den Havers geht es bestimmt ganz anders zu.«

»Es sind brave Menschen«, sagte Karla. »Aber manchmal sind sie zu brav, um lachen zu können. Sie nehmen das Leben zu ernst. Mir tun sie leid.«

»Könnten wir sie nicht hierher zum Essen einladen?« fragte Tamarisk.

»Meine Güte!« rief Karla aus. »Darauf hätte ich selber kommen können.«

»Ehrlich gesagt«, warf mein Vater ein, »ich dachte, wir hätten euren Freund Luke gleich am ersten Tag einladen sollen. Er war auf der Reise so gut zu euch.«

»Das müssen wir sofort nachholen«, sagte Karla. »Und ich werde Tom Holloway dazu bitten.«

»Tom Holloway«, erklärte mein Vater, »ist der Verwalter der Plantage. Ein feiner Kerl, nicht wahr, Karla?«

»Ja, das ist er. Aber er ist ein bißchen traurig, und das Leben sollte nicht traurig sein.«

»Wir würden ihn gern kennenlernen, nicht wahr, Tamarisk?« meinte ich.

»O ja«, gab sie zur Antwort.

»Wir machen es morgen«, sagte Karla.

»Können sie denn so kurzfristig überhaupt kommen?« fragte ich.

Karla bekam wie so oft einen Lachanfall. »Sie werden nicht oft zum Essen eingeladen, das steht fest. Sie kommen bestimmt.«

»Das Gesellschaftsleben auf Casker's Island ist etwas kärglich«, fügte mein Vater hinzu. »Sie werden ganz sicher kommen.«

Ehe sie kamen, erzählte mir mein Vater ein wenig über Tom Holloway. »Er ist in England gewesen und hat jene Matten importiert, die aus einem Kokosprodukt hergestellt werden. Die Kokosnuß ist ja so vielseitig verwendbar! Eines ihrer Erzeugnisse ist die Faser, aus der Matten, Teppiche und dergleichen gefertigt werden. Tom Holloway hat sie drüben in England verkauft. Dann starb seine Frau bei der Geburt ihres Kindes, und das Kind starb mit ihr. Er kann es nicht verwinden.

Karla hatte hin und wieder geschäftlich mit ihm zu tun und war erschrocken, als sie sah, wie er sich verändert hatte. Du kennst sie ja unterdessen. Wenn sie jemanden in Not sieht, muß sie ihm helfen. Sie fand, daß Tom einen vollkommenen Bruch mit der Vergangenheit brauchte, und sie bot ihm den Posten als Verwalter der Plantage an. Und zu ihrer Verwunderung hat er angenommen.«

»Und hat es geholfen?«

»Vielleicht ein wenig, glaube ich. Er ist jetzt fast zwei Jahre hier. Ich denke, er vergißt es eine Weile, und auf der Plantage ist er sehr tüchtig. Er hat gelernt, mit den Menschen hier umzugehen. Die Arbeit macht ihm Freude. Karla sähe ihn gern in festen Händen, was hierzulande nicht einfach ist.«

»Karla ist wirklich eine gute Seele!«

Er nickte, und seine Miene drückte Freude aus.

Die Essenseinladung wurde ein voller Erfolg, obwohl Luke ein wenig niedergeschlagen war. Die fröhliche Zuversicht, die er auf dem Schiff an den Tag gelegt hatte, schien gedämpft. John und Muriel Havers sprachen ernsthaft über die Mission, aber ich konnte mich des Eindrucks nicht erwehren, daß sie wenig Verständnis hatten für die Menschen, unter denen sie lebten.

Ich bemerkte später zu meinem Vater, daß sie die Leute als Wilde zu betrachten schienen und nicht einfach als normale Menschen, die sich die Ansichten anderer nicht aufzwingen lassen wollten. Ich konnte mir auch vorstellen, daß Muriel das Verhältnis zwischen meinem Vater und Karla nicht guthieß.

Tamarisk hatte sich amüsiert. Als sie fort waren und wir uns zurückgezogen hatten, kam sie in mein Zimmer, um über den Abend zu plaudern.

»Wie fandest du es?« wollte sie wissen.

»Es ist sehr gut gegangen. Ich glaube, Luke war froh, eine anständige Mahlzeit zu bekommen.«

»Der Ärmste«, meinte Tamarisk leichthin. »Ich fürchte, er ist enttäuscht, der junge Mann. Kein Wunder, wenn er auf so engem Raum mit diesen zwei trübsinnigen Gestalten lebt.«

»Trübsinnig sind sie eigentlich nicht. Bloß verunsichert, denke ich.«

»Verunsichert! Sie sind Missionare, oder? Sie sollten sich ihrer Sache sicher sein. Eine abgelegene Insel, und die Bevölkerung soll bekehrt werden! Armer Luke! Wir müssen ihn öfter besuchen und ihn aufheitern.«

»Da hast du recht.«

»Was dein Vater wohl von alledem gehalten hat?«

»Das werde ich schon erfahren. Und wie fühlst du dich jetzt, Tamarisk? Ich meine, wegen früher?«

»Ich denke nicht mehr die ganze Zeit daran.«

»Das ist gut.«

»Und du?«

»Ich denke viel nach.«

»Du hättest nicht unbedingt fortgehen müssen.«

»Mein Vater wollte mich sehen.«

»Du hattest dich eben erst mit Crispin verlobt. Ja, ich weiß, du willst nicht darüber sprechen. *Ich* mußte fort. Gaston war mein Mann, und er ist ermordet worden.«

»Ich verstehe dich vollkommen. Auch ich hatte das Gefühl, fortzumüssen.«

»Etwa auch wegen Gaston? Du weißt doch nichts Näheres über ihn, oder?«

»Nein, nein, nicht deswegen.«

»Du bist so zugeknöpft«, sagte sie.

Ich antwortete nicht, sondern ließ es dabei bewenden.

Gleichzeitig hatte ich das Gefühl, daß dieses Abenteuer, so gut es Tamarisk tun mochte, mir keine große Hilfe war.

Am nächsten Morgen gingen Tamarisk und ich spazieren. Wir waren noch nicht weit gekommen, als drei, vier Kinder, die spielend auf der Erde gehockt hatten, uns erspähten. Sie kamen zu uns gelaufen, die Augen auf Tamarisk gerichtet. Sie brachen ungeniert in Kichern aus.

»Es freut mich«, sagte Tamarisk lächelnd, »daß ihr mich so spaßig findet.«

Das brachte sie erst recht zum Kichern. Sie sahen Tamarisk erwartungsvoll an.

Wir gingen weiter, und sie folgten uns. Wir begaben uns an den Strand, vorbei an den Händlern, die auf der Erde hockten, vor sich die Matten, auf denen sie ihre Waren ausgebreitet hatten.

Wir blieben bei dem Töpfer stehen. Zwei hohe Vasen

standen auf seiner Matte. Sie waren schlicht, aber auf ihre Art schön. Tamarisk bewunderte sie, während der Besitzer uns mit belustigtem Blick beobachtete. Warum fanden die Leute uns nur so komisch? War es unser Aussehen, unsere Art zu sprechen, unser Auftreten?

Tamarisk nahm die hohen Vasen in die Hand. Die Kinder umringten sie und sahen aufgeregt zu.

»Ich nehme diese hier«, sagte Tamarisk.

»Was willst du damit?« fragte ich.

»Das wirst du schon sehen. Die andere nehme ich auch.«

Es entstand eine große Aufregung. Einige Frauen und noch mehr Kinder kamen herbei. Der Mann auf der Matte nebenan mit seinen Schnitzereien blickte hoffnungsvoll und neidisch drein.

»Du trägst die hier, Fred«, sagte Tamarisk. »Ich nehme die andere. Ich will alle beide.«

»Ich weiß nicht, was du damit anfangen willst.«

»Aber ich«, sagte Tamarisk.

Ein Kind machte einen Luftsprung. Die anderen umdrängten uns, während Tamarisk die Vasen bezahlte.

»Gehen wir«, sagte Tamarisk. »Hier entlang.« Die Kinder folgten uns. Es waren noch einige mehr zu uns gestoßen, und in einer Prozession ging es zum Missionshaus.

Tamarisk stieß die Tür auf und trat in das Vestibül. »Da!« sagte sie triumphierend. »Hier sollen sie stehen. Wir füllen sie mit Wasser aus dem Bach, dann stellen wir eine an die Tür, die andere ...« Sie sah sich um. »Ja, dort drüben hin, zwischen die beiden Fenster. Jetzt möchte ich schöne Blumen. Rote. Rot ist eine hübsche Farbe, warm und freundlich. Kommt, wir gehen Wasser holen.«

Die Kinder kamen mit uns an den Bach. Sie hüpften auf und ab, außerstande, ihre Aufregung zu zügeln.

»Jetzt die Blumen.« Tamarisk wandte sich an die Kinder. »Kommt. Ihr könnt mir helfen, statt mich auszulachen. Wir gehen Blumen pflücken. Rote, wie die hier, und lila wie die hier für die andere Vase. Hier wachsen jede Menge.«

Ja, Blumen wuchsen in Hülle und Fülle. Sie pflückte ein paar und gab den Kindern zu verstehen, daß sie es ihr gleichtun sollten. Sie hieß eine Gruppe rote und die andere lila Blumen pflücken.

Dann gingen wir alle wieder ins Vestibül. Tamarisk kniete sich vor die Vase, in die sie die roten Blumen stellte. Die Kinder sahen ihr verwundert zu und kamen mit immer mehr Blumen angelaufen.

»Die ist schön«, rief sie. »Hier, die paßt gut.«

Sie nahm eine Blume von einem kleinen Mädchen entgegen. Das Kind zog die Schultern hoch und lachte vergnügt, als Tamarisk die Blume in die Vase stellte.

Schließlich stand Tamarisk auf und rief aus: »So ein schöner Blumenstrauß!« Sie klatschte in die Hände, und alle Kinder klatschten ebenfalls.

»Kommt«, sagte Tamarisk. »Jetzt die lila Blumen.«

Die Kinder waren begeistert. Sie wetteiferten darum, wer ihr die Blumen bringen durfte. Sie arrangierte sie geschickt in der Vase. Schön sahen sie aus, aber die lachenden, fröhlichen Kinder waren kein minder hübscher Anblick.

Als sie fertig war, klatschten die Kinder in die Hände. In diesem Augenblick kam Muriel Havers herein. »Was, um alles in der Welt… !« Sie sah sich erstaunt um. Sicher hatte sie noch nie so viele Kinder im Vestibül gesehen. Alle wandten sich ihr zu und lächelten, aber sie konnten ihre Augen nicht lange von Tamarisk abwenden.

»Ich dachte, die Blumen würden das Haus ein bißchen verschönern«, meinte Tamarisk.

»Durchaus, durchaus«, sagte Muriel Havers. »Aber die vielen Kinder!«

»Sie sind nur mitgekommen, um zu helfen«, sagte Tamarisk. In ihrer Stimme schwang Triumph. Ich dachte: Sie hat sich wahrhaftig verändert. Es ist etwas geschehen, das dies bewirkt hat.

Drei Wochen waren wir nun auf der Insel. Die Tage waren lang, und doch verflog die Zeit. Oft sagte ich mir: Was tue ich hier? Ich muß zurück. Immer wieder dachte ich, was geschehen wäre, wenn Tante Sophie Kate Carvel damals nicht in Devizes gesehen hätte. Dann wäre mein Leben ganz anders verlaufen. Ich würde in seliger Unwissenheit mit Crispin zusammensein. Nein, nein, das hätte nicht gutgehen können. Kate wäre wieder aufgetaucht. Es wäre ein Leben in Angst gewesen, mit Erpressung und falschem Schein. Ständig klangen mir Crispins Worte in den Ohren: »Es wird etwas geschehen.« Er hätte es geheimgehalten. Er war ein Mensch voller Geheimnisse. Hatte ich das nicht immer gespürt? Ich liebte ihn von ganzem Herzen, und doch gab es Zeiten, da ich mir sagte: Aber du kennst ihn nicht. Er hält so vieles verborgen. Dann wieder sagte ich mir: Ich muß zurück. Ich ertrage die Trennung nicht.

Tamarisk fiel die Eingewöhnung leichter als mir. Aber sie hatte ja auch nichts zurückgelassen, was wichtig war für ihr Glück. Sie hatte keine starke Bindung zu ihrer Mutter. Auf Crispin war sie stolz, sie hing schwesterlich an ihm, aber das war auch schon alles. Nichts zog sie nach Hause. Ich konnte mir jedoch gut vorstellen, daß sie der Insel und ihrer Bewohner eines Tages überdrüssig werden würde... doch vorerst war alles hier amüsant und neu, genau das Richtige für sie.

Anfangs hatte sie ein gelindes Interesse für Tom Holloway gezeigt. Er war jedoch zu ernsthaft, als daß er sich ihre Aufmerksamkeit hätte erhalten können. Er trauerte noch zu sehr um seine verstorbene Frau, um sich für Tamarisk zu interessieren. Luke dagegen amüsierte sie. »Der brave Mann« nannte sie ihn oft mit einer Spur Spott in der

Stimme. Ich glaube, er weckte beschützerische Instinkte in ihr, was man bei ihr nicht erwartete. Gewöhnlich wollte sie sich von den Männern beschützen lassen.

Wie dem auch sei, sie ging oft ins Missionshaus. Die Kinder fanden sich dort ein, sobald sie erschien, und damit gewannen sie ihre Zuneigung. Sie wetteiferten darum, ihr ganz nahe zu sein, und kicherten über alles, was sie tat oder sagte.

»Sie erwarten scheint's von mir, daß ich sie unterhalte«, meinte sie. »Ich muß sagen, sie sind sehr aufgeweckt. Luke findet es amüsant, und Muriel und John meinen, es sei gut, die Kinder ins Haus zu bekommen, einerlei, aus welchem Anlaß.«

Sie kaufte dem Töpfer noch mehr Vasen ab. »Wenn er mich sieht, begrüßt er mich jedesmal wie eine Königin«, sagte sie. »Die Kinder bringen mir ständig Blumen. Neulich habe ich ihnen ein Märchen erzählt. Sie haben kein Wort verstanden, aber sie lauschten, als sei es die atemberaubendste Geschichte, die je berichtet wurde. Du hättest sie sehen sollen! Es war das Märchen von Rotkäppchen. Das meiste habe ich mit Händen und Füßen vorgespielt. Du hättest die Aufregung erleben sollen, als der große böse Wolf auf der Bildfläche erschien. Sie haben gelacht und gejubelt, mich gestreichelt und an den Haaren gezogen. Ich kann dir sagen, es war ein Riesenerfolg. Muriel meint, ich hätte lieber eine biblische Geschichte erzählen sollen. Ich kann es ja mal versuchen, aber im Moment muß es immer wieder Rotkäppchen sein, sie wollen keine andere. Sie wissen, wann der Wolf kommt, und tun so, als fürchteten sie sich. Sie kriechen auf allen vieren herum und schreien ›Wolf! Wolf! Großer böser Wolf!‹, und dann wiederholen sie es in ihrer Muttersprache. Ich kann dir sagen, es ist ein Heidenspaß.«

Es freute mich sehr, sie so engagiert zu sehen, und ich wußte, daß Luke darüber entzückt war.

Ein Schiff kam zur Insel. Es war viel größer als die Fähre, und es entstand große Aufregung. Tamarisk und ich gingen zum Strand. Überall herrschten Lärm und Geschäftigkeit. Kleine Boote fuhren zum Schiff und zurück, einige Passagiere kamen an Land. Sie berichteten uns, sie befänden sich von Sydney aus auf einer Inselrundfahrt. Sie seien auf Cato Cato und einigen weiteren Inseln gewesen, aber eine sehe so ziemlich aus wie die andere. Sie staunten, als sie hörten, daß wir hier für längere Zeit zu Besuch weilten.

Die Kinder lungerten herum und beobachteten uns, während wir mit den Fremden sprachen. Der Töpfer verkaufte an diesem Nachmittag mehr Becher und Teller als sonst in einem Monat, und auch Schnitzereien, Strohmatten und Körbe fanden ihre Abnehmer.

Die Zuschauer am Strand blickten ein wenig betrübt drein, als das Schiff ablegte.

Das Schiff hatte Post mitgebracht, und für mich war ein Brief von Crispin dabei und einer von Tante Sophie. Ich ging damit in mein Zimmer, denn ich wollte beim Lesen allein sein. Crispins Brief las ich zuerst:

Meine Liebste!

Wie ich Dich vermisse! Wann kommst Du nach Hause? Laß alles stehen und liegen und komme sofort. Ich weiß, daß ich die leidige Angelegenheit irgendwie regeln kann. Ich werde Kate bewegen, in die Scheidung einzuwilligen. Das kann ich durchsetzen, weil Kate mich wegen eines Liebhabers verlassen hat; ich verfüge über alle nötigen Beweise. Ich habe einen Anwalt mit der Bearbeitung beauftragt.

Ich kann Dir gar nicht sagen, wie öde es hier ist ohne Dich. Nichts scheint von Belang zu sein. Ich möchte, daß Du das nächste Schiff nach Hause nimmst. Stell Dir nur vor, wie lange es dann trotzdem noch dauert. Wenn ich doch nur wüßte, daß Du unterwegs wärst.

Es wird bestimmt alles gut: Ich werde einen Ausweg aus der verfahrenen Situation finden. Wäre Kate nur fortgeblieben … für immer und ewig. Aber zweifle nicht daran, daß ich einen Weg finden werde. Und wenn es soweit ist und Du bist noch nicht zurück, komme ich Dich holen.

Ich weiß, daß Du unglücklich bist – genau wie ich. In gewisser Weise bin ich froh darüber. Ich könnte es nicht ertragen, wenn Du Dir nichts mehr aus mir machtest. Du mußt wissen, ich würde Dich niemals verlassen, was auch immer geschähe. Ich bitte Dich, komm bald nach Hause.

Deine Tante vermißt Dich sehr. Ich weiß, daß sie sehr unglücklich ist. Ich glaube, sie ist mit mir der Meinung, daß Du uns nie hättest verlassen sollen.

In ewiger Liebe
Dein Crispin

Tante Sophies Brief entnahm ich, daß auch sie nun Zweifel hatte, ob es klug von mir gewesen war, fortzugehen. Sie schrieb:

Du fehlst uns sehr. Der arme Crispin ist schrecklich unglücklich. Er liebt Dich wirklich, Freddie. Die Trennung bricht ihm das Herz. Er ist kein Mensch, der oberflächlich liebt. Seine Gefühle sind tief und aufrichtig. Vielleicht grollt er mir ein bißchen, weil ich Dir erzählt habe, daß ich Kate Carvel gesehen habe. Irgendwem muß er die Schuld geben, der Ärmste. Er sagt, er werde einen Weg finden, um sich von ihr zu befreien. Er spricht mit solcher Überzeugung, daß ich ihm glaube. Immerhin hat sie ihn verlassen. Ich kenne die genaue Rechtslage nicht, aber ich bete, daß alles gut wird.

Er braucht Dich, Freddie. Man würde meinen, daß er vollkommen Herr der Lage sei. Oberflächlich sieht es so aus, aber ich weiß, wie sehr er leidet. Ich finde es so grau-

sam, daß ein impulsives Handeln in der Jugend ein ganzes Leben zunichte machen kann. Doch er wird es nicht zulassen, und ich halte ihn für einen Menschen, der seinen Willen durchsetzt.

Liebstes Kind, ich hoffe, daß Du und Dein Vater Euch bestens versteht. Eigentlich habe ich da keine Zweifel, kenne ich Euch beide doch so gut. Er ist wundervoll, nicht wahr? Bitte laß von Dir hören.

Und, Freddie, ich meine, Du solltest daran denken, zurückzukehren. Dein Vater wollte Dich sehen. Ist er krank? Ich würde gern von ihm hören. Verschweige mir nichts. Ich habe es aus seinen Briefen herausgelesen, daß etwas nicht stimmt. Das war mit ein Grund, weshalb ich Dir zugeredet habe, zu ihm zu fahren; zudem hielt ich es für besser, daß Du fort bist, bis Crispin die Angelegenheit geklärt hat.

Jetzt aber solltest Du Dir überlegen, nach Hause zu kommen. Ich weiß, Du bist noch nicht lange dort, doch ich glaube, wenn Du mir schreiben würdest, wann Du kommst, würde das Crispin sehr helfen.

Gib auf Dich acht, mein Liebes.

Gott mit Dir, in Liebe
Deine Tante Sophie

Ich las die Briefe mehrmals, und ich dachte an die weite Entfernung, die uns trennte, und daß ich bald heimkehren müsse.

Mein Vater fragte: »Hast du Nachrichten von zu Hause?«

»Ja.«

»Es stimmt dich traurig. Du hast Heimweh, nicht wahr?«

»Es scheint so.«

Er nahm meine Hand und hielt sie einen Augenblick. »Möchtest du es mir sagen?«

Da erzählte ich es ihm. Ich berichtete ihm alles von Anfang an: von meiner ersten Begegnung mit Crispin, als er die unselige Bemerkung gemacht hatte; von Barrow Wood, von meiner Arbeit im Gutskontor und unserer allmählich wachsenden Liebe. Ich erzählte von der Rückkehr von Crispins Frau und von unseren vernichteten Plänen, und ich berichtete, daß Crispin vorgehabt hatte, mir nichts zu sagen.

»Und das hat dich erschüttert«, stellte mein Vater fest. »Ich glaube, das ist die Wurzel deiner Unsicherheit. Du liebst ihn sehr, nicht wahr?«

»Ja.«

»Und gleichzeitig bist du dir seiner nicht ganz sicher.«

»Ich bin mir sicher, daß er mich liebt. Aber ...«

»Aber?«

»Da ist etwas, das ich nicht erklären kann. Es war schon da ... bevor diese Sache geschah.«

»Ein Geheimnis?«

»Ich nehme es an. Manchmal erscheint es mir wie eine Barriere. Gerade weil wir uns so nahestehen, weil ich ihn so gut kenne ... Und zuweilen habe ich das Gefühl, es nicht verkraften zu können.«

»Warum hast du ihn nicht gefragt?«

»Es mag seltsam anmuten, aber es wurde niemals erwähnt. Es ist etwas, das ihm im Kopf herumgeht, etwas, von dem er nicht möchte, daß ich es erfahre. Und dann passierte diese Geschichte, und er gab zu, er hätte mich geheiratet, ohne mir zu sagen, daß er mich gar nicht heiraten durfte. Hinter dieser Wirklichkeit trat dann das andere zurück.«

»Wenn ich dich recht verstanden habe«, meinte mein Vater, »liebst du ihn, ohne ihm vollkommen zu vertrauen?«

»Ich spüre, da ist ein Geheimnis, das er mir nicht sagen will. Etwas Wichtiges.«

»Das seine erste Ehe betrifft?«

»Nein. Wie alle anderen hat er geglaubt, daß seine Frau tot wäre. Deswegen hat ihre Rückkehr ihn ja ebenso erschüttert wie Tante Sophie und mich.«

»Dann ist es also etwas, das länger zurückliegt. Ein dunkles, beschämendes Geheimnis. Das denkst du von ihm, und trotzdem liebst du ihn?«

»So muß es wohl sein.«

»Die Liebe ist wichtiger als alles andere auf Erden, mußt du wissen. ›Glaube, Hoffnung und Liebe, aber die Liebe ist die größte unter ihnen.‹ Und das ist wahr. Wenn du die Liebe hast, brauchst du wenig mehr.«

»Ich will aber wissen, was dahintersteckt.«

»Es war schon da, als du ihm dein Jawort gabst. Trotzdem warst du glücklich und wolltest dein Leben an seiner Seite verbringen.«

»Ja. Wenn ich bei ihm war, konnte ich die Bedenken vergessen. Sie schienen mir diffus, unwirklich, absurd.«

»Es gibt Menschen, die sich vor dem Glück fürchten. Sie betrachten es mit Argwohn. Es ist zu schön, um wahr zu sein, denken sie, und sie suchen nach Makeln. Könnte es bei dir so gewesen sein?«.

»Vielleicht. Aber ich bin nicht sicher. Da ist etwas, und das quält ihn.«

»Er wird es dir erzählen. Wenn ihr verheiratet seid und er nicht mehr fürchtet, dich zu verlieren, wird er es dir erzählen.«

»Warum sollte er jetzt im Moment Angst haben, es mir zu sagen?«

»Aus demselben Grund, weshalb er dir nicht erzählen wollte, daß seine Frau wiederaufgetaucht war. Weil er vor allem anderen fürchtet, dich zu verlieren.«

»Es ist unaufrichtig.«

Mein Vater lächelte weise und sagte: »Es ist Liebe, und waren wir uns nicht einig, daß nichts im Leben so herrlich ist wie wahre Liebe?«

Ich schrieb an Crispin und an Tante Sophie. Ich berichtete Tante Sophie nicht, daß mein Vater blind war; denn ich war der Meinung, er würde es ihr selbst geschrieben haben, falls er gewünscht hätte, daß sie es erführe. Die Briefe würden bereitliegen für die nächste Fähre, die sie dann mit nach Sydney nähme, von wo sie auf die weite Reise nach England geschickt würden. Es würde eine lange Zeit vergehen, bis sie ihr Ziel erreichten.

Ich gelangte zu der Überzeugung, daß ich heimkehren mußte. Beide baten mich darum, und einerlei, wie die Sache ausgehen würde, ich mußte dort sein.

Tom Holloway war häufig bei uns zu Gast. Karla hatte gern Besuch. Luke und die Havers kamen ebenfalls oft. Karla war überzeugt, daß sie im Missionshaus nicht genug zu essen bekämen. Sie hatten nur zwei Bedienstete, und Karla fürchtete, daß Muriel zu sehr mit geistigen Dingen befaßt war, um sich viele Gedanken über leibliche Bedürfnisse zu machen.

Luke munterte es stets auf, wenn er bei uns war. Die Zuversicht, die ihn auf dem Schiff beflügelt hatte, war merklich abgeschwächt. Er wollte im Missionshaus zahlreiche Veränderungen vornehmen, was sich als schwierig erwies, weil er sich nicht über die Havers hinwegsetzen wollte; denn wenn sie auch keine besonders willensstarken Menschen waren, so hatten sie doch feste Vorstellungen.

Tamarisk hatte die Kinder schon ins Missionshaus gelockt, und viele von ihnen kamen jetzt regelmäßig, aber nur, um Tamarisk zu sehen. Und obwohl sie es mit der Geschichte vom guten Samariter versucht hatte, verlangten sie stets nach Rotkäppchen und dem großen bösen Wolf.

Armer Luke! Er war so eifrig, so erpicht, die Arbeit zu tun, die er für notwendig befand.

Eines Nachmittags nahm Tom Tamarisk, Luke und mich mit, um uns die Plantage zu zeigen. Während wir zwischen den hohen Bäumen umhergingen, sahen wir die von den

Schalen befreiten Kokosnüsse, die man in die Sonne gelegt hatte. Tom zeigte uns die Werkstatt, wo das Material zur Herstellung von Kokosmatten gewonnen wurde, das einen Großteil des Geschäfts ausmachte, und das Kontor, wo sein Gehilfe an der Arbeit saß.

Wir sahen Toms Unterkunft. Sie war sehr geräumig und gut ausgestattet. Ich nahm an, daß das Karlas Werk war. Er hatte einen Diener, der uns Obstsaft brachte, als wir auf der Veranda saßen, von der aus man die Plantage überblickte.

Tom erkundigte sich nach der Mission, und Luke berichtete von der Gleichgültigkeit der Menschen und der Schwierigkeit, zu ihnen vorzudringen.

»Die Verständigung ist ein Problem«, sagte Tom. »Ich habe es da leichter. Ich zeige ihnen, was sie zu tun haben, und sie tun es.

Die Leute, die bei mir arbeiten, sind gewissermaßen die Aristokraten der Insel. Sie verdienen Geld, aber diesen Wunsch haben beileibe nicht alle. Manche liegen lieber in der Sonne. Die Hitze prägt ihren Charakter. Sie läßt sie leichtfertig und unbeschwert werden, bis etwas ihren Zorn erregt. Dann können sie gefährlich sein.«

»Das ist wohl wahr«, sagte Luke. »Neulich haben sich zwei gestritten. Es ging um ein Stück Land. Der eine sagte, es sei seins, und der andere erhob Anspruch darauf. Böse Worte fielen, Messer flogen. Es sah aus wie ein Kampf auf Leben und Tod, bis jemand den Dorfoberen holte.«

»O ja«, sagte Tom. »Das war Olam, ein kleiner alter Mann mit durchdringendem Blick. Er hat sehr seltsame Augen mit weißumrandeten Pupillen. Höchstwahrscheinlich ist es eine Krankheit, aber gerade dies verschafft ihm seinen Einfluß.«

»Er hat die Sache sofort bereinigt«, fuhr Luke fort. »Ich war erstaunt über seine Macht.«

»Er ist hier der weise Mann. Mir ist etwas mulmig seinetwegen. In dem von Ihnen geschilderten Fall hat sein Spruch die Angelegenheit zufriedenstellend geregelt. Das ist nicht immer so. Er kann sehr furchteinflößend sein. Man sagt ihm nach, daß er über besondere Kräfte verfüge. Wenn er einem Menschen prophezeit, daß er sterben wird, dann tritt es meistens ein.«

»Davon habe ich gehört«, sagte Luke. »Es ist gefährlich.«

»Ich muß vor ihm auf der Hut sein. Und mich gut mit ihm stellen. Von Zeit zu Zeit schicke ich ihm kleine Geschenke. Mit denen erhalte ich mir seine Freundschaft.«

»Was man nicht alles über diese Leute lernen muß«, sagte Tamarisk. »Schade, daß nicht alle so sind wie die Kinder. Die sind süß.«

»Tamarisk versteht sich gut mit ihnen«, bemerkte Luke.

»Das macht die Farbe meiner Haare. Die zieht sie an«, sagte Tamarisk.

»Den meisten ist es nur um ein angenehmes Leben zu tun«, erklärte Tom. »Sie arbeiten eine Weile, aber man darf nicht zuviel von ihnen erwarten. Die Arbeit auf der Plantage macht ihnen Freude. Sie sind ein bißchen stolz darauf. Olam hat keine Einwände dagegen, weil ich ihm den gebührenden Respekt erweise, daher ist im Augenblick alles in bester Ordnung. Ein Fest, das große Bedeutung für sie hat, ist letztes Jahr sehr gut verlaufen. Bald ist es wieder soweit. Ich bin darauf vorbereitet. Aber als ich das erste Jahr hier war, war es ziemlich heikel.«

»Was ist geschehen?« fragte Tamarisk.

»Solange das Fest dauert, kommen sie nicht zur Arbeit. Das wußte ich anfangs nicht, und ich war verärgert, weil mich niemand darauf vorbereitet hatte. Es finden alle möglichen Rituale statt. Tag und Nacht wird gesungen, dabei werden Tänze mit langen Speeren aufgeführt. Wo die Speere aufbewahrt werden, weiß ich nicht. Zwischen den Festen bekommt man sie nie zu sehen. Der alte Olam tritt mächtig in Erscheinung. Tatsächlich organisiert er das ganze Theater. Sie tanzen im Kreis herum, stampfen mit den Füßen und machen grimmige Gesichter. Ich wollte zu ihnen gehen, um zuzuschauen, aber Karla erklärte mir, ich täte klug daran, mich während der zweitägigen Feierlichkeiten nicht sehen zu lassen. Die ganze Nacht haben wir den Gesang gehört. Es war beunruhigend. Wenn es vorbei ist, ist alles wieder wie vorher.«

»Und wozu machen sie das?«

»Es ist wie die Vorbereitung auf einen Kampf – vielleicht eine Art Manöver, um sich in Form zu halten für den Fall, daß sie von Bewohnern einer anderen Insel angegriffen werden.«

»Was kaum wahrscheinlich ist«, meinte Luke.

»Heute nicht mehr, seit es den Schiffsverkehr zwischen den Inseln gibt, zumal einige der größeren zu England oder Frankreich gehören. Aber die Zeremonie wird beibehalten. Die Leute rufen die Geister an, auf daß sie kommen und für sie kämpfen. Natürlich ist es der weise alte Olam, der darauf achtet, daß die Tradition bewahrt wird.«

»Ist das nicht faszinierend?« meinte Tamarisk. »Fürchten Sie sich nicht, Mr. Holloway, wenn Sie mitten unter ihnen sind?«

»Wir sind alle mitten unter ihnen«, sagte Tom.

»Schon, aber Sie noch mehr. Sie sind von den Leuten umgeben.«

Tom zuckte die Achseln. »Nein«, sagte er, »ich fürchte mich nicht. Es sind sanfte Menschen. Nur wenn man sie reizt, können sie gefährlich werden, aber ich werde sie bestimmt nicht reizen.«

»Wir müssen ihnen eine andere Lebensweise beibringen«, sagte Luke. »Wir müssen sie Nächstenliebe lehren. Ich denke, mit Gottes Hilfe wird es uns gelingen.«

»Ich bin überzeugt, daß Sie Erfolg haben werden«, erklärte ich.

Tom sagte, er habe gehört, daß einige Kinder jeden Morgen in die Mission kämen.

Tamarisk lachte. »Um Rotkäppchen zu hören und mich an den Haaren zu ziehen.«

»Das ist ein guter Anfang«, sagte Luke, und er lächelte sie liebevoll an.

»Es macht Spaß«, erwiderte Tamarisk. »Ich möchte den Alten gern einmal sehen, wie hieß er doch gleich, Olam, nicht?«

»Seien Sie versichert, er ist längst auf Sie aufmerksam geworden«, sagte Tom.

Ich sagte: »Ich finde es großartig, wie die Kinder an dir hängen, Tamarisk.«

»Wie gesagt, ihre Zuneigung gilt Rotkäppchen, oder vielleicht mehr noch dem Wolf.«

»Das stimmt nicht ganz. Sie hatten dich schon vorher gern.«

Sie lachte, und ihre blitzenden Augen flogen von Luke zu Tom. »Oh, ich bin sehr beliebt, müssen Sie wissen.«

In diesem Augenblick kam ein Mann zur Veranda gelaufen. »Was gibt's?« rief Tom, indem er sich erhob.

»Herr. Er ist gestürzt. Jaco… vom Baum gefallen. Liegt unten.« Der Mann hob die Schultern und wiegte betrübt den Kopf.

»Zeig mir, wo«, sagte Tom, und wir folgten ihm zur Plantage.

Ein Junge von etwa zwölf Jahren lag auf der Erde. Er weinte vor Schmerzen. Sein Bein war seltsam verrenkt.

Tom hielt bestürzt den Atem an, und Luke meinte: »Sieht ganz so aus, als hätte er sich das Bein gebrochen.« Er kniete neben dem Jungen nieder. »Armes Kerlchen«, sagte er. »Tut weh, nicht?«

Ich glaube nicht, daß der Junge die Worte verstand, doch das Mitgefühl in Lukes Stimme beruhigte ihn ein wenig. Er sah mit geweiteten, ängstlichen Augen zu Luke auf.

»Das wird schon wieder«, fuhr Luke fort. »Ich kümmere mich darum. Ich brauche einen stabilen Stock und Bandagen.«

»Ich gehe sie holen«, sagte Tom. »Bleiben Sie bei ihm.«

Luke sprach zu dem Jungen. »Ich muß das Bein bewegen. Es wird weh tun. Ich renke es wieder ein. Tamarisk, legen Sie ihm den Arm um die Schulter. So ist es gut.«

Ich stand hilflos da und sah zu. Mehrere Männer hatten sich eingefunden und palaverten miteinander.

Luke hieß den Jungen sich flach auf den Rücken legen, und da war klar zu erkennen, daß der Knochen gebrochen war.

»Ich wünschte, ich könnte ihm etwas geben«, sagte Luke. »Wo Tom nur bleibt?«

»Da kommt er schon«, sagte ich. »Er hat alles mitgebracht, was Sie brauchen.«

Ich beobachtete Luke, wie er mit geschickten Händen das Bein einrichtete. Er hatte mir einmal erzählt, daß er sich in Erster Hilfe habe ausbilden lassen, um im Notfall jederzeit helfen zu können.

Der Junge hatte jetzt sichtlich weniger Schmerzen. Er sah Luke mit rührender Dankbarkeit an.

»Ich möchte, daß man ihn zur Mission bringt«, sagte Luke.

»Ich lasse einen Wagen holen, um ihn zu transportieren«, sagte Tom. Er stand auf und rief den Zuschauern etwas in ihrer Sprache zu. Einige liefen unverzüglich los und kamen alsbald mit einem Karren zurück.

»Wir müssen gut achtgeben, daß der Junge nicht gerüttelt wird«, sagte Luke. »Wir brauchen Kissen und eine Unterlage für ihn. Wir müssen ihn in die Mission bringen. Muriel ist in Krankenpflege ausgebildet, bei ihr ist er in guten Händen.«

Der Junge wurde vorsichtig zum Karren getragen und ausgestreckt daraufgelegt. Tamarisk setzte sich zu seinem

Kopf, ich mich zu seinen Füßen. Sie strich ihm über die Stirn und murmelte tröstende Worte. Der Junge blickte sie voller Staunen an. So, mit dem Gesicht voller Mitgefühl, sah sie sehr schön aus.

Tom hielt den Esel am Zügel und vergewisserte sich, daß die Fahrt so glatt wie nur möglich vonstatten ging, und als wir die Mission erreichten, kamen Muriel und John zu Hilfe.

Muriel ließ den Jungen in ihr Zimmer bringen. Sie wolle sich in einem anderen Raum ein Bett aufstellen, sagte sie. Sie wußte genau, was zu tun war, und übernahm das Kommando. Er habe sich das Wadenbein gebrochen, sagte sie. Es sei ein einfacher Bruch. Er sei jung, der Knochen werde bald heilen.

Sie schien froh, etwas zu tun zu haben, und legte eine Tüchtigkeit an den Tag, die ich bei ihr nie zuvor bemerkt hatte.

Danach gingen Tamarisk und ich nach Hause. Wir berichteten meinem Vater und Karla, was sich zugetragen hatte.

»Und es wird mit der Zeit wieder gut?« fragte Karla.

»Da dürfte es keine Schwierigkeiten geben.«

»Wie schön«, sagte Karla, und ihre Augen leuchteten. »Wir haben nämlich einen Mann hier, der nach einem solchen Sturz ein Krüppel geblieben ist.«

An diesem Abend begann das Trommeln. Anfangs waren es leise Schläge, dann wurden sie lauter. Der Klang von Musikinstrumenten wehte durch die Luft zu uns herüber.

Beim Abendessen sagte Karla: »Das dauert die ganze Nacht, den morgigen Tag und die folgende Nacht.«

»Tom hat uns davon erzählt«, sagte ich. »Ich glaube, ihm ist deswegen etwas bange.«

»Es ist ein alter Brauch, nicht wahr, Karla?« fragte mein Vater.

»Ja. Er reicht weit zurück. Es ist eine Art Kriegsruf, eine Vorbereitung auf einen Angriff.«

»Aber wen greifen sie an?« wollte ich wissen.

»Niemanden heutzutage. Aber einst haben sie ständig gekämpft – Stamm gegen Stamm. Das hat sich geändert. Die Inseln sind friedlich geworden, es herrscht Ordnung. Aber früher mußten die Bewohner ständig bereit sein. Dies ist eine Art Bereitschaftsübung. Sie geben den Geistern zu verstehen, daß sie auf einen Angriff gefaßt sind.«

»Und Olam?« fragte Tamarisk. »Der fasziniert mich.«

»Er ist uralt. Er dürfte sich noch an jene Zeit erinnern. Die Leute verehren ihn. Er ist so etwas wie einst der Medizinmann, und er verfügt über die Macht eines solchen. Alle Inselbewohner müssen ihm den gebührenden Respekt erweisen.«

»Ich möchte ihn gern einmal sehen«, sagte Tamarisk.

»Ich bezweifle, daß Sie das erleben werden«, meinte Karla. »Seine Hütte steht in der Mitte der Siedlung nahe der Plantage. Er verläßt sie nicht oft, nur bei Anlässen wie heute. Die Leute suchen hin und wieder seinen Rat, wenn sie in Schwierigkeiten sind, und er erteilt ihnen Anweisungen, die befolgt werden müssen. Niemand wagt es, ihm zuwiderzuhandeln.«

»Ich kann mir vorstellen, daß er ein furchterregender Anblick ist mit seiner Kriegsbemalung«, sagte mein Vater.

»Haben Sie ihn gesehen?« fragte ich Karla.

»O ja. Während des Festes trägt er zwei blaue Streifen auf die Stirn gemalt und Federn auf dem Kopf.«

»Wird er heute nacht dasein?« fragte Tamarisk gespannt.

»Sie dürfen nicht zuschauen«, sagte Karla rasch. »Es würde Ärger geben, wenn Sie entdeckt würden. Wir leben hier und müssen diese Menschen respektieren.«

»Ich verstehe«, sagte Tamarisk ergeben.

Die ganze Nacht hörte ich die Instrumente und dazwischen das Schlagen der Trommeln. Es hatte etwas Hypnotisches.

Ich dachte sehnsüchtig an zu Hause. Ich kehre heim, gelobte ich mir. Morgen rede ich mit Vater. Er wird es verstehen. Er hat gesagt, die Liebe sei das Allerwichtigste, und er hat recht. Freilich, mein Vater hatte nicht gerade ein moralisches Leben geführt; aber es war auch nicht immer leicht zu unterscheiden, was recht und was unrecht war.

Schlafen konnte ich nicht. Ich döste für ein paar Minuten ein, dann wachte ich wieder auf und hörte das leise Rauschen des Meeres und das Schlagen der Trommeln.

Mit einem mal war ich hellwach. Draußen regte sich etwas. Ich sah aus dem Fenster. Vor dem Haus waren Leute. Rasch zog ich Morgenrock und Pantoffeln an, und in diesem Augenblick kam Tamarisk zu mir ins Zimmer.

»Was geht da draußen vor?« fragte sie.

»Keine Ahnung. Ich bin eben erst aufgewacht.«

Wir gingen zusammen hinaus. Karla war schon an der Tür. Als die Männer sie sahen, begannen sie zu schreien. Ich verstand sie nicht, Karla aber antwortete ihnen.

»Es gibt Ärger in der Mission«, wandte sie sich an mich. »Ich muß hin.«

Tamarisk machte ein verstörtes Gesicht. Sie betrachtete die Mission gewissermaßen als ihr Ressort.

Karla machte sich auf den Weg, und wir folgten ihr. Wir rannten den ganzen Weg bis zur Mission. Dort bot sich uns ein erstaunlicher Anblick. Fackeln verbreiteten ein unheimliches Licht. Eine Schar Männer hatte sich versammelt, und an ihrer Spitze war einer, der Olam sein mußte. Er wirkte riesenhaft, doch das machte sein hoher Federkopfschmuck, der ihm das Aussehen eines wilden Raubvogels verlieh. Sein Gesicht war alptraumhaft, auf seine Stirn waren die zwei blauen Streifen gemalt, von denen Karla gesprochen hatte, und über die Wangen zogen sich rote Linien. Neben ihm standen zwei große Männer mit bemalten Gesichtern, aber sie sahen nicht so gespenstisch aus wie Olam. Sie trugen Speere, und ich wurde von großer Furcht ergriffen, denn ihr Zorn schien der Mission zu gelten.

Luke war herausgekommen. Er stand vor der Verandatür, flankiert von John und Muriel.

Als Karla erschien, wurde es kurze Zeit still. Sie ging die Stufen der Veranda hinauf, Tamarisk und ich folgten ihr. Sie stellte sich neben Luke. »Was ist passiert?« fragte sie.

»Es geht anscheinend um Jaco«, sagte Luke. »Es sieht so aus, als wollten sie ihn holen. Er kann nicht stehen. Ich begreife nicht recht, was das soll.«

Karla hob die Hand. Ich war erstaunt, über welche Würde und Autorität sie gebot. Sie sprach zu den Leuten. Wir vermuteten, daß sie sie fragte, was sie von der Mission wollten. Sie begannen zu schreien, doch Olam hob die Hand, und sie verstummten augenblicklich.

Er sagte etwas zu Karla, und sie antwortete ihm. Dann wandte sie sich an Luke und die Havers. »Sie wollen Jaco. Er hat für die Feierlichkeiten heute nacht bestimmte Aufgaben einstudiert, und er wird gebraucht.«

»Er kann auf seinem Bein nicht stehen«, sagte Muriel. »Er darf es auf gar keinen Fall bewegen. Wie soll der Knochen sonst richtig heilen?«

»Sie wollen ihn haben«, sagte Karla.

»Sie werden ihn nicht bekommen«, versetzte Luke.

Karla runzelte die Stirn. »Das werden sie nicht verstehen«, sagte sie. Dann wandte sie sich an die Menge. Ich wußte, sie erklärte, daß Jaco sich das Bein gebrochen habe und in der Mission gepflegt werde, daß aber der Bruch noch nicht geheilt sei.

Die Leute begannen aufgeregt miteinander zu reden.

»Sie wollen, daß er herausgebracht wird«, erklärte Karla.

»Er schläft friedlich«, sagte Muriel bestimmt, »und er

kann nicht transportiert werden. Er muß unbedingt das Bein stillhalten.«

Karla versuchte es noch einmal. Sie sprach sehr lange. Dann wandte sie sich an Luke. »Sie sagen, Sie behaupteten, ihn heilen zu können. Sie hätten bestimmte Kräfte. Sie wollen ihn sehen.«

Luke erwiderte: »Wir erlauben nicht, daß er herausgebracht wird. Wenn er jetzt auf dem Bein stünde, hätte das verheerende Folgen. Können Sie das den Leuten begreiflich machen?«

»Sie glauben an Magie. Sie sind nicht sicher, daß Sie über größere Kräfte gebieten als ihre Geister. Als der alte Mahe stürzte, blieb er sein Leben lang ein Krüppel. Und Sie sagen, Sie könnten Jaco davor bewahren. Die Leute schwanken. Sie zweifeln an Ihnen und wissen doch, daß die Weißen Kräfte haben, über die sie selbst nicht gebieten. Diese Sache ist für Olam von großer Bedeutung. Er hat die Macht, und Sie verheißen ihnen ein Wunder. Wir müssen sehr behutsam vorgehen. Olam könnte mit seinen Männern hereinkommen und Jaco einfach mitnehmen.«

»Das werden wir nicht zulassen«, sagte Luke.

Karla hob die Schultern. »Sie zu dritt, ich und die jungen Damen? Schauen Sie sich die Leute da draußen an; sie sind mit Speeren bewaffnet. Was glauben Sie, was geschehen wird? Wir müssen verhandeln. Aber es könnte sein, daß sie darauf bestehen, den Jungen mitzunehmen.«

»Nein, nein, nein«, sagte Luke.

Karla wandte sich an die Menge. Später berichtete sie uns, was sie gesagt hatte. Sie verhandelte. Die Missionsleute sagten, sie könnten Jaco kurieren. Sie könnten sein Bein wie neu machen, aber sie brauchten Zeit. Ihr Zauber wirke nicht in wenigen Tagen. Olam und die übrigen würden zu gegebener Zeit sehen, wozu die Missionsleute imstande seien. Aber wenn sie jetzt beharrlich blieben, wenn sie Jaco nicht in den Händen der Weißen beließen, würde er ein Krüppel sein. Er würde diejenigen hassen, die sein Leben ruiniert hätten, und bitterer Groll würde auf der Insel herrschen. Sie sollten fortgehen und jemanden suchen, der Jacos Aufgaben bei den Zeremonien übernehmen könne. Jaco müsse die Möglichkeit gegeben werden, abzuwarten, ob die Heilmethoden der Weißen etwas taugten.

Ein Raunen ging durch die Menge.

Dann wandte sich Karla an Luke. »Sie sollen schwören, daß Sie Jaco kurieren.«

»Wir schwören selbstverständlich, alles zu tun, was wir können, um ihn zu heilen.«

»Es ist nur ein einfacher Bruch«, warf Muriel ein. »Ich sehe nicht, daß etwas schiefgehen könnte. Jaco ist jung, er hat kräftige Knochen. Es ist so gut wie sicher, daß er vollständig geheilt wird.«

»Sie möchten, daß Sie schwören«, sagte Karla, indem sie Luke eindringlich ansah. »Bei Ihrem Blut. Wissen Sie, was das heißt?«

»Was?«

»Wenn er nicht vollständig geheilt wird, müssen Sie sterben.«

»Ich muß sterben?«

»Sie werden sich in Ihren Speer stürzen, sofern Sie einen haben, oder ins Meer gehen und nicht zurückkehren. Diesen Eid wünschen sie. Wenn Ihre Götter Ihnen nicht gnädig sind, nachdem Sie sich geweigert haben, Jaco zu übergeben, auf daß er seinen Beitrag zu dem heiligen Zeremoniell leiste, dann haben Sie Ihren Eid nicht erfüllt, und Ihnen bleibt nur noch eines zu tun, nämlich zu sterben.«

»So einen Unsinn habe ich noch nie gehört«, sagte Muriel.

»Wenn Sie nicht schwören, nehmen sie Jaco jetzt mit.«

»Sie werden Jaco nicht mitnehmen«, sagte Luke entschlossen. »Nun gut. Sagen Sie ihnen, ich schwöre bei meinem Blut.«

Karla sprach zu den Leuten, dann wandte sie sich wieder an Luke. Er wurde angewiesen, seine rechte Hand zu heben, während sie einen Gesang anstimmten, der wie ein Klagelied klang.

Dann neigte Olam sein Haupt, machte kehrt und ging an der Spitze seiner Gefolgsleute davon.

Wir blieben auf der Veranda stehen, nachdenklich, aber erleichtert, als die von den Fackelträgern angeführte Versammlung zwischen den Bäumen verschwand. Bald konnten wir nur noch das Flackern der Flammen sehen.

Luke fand als erster die Sprache wieder. »So ein Theater!« sagte er.

»Es war schrecklich«, fand Tamarisk.

»Jetzt haben wir wahrlich einiges an Lokalkolorit mitbekommen«, bemerkte Luke.

Tamarisk meinte: »Es gibt doch keinen Zweifel, daß Jacos Bein wieder heil wird?«

»Soweit ich es sehen kann, wird es wieder gut«, sagte Muriel, »solange er nicht aufsteht und sich Schaden zufügt.«

»Ich wünschte, es wäre vorbei«, sagte Tamarisk.

»Glauben Sie, daß sie wiederkommen?« fragte Muriel.

»Nein«, sagte Karla bestimmt. »Für heute nacht ist die Sache erledigt. Sie haben einen Pakt mit Ihnen geschlossen. Olam ist zufriedengestellt. Er möchte keinen Streit mit der Mission. Gleichzeitig will er seine Autorität nicht untergraben sehen. Es ist eine Herausforderung: Wenn der Junge vollkommen gesund wird, haben Sie gute Arbeit geleistet. So etwas führt Ihnen die Leute schneller zu als alles andere. Hoffentlich hat der Junge nichts von alledem mitbekommen.«

»Er hatte letzte Nacht Schmerzen, deshalb habe ich ihm heute ein leichtes Schlafmittel gegeben«, erklärte Muriel.

»Das ist gut«, sagte Karla. »Dann merkt er nichts von der ganzen Aufregung.« Sie sah Tamarisk und mich an und fuhr fort: »Wir sollten versuchen, noch etwas zu schlafen, bevor es Tag wird.«

Tamarisk legte ihre Hand auf Lukes Arm.

»Alles wird gut«, versicherte er. »Ich werde den Medizinmann besiegen.«

»Das Bein des Jungen muß wieder heil werden«, sagte Tamarisk ernst.

»Es gibt nicht den geringsten Grund, weshalb es nicht heilen sollte«, erklärte Muriel.

»Gehen wir«, sagte Karla. »Ihr Vater macht sich vielleicht schon Sorgen.«

»Er wird gemerkt haben, daß etwas vorgeht«, sagte ich.

Als wir nach Hause kamen, war er auf und wartete auf uns. »Was war los?« fragte er.

»Der alte Olam wollte, daß Jaco an dem Zeremoniell teilnähme.«

Mein Vater verzog das Gesicht. »Setzt euch ein Weilchen zu mir«, sagte er. »Ich glaube, keiner von uns wird heute nacht viel Schlaf bekommen. Wie wäre es mit einem Gläschen Brandy? Es scheint, als könntet ihr einen Schluck vertragen.«

Wir gingen in das »Allerheiligste« meines Vaters. Karla schenkte den Brandy ein, während sie meinem Vater berichtete, was sich zugetragen hatte.

»Der alte Olam in voller Kriegsbemalung. Das will mir nicht gefallen.«

»Die Speere waren beängstigend«, sagte Tamarisk. »Und sie haben sie gehalten, als wollten sie jeden Augenblick losstürmen. Karla war großartig.«

Mein Vater lächelte zu Karla hinüber. »Du hast sie beschwichtigt, nicht?«

Karla trank ihren Brandy mit kleinen Schlucken. »Ich möchte den Jungen wieder auf den Beinen sehen«, sagte sie.

»Er wird wieder gesund«, sagte Tamarisk.

»Das will ich hoffen«, murmelte mein Vater. »Es war unbesonnen von Luke…«, begann ich.

»Was hätte er sonst tun können?« wollte Tamarisk wissen. »Es war die einzige Möglichkeit.«

»Es war überaus theatralisch«, erklärte ich. »Ganz so, als ob sie ein Schauspiel aufführten, mit den bemalten Gesichtern, mit den Speeren und Fackeln.«

»In gewisser Weise haben sie das auch getan«, sagte Karla. »Aber man muß sie verstehen. Dies ist für sie der wichtigste Abschnitt des Jahres. Sie kehren in ihre Vergangenheit zurück. Sie werden, was sie früher waren, große Krieger, die sich fast ständig bekämpften. Olam ist eine Art Häuptling und Heiliger in einem. Sie blicken zu ihm auf und fürchten, ihn zu beleidigen. Sie glauben, daß er mit den Geistern in Verbindung steht. Er ist ein alter Mann. Die Leute verehren ihn, sie bringen ihm Essensgaben und Erzeugnisse ihrer Arbeit dar. Er führt ein behagliches Leben und möchte nicht, daß sich das ändert. Zweifellos ist er sehr klug. Er hat sich von den übrigen abgesondert. Möglicherweise hofft er jetzt, daß Jacos Bein nicht heilt. Ein solches Wunder könnte er selbst nicht vollbringen. Sie werden verstehen, daß er daher auch nicht wünscht, daß andere dazu imstande sind.«

»Meinen Sie, er wird versuchen, es zu verhindern?« fragte Tamarisk.

»Er besitzt eine gewisse Macht über die Leute«, sagte Karla. »Vor einer Weile hat er einem Mann gesagt, er werde sterben, und in derselben Nacht ist er gestorben.«

»Wie war das möglich?« fragte Tamarisk.

Karla hob die Schultern. »Das weiß ich nicht – ich weiß nur, daß es sich so zugetragen hat. Vielleicht ist der Mann gestorben, weil er fest an Olam glaubte.«

»Doch allmählich«, sagte mein Vater, »entwachsen die Eingeborenen dem Aberglauben der Vergangenheit. Heute kommen Fähren und Schiffe hierher, die neue Welt dringt hier ein, die alten Bräuche verblassen. Die Menschen auf der Insel haben sich in den letzten Jahren sehr verändert.«

»Das ist wahr«, sagte Karla. »Aber es braucht nicht viel, um sie in die Vergangenheit zurückzuversetzen. Jaco darf nichts zustoßen. Sein Bein muß geheilt werden, sonst...«

»Sie meinen, sonst ist Luke in Gefahr?« rief Tamarisk aus.

»Wir würden nicht zulassen, daß er stürbe. Aber die Leute würden es erwarten. Schwüre sind in ihren Augen heilig.«

Mir wurde übel vor Entsetzen.

Tamarisk sagte: »Man muß Jaco Tag und Nacht bewachen.«

»Unbedingt«, bestätigte Karla.

»Man muß aufpassen; daß ihm keine zerstörerischen Ideen zugetragen werden«, erklärte mein Vater.

»Es wird alles gut«, sagte Karla. »Das habe ich im Gefühl.« Sie hob ihr Glas, und wir tranken.

Es hatte keinen Sinn, zu Bett zu gehen, und so blieben wir auf, redeten eine Weile über dies und das. Aber jene Szene ging mir nicht aus dem Sinn. So saßen wir bis zum Morgengrauen, und die ganze Zeit hörten wir das Schlagen der Trommeln.

Am nächsten Morgen gingen Karla, Tamarisk und ich zur Mission. Wie wir waren auch die drei letzte Nacht nicht zu Bett gegangen. Die Havers wirkten etwas müde, aber Luke war wie immer.

»War das eine Nacht!« rief er aus. »Der Alte mit seiner Kriegsbemalung! Welch ein Anblick! Ich dachte schon, die alten Bretonen mit ihrer blauen Färbung wären nach Casker's Island gekommen.«

»Gottlob sind sie fortgegangen«, sagte John. »Einmal dachte ich schon, sie würden gewaltsam eindringen und Jaco forttragen.

»Weiß er etwas?« fragte Karla. – »Nichts«, erklärte Muriel bestimmt. »Wir hielten es für besser, ihm nichts zu sagen.«

»Das ist gut so«, sagte ich. »Wir sind übereingekommen, daß er mit niemandem Kontakt haben soll, bis sein Bein wieder in Ordnung ist.«

»Das könnte schwierig sein«, meinte John.

»Nicht, wenn wir es zum Gesetz erheben, als Teil der wunderbaren Heilung«, entgegnete Luke.

»Ich fürchte, Olam könnte versuchen, die Heilung zu verhindern«, sagte Karla.

»Wieso?« fragte John.

»Weil er nicht will, daß jemand etwas vollbringen kann, wozu er selbst nicht imstande ist.«

»Wenn alles gutgeht, werden wir ihnen zeigen, was wir für Jaco tun können, und das wird ein großer Segen für die Mission sein«, erklärte Luke mit leuchtenden und leicht feuchten Augen.

»Ja«, bestätigte Karla. »Das würde vieles ändern. Sie hätten bewiesen, daß Sie etwas zu bieten haben, und Sie würden ihre Achtung gewinnen.«

»Aber angenommen«, murmelte Tamarisk, »etwas geht schief?« Sie sah Luke ängstlich an.

»Dann«, sagte Luke, »gehe ich zu dem alten Olam und frage ihn, mit welchem von seinen Speeren ich in den Dschungel gehen soll.«

»Machen Sie keine Scherze!« sagte Tamarisk beinahe zornig.

»Alles wird gut.« Muriel klang sehr überzeugt. »Es ist ein einfacher Bruch, und ich werde Besucher fernhalten, bis ich weiß, daß alles in Ordnung ist.«

Im Laufe der Woche hörten wir täglich Neues aus der Mission. Karla kochte besondere Speisen für Jaco, und der Junge war ganz vergnügt. Er war gewiß noch nie im Leben so verwöhnt worden. Sicher fand er es gar nicht so übel, ein gebrochenes Bein zu haben. Die regelmäßigen Mahlzeiten in der Mission und die Leckereien, die Karla ihm schickte, taten ihre Wirkung. Er wurde rundlicher, seine Augen glänzten; er war sichtlich bei guter Gesundheit und genoß die Zuwendung, die ihm zuteil wurde.

Tamarisk und ich waren zugegen, als die Schienen entfernt wurden. Sein Bein war vollkommen geheilt, der Bruch hatte keine Spuren hinterlassen. Seine Gliedmaßen waren steif; Muriel zeigte ihm ein paar Übungen, die er machen mußte, und bald war er wieder so gesund wie vor dem Sturz.

Auf Karlas Anraten machten wir großes Aufhebens um seine Genesung, auf daß sie allen für immer im Gedächtnis bliebe. Olam wurde eine höfliche Botschaft überbracht. Wenn er so liebenswürdig sein wolle, heute abend bei Sonnenuntergang zum Missionshaus zu kommen, werde Jaco seinen Leuten übergeben.

War das ein Schauspiel! Olam kam in Bemalung und Federschmuck und brachte seine Gefolgsleute mit. Sie trugen Speere und Fackeln wie zuvor.

Zuerst wurde Olam auf Karlas Anraten ein Geschenk überreicht, eine Porzellanfigur in Gestalt eines Tigers, die Karla zur Verfügung gestellt hatte. Olam nahm sie huldvoll entgegen und beschenkte Luke mit einer Halskette aus Knochen, an der ein geschnitztes Amulett hing. Er legte sie Luke um.

Karla, Tamarisk und ich standen mit den Havers auf der Veranda und sahen dem zeremoniellen Austausch der Geschenke zu. Dann kam Luke, das Amulett um den Hals, die Verandastufen hinauf, ging ins Haus und kam, Jaco an der Hand führend, wieder heraus. Jaco, etwas fülliger geworden, seit sie ihn zuletzt gesehen hatten, bei blühender Gesundheit und erfreut, der Mittelpunkt von soviel Aufmerksamkeit zu sein, stellte sich vor sie hin. Plötzlich machte er einen Luftsprung, schlug einen Purzelbaum und lief in die Menge hinein.

Laute des Erstaunens ertönten. Darauf wurde es still. Die Männer senkten für ein paar Sekunden die Köpfe, dann sahen sie zu Luke auf, den sie für den Vollbringer des Wunders hielten. Die arme Muriel, die das Bein so fachgerecht geschient hatte, beachteten sie nicht.

Es machte ihr nichts aus. Ich wußte, es war ihr nicht ganz geheuer gewesen, daß Luke sich auf einen Pakt mit einem Mann eingelassen hatte, den sie für einen Wilden hielt.

Aber nun war alles gutgegangen, und wir waren unendlich erleichtert.

Wir gingen ins Vestibül des Missionshauses, das vollkommen verwandelt war durch die Vasen mit Blumen, die nun überall standen, und setzten uns an den Tisch.

Luke begann zu lachen. »Das hat ja vorzüglich geklappt«, sagte er. »Alle haben ihre Rolle gut gespielt, einschließlich Jaco.«

»Etwas Besseres hätte man sich für die Mission nicht wünschen können«, meinte ich.

Luke lächelte Tamarisk an. »Es gibt noch mehr gute Dinge«, sagte er.

Und dann lachten wir alle, vielleicht ein bißchen zu herzhaft, weil wir seit Beginn der Geschichte etliche beängstigende Augenblicke durchgestanden hatten. Es war ein Lachen der Erleichterung.

Ich fragte mich unwillkürlich, was hätte geschehen können, wenn etwas schiefgegangen und Jacos Bein nicht geheilt worden wäre. Tamarisk mußte denselben Gedanken gehabt haben, denn sie sagte sehr streng zu Luke: »In Zukunft dürfen Sie sich nicht mehr auf übereilte Pakte einlassen mit Medizinmännern, Wunderheilern oder wie immer die sich nennen.«

Das dramatische Geschehen um Jacos Bein hatte vorübergehend alles beherrscht, und als es vorüber war, dünkten mich die Tage leer. Ich war nun schon eine lange Weile fort von zu Hause. Wenn die Fähre kam, hoffte ich auf Post, aber sie war so lange unterwegs, daß alle Neuigkeiten in den Briefen überholt wirken mußten.

Ich unterhielt mich viel mit meinem Vater. Wir saßen gern vor dem Haus, wo ich das Meer sehen konnte und die Händler, die mit ihren Waren auf den Matten hockten und, die Augen auf den Horizont gerichtet, auf die Fähre warteten.

Mein Vater erzählte mir, als er hierhergekommen sei, habe er sein Augenlicht noch nicht vollständig verloren gehabt.

Er habe das Meer und den Strand verschwommen sehen können, daher könne er sich die Szenerie gut vorstellen.

Eines Tages sagte er: »Du bist hier nicht glücklich, Tochter.« Er nannte mich gern Tochter. Es war, als freue er sich an unserem Verwandtschaftsverhältnis.

Ich erwiderte: »Du und Karla seid so gut zu mir gewesen. Ihr habt alles getan ...«

»Aber wir waren nicht imstande, genug zu tun. Und wir werden es niemals können. Dein Herz ist in Harper's Green. Das weißt du so gut wie ich.«

Ich schwieg.

»Du mußt zurück«, fuhr er fort. »Davonlaufen ist keine Lösung.«

»Du hast doch sicherlich davon gewußt, bevor ich hierherkam«, sagte ich. »Tante Sophie hat dir viel über mich geschrieben.«

»Ja. Aber von dem Vorfall in Barrow Wood hat sie mir nichts berichtet. Zweifellos dachte sie, es würde mich zu sehr beunruhigen. Sophie war stets eine fürsorgliche Natur.«

»Du hättest zu ihr zurückkehren sollen.«

Er schüttelte den Kopf. »Nein... nicht, weil ich der Pflege bedurfte. Wie hätte ich das tun können?«

»Du mußt nicht nach Gründen suchen. Sie hätte für dich gesorgt.«

»Ich weiß. Aber ich konnte nicht.«

»Sie weiß nicht einmal, daß du blind bist.«

»Nein.«

»Hast du etwas dagegen, daß ich es ihr sage, wenn ich zurückkomme?«

»Du sollst es ihr sagen. Sag ihr, daß ich glücklich bin. Sag ihr, obwohl ich nicht sehen kann, habe ich vieles gefunden, wofür es sich zu leben lohnt. Es gibt Entschädigungen für diese Behinderung. Ich höre besser denn je, ich kann Schritte unterscheiden, die Modulationen der Stimmen. Das macht mir Freude. Laß nicht zu, daß sie mich bedauert.«

»Schön, ich werde ihr sagen, daß du nicht unglücklich bist.«

»Das ist wahr. Eine bessere Pflege könnte ich mir nicht wünschen. Erzähl ihr von Karla. Sie wird es verstehen, sie kennt mich gut. Im Grunde ihres Herzens weiß sie, daß wir nicht füreinander bestimmt waren. Ich hätte mich niemals angepaßt. Ich glaube, du verstehst das jetzt.«

»Ich denke, ja.«

»Ich war ein Vagabund. Ich wäre niemals seßhaft geworden, ohne dazu gezwungen zu sein, so wie jetzt. Du hast gesehen, was für ein Leben ich hier führe. Nicht schlecht, oder? Der alte Mann der Insel. Nein, das ist Olam. Doch ich bin Herr über alles, was ich überschaue, denn ich überschaue nichts. Das ist mein Leben.

Karla ist die Richtige für mich. Sie versteht mich, sie hängt an mir. Wir sind uns ähnlich in unserer Art. Moralisten würden sagen, es sei unrecht, aber ich hatte ein glückliches Leben. Das ist nicht fair, nicht wahr? Deine arme Mutter! So ein guter Mensch, und so unglücklich.«

»Sie hatte ihr Herz an die unwichtigen Dinge im Leben gehängt. Sie trauerte den Zeiten nach. Das hat sie unglücklich gemacht, und am Ende hat es sie umgebracht.«

Ich dachte an jenen Tag zurück, als sie so erzürnt gewesen war, weil man sie den Blumenschmuck nicht besorgen ließ. Es war nicht einmal so, daß sie es unbedingt wollte, sie wollte nur als Gutsherrin behandelt werden, obwohl sie es nicht war.

»Ach ja«, sagte mein Vater. »So ist das nun mal. Jeder bahnt sich seinen eigenen Weg durchs Leben. Was richtig für den einen ist, ist es nicht für den andern. Es ist vielleicht eine Menge Glück dabei, und ich habe Glück gehabt. Nun aber bin ich blind, meine unbeschwerte Jugend liegt hinter mir, und doch habe ich jemanden, dem etwas an mir liegt. Würdest du nicht sagen, daß ich ein glücklicher Mensch bin?«

»Ja, und vielleicht hast du dein Glück verdient.«

Er lachte laut heraus. »Das dünkt mich eine seltsame Gerechtigkeit. Ich bin so zufrieden, wie ich es unter diesen Umständen sein kann, verbringe den Rest meiner Tage in nachdenklichen Betrachtungen und lebe durch das Leben derer, die mich umgeben. Das ist vielleicht gar nicht so übel. Und damit komme ich zu dir und deinen Angelegenheiten. Was gedenkst du zu tun?«

»Ich habe kaum an etwas anderes gedacht.«

»Ich weiß.«

»Ich muß zurück.«

Er nickte. »Ja. Du liebst diesen Mann, und du bist fähig zu wahrer Liebe, der treuen, immerwährenden. Dies ist die beste Form der Liebe. Die andere – nun ja, sie ist unbeschwert, amüsant, befriedigend, aufregend, aber richtig glücklich sind nur jene, die zu der wahren Form finden. Ich glaube, ihr habt sie gefunden, du und dein Crispin. Willst du auf das alles verzichten? Ich würde es nicht tun. Aber ich bin vielleicht kein nachahmenswertes Beispiel für dich. Du liebst Crispin. Du solltest bei ihm sein. Du solltest nicht zulassen, daß Hindernisse der wahren Liebe im Weg stehen.«

»Crispin ist entschlossen, einen Ausweg zu finden.«

»Es wird ihm gelingen. Und du bist bekümmert wegen einer Seite seines Charakters – der geheimnisvollen Note. Vielleicht liegt gerade darin seine Faszination. Es ist doch aufregend, neue Tiefen in den Menschen zu ergründen, von denen man umgeben ist. Das macht neue Bekanntschaften so spannend. Vielleicht werden manche Menschen einander überdrüssig, weil es nicht genug Überraschungen gibt. Du machst dir immer noch Gedanken wegen der mysteriösen Geschichte mit der Leiche im Gebüsch. Du glaubst, Crispin hielte etwas vor dir zurück. Vielleicht verdächtigst du ihn bestimmter Handlungen, aber was immer er getan haben mag, du liebst ihn trotzdem, nicht wahr? Du bist hierhergekommen und hast erkannt, daß du, einerlei, was er getan haben mag, ohne ihn nicht glücklich sein kannst. Meine liebe Tochter, das genügt. Du liebst ihn.«

»Glaubst du wirklich, das genügt?«

»Wir sprechen von der Liebe, der wahren Liebe. Sie muß obenan stehen. Sie ist die wichtigste Sache der Welt.«

»Und ich muß nach Hause.«

»Geh jetzt in dein Zimmer«, sagte er. »Schreib deine Briefe. Schreib Crispin und Sophie, daß du nach Hause kommst.« Seine Miene trübte sich. »Du wirst mir fehlen. Es wird fad sein ohne dich. Karla wird dich vermissen. Es ist ihr ein Vergnügen, dich hier zu haben – teils deswegen, weil es mir Freude macht, aber sie hat dich auch gern, und auch die lustige Tamarisk. Schreib nach Hause, daß du kommst und so bald wie möglich bei ihnen sein wirst.«

Ich legte meine Arme um ihn, und er drückte mich fest an sich.

»Sag Sophie, daß ich ein blinder alter Mann bin«, fuhr er fort.

»Meine abenteuerlichen Tage sind vorbei. Erzähl ihr von Casker's Island. Sag ihr, es ist mir recht, weit weg von allen früheren Schauplätzen zu sein. Sag ihr, ich denke jeden Tag an sie, und sie ist die beste Freundin, die ich je hatte.«

Darauf ging ich in mein Zimmer und schrieb die Briefe. Sie würden bereitliegen, wenn die Fähre käme.

Als ich die Briefe fertig hatte, ging ich in Tamarisks Zimmer. Ich hatte sie zurückkommen hören, während ich schrieb. Ich wußte, sie war in der Mission gewesen.

»Tamarisk«, sagte ich, »ich fahre nach Hause.«

Sie starrte mich an. »Wann?«

»Sobald es sich einrichten läßt. Ich habe gerade nach Hause geschrieben, daß ich komme.«

»Ein bißchen unerwartet, nicht?«

»Eigentlich nicht. Ich habe es mir schon länger überlegt.«

»Warum? Was ist passiert?«

»Ich will einfach nicht mehr hierbleiben. Mich zieht's nach Hause. Ich hab's meinem Vater gesagt. Er versteht mich.«

Sie sah mich fest an. »Ich komme nicht mit.«

»Du meinst...?«

»Ich meine, ich bleibe hier. Ich kehre nicht nach Harper's Green zurück, wo mich alle angaffen und sich fragen, ob ich Gaston ermordet habe.«

»Das denken sie nicht.«

»Manchmal schien es aber so. Ich komme auf keinen Fall mit. Ich fühle mich hier wohl.«

»Aber Tamarisk, es ist bloß eine augenblickliche Neuheit.«

»Es ist keine Neuheit mehr. Es ist interessant – die Mission, die Leute hier, der Medizinmann mit dem Federputz auf dem Kopf.«

»Es scheint so fern von aller Wirklichkeit.«

»Für mich ist das hier die Wirklichkeit. Ich komme unter keinen Umständen mit. Wenn du nach Hause willst, mußt du allein fahren.«

»Ich verstehe.«

»Du hast dir wohl gedacht, du kannst mir nichts, dir nichts beschließen, was dir paßt, und einfach zu mir sagen, los, komm, wir reisen ab.«

»So ist es nicht gewesen.«

»Mir kommt es aber so vor. Einerlei. Du fährst. Ich bleibe.«

»Bist du dir sicher, Tamarisk?«

»Absolut.« Nach einer Pause fuhr sie fort: »Es ist vielleicht etwas schwierig. Ich kann nicht einfach hierbleiben, oder? Ich bin mit dir hier, als Gast. Wenn du nicht mehr hier bist, wie kann ich dann bleiben? In der Mission ist nicht genug Platz.«

»Ich denke, du kannst hier wohnen bleiben.«

»Bis ich etwas finde.«

»Finden? Wo denn? Du sprichst, als wären wir hier irgendwo in England, wo Pensionswirtinnen Zimmer vermieten!«

»Vielleicht läßt Karla mich mein Zimmer hier behalten. Dann mußt du allein reisen.«

»Das wird mir nicht schwerfallen.«

»Es ist recht unkonventionell.«

»Ich glaube«, sagte ich, »zuweilen ist es unvermeidlich, ein wenig unkonventionell zu sein.«

Sie blieb beharrlich. Sie wollte Casker's Island nicht verlassen.

Als ich es meinem Vater erzählte, lächelte er. »Das überrascht mich nicht.«

Auch Karla nahm es gelassen auf. Ich fragte mich, ob mein Vater mit ihr über meine Lage gesprochen hatte. Als ich ihr sagte, daß Tamarisk sich überlege, wo sie nach meiner Abreise wohnen könne, meinte Karla sogleich: »Sie kann hier wohnen bleiben. Ich habe gern Gäste.«

»Denk nur«, sagte mein Vater, »so werden wir die Neuigkeiten aus der Mission stets aus erster Hand erfahren. Sie muß bei uns wohnen bleiben. Ich muß dir etwas sagen. Ich habe einer alten Freundin in Sydney geschrieben. Sie hat einen Sohn in London, den sie von Zeit zu Zeit besucht. Tatsächlich sucht sie immer einen Anlaß, um übers Meer zu ihm zu fahren. Ich habe ihr vorgeschlagen, dich zu begleiten. Sie kann die Schiffspassagen buchen, und ihr könnt zusammen reisen. Sybil ist amüsant. Sie wird dir gefallen.«

»Das ist ja großartig.«

»Ich hoffe mit der nächsten Fähre Nachricht von ihr zu bekommen. Dann gehen wir ans Werk.«

Die Fähre war da. Ich hatte bei meinem Vater gesessen und sie einlaufen sehen.

»Ich kann mir vorstellen, wie aufgeregt es jetzt dort unten zugeht«, sagte er. »Bestimmt ist ein Brief von Sybil gekommen. Es wäre mir eine große Beruhigung, zu wissen, daß ihr zwei zusammen fahrt. Sie ist eine sehr kundige Reisende. Wenn sie nicht mit dir kommen kann, nun ja, mein Liebes, du wärst gewiß nicht die erste Frau, die allein nach England reist. In wenigen Stunden werden wir mehr wissen, oder vielleicht morgen früh. Es dauert immer lange, bis die Post sortiert ist.«

Einige wenige Passagiere kamen an Land. Ich fragte mich, ob sie nur für diesen Tag gekommen waren und mit der Fähre wieder abreisen würden. Ich stellte mir vor, wie die Händler sich die Hände rieben und die Geister versöhnlich stimmten, in der Hoffnung auf ein gutes Geschäft.

Ich hörte Räder sich dem Haus nähern und ging hinaus, um nachzusehen. In einem Wagen saß eine Dame, von mehreren Gepäckstücken umgeben und höchst unpassend gekleidet. Sie trug ein blaues Seidenkleid nach der neuesten Mode, und auf ihrem Kopf saß ein Strohhut, gekrönt von einem Fabelvogel – zumindest hielt ich ihn dafür, denn er gehörte keiner mir bekannten Gattung an.

Als die Dame mich erblickte, lächelte sie freundlich. »Ich

nehme an, Sie sind Frederica. Ich bin Sybil Fraser. Sehr erfreut. Wir werden Reisegefährtinnen sein, da ist es nur gut, wenn wir uns kennenlernen.« Damit stieg sie vom Wagen. »Ich fand es einfacher, gleich herzukommen«, fuhr sie fort. »Wir können die nächste Fähre nehmen. Sie kommt in drei, vier Tagen. Das gibt Ihnen genügend Zeit für Ihre Reisevorbereitungen. Ich lasse mir gern Zeit. Ich kann es nicht leiden, wenn man mich zur Eile drängt.«

»Kommen Sie herein«, sagte ich. »Mein Vater wird sich freuen, daß Sie da sind.«

Karla kam aus dem Haus, und ich sagte: »Das ist Mrs. Sybil Fraser. Sie ist gekommen, um mich mit nach England zu nehmen.«

»Ein bißchen unerwartet, nicht«, meinte Mrs. Fraser. »Ich fand es einfacher, gleich herzukommen, statt zu schreiben. Ich habe unsere Passage auf der *Star of the Seas* gebucht. Sie läuft Anfang nächsten Monats aus, wir haben also nicht viel Zeit zu verlieren.«

Ich war dankbar für Sybil Frasers Gesellschaft. Sie war unbeschwert, die beste Gefährtin, die ich mir hätte wünschen können. Sie sei fest entschlossen, sagte sie, mich unter ihre Fittiche zu nehmen, weil ihr lieber Freund Ronald Hammond sie darum gebeten habe.

»Für Ronnie würde ich alles tun«, erklärte sie, »einfach alles. Nicht, daß dies eine beschwerliche Aufgabe wäre, meine Liebe, beileibe nicht. Ich freue mich, mit Ihnen zusammenzusein, und es ist ein willkommener Anlaß, meinen Bertie zu besuchen.«

Binnen kürzester Zeit hatte ich ihre Geschichte erfahren, denn sie redete unaufhörlich, und meistens über sich, was mir in meiner Stimmung nur recht war.

Ihre Einführung in die Londoner Gesellschaft sei ein voller Erfolg gewesen. Man habe sie zur Debütantin des Jahres gekürt.

»Damals war ich freilich viel, viel jünger, meine Liebe. Man hatte erwartet, daß ich einen Herzog heiraten würde, vielleicht einen Grafen, zumindest aber einen Baron. Doch ich habe mich in Bertram Fraser verliebt – er war ein Rohdiamant, aber ein vierundzwanzigkarätiger. Meine Liebe, er war sehr, sehr reich, dank seiner Goldminen in Australien. Ich habe ihn mit Freuden dorthin begleitet. Es war eine Enttäuschung für die Daheimgebliebenen, die sich ein Diadem für mich erhofft hatten, aber das Geld hat es weitgehend wiedergutgemacht.«

»Das hört sich sehr befriedigend an«, sagte ich.

»O ja, meine Liebe. Aber ich sage immer, Leben ist, was man daraus macht. Ich hatte meinen Bertram, und bald darauf kam der kleine Bertie auf die Welt. Was kann eine Frau sich mehr wünschen? Es war himmlisch für mich nach dem, was ich früher hatte. Wir waren eine vornehme Familie, aber immer hieß es knausern, knausern, knausern, um nach außen den Schein zu wahren. Und dann, Simsalabim! brauchte ich mir nur etwas zu wünschen, und schon gehörte es mir.«

»Eine großzügige Entschädigung für das entgangene Diadem«, sagte ich.

»Sehr richtig! Zumal einer von den Herren, die sie für mich im Sinn hatten, ein widerwärtiger alter Knacker von fünfzig Jahren war. Bertram und ich, wir waren glücklich, und dann kam er in einer seiner Minen ums Leben. Er wollte da unten etwas nachsehen, und der Stollen brach über ihm ein. Sein Vermögen hat er Bertie und mir vermacht. Ich war untröstlich, aber es entspricht nicht meiner Natur, herumzulaufen und Trübsal zu blasen. Bertram hatte ich verloren, aber ich hatte meinen kleinen Bertie.«

»Und Ihr Vermögen«, erinnerte ich sie.

»So ist es, meine Liebe. Wir haben in Melbourne gewohnt, um in der Nähe der Minen zu sein, aber wir hatten auch ein Haus in Sydney, und dort bin ich dann hingezogen. Das kam mir besser zupaß. Ich bin ein bißchen herumgereist. Auf einer Ägyptenreise habe ich Ihren Vater kennengelernt, ungefähr sechs Jahre nach Bertrams Tod. Wir wurden Freunde, sehr gute Freunde, und seitdem sind wir in Verbindung geblieben. Es war jedesmal eine Freude, wenn wir uns sahen, und wir haben uns im Laufe der Jahre hier und dort getroffen. Ein guter Freund bleibt immer ein guter Freund. Dann erhielt ich seinen Brief. Ich wußte, daß er erblindet war und daß Karla sich um ihn kümmerte. Er hat sie in Ägypten kennengelernt. Sie ist eine gute Seele. Tut alles für ihn, nicht? Schreibt sogar seine Briefe für ihn. Nun, er würde immer einen Menschen finden, der für ihn sorgt. Ich hätte es auch getan.«

»Es ist ein großes Glück für ihn, so gute Freunde zu haben.«

»Das liegt in seiner Natur. Ich wußte, daß er eine Tochter hat. Ich habe ihm von Bertie erzählt. Bertie ging in England zur Schule und hat viele Freundschaften geschlossen. Er besuchte seine Freunde reihum, lernte seine Frau kennen und blieb im Lande. Alles ganz natürlich. Er hatte keine Lust aufs Goldschürfen. Ich wollte auch nicht, daß er dort einstieg, nach dem, was seinem Vater zugestoßen war. Nun wohnt er also mit Frau und Kindern in England. Ja, ich bin Großmutter, aber erzählen Sie das niemandem, nein? Ich besuche sie, wenn immer ich kann. Dies ist ein willkommener Anlaß. Wenn ich Sie zu Hause abgeliefert habe, bleibe ich eine Weile bei Bertie und seiner Familie.«

»Es ist sehr liebenswürdig von Ihnen, daß Sie das alles für meinen Vater tun.«

»Ich würde noch viel mehr für ihn tun. Er ist sehr beliebt, und so ein guter Mensch.«

»Ja, das ist er wohl.«

»Und ich tue es auch für mich selbst.«

Der Abschied von meinem Vater war sehr bewegend. An dem Abend bevor die Fähre einlief, die uns nach Cato Cato bringen sollte, blieben wir lange auf.

Mein Vater war sehr gerührt. Er sagte mir, mein Besuch habe ihn sehr glücklich gemacht; er habe all die Jahre an mich gedacht. Bevor er von zu Hause fortging, sei er an meine Wiege getreten. »Du warst ein allerliebstes Kind. Es fiel mir ungemein schwer, dich zu verlassen. Sophie – die gute Sophie – hielt die ganze Zeit mit mir Verbindung. Ich war so froh, als du zu ihr zogst.«

»Ich meine, du hättest zu ihr zurückkehren sollen«, sagte ich. »Sie hätte dir vergeben, daß du sie damals hast sitzenlassen.«

»Nein. Ich war nicht gut genug für Sophie. Es war besser so, wie es gekommen ist.«

»Vielleicht besuche ich dich einmal wieder.«

»Mit deinem Mann. Es würde mich freuen. Das ist jetzt mein größter Wunsch.«

Als die Fähre uns forttrug, stand er am Strand. Ich wußte, daß er die Szene vor seinem geistigen Auge sah. Er würde sich ausmalen, wie ich dort stand, traurig, weil ich ihn verließ, und dennoch ungeduldig, zu meinem Liebsten zu kommen.

Karla stand neben ihm. Ihre Hand lag auf seiner, und diese Geste sagte mir, daß sie ihn umsorgen würde, solange er sie brauchte. Sie war es gewesen, die die Briefe an Tante Sophie geschrieben hatte, da er es nicht mehr konnte, und sie hatte seine Handschrift nachgeahmt, weil Tante Sophie nichts von seinem Gebrechen wissen sollte. Sie hatte sich in jeder Hinsicht um ihn gekümmert und würde es auch weiterhin tun. Tamarisk schmollte ein wenig. Es paßte ihr gar nicht, daß ich abreiste. »Bleib noch ein Weilchen«, hatte sie gesagt. »Wir sind doch noch gar nicht so lange hier.«

Ich hielt ihr entgegen, daß wir nun schon sehr lange von zu Hause fort seien.

»Ich kann noch nicht weg von hier, Fred«, sagte sie. »Das mußt du verstehen.«

»Ich verstehe dich, aber du mußt auch verstehen, daß ich fort muß.«

Sie zog einen Flunsch, wie ich es von ihr gewöhnt war, und ich fragte mich, wie lange ihr Interesse an der Insel wohl noch anhalten würde.

Es waren noch andere Leute am Strand. Die Havers waren mit Luke gekommen, Jaco war da, ja, fast die ganze Kinderschar der Insel. Sie hatten sich natürlich versammelt, um die Fähre auslaufen zu sehen, aber ich meine, daß es an diesem Tag noch mehr Menschen waren als sonst.

Traurigkeit überkam mich, als die Insel nicht mehr zu sehen war. Mir war, als sei ein kleines Stück meines Lebens für immer entschwunden, und wenn ich auf dieses merkwürdige Intermezzo zurückblickte, erschien es mir wie ein Traum.

Tags darauf waren wir in Cato Cato, wo wir zwei Nächte in demselben Hotel verbrachten, in dem ich auf der Hinreise abgestiegen war.

Sybil Fraser war eine kundige Reisende. Sie hatte es so eingerichtet, daß wir in Sydney einen eintägigen Aufenthalt hatten, während wir auf die Ankunft der *Star of the Seas* warteten.

Heimkehr

Die Reise nach Casker's Island war für Tamarisk und mich ein neues und daher spannendes Abenteuer gewesen. Nun aber wiederholte sich alles. Sybil, die regelmäßig auf Reisen ging, war wohlvertraut mit dem Leben an Bord, das sie zweifellos genoß. Sie war schon mit demselben Kapitän gereist und kannte etliche Offiziere. Wie sie mir gegenüber bemerkte, kannte sie sich rundum aus, und das war allemal hilfreich.

Wir hatten getrennte Kabinen, die nebeneinanderlagen. »Steuerbordseite«, erklärte mir Sybil. »Backbord in die Ferne, Steuerbord nach Haus. Anders ist die Hitze in den Tropen nicht zu ertragen.«

Sybil war mir die denkbar beste Gefährtin. Sie ließ mich nicht zum Grübeln kommen. An allen Bordveranstaltungen nahm sie teil. Sie spielte Bordspiele und Whist, und abends tanzte sie; sie nahm mich mit auf Landausflüge, wenn wir vor einem Hafen lagen, und achtete stets darauf, daß wir von gutaussehenden Herren begleitet wurden. Sie war zu Recht beliebt, ließ sich auf unbeschwerte Flirts ein, plapperte unaufhörlich und war stets guter Dinge.

War das Wetter rauh, hielt sie sich in ihrer Kabine auf, und ich blieb in meiner. Dann lag ich in meiner Koje und dachte an die Ankunft daheim. Ich fragte mich, was sich während meiner Abwesenheit ereignet haben mochte. Ob etwas ans Licht gekommen war? Gewiß hatten die Leute weitgehende Mutmaßungen angestellt, als ich nach der Ankündigung meiner Verlobung so plötzlich aus Harper's Green verschwunden war.

Ich lauschte auf die sich brechenden Wellen und das abwehrende Knarzen des Schiffes. Es war, als protestiere die *Star of the Seas* mit gequältem Ächzen gegen das, was die See ihr antat.

Dann hatten wir den Sturm hinter uns und kamen in ruhigere Gewässer.

So vergingen die Tage.

Wir liefen von Lissabon aus, unserem letzten Anlaufhafen. Ich war mit Sybil und mehreren Bekannten an Land gewesen. Wir hatten die Stadt erkundet, das Hieronymus-Kloster und die Carmo-Kirche besucht, die Torre de Belém besichtigt, Kaffee getrunken und dabei die Passanten beobachtet, waren zum Schiff zurückgekehrt und standen nun an Deck, während es aus der Bucht Mar de Palha auslief, und blickten zurück auf die Hügel beiderseits des Tagus.

Jetzt war es nicht mehr weit nach Hause.

Die folgenden Tage vergingen wie im Flug. Wir packten. Wir waren bereit. Die letzte Nacht war gekommen. In den frühen Morgenstunden sollten wir in Southampton vor Anker gehen.

Es gab wie stets eine kleine Verzögerung, bevor wir von Bord konnten, und diese quälenden Minuten dünkten mich wie Stunden.

Sybil hatte gesagt, wir würden vom Hafen aus mit dem Zug nach London fahren und von dort nach Harper's Green. Ich meinte, es sei nicht nötig, daß sie mich nach Hause begleite, sie aber blieb fest. Sie habe Ronnie versprochen, mich zu meiner Tante zu bringen, und ebendies werde sie nun tun.

Dazu bestand keine Notwendigkeit, denn Crispin und Tante Sophie warteten am Kai.

Tante Sophie rief fröhlich meinen Namen, Crispins Gesicht leuchtete auf voll unvorstellbarer Freude. Ich lief ihnen entgegen, und Crispin war als erster bei mir. Er hob mich in die Höhe. Nie hatte ich ihn so glücklich gesehen. Und Tante Sophie lächelte uns an.

»Du bist da, du bist zu Hause, mein Liebes!« Sie plapperte unzusammenhängendes Zeug, und Freudentränen liefen ihr über die Wangen.

Sybil stand dabei, strahlend und froh. »Das ist Mrs. Fraser«, stellte ich sie vor. »Sie hat mich nach Hause begleitet. Vater hatte sie darum gebeten.«

»Das wissen wir schon«, sagte Tante Sophie. »Er hat es uns geschrieben. Sobald wir wußten, daß du kommst, haben wir alle Vorkehrungen zum Schlachten des gemästeten Kalbes getroffen. Briefe reisen scheint's schneller als Menschen. Oh, es ist wunderbar, dich zu sehen!«

Crispin hatte meinen Arm ergriffen und drückte ihn an sich. Tante Sophie hielt den anderen.

»Ich freue mich so«, sagte Sybil. »Ich hoffe, daß meine Familie mir auch ein solches Willkommen bereitet.«

Crispin und Tante Sophie zwangen sich, ihre Blicke von mir loszureißen, und wandten sich Sybil zu.

Ich sagte: »Sybil war wunderbar. Sie ist im Reisen sehr bewandert. Mit ihr war alles ganz unkompliziert. Sie ist nach England gekommen, um ihren Sohn zu besuchen.«

Sie dankten ihr aufrichtig und fragten sie, was sie jetzt vorhabe. Sie erklärte, sie wolle nach London und von dort direkt zu ihrem Sohn.

Erst als wir in einer Bahnhofs-Teestube Platz genommen hatten, erfuhr ich die große Neuigkeit. Wir mußten am Londoner Paddington-Bahnhof eine Stunde auf den Zug warten, der uns nach Wiltshire bringen sollte. Sybil war in eine Droschke gestiegen und hatte uns beim Abschied versprochen, uns einmal zu besuchen. Während wir nun auf unseren Zug warteten, setzten wir uns hin, um miteinander zu reden. Danach konnte ich nie mehr auf einem Bahnhof sein, ohne an jenen Tag zu denken.

Crispin saß neben mir. Hin und wieder berührte er meine Hand, als wolle er sich vergewissern, daß ich wirklich da war.

Sobald wir uns gesetzt und Tee bestellt hatten, sagte Tante Sophie: »Ist das nicht wunderbar? Wer hätte gedacht, daß es so ausgehen würde? Die ganze Zeit ...«

Ich fragte: »Was ist? Ich weiß, daß etwas vorgefallen ist, das sehe ich euren Gesichtern an. Aber was? Sagt es mir!«

»Ich habe es dir sofort geschrieben«, sagte Crispin, »kaum daß ich es erfahren hatte.«

»Geschrieben? Wann?«

»Sobald ich es hörte.«

»Du willst uns doch nicht erzählen«, sagte Tante Sophie, »daß du den Brief nicht bekommen hast?«

»Welchen Brief? Die Post ist lange unterwegs, wie ihr wißt.«

»Den Brief, in dem alles drinsteht. Crispin hat es dir geschrieben, und ich habe es dir geschrieben. Und als wir hörten, daß du nach Hause kommst, dachten wir, es sei deswegen. Aber wenn ich es recht bedenke, war gar nicht genügend Zeit. Unsere Briefe müssen sich gekreuzt haben.«

»Aber wir dachten, du kämst wegen –«, begann Crispin.

»Wegen was?« rief ich voller Aufregung.

»Es ist so«, sagte Crispin. »Ich hatte ein Detektivbüro mit der Sache beauftragt. Kate hatte gesagt, sie ginge nach Australien, aber ich habe ihr nicht geglaubt. Ich mußte ein für allemal von ihr freikommen. Ich war überzeugt, daß es ihr Plan war, mich auszunehmen.«

»Natürlich hätte sie es nicht bei einem Mal bewenden lassen«, sagte ich.

»Wir brauchen uns keine Sorgen mehr zu machen. Meine Ehe mit ihr ist nie gültig gewesen. Sie war bereits verheiratet, und zwar schon drei Jahre, bevor ich sie kennenlernte. Sie ist mit mir lediglich eine Scheinehe eingegangen.«

»Ist das wirklich wahr?«

»Bewiesen ohne den Schatten eines Zweifels«, sagte Tante Sophie triumphierend. »Crispin hat einen Beweis, nicht wahr, Crispin? Es gibt schließlich Heiratsregister.«

»Wir haben in der Tat einen unstrittigen Beweis«, sagte Crispin.

»Es gibt kein Hindernis«, fuhr Tante Sophie jubelnd fort. »Ich bin so froh. Mir war so unwohl zumute, nachdem ich sie gesehen und es dir erzählt hatte. Warum habe ich bloß nicht den Mund gehalten? habe ich mich gefragt.«

»Es ist vorbei«, sagte Crispin und nahm meine Hand. »Meine Liebste, es ist alles vorüber. Jetzt kann uns nichts mehr aufhalten.«

»Ich kann es nicht glauben«, sagte ich. »Es ging zu... glatt.«

»Das Leben verläuft nicht immer uneben«, entgegnete Tante Sophie.

»Was ich nicht verstehe«, sagte Crispin, »weshalb bist du jetzt nach Hause gekommen?«

Ich sah ihn fest an. »Ich bin nach Hause gekommen, weil ich es nicht mehr ausgehalten habe.«

»Trotz...«

»Trotz alledem. Ich konnte nicht fern von dir sein. Mein Vater hat es auch gemerkt. Er sagte, ohne dich würde ich niemals glücklich sein. Darum bin ich zurückgekommen.«

Crispin umklammerte meine Hand. »Das werde ich nie vergessen«, sagte er. »Du bist zu mir zurückgekommen, bevor du es wußtest.«

Tante Sophie lächelte uns gütig zu, und plötzlich wurde mir bewußt, daß ich soeben einen der glücklichsten Augenblicke meines Lebens erlebte.

War das eine triumphale Rückkehr!

Harper's Green sah genauso aus, wie ich es in Erinnerung hatte. Wir nahmen eine Droschke nach The Rowans, wo Lily uns erwartete. Sie kam herausgelaufen und umarmte mich. Ihre Stimme war belegt, als sie überflüssigerweise feststellte: »Du bist zurück!«

»Ja, Lily, ich bin zurück.«

»Es wurde aber auch Zeit.«

»Ich habe euch alle vermißt.«

»Glaubst du, wir haben dich nicht vermißt? Hast dich in der Weltgeschichte herumgetrieben. Komm herein. Wir wollen doch nicht die ganze Nacht auf der Treppe stehen.«

Wir gingen ins Wohnzimmer.

»Ist das eine wunderbare Heimkehr!« sagte ich.

»Jetzt werden unsere Pläne in die Tat umgesetzt«, sagte Crispin. »Es besteht kein Grund, zu warten. Wir haben schon viel zu lange gewartet.«

Tante Sophie sprach von der Hochzeit.

»Wir wollen, daß es schnell geht«, sagte Crispin, »und uns nicht mit endlosen Vorbereitungen aufhalten.«

»Ich denke, Ihre Mutter wird es nach ihren Wünschen gestalten wollen«, meinte Tante Sophie.

»Sie wird sich unseren Wünschen fügen müssen. Und wohin soll unsere Hochzeitsreise gehen?«

»Das müssen wir uns noch überlegen«, sagte ich. »Ich bin zu glücklich, um an etwas anderes zu denken, als daß ich zu Hause bin und alles gut ist. Und ausgerechnet in einer Bahnhofs-Teestube habe ich es erfahren, inmitten von klapperndem Geschirr, hastenden Menschen und rangierenden Zügen!«

»Was spielt es für eine Rolle, wo du es erfahren hast?« meinte Tante Sophie. »Jetzt weißt du es, und es ist die schönste Nachricht der Welt.«

Es war herrlich, wieder zu Hause zu sein. Der Alptraum, der damit begonnen hatte, daß Tante Sophie mir eröffnete, sie habe Kate Carvel in Devizes gesehen, war zu Ende. Vor mir lag nichts als Glücklichsein.

Als Crispin gegangen war, mit der Versicherung, am nächsten Vormittag wiederzukommen, erkundigte sich Tante Sophie nach meinem Vater. Sie war tief erschüttert, als sie hörte, daß er blind war. »Warum hat er mir nichts davon geschrieben?«

»Er wollte nicht, daß du dir seinetwegen Sorgen machst. So ist er eben.«

»Aber wie kommt er allein zurecht? Und was tut er auf dieser abgelegenen Insel?«

Nach kurzem Zögern erzählte ich ihr von Karla.

»Oh«, sagte sie. »Eine Frau. Es gab immer eine Frau in seinem Leben.«

»Sie ist ein Halbblut, sehr lieb und warmherzig. Du würdest sie liebgewinnen, Tante Sophie. Sie hat ihn sehr gern und tut alles für ihn. Sie schreibt die Briefe an dich nach seinem Diktat.«

Tante Sophie nickte. »Mir war aufgefallen, daß sich die Handschrift verändert hatte. Nicht sehr, aber es war nicht mehr ganz dieselbe.«

»Er wollte nicht, daß du es erführest. Karla ist sehr verständnisvoll. Sie hat einen gewissen Einfluß auf der Insel. Sie besitzt dort eine Plantage.«

»Was er alles durchgemacht hat! Wenn er es mir geschrieben hätte …«

»Ich weiß. Du hättest versucht, ihn nach Hause zu holen. Er hat dich sehr gern, und er will dich nicht ausnutzen. Tante Sophie, er hat gesagt, du seist seine beste Freundin. Aber er will dich nicht ausnutzen, jetzt, da er hilflos ist. Ich verstehe seine Gefühle. Ich kenne ihn unterdessen sehr gut.«

»Er ist ein wunderbarer Mensch.«

»Er würde lachen über diese Charakterisierung. Er nennt sich einen Sünder, und ich nehme an, viele Leute würden ihm recht geben. Ich aber liebe ihn, und du liebst ihn auch, und er wurde im Laufe seines Lebens von vielen Menschen geliebt.«

Sie wurde ein wenig still und in sich gekehrt, ließ aber nicht zu, daß etwas mein Glück überschattete.

Dann sprach sie davon, wie Crispin sich verändert hatte. »Er kommt mir jetzt vor wie ein kleiner Junge. O Freddie, welch ein Glück für dich, so geliebt zu werden.«

»Ich weiß.«

»Und du bist zurückgekommen, ohne zu wissen, daß... Ich bin froh. Es beweist etwas, nicht wahr? Hast du sein Gesicht gesehen, als ihm das klar wurde?«

»Ja. Ich mußte zurückkommen, Tante Sophie. Vater hat es verstanden.«

»Er hat sich nie um Konventionen geschert.«

»Es ist wie ein Wunder, daß es so ausgegangen ist.«

»Das Leben ist zuweilen wundersam. Ich bin ja so froh. So habe ich es mir immer gewünscht. Dich glücklich zu sehen und in meiner Nähe zu behalten. Es ist alles, was ich mir erträumt habe... beinahe.«

Ich besuchte Mrs. St. Aubyn. Mir war ein wenig bange zumute, denn ich wußte nicht, wie sie über die Heirat denken mochte. Gewiß hatte sie sich für ihren Sohn eine Frau aus einer höheren Gesellschaftsschicht gewünscht.

Sie begrüßte mich jedoch herzlich. »Wie schön, daß du zurück bist, meine Liebe. Bald wird dieses Haus dein Heim, und du wirst meine Schwiegertochter sein. Ich freue mich, dich in der Familie willkommen zu heißen.«

Sie lag auf einer Chaiselongue, und ich fragte mich, ob sie sich wieder dem Zustand des Kränkelns anheimgab, den sie aufgegeben hatte, als Gaston Marchmont nach St. Aubyn's Park gekommen war.

»Crispin ist jetzt sehr glücklich«, sagte sie. »Das ist mir ein großer Trost. Es gab vordem so viele Unannehmlichkeiten, und die hatten ihre Wirkung auf ihn. Ich bin froh, daß er nun zur Ruhe kommt und sich eine Frau nimmt, die ich so gut kenne. Es ist eine ungeheure Erleichterung.«

Ich lächelte in mich hinein, wußte ich doch, daß ihr das Wohlergehen ihrer Kinder nie sehr am Herzen gelegen hatte.

»Es wird dem Haus guttun, eine Herrin zu haben«, fuhr sie fort, »und ich bin überzeugt, daß du deine Sache sehr gut machen wirst. Ich persönlich war ja durch meine Krankheit behindert.«

Da wußte ich, daß sie wieder in ihre alte Lebensweise verfallen war. Und das hatte vermutlich sein Gutes, wie Tante Sophie sagen würde, denn ich hatte von meiner Schwiegermutter keinerlei Einmischung zu erwarten.

»Liebe Frederica«, fuhr sie fort, »würdest du so gut sein und mir das Plaid über die Beine legen? Es kann noch so warm sein im Zimmer, ich finde es immer zugig. Und nun erzähle mir von meiner Tochter. Warum ist sie nicht mit dir zurückgekommen?«

Ich erzählte ihr von Tamarisks Engagement für die Mission. Ich schilderte ihr, wie sie das triste Vestibül mit Blumen geschmückt hatte, wie ihr goldblondes Haar die Kinder anlockte und wie beliebt sie bei ihnen war.

»Wie eigenartig!« sagte sie. »Was glaubst du, wann sie nach Hause kommen wird?«

»Recht bald, nehme ich an. Im Augenblick findet sie es noch neu und amüsant. Sie wird bestimmt in nicht zu ferner Zeit zu Hause sein.«

»Sie sollte wieder heiraten.« Ihre Miene umwölkte sich ein wenig. »Es war ja so eine Tragödie. Du und ich, wir wollen sehen, ob wir einen passenden Mann für sie finden.«

»Ich denke, sie möchte ihre Wahl allein treffen«, entgegnete ich.

Mrs. St. Aubyn nickte betrübt. »Wie schon einmal. Eine bedauernswerte Geschichte. Er war ein sehr charmanter Mann.«

Ich wollte nicht an Gaston Marchmont denken.

Ich ging zum Grindle-Hof. Rachel begrüßte mich voller Freude. Ich sah ihr an, daß sie mit dem Leben zufrieden war. Danielle war unterdessen schon eine richtige kleine Persönlichkeit geworden; sie verfügte über einen eigenen Wortschatz, lief umher und war auf alles neugierig.

Daniel gehe es gut, erfuhr ich von Rachel. Der Mord habe keine weiteren Nachwirkungen gehabt und scheine weit zurückzuliegen.

Sie wollte von Tamarisk hören. Sie lachte über den Vorfall mit den Blumen und über Tamarisks unerwartetes Engagement für die Mission.

»Das wäre das letzte, womit ich bei ihr gerechnet hätte«, sagte sie.

»Tamarisk war immer unberechenbar.«

»Ich freue mich so für dich, Freddie. Es ist schön, daß du wieder da bist und daß du Crispin heiraten wirst.« Sie sah mich forschend an. »Daß du so plötzlich fortgingst, war mir unbegreiflich.«

»Es gab einen Grund.«

»Natürlich.« Sie fragte nicht danach. Rachel war stets taktvoll gewesen. Sie hatte erkannt, daß dies nur Crispin und mich etwas anging.

»Aber nun bist du zurück, und alles ist gut. O Freddie, du wirst glücklich sein, das weiß ich.«

»Wenn du es weißt und ich dazu entschlossen bin, muß es wohl gelingen«, sagte ich.

»Armer James Perrin!« Sie lächelte milde. »Eine Zeitlang dachte ich…«

»…daß ich ihn heiraten würde?«

»Es schien so angemessen. Er ist ein sehr beherrschter, ruhiger, tüchtiger Mensch. Er würde bestimmt einen guten Ehemann abgeben.«

»Er wäre immer zuverlässig, ein guter, treuer Gatte.«

»Man munkelt, daß er einer jungen Frau in Devizes den

Hof macht. Sie ist die Tochter eines Rechtsanwalts. Sie würde gut zu ihm passen.«

»Das freut mich.«

»Man sagt, ihre Familie wolle ihm mit Geld aushelfen, damit er sich etwas Eigenes anschaffen kann.«

»Das ist ja fabelhaft!« erklärte ich.

»Es ist wunderbar, wie sich alles wendet, nicht? Zuerst ging alles schief, und plötzlich fügt sich alles zum Guten. Wenn ich zurückblicke und daran denke...«

»Rachel«, sagte ich schnell, »schau nicht zurück. Schau nach vorn.«

Sie lächelte. »Es ist schön, daß du wieder hier bist.«

Ich traf James Perrin. Er wirkte sehr zufrieden mit dem Leben. Er gratulierte mir zu meiner bevorstehenden Heirat und erzählte mir, daß er daran denke, ein eigenes Anwesen zu erwerben. Er habe ganz offen mit Mr. St. Aubyn gesprochen; denn er finde es nur fair, ihn im voraus zu unterrichten, damit ein Neuer eingearbeitet werden könne, bevor er das Gut verlasse.

Sein Glückwunsch war durchaus aufrichtig, dennoch meinte ich ein leichtes Bedauern herauszuhören. Aber James war ein nüchterner, ernst veranlagter junger Mann, der seinen Weg gehen mußte. Eine Zeitlang hatte er in mir die passende Partnerin gesehen, und da ich es unmöglich gemacht hatte, sorgte er nun für Ersatz. Er war ein vernunftbestimmter Mann, der sich niemals in die Tiefen der Verzweiflung stürzen und auch niemals die Höhen des Sinnenrausches erklimmen würde.

Natürlich wollte ich unbedingt die Lanes sehen, und als ich sie besuchte, fand ich es recht verstörend. Aber so war es ja immer gewesen. Ich wählte einen Nachmittag für meinen Besuch, jene Zeit, zu der ich Flora im Garten anzutreffen pflegte.

Sie war nicht da. Ich ging um das Haus herum und klopfte an der Eingangstür. Lucy öffnete.

»Ah, Frederica. Treten Sie ein. Ich habe schon gehört, daß Sie zurück sind.

»Ich mußte Sie sehen. Wie geht es Flora?«

»Flora fühlt sich nicht wohl«, sagte Lucy. »Sie hat sich hingelegt.«

»Das tut mir leid.«

»Es geht der Armen schon seit geraumer Zeit gar nicht mehr gut.«

»Ist sie richtig krank?«

»Es muß wohl eine Art Krankheit sein. Ich achte darauf, daß sie sich nachmittags hinlegt. Wie ich höre, werden Sie Mr. Crispin heiraten?«

»Ja.«

Sie hatte die Hände aneinandergelegt, und ich bemerkte, daß sie zitterten.

»Er ist ein guter Mensch«, sagte sie. »Einer der besten.«

»Das weiß ich.«

»Ich bin sicher, daß Sie glücklich mit Ihrem Zukünftigen sein werden.«

»O ja, ganz bestimmt. Könnte ich Flora wohl sehen? Sie soll nicht denken, daß ich sie nicht besuchen wollte.«

Lucy zögerte einen Augenblick, bevor sie aufstand. Sie nickte, und ich folgte ihr aus dem Zimmer. »Sie hat sich verändert«, flüsterte sie, während wir die Treppe hinaufstiegen.

Die Tür zum Kinderzimmer stand offen.

Wir gingen daran vorbei in Floras Zimmer. Flora lag im Bett. »Frederica ist da, um dich zu besuchen«, sagte Lucy.

Flora richtete sich halb auf und sagte: »Sie sind zurückgekommen.«

»Ja, und ich wollte Sie sehen. Wie geht es Ihnen?«

Sie legte sich zurück und schüttelte den Kopf. Da bemerkte ich die Puppe in der Wiege neben ihrem Bett.

»Alles ist hin«, murmelte Flora. »Ich weiß nicht... wo sind wir?«

»Wir sind in deinem Zimmer, Liebes«, sagte Lucy, »und Frederica ist aus der Fremde heimgekehrt. Sie ist vorbeigekommen, um dich zu besuchen.«

Flora nickte. »Jetzt ist er fort«, sagte sie.

Lucy flüsterte: »Sie redet ein bißchen wirr.« Dann sagte sie laut: »Es ist lieb von Frederica, vorbeizukommen, nicht, Flora?«

»Lieb, vorbeizukommen«, wiederholte Flora. »Er war hier... schau.« Sie sah mich an. »Und hat...« Sie verzog das Gesicht.

Lucy legte ihre Hand auf meinen Arm. »Sie hat heute keinen guten Tag«, sagte sie leise. »Wir lassen sie lieber allein. Ich gebe ihr eine Tablette zur Beruhigung.«

Ich spürte, daß sie mich aus dem Haus haben wollte, und mir blieb daher nichts anderes übrig, als zu gehen. Als ich an der offenen Kinderzimmertür vorüberkam, warf ich einen Blick auf die sieben Elstern.

An der Haustür drehte ich mich zu Lucy um. Ich sah ihr an, daß sie sich Sorgen machte.

»Sie hat sich verändert«, sagte ich.

»Sie hat einen schlechten Tag. Sie phantasiert. Solche Tage hat sie hin und wieder. An manchen Tagen ist sie wie immer. Seltsam ist sie allerdings schon lange.«

»Sie haben es gewiß sehr schwer mit ihr.«

Lucy hob die Schultern. »Ich kenne sie... sie ist meine Schwester. Ich weiß mit ihr umzugehen.«

»Es ist ein großes Glück für sie, daß sie Sie hat.«

Sie erwiderte nichts darauf.

Sie öffnete die Tür. »Meinen Glückwunsch. Es freut mich, daß Sie Mr. Crispin heiraten werden. Er hat Sie sehr gern. Er verdient es, glücklich zu sein.«

»Danke.«

»Ja«, sagte sie. »Wie nett, richtig nett.«

Ich ging lächelnd von dannen, obwohl ich leicht verstört war, aber das war ich nach einem Besuch im Haus der sieben Elstern ja immer gewesen.

Sechs Wochen nach meiner Rückkehr heirateten wir. Auch jetzt noch war Crispin ungehalten über den Aufschub. Es war eine stille Hochzeit, wie wir sie beide gewollt hatten. Mrs. St. Aubyn hatte Einwände erhoben, aber nicht besonders heftig.

Insbesondere paßte es ihr nicht, daß das Haus der Braut die Zeremonie ausrichtete, die somit vergleichsweise bescheiden ausfiel.

Hochwürden Hetherington vollzog die Trauung. Ich glaube, fast die gesamte Nachbarschaft war zu diesem Fest zugegen.

Crispin und ich waren überglücklich, als alle uns umringten, um uns zu gratulieren. Rachel war da. Ich wünschte, Tamarisk wäre dabeigewesen. Ich mußte oft an sie denken. Die Begeisterung für die Insel würde von kurzer Dauer sein wie alle ihre früheren Schwärmereien, davon war ich überzeugt. Ich sah Lucy Lane in der Kirche, und es freute mich, daß Crispin mit ihr sprach und sich vergewisserte, daß gut für sie gesorgt war. Ich fragte mich kurz, wie es Flora ergehen mochte, aber ich muß gestehen, daß ich kaum einen Gedanken für etwas anderes übrig hatte als für meine Ehe und die Zukunft, die vor mir lag.

Bald nach der Trauung reisten Crispin und ich nach Italien ab, und es folgten Wochen ungetrübten Glücks.

Es waren Tage reiner Vollkommenheit. Ich entdeckte neue Seiten an Crispin. Ich hatte nicht gewußt, wie fröhlich er sein konnte. Alle Zurückhaltung fiel von ihm ab, er war ganz gelöst und glücklich. Allüberall war Verzauberung.

Für die meisten Menschen ist Florenz eine zauberhafte Stadt. Für uns war es ein Paradies. Wir feilschten auf dem

Ponte Vecchio mit den Juwelieren und lachten über unsere Versuche, die Sprache zu sprechen.

Wir besichtigten mit Fresken geschmückte Kirchen und die Gemäldegalerien; wir waren gebannt vom Palazzo Pitti und den Boboligärten. Wir nahmen eine Droschke und fuhren aus der Stadt in die welligen Hügel der Toskana. Jede einzelne Stunde dieser verzauberten Wochen war eine Wonne. Niemals hatte ich mir ein solches Glück träumen lassen, und es zu teilen mit dem Mann, den ich liebte, schien mir die größte Wohltat, die einem Menschen zuteil werden konnte.

Freilich mußte diese Zeit einmal zu Ende gehen, aber wir würden sie auf immer in uns bewahren.

Die sieben Elstern

Noch während diese herrlichen Tage wie im Flug vergingen, konnte ich mich schon auf die Rückkehr freuen; denn ich brannte darauf, mein neues Leben als Herrin von St. Aubyn's Park zu beginnen.

Es schien wie ein Wunder, daß unsere Schwierigkeiten so mühelos ausgeräumt waren. Es war noch gar nicht so lange her, daß jene unselige Barriere zwischen uns gestanden hatte, doch nun waren wir vollkommen glücklich. Es war Crispin unvergeßlich, daß ich nicht etwa zu ihm zurückgekommen war, weil er mir eine glänzende Heirat bieten konnte, sondern weil meine Liebe zu ihm unerschütterlich war. Mrs. St. Aubyn kam mir freundlich entgegen, und mir schien, daß das Schicksal, so wie es denen, die es strafen will, einen Schlag nach dem andern versetzt, diejenigen mit Segnungen überschüttet, denen es wohlgesinnt ist.

Manchmal war mir ein wenig bange vor so viel Glück.

Und dann erschien ein leiser, leiser Schatten.

Es war nichts – eine Einbildung. Crispin war am Morgen auf dem Gut unterwegs, und am Nachmittag sollte ich ihn zum Healey-Hof begleiten. Es gab Probleme mit einer Scheune, und der Besuch sollte Mrs. Healey Gelegenheit geben, mich zu unserer Heirat zu beglückwünschen. »Du weißt ja, wie die Leute sind«, hatte Crispin gesagt. »Mrs. Healey meint, du seist bei den Whetstones gewesen und Mrs. Whetstone habe dir ein Glas von ihrem selbstgemachten Apfelmost kredenzt, der dir gut schmeckte. Deshalb halte ich es für ratsam, wenn du ein paar freundliche Worte mit Mrs. Healey wechselst.«

Mir war es recht. Es machte mir Freude, den Gutsleuten

zu begegnen und ihre Glückwünsche entgegenzunehmen, zu hören, was für ein guter Gutsherr Crispin sei und wie das Anwesen gedeihe, seit er die Leitung übernommen habe.

Er verspätete sich. Er hatte um drei Uhr zurück sein wollen, um dann sogleich mit mir aufzubrechen. Um Viertel nach drei war er noch nicht da, und um halb vier begann ich mir Sorgen zu machen.

Kurz darauf kam er. Er wirkte abgespannt, und ich fragte ihn, was vorgefallen sei.

»Ach, es ist kaum der Rede wert. Ich bin nur aufgehalten worden. Laß uns gehen, sonst wird es zu spät.«

Gewöhnlich erzählte er mir, wenn etwas vorgefallen war. Ich wartete, daß er es auch diesmal tun würde, aber er sagte nichts. Es blieb wohl nicht genug Zeit dafür, da wir sogleich zu den Healeys aufbrechen mußten, redete ich mir ein.

Ich besuchte also Mrs. Healey und trank ihren Apfelmost. Es war sehr nett bei ihr, und ich vergaß Crispins verspätete Heimkehr.

Als ich tags darauf nach Harper's Green ging, traf ich dort Rachel. Sie habe Danielle dem Kindermädchen überlassen, sagte sie, und sei ins Dorf gekommen, um ein paar Einkäufe zu erledigen. »Ich sehe, dir geht es großartig«, meinte sie. »Du strahlst ja richtig.«

»Ich bin so glücklich, Rachel. Und du bist es auch, nicht wahr?«

»Wie anders alles geworden ist! Ich denke oft zurück an die Zeit, als wir drei zusammen waren ... als du und ich nach St. Aubyn's Park gingen und von Miß Lloyd unterrichtet wurden.«

»Das ist lange her.«

»Jetzt ist alles anders.« Ihr Gesicht umwölkte sich ein wenig, und ich fragte mich, ob sie manchmal an Mr. Dorian dachte, der sich in der Scheune erhängt hatte. Wie schade, daß ein solcher Gedanke einen wolkenlosen Morgen verfinstern sollte. Dann sagte Rachel: »Ich habe gestern zufällig Crispin getroffen. Er wirkte sehr nachdenklich.«

»Oh, wo war das?«

»In der Nähe vom Lane-Cottage. Gestern nachmittag. Offensichtlich ist er dortgewesen. Er ist ja so ein guter Mensch! Er kümmert sich um die beiden, nicht? Ich weiß, das hat er von jeher getan. Ich fand es immer so lieb von ihm.«

Wir plauderten noch ein Weilchen, und erst später kam mir der Gedanke: Deshalb hat er sich verspätet. Er hat die Lanes besucht.

Warum hatte er das nicht gesagt? Vielleicht fand er es nicht nötig.

Meine Schwiegermutter meinte, da St. Aubyn's Park nun eine Gutsherrin habe, müßten wir des öfteren Gäste einladen. So sei es früher der Brauch gewesen. » In der guten alten Zeit war es immer so«, sagte sie. »Erst als ich so krank wurde, war es ...«

Und wenn die Gäste kamen, nahm sie sich ein wenig zusammen.

Ich war sehr beschäftigt. Die Führung eines großen Haushalts wollte gelernt sein. Tante Sophie stand mir mit ihrem Rat zur Seite. »Du mußt der Haushälterin und dem Butler stets zeigen, daß du alles in der Hand hast. Sonst meinen sie am Ende noch, weil du aus einem bescheideneren Haus kommst, könnten sie dich tyrannisieren.«

Ich lachte. »Das glaube ich nicht, Tante Sophie.«

»Du machst dich gut. Denk immer daran, Crispin ist stolz auf den Besitz.«

»Ich weiß.«

»Deshalb muß dir das Anwesen am Herzen liegen. Herrin von St. Aubyn's Park«, sagte Tante Sophie versonnen.

»Ich kann dir sagen, das übertrifft meine kühnsten Träume. Ich habe deinem Vater alles über die Hochzeit berichtet.«

»Ich habe ihm auch geschrieben.«

Ich schloß die Augen und sah sie deutlich vor mir, meinen Vater in seinem Sessel und Karla, die ihm den Brief vorlas. Ob sie ihn wohl Tamarisk zeigen würden? Sie hatte nicht geschrieben, aber sie neigte dazu, Menschen zu vergessen, die sie nicht um sich hatte. Dennoch rechnete ich wenigstens mit einem Brief, in dem sie ihre Heimkehr ankündigte.

Mein Vater war sicher froh über die wundersame Wendung der Ereignisse, die die Heirat ermöglicht hatte. Ich hatte ihm ausführlich über unsere Hochzeitsreise nach Florenz berichtet; denn ich war sicher, daß ihn das freuen würde. Die Tage waren so ausgefüllt, daß mir kaum Zeit für Besuche blieb; aber Rachel sah ich ziemlich oft, und eines Tages beschloß ich, bei Flora vorbeizuschauen. Ich traf sie im Garten an. Sie saß dort wie gewöhnlich, die Puppe im Wägelchen neben sich. Ich rief ihren Namen, sie wandte den Kopf und nickte. Darauf öffnete ich das Pförtchen und trat ein. »Guten Tag«, sagte ich. Und dann erschrak ich; denn als sie mir das Gesicht zuwandte, sah ich den Wahnsinn in ihren Augen. Ich setzte mich neben sie. »Wie geht's Ihnen heute, Miß Flora?« fragte ich.

Sie schüttelte nur den Kopf.

»Und dem Kleinen?«

Sie lachte leise und stieß mit dem Fuß gegen den Puppenwagen. »Schläft er friedlich?« erkundigte ich mich vorsichtig.

»Er schläft für immer«, erwiderte sie mysteriös.

Das dünkte mich höchst seltsam. Ich hatte die üblichen Bemerkungen erwartet, daß er ein kleiner Tyrann sei, zu Streichen aufgelegt, oder daß er einen Schnupfen habe und sie hoffe, er werde keine Krankheit ausbrüten.

Sie wandte sich mir zu. Ihre Augen hatten einen merkwürdigen Ausdruck. »Ich höre, Sie sind mit ihm verheiratet«, sagte sie.

»O ja. Wir sind verheiratet. Wir hatten wundervolle Flitterwochen in Florenz.«

Sie begann zu lachen. Es war kein freudiges Lachen. »Und Sie wohnen jetzt in St. Aubyn's Park.«

»Ja.«

»Sie denken, Sie wären mit ihm verheiratet, ja?«

Mein Herz begann wie wild zu klopfen. Sofort kam mir Kate Carvel in den Sinn. Konnte Flora etwas über sie wissen? Aber alles war gut. Kate war schon verheiratet gewesen. Von daher hatte ich nichts zu befürchten.

»Sie sind nicht mit ihm verheiratet«, sagte sie. Dann lachte sie wieder. »Wie hätten Sie ihn heiraten können!«

»Doch, ich bin verheiratet, Miß Flora«, sagte ich.

Ich dachte: Ich sollte nicht mit ihr sprechen. Sie denkt natürlich, Crispin sei noch ein Baby. »Es ist wohl besser, wenn ich jetzt gehe«, sagte ich. »Miß Lucy wird bald zurück sein.«

Sie packte mich am Arm und sagte mit heiserer Stimme: »Sie sind nicht mit ihm verheiratet. Wie könnten Sie's sein? Er ist nicht hier.«

Es wurde immer wirrer, und ich wollte unbedingt fort. Ich stand auf und sagte: »Leben Sie wohl, Miß Flora. Ich komme Sie bald wieder besuchen.«

Sie erhob sich ebenfalls und trat nahe an mich heran. Sie flüsterte: »Sie sind nicht mit Crispin verheiratet. Wie hätten Sie Crispin heiraten können! Der, den Sie geheiratet haben, ist nicht Crispin.« Wieder lachte sie, dieses grauenhafte, wilde Gelächter. »Crispin ist nicht hier. Er ist dort.« Sie wies mit theatralischer Gebärde auf den Maulbeerstrauch. Sie rückte noch näher und sah mir ins Gesicht. »Dort ist er. Ich weiß es, oder nicht? Der Mann, der hat es gewußt. Ich mußte es ihm sagen, er hat mich gezwungen.

Sie können Crispin leider nicht heiraten, weil Crispin dort ist... Dort.«

Ich dachte: Sie ist vollkommen wahnsinnig. Ihre Augen blickten irre. Sie lachte und weinte zugleich. Dann nahm sie plötzlich die Puppe aus dem Wägelchen und warf sie mit voller Wucht in den Maulbeerstrauch.

Ich mußte fort. Lucy war wohl zum Einkaufen nach Harper's Green gegangen. Ich mußte sie finden und ihr sagen, daß mit Flora etwas nicht stimmte.

Ich lief zum Tor hinaus und zur Dorfstraße. Ich war ungeheuer erleichtert, als Lucy mir mit ihrem Einkaufskorb entgegenkam. Ich rief: »Mit Flora stimmt etwas nicht! Sie redet wirres Zeug über Crispin, und sie hat die Puppe in den Maulbeerstrauch geworfen.«

Lucy erbleichte. »Ich kümmere mich um sie«, sagte sie. »Sie bleiben besser weg. Leute regen sie bloß auf. Überlassen Sie sie mir. Ich komme mit ihr zurecht.«

Ich überließ sie ihr nur zu gern; Floras Anblick bereitete mir Unbehagen.

Crispin sah sogleich, daß ich verstört war. »Was ist passiert?« fragte er.

»Ich war heute nachmittag bei Flora Lane.«

Er sah erschreckt drein. »Was hat sie gesagt?«

»Es war äußerst seltsam. Sie hat sich sehr verändert. Sie sagte, sie habe gehört, daß wir geheiratet hätten, und das könne nicht sein.«

»Was?«

»Sie hat gesagt: ›Sie sind nicht mit Crispin verheiratet.‹ Und dann... oh, es war entsetzlich! Sie wies auf den Maulbeerstrauch im Garten und sagte: ›Sie können nicht mit Crispin verheiratet sein, weil er dort ist.‹ Sie hatte einen irren Blick.«

Er atmete tief durch. »Du hättest nicht hingehen sollen«, sagte er.

»Ich habe sie stets hin und wieder besucht. Aber sie hat sich verändert. Ich glaube, sie wird richtig wahnsinnig. Vorher war es eher eine Besessenheit.«

»War Lucy da?«

»Lucy war einkaufen. Ich bin hinausgerannt und habe sie gesucht.«

»Lucy weiß mit ihr umzugehen. Grundgütiger Himmel, sie kümmert sich seit Jahren um sie. Arme Lucy!«

»Sie hat gesagt, ich solle mir keine Sorgen machen.«

Er nickte. »Ich denke, Flora beruhigt sich, wenn Lucy bei ihr ist. Ich an deiner Stelle würde nicht wieder hingehen, Liebling. Es regt dich nur auf.«

»Früher hatte ich den Eindruck, daß meine Besuche ihr Freude machten.«

»Keine Sorge, Lucy weiß, was gut für sie ist.«

Ich konnte Flora nicht vergessen, und ich bemerkte eine Veränderung bei Crispin. Ich sah seinen unsteten Blick. Es war, als senke sich ein Vorhang herab und schlösse mich aus. Allmählich hatte ich das Gefühl, was immer mir früher Unbehagen bereitet hatte, müsse irgendwie mit dem Haus der sieben Elstern zusammenhängen.

Ein gewisses Unbehagen hielt den ganzen Abend an. Crispin war etwas geistesabwesend; ich merkte, daß er mit seinen Gedanken weit fort war.

Ich fragte: »Was fehlt dir, Crispin?«

»Was sollte mir fehlen?« Sein Ton war beinahe gereizt.

»Du wirkst so … nachdenklich.«

»Burrows meint, man sollte einige Äcker auf Greenacres eine Weile brachliegen lassen. Das schmälert natürlich den Ertrag. Er hat mich um Rat gefragt. Und dann die Anbauten auf dem Swarles-Hof. Ich bin nicht sicher, ob das eine so gute Idee ist.«

Aber ich glaubte nicht, daß seine Stimmung mit brachliegenden Feldern oder Anbauten auf dem Swarles-Hof zu tun hatte.

Ich schreckte aus dem Schlaf. Es war dunkel. Eine große Bangnis beschlich mich. Ich streckte meine Hand aus. Crispin lag nicht neben mir.

Sogleich war ich hellwach. Ich setzte mich im Bett auf. Im Halbdunkel konnte ich seine Silhouette erkennen. Er saß am Fenster und sah hinaus.

»Crispin?«

»Ich kann nicht schlafen.«

»Dich bedrückt etwas«, sagte ich.

»Nein, nein, es ist nichts. Mach dir keine Sorgen. Ich komme wieder ins Bett. Ich wollte nur die Beine ausstrekken.«

Ich stand auf und warf mir einen Morgenrock um die Schultern.

Dann ging ich zu Crispin, kniete mich neben ihn und legte meine Arme um ihn.

»Sag mir, was dir fehlt, Crispin«, bat ich.

»Nichts, nichts... ich kann bloß nicht schlafen.«

»Dich bedrückt etwas, Crispin«, beharrte ich. »Und es ist an der Zeit, daß du es mir sagst.«

»Es ist nichts, was dir Sorgen machen könnte – oder mir.«

»Doch«, sagte ich. »Und es ist nicht neu. Es ist schon lange da.«

»Wie meinst du das?«

»Crispin, ich liebe dich sehr. Du und ich sind eins. Ich bin für dich da, und du bist für mich da, und wenn dir etwas fehlt, fehlt auch mir etwas.«

Er sagte nichts.

Ich fuhr fort: »Ich weiß, da ist etwas. Ich habe es immer gewußt. Es ist zwischen uns.«

Er schwieg ein paar Sekunden, dann sagte er: »Es ist nichts zwischen uns.«

»Wenn da etwas ist, sollte ich es wissen. Du darfst keine Geheimnisse vor mir haben, nichts vor mir zurückhalten.«

»Nein«, versetzte er heftig. – Ich sah ihn flehend an. »Crispin, sag's mir, teil es mit mir.«

Er strich mir übers Haar. »Da ist nichts … es gibt nichts zu erzählen.«

»Ich *weiß,* da ist etwas«, sagte ich ernst. »Es ist zwischen uns. Ich kann dir nicht nahekommen, solange es da ist. Es ist eine Barriere, und sie ist immer dagewesen. Zeitweise kann ich sie vergessen, aber dann wird sie mir wieder gegenwärtig. Du darfst mich nicht ausschließen, Crispin. Du mußt mich teilhaben lassen.«

Wieder schwieg er ein paar Sekunden, bevor er sagte: »Ich war einige Male drauf und dran, es dir zu sagen.«

»Bitte … bitte, sag's mir jetzt. Es ist sehr wichtig, daß wir alles miteinander teilen.«

Er sagte nichts, und wieder bedrängte ich ihn nach allen Kräften. »Ich muß es wissen, Crispin. Es ist sehr wichtig, daß ich es erfahre.«

Langsam sagte er: »So vieles hängt davon ab. Ich kann mir nicht vorstellen, was geschehen würde.«

»Ich werde nicht einen Augenblick ruhen, bis ich es weiß.«

»Ich sehe ein, es ist zu weit gediehen. Ich habe mit mir gerungen. Ich wußte, daß ich es dir eines Tages würde sagen müssen. Es reicht Jahre zurück … bis zum Beginn meines Lebens.« Wieder verstummte er. Sein Gesicht hatte Kummerfalten. Ich wollte ihn trösten, aber das konnte ich nicht, solange ich den Grund seines Kummers nicht kannte.

Er fuhr fort: »Die Lanes haben auf dem Gut gewohnt. Jack, der Vater, war Gärtner; er hatte zwei Töchter, Lucy und Flora. Lucy ging als Kindermädchen nach London. Flora war die jüngere. Als Jack Lane starb, blieb seine Frau im Cottage wohnen, und Flora fand eine Stellung hier im Haus. Sie wollte Kindermädchen werden wie ihre Schwester, und als ein Kind unterwegs war, wurde beschlossen, daß sie es in ihre Obhut nehmen sollte. Alsbald kam in St. Aubyn's Park ein Sohn zur Welt.«

»Du«, sagte ich.

»Crispin wurde geboren«, erklärte er. »Du mußt es von Anfang an hören. Wie du weißt, haben sich die Eltern nicht sonderlich um das Kind gekümmert. Sie waren wie die meisten Menschen in ihrer gesellschaftlichen Position froh, einen Sohn zu haben, der die Erhaltung des Namens und des Erbes gewährleistete und dergleichen. Aber ihre Lebensweise lag ihnen mehr am Herzen. Sie hielten sich selten auf dem Land auf. Wären sie zärtlich liebende Eltern gewesen, so wäre die Sache wohl gleich aufgedeckt worden.

Eines Tages kehrte Lucy nach Hause zurück. Sie war in großen Schwierigkeiten. Sie hatte ihre Stellung in London aufgegeben und von ihrem wenigen Ersparten gelebt. Das war nun aufgebraucht. Sie erwartete ein Kind. Du kannst dir vorstellen, welche Bestürzung das bei ihr zu Hause hervorrief, bei ihrer Mutter und bei Flora, die in St. Aubyn's Park in Stellung war und demnächst das Kind hüten sollte, dessen Geburt bevorstand.«

Er hielt inne. Ich merkte, daß es ihm schwerfiel, weiterzusprechen. Er schien sich zu wappnen. »Lucy«, fuhr er dann fort, »war eine kräftige junge Frau, brav, aber zu vertrauensselig. Es erging ihr wie vielen anderen vor ihr. Sie hatte auf Versprechungen gehört, war verführt und im Stich gelassen worden. Kein ungewöhnliches Mißgeschick für ein junges Mädchen, aber deshalb um nichts weniger unangenehm. Solche Mädchen wurden geächtet, und wenn sie mittellos waren, dann war ihre Lage erst recht verzweifelt. Kannst du dir den Kummer der Mutter vorstellen? Jahrelang hatten sie in dem Häuschen inmitten einer kleinen Gemeinde gelebt, stolz auf ihre Selbständigkeit und Ehrbarkeit, und nun kam die Tochter, auf deren gute Stellung in einem feinen Londoner Haushalt sie so stolz gewesen war, in Schande nach Hause, und alle Leute würden es erfahren.«

»Hat sie das Kind bekommen?«

»Ja. Sie wußten, daß sie es auf die Dauer nicht verbergen konnten, aber sie wollten es wenigstens so lange geheimhalten, bis sie einen Plan für die Zukunft gefaßt hätten. Mrs. Lane hatte eine Zeitlang als Hebamme gearbeitet, und die Geburt verlief ohne Komplikationen. Nun standen sie vor einem großen Problem. Sie konnten das Kind nicht für immer versteckt halten. Sie dachten daran, nach London zu ziehen, wo Flora und Lucy sich Arbeit suchen konnten, während ihre Mutter das Kind hütete. So wurde es beschlossen. Eins stand für sie fest: Sie konnten nicht in Harper's Green bleiben; sie waren dem Skandal nicht gewachsen.«

»Was für eine schreckliche Situation!«

»Sie zögerten noch. Zeitweilig spielte Mrs. Lane mit dem Gedanken, zu Mrs. St. Aubyn zu gehen und sie um Hilfe zu bitten. Sie meinte, daß Mrs. St. Aubyn und ihr Mann vielleicht weniger erschüttert sein würden als einige Bewohner von Harper's Green. Und dann geschah das Unglaubliche.«

Er hielt inne; es fiel ihm sichtlich schwer, fortzufahren.

»Crispin war nun schon ein paar Wochen alt. Flora war sein Kindermädchen. Und urplötzlich zeigte sich den Lanes ein Ausweg aus ihren Schwierigkeiten. Es war äußerst makaber ... aber es bot sich eine Lösung. Und man muß bedenken, sie waren in einer verzweifelten Lage.

Du kennst Flora und ihren bedauerlichen Geisteszustand. Ich meine aber, sie muß schon immer etwas einfältig gewesen sein. Vielleicht hätte man ihr nie ein Kind in Obhut geben sollen. Aber sie hatte Kinder immer gern gehabt, und so manche Mutter im Dorf hatte Flora ihre Kinder hüten lassen, weil sie sie so liebte. Es hieß, sie sei die geborene Kinderfrau und Mutter. Allerdings haben wir sie nicht gekannt, wie sie damals war. Wir kennen nur die arme, verwirrte Kreatur, die sie heute ist. Gerry Westlake, der Sohn eines hiesigen Bauern, begann, ihr schöne Augen zu machen.«

»Ich erinnere mich an ihn. Er ist vor einiger Zeit hier zu Besuch gewesen. Ich glaube, er ist nach Neuseeland ausgewandert.«

»Ja, das war bald danach. Gerry war ein tatkräftiger junger Mann, fast noch ein Knabe. Er interessierte sich sehr für Fußball, und wo immer er ging, übte er mit seinem Ball Werfen und Treten. So hat man es mir erzählt. Er hat in St. Aubyn's Park Gelegenheitsarbeiten verrichtet, und dort hat er Flora gesehen. Wenn er nach ihr pfiff, trat sie ans Fenster und sah hinaus. Er warf ihr den Ball zu, und sie warf ihn zurück. Sie ging hinunter und sah ihm zu, wenn er den Ball trat. Er erklärte ihr die Bedeutung der verschiedenen Techniken beim Treten.

Was dann geschah, ist unfaßbar. Du mußt bedenken, sie waren beide sehr jung. Flora fühlte sich durch Gerrys Aufmerksamkeit geschmeichelt und nahm begeistert Anteil an seinen Ballspielen – oder sie tat zumindest so. Sie warf den Ball und fing ihn auf, wie Gerry es ihr zeigte, und hoffte auf seinen Beifall. Wenn du dir die zwei vorstellst – eigentlich waren sie noch Kinder –, dann kannst du dir denken, wie es geschah.

Es kam der schicksalhafte Tag. Gerry pfiff nach ihr. Man kann ihn vor sich sehen, wie er da stand und zum Fenster hinaufsah. Es war offen, und Flora schaute hinaus. Sie hatte das Baby auf dem Arm. Sie sagte: ›Ich komme hinunter.‹ Und sie rief ihm zu, wie er ihr so oft zugerufen hatte: ›Fang!‹ Sie wollte sich wohl einen Spaß mit ihm machen. Gerry muß erschreckt hochgesehen haben. Sie warf das Kind zu ihm hinunter.«

Ich hielt entsetzt den Atem an. » O nein, nein, nein!« rief ich.

Crispin nickte. »Gerry merkte zu spät, was sie trieb. Er versuchte das Kind aufzufangen. Aber er schaffte es nicht mehr. Das Kind fiel auf die Steinplatten der Terrasse.«

»Oh... wie konnte sie so etwas tun!«

»Man kann es sich schwer vorstellen. Sie wollte sich einen Spaß mit Gerry machen. Sie dachte, er würde das Kind auffangen, und dann wäre es lustig gewesen. Sie war nicht auf die Idee gekommen, daß es mißlingen könnte.

Flora raste hinunter auf die Terrasse und hob das Kind auf. Es war in einen dicken Schal gehüllt und schien unverletzt. Sie muß unendlich erleichtert gewesen sein. Arme Flora! Die Erleichterung war von kurzer Dauer. Gerry lief nach Hause. Er wird Floras Erleichterung geteilt haben, und für mich gibt es keinen Zweifel, daß er sich so weit wie möglich vom Schauplatz entfernen wollte. Flora brachte das Baby hinauf ins Kinderzimmer und sagte zu niemandem ein Wort. Stell dir ihren Schrecken vor, als sie feststellte, daß dem Kind die Rippen gebrochen waren. Es starb in derselben Nacht.

Flora war wie betäubt. Sie wußte nicht mehr ein noch aus. Und wie immer, wenn sie unter Anspannung stand, ging sie nach Hause. Ihre Mutter und Lucy waren entsetzt. Flora hatte ihren Schützling getötet, ihre Schwester hatte ein uneheliches Kind. Es war eine unvorstellbare Katastrophe, aus der sie keinen Ausweg sahen.

Sie waren verzweifelt, und dann bot sich ihnen diese Lösung. Kleine Babys sehen sich ziemlich ähnlich. Crispins Eltern hatten kaum Interesse für ihn gezeigt. Der Gedanke lag auf der Hand. Die Lanes haben Crispin begraben.«

»Unter dem Maulbeerstrauch?« fragte ich.

»Und Lucys Baby kam statt seiner nach St. Aubyn's Park.«

»Willst du damit sagen... das Baby bist du?«

Er nickte.

»Wann hast du es erfahren?«

»An meinem achtzehnten Geburtstag. Da hat Lucy – meine Mutter – es mir gesagt. Sie befand es für richtig, daß ich es erführe. Bis dahin wußte ich es nicht anders, als daß ich Crispin St. Aubyn war und das Gut einmal mir gehören würde. Ich liebe das Anwesen.«

»Das weiß ich. Und das ist das Geheimnis, ›das ihr nie verraten sollt‹. Die sieben Elstern sind ins Kinderzimmer gehängt worden, um Flora zu ermahnen, daß sie es nicht preisgeben dürfe.«

»Arme Flora! Es hat sie um den Verstand gebracht. Kurz darauf wurde sie so, wie wir sie kennen. Lucy hat immer für sie gesorgt. Du weißt, daß Lucy dann mein Kindermädchen wurde. Flora zog wieder in das Cottage. Sie führte sich damals äußerst seltsam auf. Und ich kann es nie vergessen.«

»Daß dieser Besitz dir nicht rechtmäßig gehört? Hast du Angst, daß es jemand entdeckt?«

»Einer ist der Sache auf den Grund gegangen.«

»Gaston Marchmont«, flüsterte ich, und mich befiel entsetzliche Furcht.

»Er war ein Gauner«, sagte Crispin. »Er hat den Tod verdient. Er hat Flora gezwungen, das Geheimnis preiszugeben. Ohne ihn hätte sie sich bis an ihr Lebensende in der Vergangenheit wähnen und glauben können, daß das Kind noch lebe.

Sie glaubte es so lange, bis Gaston daherkam. Siehst du, was er ihr angetan hat … ihr und Lucy? Er vermutete ein Geheimnis, eine Verbindung zwischen mir und dem Cottage, und er war entschlossen, es zu lüften. Er heiratete Tamarisk um dessentwillen, was für ihn dabei heraussprang, und dann stellte er fest, daß er noch viel mehr würde herausholen können, als er anfangs gedacht hatte. Er stahl die Puppe und erpreßte die arme, einfältige Flora. Er hatte das dumme Bild gesehen. Man hätte es ihr nicht hinhängen sollen. Aber Lucy dachte, es würde ihr eine ständige Mahnung sein, ja nichts zu verraten. Du mußt Lucy verzeihen. Sie ist meine Mutter. Sie wollte alles für mich. Ihre größte Freude war es, mich als Herrn auf dem Gut zu sehen.«

»Aber das Gut gehört dir nicht, Crispin.«

Er schüttelte heftig den Kopf, als könne er diese Tatsache beiseite schieben.

Er erzählte weiter: »Er zwang die arme Flora, es ihm zu sagen. Er drohte, andernfalls der Puppe etwas anzutun. Der Schrecken brachte sie in die Wirklichkeit zurück, und Gaston kam in den Besitz des Geheimnisses. Und darum mußte er sterben.«

»Du weißt, wer es getan hat, Crispin?« fragte ich ängstlich.

Er lächelte mich liebevoll an. »Ich weiß, woran du denkst. Und ich weiß, wie sehr du mich liebst. Nein, und wenn ich noch so sündig bin, ich habe Gaston Marchmont nicht getötet. Du mußt alles erfahren, das habe ich jetzt eingesehen. Mit Geheimnissen ist uns nicht geholfen, und da du nun schon so viel weißt, sollst du alles wissen. Flora war in einem erbärmlichen Zustand. Sie hatte das Geheimnis verraten, und zugleich war ihr bewußt geworden, daß das, was sie in ihrem Wahn für einen bösen Traum gehalten hatte, vor Jahren wirklich geschehen war. Sie hatte ihren geliebten Schutzbefohlenen in einem Augenblick törichten Übermuts getötet. Es war geschehen, weil sie sich mit Gerry einen Spaß hatte machen wollen. Er war bald darauf nach Neuseeland ausgewandert. Zweifellos glaubte er, das Baby lebe. Er hatte keine Ahnung, was geschehen war. Aber die angstvollen Augenblicke, als das Kind auf den Steinen lag, mögen in ihm den Entschluß ausgelöst haben, den Schauplatz zu verlassen. Flora war geistig verwirrt, und Lucy hielt es für das Beste, sie mittels der Puppe in dem Glauben zu lassen, daß das Kind noch lebe. Als Flora dann begriff, daß sie das Geheimnis verraten hatte und die Puppe nur eine Puppe war, gab es für sie nur eine Möglichkeit, zu garantieren, daß das Geheimnis nicht weitergesagt wurde.

Es ist erstaunlich, wie sie es bewerkstelligte. Ich glaube, Menschen wie sie können sehr zielstrebig sein und bemerkenswert präzise planen. Sie ging ins Gutshaus. Sie kannte das Haus sehr gut aus der Zeit, als sie dort gelebt hatte. Sie begab sich in die Waffenkammer, nahm die Waffe und legte sich im Gebüsch auf die Lauer, um auf Gaston Marchmont zu warten. Fast alle aus der Familie nahmen die Abkürzung durch das Gebüsch, wenn sie von den Stallungen ins Haus zurückkehrten. Gaston kam, und Flora erschoß ihn. Danach schien ihre sorgfältige Planung sie im Stich zu lassen. Sie ließ die Waffe am Tatort zurück und lief ins Cottage. Lucy war tief bekümmert, weil sie nicht wußte, wo Flora war, und als sie zurückkam, ließ sie sich von ihr genau erzählen, was geschehen war.

Lucys einziges Denken galt der Wahrung des Geheimnisses. Es war ihr Traum, daß St. Aubyn's Park mir gehören solle, als Entschädigung für alles, was sie erlitten hatten. In der Nacht ging sie das Gewehr suchen, sie fand es und vergrub es – leider nicht sehr geschickt. Flora hat Gaston Marchmont getötet, Frederica. Bitte, bitte, du mußt es verstehen: Dies ist ein Geheimnis, das nie verraten werden darf.«

Ich schwieg eine ganze Weile, wie betäubt von allem, was ich gehört hatte. Ich war erschrocken, aber auch erleichtert. Es gab keine Geheimnisse mehr zwischen uns.

Ich sah alles vor mir. Flora, die das Baby hinunterwarf; ihre Seelenqual, als ihr klarwurde, was sie getan hatte; die drei Frauen, die einen Ausweg aus ihrer verzweifelten Lage suchten; Lucys Jubel, als sie eine glorreiche Zukunft für ihren Sohn sah. Ich malte mir aus, wie sie den armen, schlaffen Leichnam des Babys Crispin begruben, und ich konnte mir Floras geistige Verwirrung vorstellen. Ich sah das Bild von den sieben Elstern vor mir, aufgehängt, um Flora an die schrecklichen Folgen zu gemahnen, wenn das Geheimnis verraten würde. Und sie hatte es verraten. Gaston hatte sie dazu gezwungen, und für ihr schlichtes Gemüt gab es nur eine Lösung: ihn zu töten, bevor er das Geheimnis weitersagen konnte, das nicht verraten werden durfte.

»Crispin«, sagte ich, »dieser Besitz gehört dir nicht.«

»Aber ohne mich wäre er nichts. Ich habe ihn zu dem gemacht, was er ist.«

»Trotzdem, er gehört dir nicht. Du bist nicht der Erbe.«

»Nein. Lucy ist meine Mutter. Meinen Vater kenne ich nicht.«

»Lucy dürfte wissen, wer er ist«, sagte ich. »Aber das tut nichts zur Sache. Was wirst du tun?«

»Tun? Wie meinst du das?«

»Crispin … ich muß dich Crispin nennen.«

»Ich hatte nie einen anderen Namen.«

»Dieses Wissen, es wird uns nie verlassen, jetzt, da du es mir gesagt hast.« Er erwiderte nichts, und ich fuhr fort: »Das Gut gehört dir nicht. So ist es doch, nicht wahr?«

Er wollte es nicht eingestehen, aber es war wahr.

»Ich glaube, du wirst niemals glücklich sein mit dem, was dir nicht rechtmäßig gehört.«

»Ich bin aber glücklich damit. Dieses Anwesen war immer meins. Ich könnte es mir nicht anders vorstellen.«

»Wäre Gaston Marchmont am Leben geblieben …«

»Ist er aber nicht.«

»Aber wenn, dann hätte er alles aufgedeckt. Und dann …«

»Natürlich hätte er es aufgedeckt. Das war ja sein Ziel. Er muß eine dunkle Ahnung gehabt haben. Flora hatte wohl etwas verlauten lassen. Und daß die Puppe für sie Crispin war, das sprach für sich. Er würde den Besitz in Tamarisks Namen beansprucht haben – und wäre es ihm gelungen, dann wären die Tage des Gutes gezählt gewesen.«

»Aber es gehört Tamarisk. Sie ist die Tochter des Hauses, und ein lebender Sohn ist nicht vorhanden.«

Er sagte: »Wenn das herauskäme, so wäre es katastrophal. Denk an die vielen Menschen, denen das Gut Arbeit und Brot gibt. Alles wäre dahin. Du kennst jetzt das Geheimnis. Niemand sonst darf es erfahren. Ich bin froh, daß du es weißt. Du hast recht, wir dürfen keine Geheimnisse voreinander haben. Nie wieder.«

»Ich bin froh, daß du so denkst.«

»Flora ist ein Problem. Ich weiß nicht, was wir für sie tun können. Lucy ist bange um sie. Du weißt, wie der Mann mit ihr umgesprungen ist. Es hat sie erregt. Sie ist ganz verändert.«

»Sie hat den Mann ebenso auf dem Gewissen wie das Baby.«

»Sie mag die Puppe nicht mehr. Sie hat wohl erkannt, daß Crispin tot und die Puppe nur eine Puppe ist. Solange sie für sie ein Kind war, war ihr Gemüt friedlich. Sie hatte die Vergangenheit verbannt. Aber dieser schlechte Mensch zwang sie zu erzählen, was geschehen war. Er brachte sie in die Wirklichkeit zurück, und damit wird sie nicht fertig.«

»Crispin«, sagte ich. »Eines mußt du tun, sonst wirst du niemals wahren Seelenfrieden finden. Tamarisk muß wissen, daß das Anwesen ihr gehört. Du wirst nie glücklich sein, bevor du ihr nicht die Wahrheit gesagt hast.«

»Und wenn ich verliere, wofür ich all die Jahre gearbeitet habe?«

»Tamarisk liebt dich. Sie ist stolz auf dich. Für sie bist du ihr Bruder. Sie wird wünschen, daß du hierbleibst. Sie weiß, daß es sinnlos wäre, das Gut ohne dich zu verwalten.«

»Es würde mir nicht gehören. Ich könnte keine Befehle entgegennehmen.«

»Sie würde dir keine Befehle erteilen.«

»Und wenn sie wieder heiratet? Stell dir nur einmal vor, wie Gaston Marchmont sich aufführen würde, wenn er hier wäre!«

»Er ist aber nicht hier. Ich halte es für richtig, daß Tamarisk es erfährt, und ich glaube, du wirst nie vollkommen glücklich sein, wenn du es ihr nicht sagst.«

Er sagte, das werde er niemals tun. Er habe es mir erzählt, weil wir uns einig gewesen seien, daß es keine Geheimnisse zwischen uns geben dürfe.

Aber nun wisse ich es, und damit sei es genug. Wozu wäre es nütze, die Leute über jene weit zurückliegende Begebenheit aufzuklären? Wem würde es helfen, wenn Flora des Mordes angeklagt würde?

Arme Flora, sie würde vor Gericht gestellt werden. Das werde er nicht zulassen. Die ganze Geschichte werde ans Licht kommen. Das würde Tamarisk nicht wollen. Der ganze Skandal würde wieder aufgerollt werden, ihre katastrophale Ehe. Lucy wäre zu bedauern ... wir alle. Es werde niemandem etwas nützen.

Es sei nichts zu machen. Die Ermordung Gaston Marchmonts werde ein unaufgeklärtes Verbrechen bleiben. Wer jetzt noch daran denke, der glaube, der Täter müsse in Gastons bekanntermaßen unrühmlicher Vergangenheit zu suchen sein.

Nein, da sei nichts zu machen.

Ich aber bestand darauf, daß Tamarisk es erführe und daß Crispin niemals glücklich sein könne mit dem Wissen, etwas genommen zu haben, das ihm von Rechts wegen nicht gehörte.

Wir redeten die ganze Nacht, und am Ende brachte ich ihn zu der Einsicht, daß ihm nur eines zu tun blieb.

Er schrieb an Tamarisk.

Es dauerte eine ganze Weile, bis wir von ihr hörten, und ich glaube, in dieser Zeit war Crispin zufriedener, einmal, weil er es mir gesagt hatte, und zum anderen wegen des von ihm eingeschlagenen Weges.

Er sagte, er fühle sich, als sei ihm eine schwere Last von den Schultern genommen, gleichzeitig aber las ich eine tiefe Traurigkeit in seinen Augen. Wenn er von dem Gut sprach, gewahrte ich eine gewisse Wehmut. Ich hätte ihn gern getröstet, und manchmal fragte ich mich, was geschehen würde, wenn wir St. Aubyn's Park verlassen müßten.

Wie würde Tamarisk reagieren, wenn sie erfuhr, daß sie Besitzerin eines großen Gutes war? Wäre Gaston Marchmont am Leben geblieben, hätte er die Leitung übernommen. Welch eine Tragödie wäre das für so viele Menschen gewesen!

Ich dachte oft an Flora, wie sie die Waffe genommen und ihn getötet hatte. Den Tod des Kindes hatte sie zu verantworten, aber das war eine Jugendtorheit gewesen. Die Tötung Gastons war kaltblütiger Mord. Doch das einzige, was sie bekümmerte, war die Preisgabe des Geheimnisses.

Es fiel mir schwer, an etwas anderes zu denken als an diese erstaunlichen Enthüllungen.

Jeden Tag warteten wir auf Nachricht von Tamarisk. Die Briefe, die Crispin und Tante Sophie nach Casker's Island geschrieben hatten, hatte Karla zurückgeschickt beziehungsweise beantwortet. Mein Vater war froh über die Wende der Dinge, und er hoffte, ich würde ihn mit meinem Mann auf Casker's Island besuchen.

Endlich kam der langersehnte Brief von Tamarisk. Er war an uns beide adressiert und in dem etwas leichtfertigen Ton gehalten, der für Tamarisk bezeichnend war.

Meine lieben Neuvermählten!

Ihr könnt Euch wohl denken, daß ich baß erstaunt war, als ich Euren Brief las. In Harper's Green gehen ja höchst sonderbare Dinge vor!

Zuerst will ich Euch die allerwichtigste Neuigkeit mitteilen. Glaubt ja nicht, Ihr seid die einzigen, die heiraten können. Ihr werdet Euch wundern, obwohl die scharfsinnige Frederica vielleicht geahnt haben mag, wie die Dinge liefen.

Ja, ich *bin verheiratet. Mit Luke natürlich. Die Mission hat mich wirklich eingefangen, was? Nach der Sache mit Jacos Bein wurde es richtig aufregend. Wir haben jetzt eine kleine Schule, und ob Ihr es glaubt oder nicht, ich und die gute Muriel geben Unterricht! Sie übernimmt die ernsten Sachen, die Rettung der Seelen und so weiter. Ich bin die komische Nummer. Wenn die Kinder zu mir kommen, wird gelacht und gesungen, und ich liebe sie alle herzlich. Ich glaube, umgekehrt ist es ebenso.*

Luke kommt sehr gut zurecht. Wir haben auch ein kleines … nun ja, Spital würdet Ihr es zu Hause wohl nennen. Muriel versteht sehr viel davon, John und Luke helfen mit, und sogar ich werde hin und wieder hinzugeholt. Der Erfolg mit Jacos Bein hat uns auf der ganzen Insel berühmt gemacht.

Tom Holloway ist oft hier, und alle sind mit der Mission zufrieden.

Und nun zu Eurer Mitteilung – ich bin einfach platt. Nun bist Du also gar nicht mein Bruder, Crispin. Ehrlich gesagt, ich fand es oft erstaunlich, einen so würdevollen Bruder zu haben, so ganz anders als ich. Aber es ändert nichts. Ich liebe Dich und Deine frischangetraute Frau von ganzem Herzen.

Und diese unglaubliche Geschichte von Flora und den Babys. Es ist wie in der Bibel oder einem Stück von Shakespeare … mir nichts, dir nichts werden Menschen vertauscht. Wer hätte gedacht, daß so etwas mit lebenden Menschen geschehen könnte … und ausgerechnet in Harper's Green. Jahrelang verläuft das Leben in langweiligen Bahnen, und plötzlich wird es hochdramatisch.

St. Aubyn's Park gehört also mir! Was, um alles in der

Welt, soll ich damit anfangen? Wozu würde es gut sein, wenn ich die Runde bei den Pächtern machen und mich um Ernten, Dächer und Kuhställe kümmern würde?

Lieber Ex-Bruder, bitte tu mir das nicht an. Zieh nicht mit Deiner Frischangetrauten ans Ende der Welt. Bleib, wo Du hingehörst, obwohl ich sagen muß, es wäre nett, wenn Ihr Casker's Island einen Besuch abstatten könntet. Fred, Dein Vater würde sich sehr darüber freuen, und ich würde Dir gern zeigen, wie wir die Mission verändert haben. Wir wollen ein neues Gebäude errichten. Ich möchte etwas zur Finanzierung beisteuern. Aber das behagt dem guten Luke nicht sehr. Er will keine reiche Frau. Er findet doch wahrhaftig, ich sei ohnehin schon zu wohlhabend. Das alles interessiert ihn nicht. Er will nur mich. Etwas weltfremd, aber lieb. Aber Du weißt ja, wie Luke ist.

Bitte, belaßt alles beim alten. Das Gut ist Deins, Crispin. Wir wissen doch, es wäre nichts ohne Dich.

Luke sagt, wir dürfen hier nichts Prachtvolles schaffen. Dafür sind Missionen nicht gebaut. Sie bauen auf Vertrauen, Glauben und Verständnis. Du kennst ihn, Fred, und wirst verstehen, wie das gemeint ist…

Ich ließ den Brief sinken, und Crispin sagte: »Damit hatte ich nicht gerechnet. Sie schreibt so unbeschwert, als sei es nicht wichtig.«

»Für sie ist ihr neues Leben wichtig. Sie hat Luke, und Luke ist ein wunderbarer Mensch. Somit bleibt hier alles beim alten.«

»Und die Zukunft? Das Gut gehört mir nicht.«

»Es hat dir nie gehört, Crispin.«

»Und wenn sie es sich anders überlegt? Was glaubst du, wie lange sie sich noch für die Mission begeistert? Du kennst Tamarisk. Ihre Begeisterung hält nie lange an.«

Damit hatte er allerdings recht.

Er fuhr fort: »Und wenn ihr klar wird, was dieses Gut

wert ist … wer weiß? Angenommen, sie kommt zurück und will es übernehmen?«

»Du meinst, sie würde dich an die Luft setzen? Wie könnte sie? Sie hat keine Ahnung von der Verwaltung.«

»Angenommen, sie hat irgendwann genug von ihrem heiligen Ehemann? Angenommen …«

»Freilich, möglich ist alles.«

»Und dann?«

»Crispin«, sagte ich, »wir haben uns. Das ist das Wichtigste auf der Welt. Ich glaube, Tamarisk hat die wahre Liebe kennengelernt. Du hättest sehen sollen, wie sie sich verändert hat. Sie ist nicht mehr dieselbe, die auf Gaston Marchmont hereingefallen ist. Ja, ich bin sicher, sie lernt nun, was wichtig ist im Leben.«

»So wie ich?« fragte er.

»Ja, Crispin, so wie du.«

Da lächelte er. Er wirkte jünger und so zufrieden wie in den Tagen unserer Flitterwochen, als er glaubte, das Geheimnis würde niemals gelüftet werden. Doch selbst damals war zuweilen ein Anflug von Angst über ihn gekommen. Jetzt war davon nichts mehr zu spüren.

Es geschah in der Nacht. Ich wurde von eigenartigen Geräuschen geweckt, und als ich zum Fenster sah, gewahrte ich einen hellen Schein am Himmel.

Ich sprang aus dem Bett. Sogleich war Crispin an meiner Seite. »Irgendwo brennt es«, sagte er.

Wir kleideten uns an und eilten ins Freie. Etliche Dienstboten waren schon unten.

Als ich sah, aus welcher Richtung der Rauch kam, dachte ich sogleich an die Lanes. Wir eilten zum Cottage, und da stand vor unseren Augen das Haus der sieben Elstern in hellen Flammen.

Lucy kam zu Crispin gelaufen. Er nahm sie in seine Arme. Sie weinte hemmungslos.

Es war wie ein Alptraum, das Knacken von brennendem Holz, das plötzliche Emporschlagen der Flammen, die an den Wänden züngelten, dann das Zusammenfallen des Mauerwerks.

Lucy schluchzte. Sie sagte Floras Namen, immer und immer wieder. Da erfuhr ich, daß Flora tot war. Sie war aus dem Kinderzimmerfenster in den Garten gesprungen, und man hatte ihren zusammengekrümmten Leichnam neben dem Maulbeerstrauch gefunden.

Jene Nacht werde ich nie vergessen. In meiner Erinnerung vermischen sich nebelhafte Bilder mit dem Geschrei der Leute, die das Feuer zu löschen versuchten. Sie blieb allen lange Zeit im Gedächtnis als die Nacht, in der das Lane-Cottage brannte.

Es wurde viel über die Ursache geredet. Flora Lane sei immer seltsam gewesen. Sie habe wohl eine Kerze brennen lassen, die umgefallen war. Wie schnell bricht da ein Brand aus! Sie müsse aus dem Fenster gesprungen sein, die Ärmste, obwohl sie die Treppe hätte hinunterlaufen können. Ihre Schwester habe sich über die Treppe retten können. Arme, verwirrte Flora! Man könne sich leicht vorstellen, wie es passiert sei, sagten die Leute.

Ich war der festen Überzeugung, daß Flora die Wahrheit nicht hatte verkraften können; sie hatte zwei Menschen getötet und konnte mit diesem Wissen nicht weiterleben. Ich nahm an, daß sie im Kinderzimmer Feuer gelegt hatte und die Leute glauben machen wollte, sie sei auf der Flucht vor dem Feuer aus dem Fenster gesprungen. Sie hatte das Geheimnis an Gaston Marchmont verraten und traute sich nicht zu, weiterzuleben und das Geheimnis zu bewahren, das nicht verraten werden durfte.

Wir nahmen Lucy mit ins Gutshaus. Sie blieb eine Weile bei uns, aber sie wollte für sich allein wohnen, und Crispin sorgte dafür, daß sie ein Häuschen ganz in unserer Nähe bekam. Ein Cottage stand leer. Die Witwe eines Landarbeiters war vor drei Monaten gestorben. Crispin ließ das Häuschen für Lucy renovieren.

Ich sprach mit ihr. Sie war jetzt anders mir gegenüber, und ich hatte nicht mehr das Gefühl, daß sie mir auswich. Wir schlossen Freundschaft. Sie war die Mutter meines Mannes. Ich ahnte, wie ihr zumute war. Sie hatte all die Jahre für Flora gesorgt. Es war eine Zeit großer Bangnis gewesen, und diese war ihr nun genommen, aber anfangs empfand sie nichts als eine tiefe Leere. Sie erklärte es mir. Ich glaube, sie wollte sich bei mir für ihr früheres Verhalten entschuldigen.

Mir fielen ihre nervösen Bemerkungen ein. »Wie nett«, pflegte sie zu sagen, mit unstetem Blick, so daß sie mir das Gefühl gab, sie warte nur darauf, daß ich ginge; denn natürlich hatte ich meine Neugierde ziemlich unverhüllt gezeigt. Aber jetzt wurden wir Freundinnen.

Sie sagte zu mir: »Ich freue mich darauf, ganz in der Nähe zu wohnen.

»Das ist Crispins Wunsch«, erwiderte ich.

»Er war immer so gut zu mir. Schon vorher, als er es noch nicht wußte.

Einmal sagte sie: »Ich kann nichts bereuen, wodurch er mir gegeben wurde.«

»Das verstehe ich.«

»Wir müssen Freundinnen sein«, fuhr sie fort. »Ich habe ihn geboren, und du hast ihn sehr glücklich gemacht. Vom ersten Augenblick an, als ich ihn sah, war er der Mittelpunkt meines Lebens.

Was ich getan habe, war schlimm, aber es schien mir damals die einzige Möglichkeit, und für ihn hat es sich zum Guten gewendet.

»Ich weiß«, sagte ich.

Es kam wieder ein Brief von Tamarisk. Die Mission gedeihe, wie sie es sich in ihren kühnsten Träumen nicht vorgestellt hätten. Sie wünschte, wir würden kommen und es sehen.

Jeden Sonntag nach der Kirche besuchte Lucy Floras Grab. Manchmal begleiteten wir sie, und dann gingen wir mit ihr in ihr neues Heim und blieben ein Stündchen.

Eines Tages kamen Crispin und ich beim Ausritt an den Überresten des alten Häuschens vorüber. Ich konnte es nicht ohne Schaudern betrachten. Selbst im Sonnenschein wirkte es gespenstisch.

»Es wird Zeit, daß wir es aufbauen«, sagte Crispin nüchtern. »Komm, sehen wir es uns einmal an. Nächste Woche könnte mit dem Aufräumen begonnen werden. Die Bauarbeiter haben zur Zeit nicht viel zu tun.«

Wir banden unsere Pferde an den Torpfosten, der noch stand, und gingen durch den Garten, wo Flora immer mit ihrer Puppe beim Maulbeerstrauch gesessen und fröhlich gespielt hatte.

»Vorsicht«, warnte Crispin. Er hielt meinen Arm ganz fest, als wir die Ruine betraten und in den Raum gingen, der einmal die Küche gewesen war. Fast die ganze Wand war eingestürzt.

»Es wird einfach sein, hier aufzuräumen«, meinte Crispin.

Wir gingen zur Treppe, die noch immer intakt war. »Sie ist stabil«, sagte Crispin. »Es war immer eine sehr solide Treppe.«

Wir stiegen hinauf. Das halbe Dach war fort, und der brandige Geruch hing noch in der Luft. Ich betrachtete das blasige Holz und die angesengten Mauersteine. Und dann sah ich es auf dem Fußboden liegen, mit der Rückseite nach oben.

Ich hob es auf. Das Glas war gesprungen und fiel auseinander, als ich es berührte. Und dann sahen sie mich an, die sieben Elstern. Das Bild hatte Schmutzflecken; das Papier war angesengt und feucht.

Ich nahm das Bild heraus und ließ den Rahmen auf die Erde fallen.

»Was ist das?« fragte Crispin.

»Floras Bild – dasjenige, das Lucy ihr eingerahmt hat. Die sieben Elstern. Sie symbolisieren ein Geheimnis, das man nicht verraten darf.«

Er sah mich an und las meine Gedanken, während ich das Bild in kleine Schnipsel zerriß.

Ich warf sie in die Luft; der Wind, der hereinblies, wo einst das Dach gewesen war, ergriff sie, und die Schnipsel wehten davon.

Genehmigte Lizenzausgabe 2007 für
Verlagsgruppe Weltbild GmbH, Steinerne Furt 67,
86167 Augsburg

Projektleitung: Julia Kotzschmar
Übersetzung: Margarete Längsfeld
Umschlaggestaltung: Hauptmann und Kompanie
Werbeagentur GmbH, München 1994
Satz: Uhl und Massopust GmbH, Aalen
Druck und Bindung: CPI Moravia Books s.r.o., Pohorelice

Gedruckt auf chlorfrei gebleichtem Papier

ISBN 978-3-89897-413-4